神佛所賜
—嗡嘛呢呗咪吽

神佛の賜うた言葉
—おんまにべみほん

刘波 / 著

〔日〕後藤順一　後藤天裕 / 译

作家出版社

献给全世界所有的上师

全世界のすべての師に捧ぐ

目　录

目　次

神佛所賜—嗡嘛呢呗咪吽

神佛の賜うた言葉—おんまにべみほん

OM　白色的包含

OM　おん　白の内包

一

你的手指荡漾白色的花瓣

在我的裸体上漂流

秘密的连接我的任督二脉

让天地在夜晚性交

发出电闪雷鸣的彼此敬意

大海像我的静脉扩张

完成了神的一次射精

亲吻你掉下来的每一根长发

满是雄性的胡须

二

手抚黑夜的胸

脱掉早晨新鲜的内裤

在大海边无拘无束

枕着被阳光煨熟的你

在觉醒的黄昏自助

一

あなたの指は波打つ白い花びら

私の裸体の上に漂う

秘密の連結私の任脈（にんみゃく）と督脈（とくみゃく）

夜更けに天と地を交合させる

稲妻（いなづま）と轟（とどろき）で互いに敬意を表す

大海は私の静脈が拡張したみたいだ

神の一度の射精が完成した

あなたの抜け落ちた一本一本の髪の毛に口づける

男性的なひげに満ちる

二

手は黒夜の胸をなぞる

朝の新鮮なショーツを脱ぎすてる

大海の果ては何もこだわらない

陽光でじっくり日焼けしたあなたをまくらに

覚醒のたそがれの中で自らを助ける

接受你的吸心大法
又或是脑震荡的休克
让回忆飘荡大餐的馨香
狗啃余下的骨头

三

我从红蓝绿的比例中翻寻你
白色光明是你的体味
象牙白　米白
　苹果白　乳白
不要那么死心塌地的跟着我好吗

我总是走在白雪中
千山独行
像吹过的风无始无终
摆脱理性　傲慢与偏见
一次一次朝你俯冲而下
谦卑　无助　无望
在你的笑容里安家

四

此刻我是黎明前的北斗星

刘波禅诗三种

劉波禪詩集三作

受け入れる　あなたの　心を虜にするテクニック
又は　脳震盪（のうしんとう）のショックを
漂う御馳走の香りを思い出す
犬が残りの骨をかじる

三

私は青緑の比率の中からあなたを探し出す
白色の光明はあなたの体の匂い
アイボリーホワイト　ベージュホワイト
　アップルホワイト　ミルキーホワイト
そんなに死にものぐるいで私について来ないでくれる？

私はいつも白雪の中を歩く
千山独行
吹き過ぎる風のように始まりもなく終わりもない
脱ぎ捨てる　理性を　傲慢と偏見を
何度も何度もあなたに向かって急降下する
謙卑　無援　無望
あなたの笑顔の中に安住する

四

今この時私は夜明け前の北斗星

目光雪亮

绕过河流的喃喃自语

暗藏二十四个节气

循环对你的热爱

在你的心上发芽

了知一真法界

平息红尘滚滚

从一闪而逝的转身

留下深深的孤独

加持我

和我擦肩而过的白衣女人

五

我有一颗植物的心

为了更加郁郁明亮

法尔如来

心事比山谷更加安静

每一座山都在我的念诵中编号

暗合白云的眼睛

湿润的空相无相

一切从这里诞生

我在神里安息

净念相继

啜饮梦想的源头

眼の光　雪の明るさ

川の流れがぶつぶつと独りごつのを避けて

二十四の節気を内に秘める

あなたに向かう熱愛を巡らせる

あなたの心の上に芽を吹かす

一真法界を了知する

ざわめく俗世間を鎮める

一閃（いっせん）で逝ってしまう転身

深い孤独を残す

お救いください　私と

それから私とすれ違った白衣の女性を

五

私には一つの草木の心がある

もっと郁々（いくいく）と明るくするために

法爾如来（ほうじにょらい）

心事は山谷より更に静か

山の一つ一つには私の念仏の中で番号がついている

眼を白雲の眼と密かに合わせる

湿った空相無相

一切はここから生まれる

私は神の中で安らかだ

浄念互いに続く

夢想の源（みなもと）をすすり飲む

六

雨天是一场崇高的娱乐

像我多情的汁液

在我的怀念里河流里被打湿

回眸一生的动荡

我是早晨七点半的雾气

请你，我热爱的女人

守住我的宁静与慈悲

在月亮上公告我的遗言

七

你看我的周围是一片白色的呼吸

上升黎明

石头上守望开出鲜花

最直接的诗存在

放下世界庞大的追赶

用翅膀表达颤栗

加持我的微不足道

拍打天空漫过来锈迹斑斑的时间

你不要说星辰　房子

六

雨は一つの崇高な娯楽

多情な体液のようだ

恋い焦がれる心の川にいて　打たれて濡れたようだ

一生の波瀾万丈を振り返る

私は朝七時半の霧

どうぞ、私の愛する女（ひと）よ

私の心の静かさと慈悲を守ってください

月の上で私の遺言を公言する

七

ごらん　私の周りは一面の白い呼吸だ

夜明けが上がる

石の上にじっと　鮮やかな花が開くのを望む

一番直接的な詩が存在する

世界に向けた厖大（ぼうだい）な追跡をやめる

つばさで震えを表わして見せる

わたしの取るに足らなさを救う

大空をだらだらとやって来る錆（さび）だらけの時間をたたく

星と言わなくてもいい　すみかと言わなくてもいい

激情中的喘息

祈求安详的血

身体在梦中冒出热气

如此鲜红

八

一群鸽子咕咕叫着

是我一生的苍老

太阳上升

钟声很白

我的灵魂漫过来

在你的内裤长满花花草草

无比可爱的表情

你当前的要务是像柳树一样

　快快长大

九

群峰之上的秋天

红叶是我的消失

等待一场大雪的到来

而我对自己说

进入河流

你的手指把我拨弄成月亮

情熱の中の喘ぎと言わなくてもいい

安詳（あんしょう）の血を願うと言わなくてもいい

体は夢の中で熱を出している

こんなに鮮やかな赤

八

鳩の群れがくっくっと鳴く

それは私の一生の老い

太陽が昇る

鐘の音がとても白い

私の魂がゆっくりと来る

あなたの肌着いっぱいに生え伸びる花や草や

たまらなくかわいい表情

あなたが今やらなきゃいけないこと　それは柳の木のように早く
　　大きくなること

九

山々の上の秋空

紅葉するとは私が消え失せるということ

大雪が来るのを待っている

そして私は自分に言う

川の流れに入ってと

あなたは私が月になるまで私を指でもてあそぶ

神佛所賜―嗡嘛呢叭咪吽　神佛の賜うた言葉―おんまにべみほん

深情的凝视像一把钥匙转动风帆
像我升起你的光辉

十

观想里我一无所事
白亮亮的一无所有
月亮比风更轻弱
如同我的幸福
连接天空与大海

用一切芬芳让我开悟
你的离去
在我的沉默里凝霜
倒挂岁月的树枝
然后是世界的消失
融化你的脚印

十一

被死亡祝贺的无动于衷
看着我的燃烧
被你捡出一粒洁白的舍利
被你抱在怀中哭泣
满树的生活

刘波禅诗三种　　刘波禅诗集三作

深い思いの凝視はヨットを回転させる鍵のようだ
私があなたの輝きを高く上げていくようなものだ

十

観想すれば私は取るに足らない
白くきらきらと何も持たない
月は風よりももっとか弱く
私の幸せのようだ
天空と大海がつらなる

すべての香りが私を悟りに導く
あなたの別離
私の沈黙の中に霜が固まる
歳月の枝を逆さに掛ける
それからは世界の消失
あなたの足跡（あしあと）が溶け込む

十一

死に祝福された無感動
私の燃焼を見ている
あなたが拾い上げた一粒の潔白な舎利（しゃり）
あなたは胸に抱えて泣く
樹いっぱいの生活

开满绿叶

从来如此

让我一次一次复活

十二

看着你从何而来

看着你从何而来

看着放光的天空

用云接迎彩虹

空花水月

一切色相都是我的化身

心即无声

可是开满藤蔓　叶子

我的一真法界啊

森罗万象

处处在里

无作无求

世界的早晨清新漂亮

十三

融入你的光明无量

清洁无染

安静如幽谷

人类是如此不可救药

樹いっぱいに緑の葉
いつもこんなだ
私は一回ごとに復活する

十二

あなたはどこから来たかを見ている
光を放つ大空を見ている
雲で虹を迎える
空花水月
一切の色相はすべて私の化身
心即無声
しかしいっぱいに開いた藤蔓（ふじづる）　葉
私の一真法界（いっしんほうかい；四界）よ
森羅万象
処処の中にあり
無作無求
世界の朝は清らかで美しい

十三

あなたの光明無量に溶け込む
清らかで染まらない
幽谷（ゆうこく）のように静か
人はこんなにも救いようがないのか

在我的回望里沉沉不得入眠

一切真
一切假
娑婆世界既假又真
我垂丝千尺
意在深潭
空净　灵灵不昧

十四

那卡在喉咙里的月亮
吞不下回忆的雪
雨的潦草
像你的爱
需要仔细的辨认
请让我拥抱你
悲伤总在夏天要发作一回
白绫绫的星空
像你柔情太多的时候
你的赤裸飞扬
激起那么多昼夜

妹妹，我要你开成花
好让我抱着你的香气入睡
剩下的全是生死交替

私は回想の中でこんこんと眠りにつけない

一切が真
一切が虚
娑婆（しゃば）の世界はまことに虚で且つ真
私は糸を千尺垂らす
意は深い淵にある
空浄　きびきびと昏（くら）くない

十四

あれが喉につまってしまった月
回想の雪が　呑み下せない
雨の乱雑さ
あなたの愛のようだ
細かく見極める必要がある
あなたを私にだかせてください
悲しみはいつも夏の日に一度だけ発作で現れる
白い綾（あや）のような星空
あなたがやさしすぎるときのようだ
あなたのむき出しが高く飛び上がる
あれほど多くの昼と夜が吹き上がる

恋人よ、私はあなたにきちんと花開いてほしい
あなたの香りを抱いてすっかりと眠りにつかせてください
残るのはすべて生と死の入れ替わり

像轻易脱下或穿上的衣服

处处是无常

十五

我是一座村庄

寂静的雪下了很久

你的所有的爱因此成为生灵

你总是用劈柴将我点燃取暖

孤独的坐在壁炉前

读你的诗

一次一次抚摸相爱、相惜的回忆

而那是我金属般的心脏

十六

那么白　你走过

在我的梦里窸窸窣窣作响

窗外那么多鸟在飞

我的灵魂宁静而又疲惫

一个季节转动一个季节

饱满如念珠

我看见太阳的痴情

云朵善良的梦呓

刘波禅诗三种

劉波禅詩集三作

軽々と脱いだり着たりした洋服のようだ

いたるところが無常

十五

私は一つの村

静かな雪が降って久しい

あなたのすべての愛は　だから人になる

あなたはいつも薪に火をつけ私を暖めてくれる

ひとり暖炉の前に坐す

あなたの詩を読む

何度も相愛、相惜の思い出をなぞる

そしてそれは金属のような私の心臓

十六

なんて白い　あなたが通り過ぎる

私の夢の中でさわさわと音がする

窓の外にあんなにたくさんの鳥が飛んでいる

私の魂は穏やかでそしてくたくただ

一つの季節がもう一つの季節を動かす

念珠のように満ち足りている

私は太陽の痴情を見る

雲は善良な寝言

神佛所賜―嗡嘛呢呗咪吽　神佛の賜うた言葉―おんまにべみほん

19

在一首诗里

平静地躺在地上喝光你

叽叽咕咕

星星在春天的树枝

叫唤着我的幸福、春意盎然

十七

天空下起飞扬的誓言

千沟万壑的你

构成我的一次次找寻

关掉了灯　眼睛

关掉了洪水的一次次上涨

无法命名的记忆

像我的入眠

不再有梦

等待一场豪雨的到来

十八

让白色在你的脖子上歌唱

消逝的所有

在你的眼睛里筑巢

我是归鸟

也是你的目击者

一つの詩の中に

地上に静かに横たわってあなたを飲み尽くす

ひそひそ

星たちは春の日の枝にいて

私の幸せを叫んでいる、春爛漫

十七

大空の下　飛び上がる誓いの言葉

谷や窪みばかりのあなた

私は何度も探してしまう

灯りを消して　眼を消して

洪水のいつもの水の上昇を消してしまう

名付けることの出来ない記憶

眠りにつくようだ

もう二度と夢はない

豪雨の到来を待つ

十八

白色にあなたの喉の上で歌を歌わせる

失ったすべて

あなたの眼の中に巣を作る

私は巣に戻る鳥

そしてあなたの目撃者でもある

神佛所賜—嗡嘛呢唄咪吽

神佛の賜うた言葉—おんまにべみほん

被你悲喜交加的认出

在春天的芽头上

啊　柔软的采摘

被你用舌头转世

流出无尽的汁

所有的狂喜或平静

在夜晚光洁的脚板心

滴下花的眼泪

十九

月亮被吐出来

照亮我醉酒的前程

一个丛林的大包

被我落下

有一只女人的蝴蝶

且歌且骚

趁着太阳还没苏醒

我的没完没了的赞美

像大地的薄雾妙语连珠

二十

止不住的泪水

あなたは悲喜を交えてそれとわかる

春の日の芽の上に

ああ　やわらかに摘み取る

あなたは舌先を使って転生する

尽くせぬ液体が流れ出る

すべての狂喜又は静かさ

夜更けのつやつやとした足の裏

花の涙が滴り落ちる

十九

月が吐き出される

私の酔っぱらった先の前路を明るく照らす

森林の中に大きな鞄（かばん）を

落としてしまう

一匹の女の蝶がいる

口ずさみ且つふしだらな

太陽の意識が戻らないのを良いことに

私のきりがない礼賛

大地の薄霧の切れ目ない美辞麗句のようだ

二十

止めようがない涙

花朵像鸟的嘴唇

我被白色恐怖

念诵你的真言

真心大放光明

处处皆是好山好水

花びらは鳥の嘴（くちばし）のようだ
私に向けて白色テロが
あなたの真言を念じる
真心は大きく光明を放つ
処処（しょしょ）皆これ好山好水

神佛所賜ー嗡嘛呢唄咪吽

神佛の賜うた言葉ーおんまにべみほん

MA　绿色的拼音

MA　ま　緑の発音符号（ピンイン）

一

岁月的丛林

幽绿　青绿　暗绿

褐绿　浅绿　碧绿

我的嗓音结满叶子

风在我身上长草

冥想像温和的脸孔

下着一场夏日的狂雨

用热情保持湿润

怀意你的脚步

取着死亡的首级而来

萌芽的种子

聚拢目光

一个春天和一百个春天

二

你认认看

一

歳月の森林

淡緑　青緑　深緑

茶緑　浅緑　エメラルド

私の声も葉でいっぱい

風は私の体の上に草を生やす

温和な顔つきのように瞑想する

夏の日が狂ったような雨を降らす

情熱的でいて湿り気を保ち

あなたの歩みを懐かしむ

死の首を取って来る

芽を吹く種子

眼の光を集める

一つの春と百の春

二

見分けてみてよ

神佛所賜—嗡嘛呢呗咪吽

神佛の賜うた言葉—おんまにべみほん

那一群人当中谁是我

谁是你自己

因为你的翠绿

我像笋子

站立成竹林

拱破你的守候

平和的从地上起飞

在你的梦想的走廊

留下足音

感受哗哗时光的清凉

三

我的影子和你的影子

相携疾走

手牵着手

灵魂搂着灵魂

化成阳光

灼热的生命

在六月的沙滩

化身仙人掌的成长

刺痛眼泪

让他们飘扬过海

不忘搂着我们的肩膀

あの一群の人の中の　誰が私か
誰があなた自身か
あなたがエメラルド色のせい

私は竹の子みたいだ
真直ぐ立って竹林になる
あなたの守りを打ち破る
平和が地上から飛び立つ
あなたの夢の廊下に
足音を残して
ざわざわとした時の涼やかさを感じる

三

私の影とあなたの影
互いに支え合って走る
手に手を取って
霊魂が霊魂を抱きかかえて

陽光に化す
灼熱の生命
六月の砂浜で
体は仙人掌（さぼてん）に化して　成長する
鋭い痛み　涙
彼らは漂いながら海を渡る
私たちの肩を抱くことは忘れていない

神佛所賜—嗡嘛呢呗咪吽

神佛の賜うた言葉—おんまにべみほん

四

绿的音乐

在田野

所有你允许过的事情

我的喜悦

我的祝福

我对存在的祈祷

所有的花朵

张开倾听的耳

我在空的地方

完全只唱自己的歌

五

绿啊　你这生命的给予者

神圣而有力量的绿

在我的大海里

拍打月亮和星星

所有这些树木

这些群山

这些人们

刘波禅诗三种　　刘波禅詩集三作

四

緑の音楽

野原にいて

あなたが許したすべての事

私の喜び

私の祝福

私の存在に対する祈り

すべての花びら

開いてじっと聞き入る耳

私が空（くう）である場所

ただただ自分の歌を歌うだけ

五

緑よ　この生命を与えるあなたよ

神聖でそして力のある緑

私の大海の中

月と星たちをたたく

あらゆるこれらの木々

これらの山たち

これらの人々

都在我的感激里见证

六

你给了我太多的苦难
不过全成了我的下酒菜
我喜欢傍晚的时分
透透的暴风骤雨
在宁静的酒杯中寻找月亮的表妹
为她写一行诗
赎回你的疲惫
红颜渐老
请让我泪水的翅膀
驮运走她们

七

海汹涌出一个早晨
绿的真言
在太阳的燃烧里礼神佛
让我离开时间
今天是几点
在神思之上
绿意盎然
所有的悄没生息

みな私の感激の中で　見て認める

六

あなたは私に多すぎるほどの苦難をくれた

だがそれらはすべて私の酒の肴になった

私は日暮れの時分が好きだ

透き通る暴風にわか雨

静かなグラスのなかに月の従妹（いとこ）を探す

彼女のために詩を一行作る

あなたの疲れを補う

きれいな顔も次第に老いを帯びて来る

私の涙のつばさで

彼女らをどこかに連れて行ってください

七

海が荒れ狂い一つの朝が涌き出る

緑の真言

太陽の燃焼の中に神仏を祭る

私を時間から離してください

今日は何時

神の思いの上で

緑意横溢（おういつ）

すべての感じすらしない生存

神佛所賜―嗡嘛呢呗咪吽

神佛の賜うた言葉―おんまにべみほん

像长长的藤蔓
趴在我的身体上做梦

童年的夏夜
总是不请自来

八

从正午绿绿的炎热里
你的隐逸摇曳绮梦
清脆悦耳的尘埃
像你的崇高之美
回响天空的音乐鼓点

坐在山谷
绿色的光
像回声活得简单
灵魂与瀑布心心相倾
经过你的芳唇发光
梦见太阳
梦见的一切转瞬即逝

九

我和你之间

伸びていく藤蔓（ふじづる）のようだ
私の体の上を這って夢を作る

幼年の夏の夜
いつもたのまないのに来る

八

正午からみどりみどりの炎熱の中
あなたは隠遁し　きれいな夢をゆする
澄みきった耳に心地よい砂埃
あなたの崇高な美のようだ
天空の音楽　太鼓のリズムが響く

山谷に坐す
緑色の光
こだまのように　シンプルに生きる
霊魂と滝の心は通じ合う
あなたの芳しい唇を通って光を発する
太陽を夢に見る
すべてが一瞬のうちに逝ってしまうことを夢に見る

九

私とあなたの間

神佛所賜—嗡嘛呢唄咪吽

神佛の賜うた言葉—おんまにべみほん

是一块岩石与山峰的默契

山顶的积雪

是绿色沉默的一部分

我坐在那里观想

流光幽绿的横逸出根枝

你曾经看见过我绿色的萌芽

当时一只小鸟为你跳舞

十

柔和的烟雾　　绿光

如我内心的显现

融入无色的智慧

肉体在枝头跳动信任

滚动的绿

让河床不再干涸

地球绕过水的年轮

像我的头重脚轻

用酒的方式饮下自己

十一

绿色是纯正的发音

在田野嘹亮

それは岩と峰の阿吽（あうん）の呼吸

山頂の積雪

それはみどりの沈黙の一部分

私はどこに坐して観想しているのだろう

流光と淡緑の自由自在から　根枝が生え出る

あなたはかつて私の緑色の芽吹きを見たことがある

その当時一羽の小鳥があなたのために踊っていた

十

柔らかな薄霧　緑光

私の内心が現れて来たようだ

無色の智慧に溶け込む

肉体によって枝の上で信頼が飛び上がる

動き転がる緑

川底は二度と涸れさせない

地球は水の年輪を廻る

私の頭は重たく足が軽いようだ

酒を飲む恰好で自分を飲み下す

十一

緑色は純正な発音

野原ではよく通る

我的融入被浓缩成光与血的品牌

河流的脉管蜿蜒村庄

亲吻你

野草大片的颤栗

顺着一切生长

披一款绿色的宁静

十二

绿色睁开了内在的呼吸

心早已泪水涟涟

天空被杨树叉远

到处是云朵的故事

我看见时间

在我庄重的脸庞上长出胡子

多少往事带着结局

成为忧伤的空旷

十三

茂盛的草木转世生命

永不重复的变成每张叶子的脸

头发的黄昏落下绿的鸟语

刘波禅诗三种

劉波禪詩集三作

私は溶け込んで光と血のブランドに濃縮される
川の流れの血管が村をくねくねと曲がらせる

あなたに口づける
野草一面の戦慄
一切の生長に沿って
緑色の静けさを一つかかげる

十二

緑色で内在の呼吸が開く
心はとっくに涙と連なっている
天空は柳の樹につきさされて遠い
至る処に雲の物語

私は時間を見る
私の厳かな顔の上に伸び出て来たひげ
昔どれだけの事が決着したか
そして憂いがだだっぴろくなったか

十三

生い茂る草木が生命を転生させる
決して重複せず一枚一枚の葉の顔になっていく
頭髪の黄昏れ（たそがれ）が落としていく緑の鳥のさえずり

草长像我的抒情

神在喷涌泉水
你和鱼在深潭嬉戏
一条河流在手臂上泅渡
一件小事开在岩石
向你说　我爱你
多么多么绿的清凉

十四

我是这片绿
飞过大地成为丛林
我的人生尽是消失
回光返照的最后一刻
我是你杯子里的水
用仅剩的纯洁解你的渴

十五

石头被书写成青苔
水和天空与你一起灿烂

很绿的滑动
像一条蛇

草は伸びて私の叙情のようになる

神が泉の水を噴き出す
あなたと魚は深い淵の中で浮かれる
一本の川の流れが腕の上を流れて過ぎていく
ささいなことが岩に開く
あなたに言おう　あなたを愛していると
何と緑な涼やかさ

十四

私はこの一面の緑
大地を飛んで森林になる
私の人生は尽きて消え去る
光が反射する最後の一瞬
私はあなたのコップの中の水
残った純潔だけであなたの渇きを癒す

十五

石は書写されて青苔になる
水と空はあなたと一緒に燦々と輝く

とても緑な滑らかな動き
一匹の蛇のようだ

神佛所賜―嗡嘛呢唄咪吽

神佛の賜うた言葉―おんまにべみほん

冲窜我无时不在的意识

留下千沟万壑

与时间背道而驰

山口之外的广大无边

从石头到石头

从草地到草地

从灵魂到灵魂

我什么也说不出来

十六

你在

所有食物在我内心复活

让我用身体供养你

如此感恩你的生长

春天的无常有漏

无我的涅槃

像田野在我的丹田席地而坐

寂静的鸟声

啄破悲哀

我有空性和无限的悲悯

如梦幻的青岚

私の片時もなくならない意識にやみくもに突進する

溝や窪みばかりを残す

時間に背を向けて進む

山の入り口の外側は広大で果てしない

石から石まで

草地から草地まで

霊魂から霊魂まで

私は何も言い出せない

十六

あなたはいる

すべての食べ物は私の内の心で生き返る

私の体であなたを供養する

こんなにあなたの生長に感謝する

春の無常は漏れている

無我の涅槃

野原が私の丹田で寝そべって坐しているようだ

寂静（じゃくじょう）な鳥の声

悲哀をつつき破る

私には空と無限の悲憫（ひびん）がある

夢幻の青嵐（せいらん）のようだ

十七

给我沐浴　焚香

赐我香烟　酒

奉献你

用燃烧的方式

我是一现的昙花

爆发一次性的繁华

你的绿

让我的荒芜充满湿润

无悲无喜

太阳哑然

季节在颧骨之上

我是如此形容枯槁

唯有真言悦耳

十八

拖住青山的屁股

拼读腮帮上的绿

我的宿命是轮回

生生死死

被神佛确认

刘波禅诗三种

劉波禪詩集三作

十七

私を沐浴させてください　香を焚いてください
煙草を　酒をお与えください
あなたに捧げます
燃焼の形式で

私は刹那の優曇華（うどんげ）
爆発的な一過性の繁茂がある
あなたの緑
私の荒れ果てた地を湿潤で満たしてほしい
悲もなく喜もなく
太陽は声なし
季節はほほ骨の上にある
私は枯れ果てた様子をこんなに表現する
真言だけが耳に心地よい

十八

青山のお尻を引きずっている
ほほの上の緑を合わせ読む
私の宿命は輪廻
生生死死
神仏が確認する

神佛所賜―嗡嘛呢唄咪吽

神佛の賜うた言葉―おんまにべみほん

肥美山地的雪夜

让老人和女人在我身上种菜

漫溢的绿

远山一片黛

十九

绿的那么虔诚

见到你总让我祷告

你永远是我的远方

有一种碧绿的深度

让我热爱土地

奉献稻米　女人　酒

浩瀚的沉默

我的孤独布满悲伤的生灵

卷起草原

一望无际的暮色

二十

莲花绽开雨夜的忧伤

我的风向是水火

绿满青丝

肥沃な山地の雪の夜

老人と女に私の体の上で野菜を植えさせる

溢れる緑

遠くの山は一面の黛（まゆずみ）色

十九

緑はなんと敬虔なのか

あなたに会うといつも私は祈りを捧げる

あなたは永遠に私からは遠い

一種のエメラルド色の深さがある

私に土地を熱愛させて

米　女　酒を捧げる

おびただしい沈黙

私の孤独は悲しみの人々にいっぱい広がっている

草原を巻き込む

一望果てしのない暮れ色

二十

花はすが雨夜の憂いをほころばす

私の風が向いているのは苦しみ

緑は青い糸でいっぱい

回到醒的故乡

想到你有可能是我
热爱的人民的亲外甥
我就原谅了你

刘波禅诗三种

劉波禅詩集三作

醒めた故郷に戻る

あなたを思い浮かべる　私かもしれない
熱愛する人民の血のつながった甥子（おいご）
私はすぐにあなたを許す

神佛所賜—嗡嘛呢唄咪吽

神佛の賜うた言葉—おんまにべみほん

NI　黄色的秘密

NI　に　黄色の秘密

一

金色的阳光里云会飞
她的形状像我的心
充满着无常的变化
每当你的目光抚摸我
会像琴弦发出安逸

你长长的裙裾扫荡黑夜
你的幽唱落下一地的星星
安你的魂
一片金黄放荡馨香

以第三只眼观悟
照见灵魂的欢心

二

多么灿烂的黄啊
人们从这世界走过

一

金色の陽光の中で雲は飛べる
その形状は私の心のようだ
無常の変化で充満になって
いつもあなたの目の光が私をなぞる時
琴の糸のように安らかさを発することができる

あなたの長いスカートで暗夜が一掃される
あなたのかすかな歌声で地上におちて来た星
あなたの魂を安らかにする
一面の黄金が香気を放つ

第三の目で観悟する
喜ばそうとする霊魂の思いを照見する

二

なんと燦々とした黄色なのだ
人々はこの世界から歩んでいく

身前身后是或生或死追逐的梦

我听到你的心跳
其实不过是岁月的轮回
若有若无的香气迷人
繁花茂盛
因你的色泽起哄

在我宽阔的胸膛上
你应该总是在跳舞　欢庆
幸福等待的颜色
归隐红尘的烟雨

三

这个世界根本没有变化
不会有
如同你的早已金黄
若叶子轻飘
像你甜美的凄然一笑
在时光里染色

我的祈祷重复季节的雨水
刷亮眼睛
晶莹剔透
落叶啊　落叶

身の前と後ろには生或いは死が追いかける夢

私はあなたの心臓の鼓動を聞く
じつのところはせいぜい歳月の輪廻に過ぎないのだが
有るかのような無いかのような香気が人を引きつける
花々が生い茂る
あなたの色つやが大騒ぎするからだ

私の広大な胸の上に
あなたはいつも　踊り　お祝い　していなくてはいけない
幸せが待つ色
華やかな世俗の霧雨に里帰り

三

この世界は全然何も変わっていない
変わりようがない
あなたが早々と黄金色になったのと同じ
葉っぱのように軽やかに漂う
あなたが甘く悲しく一笑するように
時の中で色を染める

私の祈りは季節の雨水を繰り返す
目がまぶしい
きらめき光り取り除かれる
落ち葉よ　落ち葉

神佛所賜―嘮嘛呢唄咪吽　神佛の賜うた言葉―おんまにべみほん

为什么是你

像一封信投进我的心

好让我展开金色的辞章

四

我是闪电

仅仅是为了照亮更多的人

顺便为他们带来一场及时雨

夏天的银蛇出洞

蒲公英成了你的翅膀

不要阴影

飞啊　飞

飞进你骨髓

你的灵魂如此精华

太阳是你的家

五

多么美

满地的油菜花

像你的念诵

溢流狂欢

どうしてあなたなの
一通の手紙が私の心に投函されたみたいだ
よく私に金色の詩文をひろげさせる

四

わたしは稲妻（いなづま）
ただただもっとたくさんの人を照らすため
ついでに一度恵みの雨を持って来た

夏の銀色の蛇が穴から出る
蒲公英（たんぽぽ）はあなたの翼になる
陰影は要らない
飛べよ　飛べ
あなたの骨の髄まで飛んでいけ
あなたの霊魂はこんなにも精緻
太陽はあなたの住みか

五

何と美しいのか
地面いっぱいの菜の花
あなたの念仏のようだ
溢れ出る狂喜

神佛所賜―嗡嘛呢唄咪吽　神佛の賜うた言葉―おんまにべみほん

我的怀想

满是沉甸甸的玛瑙

清晨闪耀我的名字

像你热情的拼读

云的耳朵

关闭雨季的闷热

我在大海躬身撒网

打捞月亮里的自己

六

向日葵用宁静成就夏天

阳光结籽

一个个陌生的地方

像我嗑响的措词

照耀亡魂　野鬼　人

重新开花的欲望

像直角　锐角　钝角

构成对神祈祷的姿势

这个清晨的墓地上

我看见你的昏睡或醒来

在你模糊的脸上

飘动丝绸般的饱经沧桑

私のノスタルジー

全部ずっしりと重い瑪瑙（めのう）のようだ

夜明けが私の名前をひらめかせる

あなたの情熱を読み合わせるようだ

雲の耳

雨季の蒸し暑さを閉じる

私は大海で身を屈めて網を投げる

月の中の自分を捕まえる

六

向日葵（ひまわり）が静かさをもって夏の日々を作り上げる

陽光で種ができる

一つ一つが見知らぬ場所

私がかじって響く言葉の表現のようだ

亡霊を　浮かばれない魂を　人を明るく照らす

もう一度花を咲かせたい欲望

直角　鋭角　鈍角のように

神への祈りの姿勢を作る

この夜明けの墓地の上

私はあなたの昏睡と目覚めとを見た

あなたの模糊とした顔つきの上に

絹の糸のような　過ごして来た波瀾万丈が漂うのを見た

神佛所賜ー嗡嘛呢唄咪吽

神佛の賜うた言葉ーおんまにべみほん

61

七

我的海鸟飞动金黄的波斯菊

一些回忆小心翼翼的坐在礁石上

满是蝶翅叶芽的嫩黄

对大海再次说出了我的爱

请带来波浪的伤痕给我

在山崖重新修建一所木造的房子

橘黄的野花遍野

八

我迷醉于你

灿烂的辽阔

我有无限的沉默

黄金般闪烁

风吹不去我的观想

剔透的你

转世于我的怀中

终知道金色花的秘密

向我开示最好的开始

没有结束的结束

七

私の海鳥が飛んで黄金のハルシャ菊（はるしゃぎく）を動かす
何かびくびくと暗礁の上に坐した思い出
蝶の羽と葉の芽の薄黄色でいっぱい

大海に向かって私の愛をもう一度言葉にする
波の傷痕をもって来て私にください
山の崖の上に新しい木の家をもう一度建てる
だいだい色の野花が野を覆い尽くす

八

私はあなたに酔った
燦々とした広がり
私には無限の沈黙がある
ひらめきのような黄金

風は私の観想に吹き届かない
削ぎ落とし尽くしたあなた
私の心の中で転生する
ついに金色の花の秘密を知る
私に一番いい開始を示す
結末のない結末

神佛所賜—嗡嘛呢叭咪吽

神佛の賜うた言葉—おんまにべみほん

63

九

夕阳在我的身体缓缓沉落
留下爱过之后的夜
向日葵在风中翩翩起舞
像你的笑声
晕黄的落满月亮

是时候了
将你的忧伤托付给我
奔走相告的田野
惊奇的石头
水灵灵的愿景
你的名字是金盏菊

十

静静游弋的吉祥
我的内心摇曳黄菊
转动我的默祷
如我天天的金黄
轮回元神和元气
一生的光阴泛黄
如酒和酒的味道

九

夕日は私の体を緩やかに沈めていく
愛した後の夜を残して
ひまわりが風の中で翻りながら舞う
あなたの笑い声のようだ
眼も眩む黄色が落ちて月をいっぱいに満たす

時が来た
あなたの憂いを私に託してくれる
駆け回り伝え合う野原
驚きの石
みずみずしいビジョン
あなたの名前は金盞花（きんせんか）

十

静かに巡航する吉祥
私の内心が黄菊を揺らす
揺れて私の黙祷を動かす
私の日々の黄金色のようだ
霊魂と活力が輪廻する
一生の光陰は黄色にみなぎる
酒と酒の味のように

十一

黄色的细节照亮

你幸福的仰姿让我入迷

如此丰硕的胸脯

像大坝上的河流

随时倾泻

我用安详迎接

带着你光辉的体温

草丛唧唧

你的柔情暗袭花香

是天边的虚无

林间的阳光如兽奔跑

落满黄色的沉寂

隔岸观火

何人找到你

十二

啊　你的脸是向日葵的脸

还是太阳的脸

我默记一次

十一

黄色の細部を明るく照らす

あなたの幸福そうな仰向けの体が私を魅せる

こんなに豊満な胸

ダムにせき止められた川の流れのような

何時でも流れ落ちる

私は安詳（あんしょう）を用いて迎える

あなたの光り輝く体温を引き連れて

草むらはぼうぼう

あなたのやさしさが花の香りを密かに襲う

それは天の果ての虚無

林間の陽光は獣のように奔る

黄色の静寂がいっぱいに落ちる

対岸の火を観る

誰があなたを探しだせようか

十二

ああ　あなたの顔はひまわりの顔か

或いは太陽の顔か

私は一度黙って覚える

神佛所賜―嗡嘛呢呗咪吽　神佛の賜うた言葉―おんまにべみほん

遗忘一次

只留下你金黄色的气息

召集大海　飞鸟

一座山落在我的冥想里

泪水像崖瀑轰鸣

到处是神

还有你

十三

空气如此轻盈

泥土芬芳

大地金黄

像视觉的舌头

品尝神妙无比的变迁

我像尘埃在天空挂果

阳光嗡嗡吟唱

是见　是定　是行

我是多么的喜悦轻松

十四

金色风像我意识的高峰

一度忘れてしまう
あなたの黄金の息が残るだけ
大海　飛鳥を招集する

一つの山が私の瞑想の中に落ちる
涙は岸壁にぶつかる轟音のようだ
至る所が神
それからあなたがいる

十三

空気はこんなにも軽く満ちている
泥土は芳しい
大地は黄金
視覚の舌のようだ
比べられない巧みさの変遷を味わう

私は塵芥（ちりあくた）が天空に果実を掲げたようだ
陽光はわんわんと吟唱する
是れ見（けん）　是れ定（じょう）　是れ行（ぎょう）
私は何と楽しくゆったりしているか

十四

金色の風は私の意識のピークのようだ

我在哪他就在哪

在祝福的一刻

在彼岸

这纯粹的觉知

返照你的不朽

没有结束

一切都只是刚刚好的开始

十五

我错过了你

多么漫长的痛苦

在你的金色里找到

你就在那里

夕阳的碎屑

抖落一生

宁静就是和你在一起的方式

像欢庆爆发的巨大能量

十六

是你纯洁的守候

耐心的看着我的欲望

私はどこにいて彼はどこにいるのか
祝福の一刻に
彼岸にいる
この純粋な覚知（かくち）が
あなたの不朽を照り返す

終わらない
一切がすべてちょうど始まったばかりだ

十五

私はあなたを逃した
何とだらだらとした苦しみか
あなたの金色の中で探し出す
あなたはそこにいる
夕日のかけら
一生をふるい落す

静かさ　それはあなたと一緒にいる形
お祝いの爆発した巨大なエネルギーのようだ

十六

それはあなたの純潔を守ること
じっと我慢して私の欲望を見る

在早晨流动一片金黄的爱

我的生命放出神的光
反射出对他者的抚慰与拯救
从外到内
从身体到灵魂
从愤怒到慈悲
从贪婪到分享

我是大海的落日
放出奇迹的坠响
第一次我成为了感激

十七

我会被你的色泽照耀成歌
在歌中我失去自己
放弃自己
没有自己
所有的全部都是关于爱
开出黄灿灿的花
供奉给神佛

我唯一的选择
像对你的爱
总有千倍的回报

夜明けに黄金の愛が一片流れ出す

私の生命は神の光を放出する
他者に対する慰めと救済を反射させる
外から内へ
体から霊魂へ
憤怒から慈悲へ
貪欲から分ち合いへ

私は大海の落日
奇跡が落ちて響く音を出す
初めて私は感激と成る

十七

私はあなたの色つやで照り輝き歌になるだろう
歌の中で私は自分を失う
自分を棄てる
自分がない
あらゆる全部はすべて愛に関わる
さんさんと黄色の花を咲かせる
伏して神仏に捧げる

私の唯一の選択
あなたに対する愛のようだ
いつも千倍のお返し

十八

生命从来不会是例行公事

匆匆忙忙

固定的来或去

寻找道路　星辰　树木

对你爱就是对神的一个瞥见

我只是对你　对爱绽开自己

一个片刻又一个片刻

看着你从我身体上经过

歌唱　跳舞　开花

十九

好吧　就让你和星星一同旋转

无念的身体盛开永恒

只有生命

此刻的流淌

并没有我的流淌

消失于远方的神秘

记住自己

记住我

十八

生命はこれまでも日常茶飯事ではありえなかった
慌ただしい
お決まりで来る又は行く

道を　星を　樹を探す
あなたへの愛は正に神への一瞥
私はただ　あなたに対して　愛に対して　自分を開く
一刻また一刻と
あなたが私の体の上を通り過ぎるのを見ている
歌唱　踊り　開花

十九

いいよ　あなたと星を一緒に回させようじゃないか
思いの無い体が永遠を開く
ただ命があるだけ
今この時の流れ
私の流れは全くない
遠くに消失してしまった神秘

自分を覚えていて
私を覚えていて

在泥沼上铺满黄色的醒觉

到处都是奇迹

一旦你成为自己的主人

二十

油菜花的呼吸

在我的胸腔吐纳生死

用一口气爱你

换取你的不再存恨

不再有死亡

手指尖冒出关不住的多情与慈悲

为尘埃带来安宁

泥の沼の上に黄色の覚醒（かくせい）をいっぱいに敷く
至る所すべてが奇跡
一旦あなたが自分のマスターになる

二十

菜の花の呼吸
私の胸の中に生死を吐き入れる

一気にあなたを愛する
あなたの二度と存在しない恨みと取り替える
二度と死は存在しない

指先から関わりようがない多情と慈悲が噴き出る
塵芥（ちりあくた）のために安寧を連れて来る

神佛所賜―嗡嘛呢唄咪吽

神佛の賜うた言葉―おんまにべみほん

BEI　蓝色的修习

BEI　べ　青の修養

一

寻找并抚摸蓝色

那灵魂中的火

动静之中

拂去生命的浮尘

流动那蓝

使黑暗生动

你就是你所想的

蓝色的裙子

旋转风和历史

好几个世纪

我都在迷失的黑里轮回

你用歌唱到达我

播下种子

内在的光芒

明亮的结果

一

青色を探し撫でる
あの霊魂の中の火を
静と動の中
生命の塵を払いのける
あの青を流動させる
暗黒を生動させる
あなたは正にあなたの思っているもの
青色のスカート
風と歴史を回す

何世紀もの間
私はいつも失った黒の中で輪廻する
あなたは歌を歌って私に到着する
種を播く
内在の光芒
明らかな結果

二

怎么这么蓝

爱和狂喜的芬芳

意义随着大海在我的心里上岸

奇特的美

你的庄严

拍打我的力量

此岸和彼岸属于我

我不是身体

蓝色的风

飘动万物的法则

拥抱整个宇宙

最大的星星和小草

所有的生命

连接　结合　充满

像我此刻的安详

三

大海　山　流云

阳光照耀白雪的巅峰

她不是幻想

二

こんなに青い

愛と狂喜の芳しさ

意義は大海に従って私の心の中に上陸する

奇特な美

あなたの荘厳

私のエネルギーをたたく

此岸と彼岸は私のもの

私は体ではない

青色の風

万物の法則を揺るがす

宇宙全体を抱きかかえる

最大の星と草

すべての生命

連結　結合　充満

私のこの時の安詳のようだ

三

大海　山　流れ雲

陽光が白銀の山の峰を照らし輝かせる

彼女は幻想ではない

被我紧紧地抱住

是一个经验

让我看到她的远去

是一首歌

一个俯首

四

头脑的世界是一个幻想或一个梦

而你是一个全然的空

我从大海学会了蓝色的语言

讲述痛苦与喜悦

让我的心落满美丽自由的雨水

蓝色吹动蓝

就像爱播种爱

五

我爱抚蓝色的器官

用蓝色的觉知

睁开内在的眼睛

那个身体的客户在看着我

耳朵在听

万物的沉寂

并不是耳朵

私にしっかりと抱かれている

これは一つの経験

私は彼女が遠くに去っていくのを見ている

これは一つの歌

一つのうつむき

四

頭脳の世界は一つの幻想或いは一つの夢

そしてあなたはひとつのまったき空

私は大海から青色の言語を学ぶ

苦痛と喜びを述べる

私の心は落ちて美しい自由の雨水にいっぱいになる

青色が青を吹き動かす

ちょうど愛が愛の種をまくのと同じ

五

私は青色の器官を愛撫する

青色の覚知（かくち）を使って

内在の目を開く

あの体のお客さんが私を見ている

耳は聞いている

万物の静寂を

全く耳ではない

神佛所賜—嗡嘛呢叭咪吽　神佛の賜うた言葉—おんまにべみほん

是后面那个人
我纯洁而多情的观照

热情的爱上自己的生命
放弃思考

六

完全宁静的蓝
时钟在哪
我离时间的距离很远很远
我已不在
我正在
把自己留在蓝里面
来自彼岸
音乐和唱诵一遍一遍重复你的名

跳舞　爱和欢笑
生命与爱情的契约
高高兴兴的庆祝
像流星划过

七

此刻我已被蓝色消融

後ろのあの人が
私の純潔で多情な観照

情熱的に自分の生命を愛してしまう
思考を棄てる

六

完全に静かな青
時計はどこ
私が時間からはなれた距離はとてもとても遠い
私は既にいない
私は正にいる
自分を青の中に残して
彼岸から来た
音楽と歌唱は何度も何度もあなたの名前を繰り返す

踊り　愛と笑い
生命と愛情の契約
楽しくてしょうがないお祝い
流星が尾を引いて過ぎるようだ

七

この時私は既に青色に溶け込んで消える

全部是蓝色的存在

只是存在

失去我

完全无我

只是感觉

只是让自己被占有

风吹过

流水的声音开成花

看见最后一缕霞光消失在空中

在一棵树下

我正静悄悄的消亡

八

山上的成道者

被太阳托举

哗啦啦的树木　　石头

接近神的庙宇

在布满星星的天空躺下

在每一缕蓝光的空隙里

那么深的一种经验

能量的会合

灵魂的会合

再度分开　　离去　　会合

全部が青色の存在だ

存在だけがある

私を失う

完全な無我

感覚だけ

自分に占有されているだけ

風が吹き過ぎる

流水の音が開いて花になる

最後の一筋の太陽の光が空中で消え去るのを見る

一本の樹の下

私は静かにじっと消え去る

八

山の上の大悟者（だいごしゃ）

太陽に持ち上げられる

ざわざわと樹が　石が

神の住まいに近づく

星たちをいっぱいにちりばめた天空に横たわる

一筋一筋の青い光のすき間の中で

あれほど深い一種の経験

エネルギーの出会い

霊魂の出会い

再度分かれ　離れ　出会う

蓝色是我的发现

而不是我的发明

是存在

一直都在

九

忽略心

就会看到增长的欲望

自己的流动

更加安静

意识向内

抓住你在哪里的答案

十

白云　草地　山间

回响你蓝色的呼吸

你的样子　形状

蓝到女人　孩子　老人

回家的牧牛

山顶的积雪

在我的头上降温

以蓝色的弧度

青色は私の発見

そして私の発明ではない

それは存在している

ずっと存在している

九

心をおろそかにする

つまり増長する欲望が見える

自分の流動

もっと静かだ

意識は内に向かう

あなたがどこにいるかの答えを捉まえる

十

白雲　草原　山あい

あなたの青色の呼吸がこだまする

あなたの様子　形

青色が極まって女　子供　老人になる

家に戻る牧牛になる

山頂の積雪で

私の頭上が寒くなる

青色の弧度（ラジアン）で

我在另一个山上

看见你的爬行的寻找

一条蜿蜒的蓝

十一   .

赤裸裸的白

天空的红润像你的梦语

蓝是一种象征

你的手印

让痛苦　折磨　希望

染成蓝

怀疑　畏惧　苦恼

转成蓝

天蓝　地蓝

无垢的静

超越简单的空

如你的蓝一样

完整而圆满

各人自食其果

恩惠的蓝

导入观想

遥想天空　我亲爱的上师

私は別の山頂に
あなたが這いながら私を探すのを見る
一筋のくねった青

十一

赤裸々な白
天空のつややかな赤はあなたの梵語のようだ
青は一種の象徴だ
あなたの手印
痛み　苦しみ　希望
青に染まる
懐疑　畏怖　苦悩
皆青になる
天の青　地の青
無垢の静

単純を超越した空
あなたの青と同じ
完全に円満
各自が自分で蒔いた結果を受け取る
恩恵の青
観想に入る
遥かに天空を想う　私の親愛なる上師よ

十二

蓝从天空大海涌来

回旋自己的禅定

以双手双膝

双肘和头顶触地

亲见蓝　亲证蓝

无动于衷事物的无常

业之因缘

飘动生死轮回之苦

你是那罕见的珍贵的蓝

十三

白云翻滚而来

像你充满声音的诗句

窗外是世界的喧嚣

我宁愿悄悄入睡

在梦中清点你依稀可辨的蓝

放松自己的身体

思绪从脚趾渡向天空

扯不清的时光

十二

青は天空大海から湧き出る
自分の禅定を回す
両手両膝で
両肘と頭の頂きで地に触れる

自ら青を見　自ら青を明かす
何の感動も覚えないものの無常
業の因縁
生死の輪廻の苦しみに漂う
あなたはあの滅多にない珍しい青

十三

白雲が翻（ひるがえ）って流れ来る
あなたの声が充満する詩句のようだ
窓の外は世界の喧噪
私はむしろ静かに眠りたい
夢の中であなたのぼんやりとしか見分けられない青をクリアにする

自分の体をリラックスさせる
思惟は足のかかとから天空に向けて渡る
時光をはっきり区切れない

神佛所賜—嗡嘛呢呗咪吽　神佛の賜うた言葉—おんまにべみほん

95

怎么办才好的四季
记录妄念
去了不再回来的情思

十四

一支香烟点燃的蓝
被你的纤手拂去
满是惊慌失措的故事
回到灵的眼睛

留连何在
总是只在梦里发生
多么悠远的蓝
一如你的低头对视

十五

蓝色渐增
死亡和开悟相同
以酒杯回收我的往事
女人甜美的睡
像无边的流苏
身体的颤栗

どうやったらよいのかの四季
妄念を記録する
二度と戻らない情趣を捨てた

十四

一本の煙草が火をつける青
あなたのしなやかな指に振り払われる
そこらじゅうが慌てて損した物語
霊の目に戻る

心残りはどこにある
いつも夢の中に生まれる
何と悠遠な青
あなたと頭を下げて見つめ合うのに似ている

十五

青色が次第に増える
死と悟りは同じ
グラスで私の往年のことを取り戻す
女の甘いつば
果てなき流蘇（房の飾り物）のようだ
体の戦慄

回想你的笑容

仁和而又慈悲

满是宽恕理解

像鸟飞过眼睛

我听到树叶的默诵

泉水　赤裸的脚

嘴唇所发出的香气

十六

如同你的爱

大气辽阔

麦子翻滚

葡萄树的腰肢沉甸甸

如同你的呻吟

闪烁我的月光

如同你的睡梦

跳动大海

虚妄的水流变化无常

我的灭寂如此快乐

生活在名色中

无意识与意识

构成人类的善变

世界被无知遮蔽

我俯仰你的蓝色发光

あなたの笑顔を思い出す

柔和で慈悲に満ちた

過尿と理解でいっぱいだ

鳥が飛んだ後の目に似ている

私には木の葉の無言の歌が聞こえる

泉　はだかの足

唇から発する香気

十六

あなたの愛のようだ

大気は広く

麦が逆巻く

葡萄の樹の腰はずっしりと重い

あなたの呻吟と同じ

私の月光を閃かせる

あなたの見ている夢と同じ

大海を動かす

虚妄（きょもう）の水流の変化は無常だ

私の滅寂（めつじゃく）はこんなにも楽しい

生活は名（めい）と色（しき）の中

無意識と意識

人類の変わり身をつくる

世界は無知によって遮蔽（しゃへい）されている

私はあなたの青色の発光を見上げる

十七

海鸥带给我一片大海

停在额头

太阳离我更近

我和时光群居终日

宁静像树的落叶铺满步道

我是走动的岩石

你趴在我的身上

舞蹈年华

满是潮汐起伏的声音

像白色的预言

张开蓝色的嘴唇

自然　内在　超越

复归于你的深情一抱

多皱的心展开笑容

溶于世间

书写一封没有地址的暮色

说着永恒　爱

这些已经陌生化了的家常话题

十七

かもめが私の一面の大海をもって来る

額ずきにとどまる

太陽は私にもっと近くなる

私と時光は群居して日々を終える

静かさが樹の落ち葉のように歩道をいっぱいに埋め尽くす

私は転がる石

あなたは私の体の上に上る

舞踏する年月

すべて潮の満ち引きの音でいっぱい

白色の予言のようだ

青色の唇を開く

自然　内在　超越

あなたの抱く深い思いに復帰する

しわだらけの心が笑顔を広げる

世間に溶け込む

住所のない暮れ色を一通したためる

永劫　愛と言いつつ

これらは既に馴染みがなくなり日常の話題に化してしまった

神佛所賜―嗡嘛呢呗咪吽

神佛の賜うた言葉―おんまにべみほん

101

十八

女人和时间纤细的手指

轻播我脸庞的种子

火的眼睛在蓝色里挂果

白云像一群欢动的小狗

从花丛中落满我的消息

月亮的笑容

向我飞来

感受你的爱抚

在九天的苍茫

可慈悲的大地

观照一切　发现一切

水岸两边

是我钟爱的人和事

女人　孩子　夜色下的船

请赐予歌唱

我的脚下是草木

细碎星星的无言

雨中的莲　紫薇　玫瑰

如我的梦想

伸出寻找的手

十八

女と時間　繊細な指

軽やかに私の顔の種子を播く

日の目は青色の中に実をつける

白雲は一群のうれしそうに動き回る子犬のようだ

花叢の中から私のしらせをいっぱいに落とす

月の笑顔

私に飛んで来る

あなたの愛撫を感じる

第九識（だいきゅうしき）の茫漠（ぼうばく）

慈悲を馳せるべき大地

一切を観照する　一切を発見する

水流の両岸

それは私の好きな人と事

女　子供　夜色の下りた船

どうぞ歌を歌って賜え

私の脚下は草木

細く砕けた星たちの無言

雨の中の蓮　さるすべり　薔薇

私の夢想と同じ

伸びて来て私の手を探す

十九

风像你的梦吹响
这五月的风
整个夜晚我守候着你
你的头发派生糯米
等待在秋天被我收割
你用自己敬天祭神
祖先的灵
哦　这些霞光
在天边的小腹染着
息妄修心　泯绝无寄
直显你的心性

二十

饱含我名字的水
聆听太阳　悬崖
我被这蓝风吹过
海水的神秘拍击
是心也是灵魂的着力

容我更多的等待
沉思　冥想　感激

十九

風はあなたの夢のように吹き鳴らす

この五月の風

夜中じゅう私はあなたを守った

あなたの髪の毛からもち米ができて来た

秋を待って私に刈り取られる

あなたは自分で敬天祭神する

祖先の霊

おお　これらの朝焼けの光よ

天の果ての小さなお腹が染まっている

妄思を捨て修養し　すべてを絶って頼らない

あなたの心根をじかに明らかにする

二十

私の名前の水をいっぱい含む

太陽を　断崖を拝聴する

私はこの青い風に吹かれる

海水の神秘が平手打ちする

それは心でありまた霊魂の尽力でもある

私がもっとたくさん待つことを受け入れる

沈思　瞑想　感激

神佛所賜—嗡嘛呢唄咪吽

神佛の賜うた言葉—おんまにべみほん

月光和草木

沾满你的芳香

原野上你的轻轻走动

像柔情的棉棒

掏空了我聋子的耳朵

二十一

蓝吹过我的生活

风中的女人

变成桑树的母亲

蓝的身语意

从尘世间离转

没有人能摆脱死亡

啊　轮回如此之苦

想到佛

你是我多年以后的眼泪

在我讲故事的时候

掉出的一排假牙

二十二

寂止　蓝色的增上观想

气　土　水　火　大空

我的舌尖游走三昧

月光と草木

触れてあなたの芳しさがいっぱいになる

原野の上であなたは軽やかに動く

心やさしい綿棒で

わたしの聞こえない耳を掻くように

二十一

青が私の生活を吹き過ぎる

風の中の女

桑の樹の母に変わる

青の身語意（しんごい；目耳鼻舌身意）

俗世からくるりと離れる

誰も死を抜け出すことはできない

ああ　輪廻はこんなに苦しいか

仏を想う

あなたは私の何年も後の涙だ

私が物語を話す時

外れて出て来た一列の入れ歯

二十二

寂止（じゃくし）　青色が観想を増す

気　土　水　火　大空

私の舌先で三昧（ざんまい）に遊ぶ

神佛所賜—嗡嘛呢呗咪吽

神佛の賜うた言葉—おんまにべみほん

一朵莲花或半朵开放

交叉的双腿

用你的呼吸导气

如此纯洁

吉祥从身心诞生

既不拒绝任何

也不抛弃任何

没有故意的心之所生

知道你来时的准确步履

二十三

极大静静的受啊

转变心相

超越体像

我有一颗无垢的心

被湛蓝洗净

月轮上亲见真言

飘逸一颗蓝色的种子

心脱离念

一个童子跳进寺庙的壁画

将每幅画保留完美

一輪の蓮の花は或いは半分開いた

二つの足を交叉させる

あなたの呼吸で導気（どうき）する

こんなにも純潔

吉祥は身心から誕生する

何も拒まず

また何も捨てない

故意の心のあり方がない

あなたが来た時の正確な歩みを知る

二十三

極大の静の受よ

心相を変える

体像を超越する

私には一つの無垢な心がある

紺碧で洗浄された

月の輪の上で真言を自ら見る

一つの青色の種子が風に漂う

心が思いを離れる

一人の童が寺の壁画に飛び込んだ

すべての壁画は完璧を残す

二十四

蓝是一片发生过的波浪
念是反复不停的运动
而我的心是如此无动于衷
动与静之间没有任何分别
任何所有来源于空
在清晨无形　无色　无体

心的本性为空
她以水产生波浪的同一方式
产生了我和你
无上的智慧会看透心
如同在真性中了知真性

二十五

蓝是最终的纯洁
你总是与我飞生的心结合
自然啊　无上的赐福之浪
蓝色的电光
和我一起爆炸

这是河谷

二十四

青は一片の生まれた波
思いは何度も繰り返し止まらない運動
しかし私の心はこんなに何の感動もない
動と静の間には何の区別もない
あらゆるすべての源は空（くう）から来る
夜明けにて無形　無色　無体

心の本性は空（くう）
それは水で産まれた波と同じ方式で
私とあなたを産んだ
無上の智慧は心を見通せる
真性の中で真性を了知するように

二十五

青の識（しき；了別）は最終の純潔
あなたはいつも私と飛んで生まれた心の結合
自然よ　無上の恵みの波
青色の電光
私と一緒に爆発する

これは峡谷

神佛所賜－嗡嘛呢叭咪吽

神佛の賜うた言葉－おんまにべめほん

桥通过白雾

小米和罂粟

沿途布施

去喂养伪装的死者

很是让我高兴

人们的祖先把船停在海边

不发一语

母鹿跑动遍野的花朵

带我回到逝去的年代

看见我的幸福弯下腰来

二十六

我的蓝

无法将急切和喜悦

还有与放松放在一起

放松自己的痛苦　焦虑　紧张

再度回到孩子们的游戏

用一个跳

惊飞生命的探寻

蓝色是打开我的门

如果你唱诵了

让我在你的心中绕来绕去

停止　看见我的守望

那最终的

橋が白霧を通り過ぎる

粟（あわ）と芥子（けし）

道すがらお布施をする

偽の死んだふりの者たちを食べさせにいく

特に私を喜ばせる

人々の祖先は船を海辺に停めた

一言も話さず

母鹿が野原いっぱいの花びらを動かした

私を死んだ年代に連れて帰った

私の幸福が腰を曲げて来るのを見た

二十六

私の青

切迫と喜び

それからリラックスを一緒にすることはできない

自分の苦痛　焦燥　緊張をほぐす

もう一度子供たちの遊びに戻る

一度飛ぶことで

驚いて生命の探索を飛ぶ

青色は私の門を開ける

もしもあなたが唱えると

私はあなたの心の中であちこちに回り道する

止まれ　わたしが見張りしているのを見なさい

あれが最終の

二十七

你的影子总是投射在我的心

你在我的峡谷里远足

没有喧嚣

知觉清晰

直接反映那个是的

指向月亮

但是没有爱

我什么也不是

你的快速奔跑

飞过天空

蓝　存在的另一个名字

二十八

告诉我任何表达波长的方式

乳房的脉管上

爬动大海的回声

神奇的喜悦

与你的橙色微笑对比

吹拂绿色的原野

一切风景都很准确

刘波禅诗三种

刘波禅诗集三作

二十七

あなたの影はいつも私の心に投影されている

あなたは私の峡谷に遠足に行く

喧噪はない

知覚は清らか

直接あの　そうです　を反映する

月の方を指さす

しかし愛がない

私は何もない

あなたの高速の走り

天空を飛び過ぎる

青　存在の別の名称

二十八

何でもいいから波長を伝える方法を知らせてください

乳房の血管の上

大海の音のこだまが這い回る

神奇の喜び

あなたのだいだい色の微笑と対比させる

緑色の原野を吹き払う

一切の風景はすべて正確だ

符合美丽冷静的所有比喻

我有蓝色的血

来自于我苍白的皮肤

一些旧的

一些新的

一些借来的

我有湖蓝般的沉默

宝蓝色的希望

孔雀蓝的梦想

像永不放弃的起伏

你无法确定我的色值

遥不可望的神的境界

夜空微微流出紫色的深蓝

我在当下诞生景泰蓝的圣洁

二十九

我梦见自己吹动海潮的号音

复活螺　珊瑚　海蚌里的珍珠

天空的纯净

大海的幽邃

蓝色宏大　殷重的祈祷

纯净的你

从自己的心脏起飞

美しく冷静なすべての比喩に符合する

私には青色の血がある

私の青白い皮膚から来た

少し旧く

少し新しく

すこし借りて来た

私には湖の青のような沈黙がある

紺青色の希望

孔雀青色の夢

永遠に諦めない浮上のように

あなたは自分の色値を特定しようがない

遥か望むこともできない神の境地

夜空は少しずつ流れ出した紫色の深青色

私はいまここで七宝の青の高潔さを産み出す

二十九

私は自分が吹き動かした潮のうなり声を夢見た

法螺貝　珊瑚　みる貝の珍味を復活させる

天空の清浄

大海の幽邃（ゆうすい）

青色の宏大　荘重な祈り

清浄なあなた

自分の心臓から飛び立つ

神佛所賜—嗡嘛呢唄咪吽

神佛の賜うた言葉—おんまにべみほん

这一年
我的兄弟
在闪电的蓝光中死去
每一次死亡都是人的放弃
神的重新接纳

梦境中
我有无数景泰蓝的疼痛

三十

有蓝天就会飘来白云
刷刷刷的蓝
像我自己长成蘑菇
让死亡在别处开花

你睡梦中的痛苦
我无能为力
只是让你蔚蓝的幸福
看见你阴户的花瓣
开在世界的尽头
在我的阴茎上旋转星星
如同海鸥飞在阳光里
蓝色从你赤裸的脚下溢出

この一年
私の兄弟
稲妻（いなづま）の青い光の中で死す
毎回死は人の放棄
神はあらためて受け入れる

夢境の中
私には無数の七宝の青の疼痛がある

三十

青空であれば白雲が飛んで来る
さわさわさわのまっ青
自分がきのこになったようだ
死は別のところで花開く

あなたの夢の中での苦痛
私は力になってあげられない
ただあなたに群青色の幸せをあげる
あなたの陰道の花びらを見る
世界のつきあたりに開く
私の陰茎の上に星が舞う
かもめが陽光の中に飛ぶのと同じ
青色はあなたのはだかの脚下から溢れ出す

神佛所賜—嗡嘛呢唄咪吽

神佛の賜うた言葉—おんまにべみほん

三十一

浮云之上的蓝

我心之内的蓝

我的仰卧

大海静静的奔涌

红尘之内的你

身体之外的诗

我们亲吻拥抱

发出岁月的涛声

我在你的梦中入睡

与你一起梦见同样多的事情

三十二

你耳朵的下垂有雪

我在你的头发上结霜

你离我有多远

我就会与你有多近

撇开风与雨的交情

我们重新坐下来

寻找　酒　女人的相互认证

一条河流是我们彼此分手的方式

刘波禅诗三种

劉波禅詩集三作

三十一

浮き雲の上の青
私の心のうちの青
私はうつぶせになる
大海が静かにうねる

華やかな世俗の中のあなた
体の外の詩
私たちは口づけし抱き合う
歳月のしぶきの音を出す
私はあなたの夢の中に入眠する
あなたと一緒に同じたくさんのことを夢に見る

三十二

あなたの耳の下たぶに雪がある
私はあなたの髪の毛の上に霜を結ぶ
あなたは私からどれだけ離れているの
わたしはあなたとどれだけ近くにもなれる
風と雨の交情をあけ広げる
私たちはあらためて坐り直す
探す　酒と　女が互いに認め合うのを
一本の河流は私たちのお互いの別れの方式

什么是你的到来

留下太阳的染痕

在阴阳交替的空中

芬芳的花朵美丽而矜持

你是如此之蓝

蓝过我想象的瓷器

盛满盐的忧伤

三十三

有时白云像天空多余的脂肪

让你的小肚腩发胖

清瘦的大海

仰卧起坐一次一次的日出日落

你呀你呀

对你总是无话可说

像飞鱼　一张张清纯的脸

了无踪影

三十四

如同你的蓝

如果一个人

以离开你为快乐

何があなたの到来なのか

太陽の染み痕を残す

陰陽が交替する空中で

芳しい花びらは美しく控えめ

あなたはこのように青

私が想像する陶器よりも青い

塩が満ち溢れた憂い

三十三

時に白雲は天空に余分な脂肪のようだ

あなたの小腹を太らせる

清らかで痩せた　大海

仰向けになり起きて坐す　何度もの日の出日の入り

あなたよ　あなたよ

あなたにはいつも何も話すことがない

飛魚のようだ　一つ一つの清純な顔

跡形もなく終わる

三十四

あなたの青のように

もしも一人で

あなたから離れることを喜びとしたら

你将会说些什么

如果你爱　正爱　还爱

如同葡萄酿酒

神秘照耀石榴的红

浓墨似山峰

雨把你带回蓝天

月亮像我的背包

装下所有的阴影

我天天出发我的创伤

横亘海水和石头的重量

三十五

时光瓦蓝

星星飞进我的灵魂

白茅草上新鲜的圣歌

在泪水里归冀

无远弗届

蓝色有说不完的抒情

你的眼睛里

那么多的浪花席卷

沿着我的头颅上升

染色我的呼吸

留下甜甜涩涩的咸

あなたはなんて言うだろうか

もしもあなたが愛したら　今愛していたら　まだ愛していたら

葡萄でお酒を造るように

神秘が石榴（ざくろ）の赤を照り輝かせる

濃い墨のような山の峰

雨があなたを青空に連れ帰る

月は私のリュックのようだ

すべての陰影を入れる

私は毎日私の傷から出発する

海水と石ころの重さを横たえる

三十五

時のコバルトブルー

星が私の霊魂に飛び込む

白茅草（しろかやそう）の上の新鮮な聖歌

涙の中で茅花（つばな）に帰る

届かぬほどの遠くはない

青色には話し尽くせない叙情がある

あなたの目の中に

あれほどの波しぶきが席巻する

私の額ずき（ぬかずき）が上がるにしたがって

私の呼吸を染める

あまーく　しぶーいしょっぱさを残す

你没有来过
你也没有离去

三十六

在蓝光之上
看见生命干干净净的脸庞
在白云之下
握住灵魂匀匀实实的重量

在你的笑容里
天空一样的眼睛
清新所有的发生与布施

我没有死亡
翻遍身体的所有
找到赤裸的你
抚摸到大海
此刻漫天大雪的寂静里
取走我存放多年的耳朵

三十七

乘着你身体的电梯上升

あなたは来たことがない
あなたは離れたこともない

三十六

青い光の中に
生命の清潔な面持ちを見る
白雲の下
霊魂のとても均一な重量を握りしめる

あなたの笑顔の中で
天空と同じような眼
清らかなあらゆる発生とお布施

私は死んでいない
体のすべてを翻す
赤はだかの自分をさがす
大海をなぞる
この時空いっぱいに降りしきる大雪の静寂の中で
私が長年預かって来た耳を取っていく

三十七

あなたの体のエレベーターに乗って上昇する

神佛所賜―嗡嘛呢呗咪吽

神佛の賜うた言葉―おんまにべみほん

到处都是陌生的熟人

远方的村庄宁静

故事在灯火里湿润

祝福一次又一次

唤醒一心一意的梦境

在你的树林里

飞鸟叫出自己的源泉

那死了心的流水

是我和我的影子

充满蓝的发音

我以隐遁的方式

走进天空的心

三十八

我的灵魂满是露水的清新

睁开的眼睛里有看不见的鸟声

宁静和喜悦的图案

汹涌的蓝

包围我

起伏我

暗合大地的心跳

我总是活在别人的叙事里

处处于己无关

至る所はすべて見知らぬ馴染みの知り合い

遠くの村は静か

物語は灯りの中で濡れている

一度もう一度と祝福する

一心不乱の夢境から呼び覚ます

あなたの樹林の中で

飛鳥が鳴いて取り出す自分の源泉

あの諦めてしまった流水

それは私と私の影

青の発音で満ち溢れている

私は隠遁の方式で

天空の心に入り込む

三十八

私の霊魂は露の清新さでいっぱい

開けた眼の中に見えない鳥の鳴き声がある

静かで楽しい図案

うねる青

私を囲む

私を浮上させ

大地の鼓動と暗合する

わたしはいつも他人の叙事の中に活きる

どこでも自分には無関係

神佛所賜―嗡嘛呢呗咪吽

神佛の賜うた言葉―おんまにべみほん

像水中的蚌贝

用最新鲜的方式

落入你的胃口

三十九

哦　听得见的蓝

从沉默与光亮中形成花

总有新的开始

你的变迁

在彼此的一别中融入天空

哪里需要冷静

你就正在哪里

声音从大海产生

在小木屋里

我们是否存在

仅有手镯　水罐

晃动的赞美

你像光芒的果实

睡在泪泉的滋养里

蓝色的哀歌如此永恒

四十

纯净的日子

水中のみる貝のよう
一番新鮮な方式で
あなたの胃袋に入る

三十九

おお　聞こえる青
沈黙と光輝の中から花を形成する
いつも新しい開始
あなたの変遷
互いに別れてから天空に溶け込む
どこに冷静が必要なのか
あなたは今正にどこにいる
声は大海から産まれる
木小屋の中から
私たちは存在するのかどうか
ブレスレット　水かめだけがある
きらきらと光る賞賛
あなたの光芒の果実のようだ
涙の泉の栄養の中で眠る
青色のエレジーはこんなに永遠

四十

清浄の日々

嗡嗡响的音乐

丰腴的苹果

白灼的女人

所有的默契

让我在天空读到

醒悟　透明　光亮的你

赞美我是如此辽阔的蓝

成为大地的光

我是这样的有爱

在你温暖的胴体

挂满鲜艳的果实

四十一

我们没有苦难

也没有解释不清的爱

我记忆中的冬天

是你呵着热气的小手

雪和冻住的河流

我永远消失的少年

我死去的许多背影

剩下的我有气无力的活着

差一点丧失了神

わんわんと鳴る音楽

豊満なりんご

白く明るい女性

すべての黙契が

わたしは天空で読めた

醒悟　透明　光輝のあなた

私はこんなにも広大な青だと賞賛する

大地の光となる

私はこのように愛がある

あなたの暖かい肢体にいて

鮮やかに熟れた果実をいっぱいにつける

四十一

私たちには苦難はない

はっきり解釈しえない愛もない

私の記憶の中の冬

それはあなたのはぁと熱い息を吹きかけた小さな手

雪と凍りついた川の流れ

私は永遠に失った少年

私は死んだたくさんの背影

残った私は元気なく活きている

ほとんど気を失う感じ

四十二

一场大雨淋湿那蓝

落在你躲雨的手背

稻米　花蕾　麦子的阴道

我的心在那里翻滚

你的气息

美奂早晨

像我轻抚土地的脸

开始梦想好事

做一些好事

感同身受你的爱

获得完整

体会真正的活着

轻盈而炙热的沉稳

潮湿你的灵

让我轻轻抱住黑夜的乳房

四十三

忧伤的水

在山涧

冥想汩汩上升

四十二

一度の大雨であの青がしっぽりと濡れる
あなたの雨をよけた手の甲に落ちる
米　つぼみ　麦の陰道
私の心はそこで翻り転げる

あなたの息
美しい夜明け
わたしの軽く撫でた土地の顔のようだ
いいことを夢想し始める
いいことをすこしする
あなたの愛を体に受けたのと同じように感じる
完全を得る
本当の活きていると体で感じる
しなやかで燃えたぎる安らかさ
あなたの霊を湿らせる
わたしは軽やかに暗夜の乳房を抱く

四十三

憂いの水
山あいに
瞑想がとうとうと上る

神佛所賜—嗡嘛呢呗咪吽

神佛の賜うた言葉—おんまにべみほん

着衣吃饭和真实的我

亲切问候

见色闻声

天下的事情都在举足下足之间

开眼合眼

灵魂深处闹一场革命

风吹草地

像必须的相爱

湛蓝你脸上的山山水水

告别父母在原野的消失

宛若神走过的路径

四十四

你总有春夏秋冬的波长

属于自己

正好用来超越

蓝马飞过

成为快乐的

我是一个乞丐

尘埃落入火的眼睛

手是我全部的财产

不好意思在你面前张开那空

怀着孕的稻麦　高粱

着衣喫飯（じゃくいきっぱん）と真実の私

親切な挨拶

見色聞声（けんしきもんしょう）

天下のことはすべて足を挙げ足を下すの間にある

眼を開き眼を合わせる

霊魂の深い処で革命を騒ぐ

風が草地を吹く

必須の相愛のようだ

紺碧のあなたの顔の上の山たち水たち

父母の原野での消失に別れを告げる

まるで神が歩んだ道のようだ

四十四

あなたにはいつも春夏秋冬の波長がある

自分に属する

ちょうど使って超越する

蒼馬が飛んでいく

喜びになる

私は一人の乞食

塵芥（ちりあくた）が火の眼の中に入る

手は私のすべての財産

あなたの眼の前であの空（くう）をひろげて申し訳ない

孕んだ稲麦　高粱（こうりゃん）を抱えている

像所有的微笑绽开

我的意识快乐

回到一个停止所有思考的状态

活在惊奇之中

在见到你的那一瞬间

觉照的太阳

灿烂的升

透彻一切

四十五

互即意味此即彼

彼即此

此在彼中

彼在此中

黄色与橙色

站在星球上

绕着地轴自转

围着太阳公转

我们是如此相互的依存

如同一条河流

穿过森林

为大地而死

あらゆる微笑はほころんだようだ

私の意識は楽しい

一つのあらゆる思考が止まった状態に戻る

驚嘆の中で活きる

あなたに会ったその一瞬

覚照（かくしょう）の太陽

燦々と昇る

一切を透徹する

四十五

互即（ごそく：同時に存在）は此即彼（しそくひ）

彼即此（ひそくし）を意味する

此（し）は彼（ひ）の中

彼（ひ）は此（し）の中

黄色とだいだい色

星の上に立つ

地軸の自転にまといつく

太陽の好転を囲む

私たちはこのように互いに依存している

一本の川の流れのように

森林をつきぬける

大地のために死す

四十六

我的手指在你的皮肤上涨潮

裸体的花香

月光　水的眼睛

其大无外

其小无内

我不会迎合或灭取

像太阳照耀每一片树叶

每一根菁草

觉照好每一个念头的感受

了知她们的产生

滞留　瓦解　一去不回头

心灵从来不应兵戈相见

发动自己的内战

蓝光闪过之后

黑暗如入光明

我多么爱叶子　水

她们总是比我更加年轻

四十七

真是奇妙

刘波禅诗三种　　劉波禅詩集三作

四十六

私の指があなたの肌の上で満ち潮になる
裸体の花の香
　月光　水の眼
それより大きいものはない
それより小さいものはない
私は迎合又は滅却しない
太陽が一枚一枚の木の葉を
一つ一つの草木を輝かすように
一つ一つの思いの感覚をよく覚照する
それらが産み出るのを了知する
滞留　瓦解　ひとたび去れば振り向かない

神性はこれまでも戦いと相見たことはない
自己の内戦を発動する
青い光が閃いた後
暗黒は光明が入り込んだようだ
私はなんて葉を　水を愛しているのだろうか
それらはいつも私よりも更に年若い

四十七

本当に絶妙だ

离月亮最近的地方

奇妙的响动群山叠嶂的笑声

体温　红烧肉

口令　二锅头

什么的干活

爱情的喊叫　完成

生姜清炖老母鸡

静者修行

动者行山

用眼保健操

揉搓穴位

狠狠地教训了喧哗的海浪

照见蓝色

四十八

扫雪摘菜

哪个哪个的女人在忙

焚香敬奉

今天哪个菩萨当值

你在我的臂弯睡着

被蓝与红轮番拷打

我记录你的气息味道

端详是生吃还是煲汤

月から一番近いところ

絶妙に山々や折り重なる峰々の笑い声を響かせる

体温　豚角煮（紅焼肉）

号令　二鍋頭（あーるぐおとう；白酒）

何の力仕事

愛情の叫び声　終わった

雌鳥の生姜煮込み

静者の修行

動者の行山

眼で健康体操

つぼを揉み擦る

やかましい海の波を容赦なく懲らしめる

青色を照見する

四十八

雪を払って野菜を摘む

どこそこの女が忙しいか

香を焚き献上する

今日はどの菩薩が当直か

あなたは私の腕の中で眠っている

青と赤に順番に拷問されて

私はあなたの息の匂いを記録する

仔細は生で食すかスープにするか

我对你的死法了如指掌

安排预约的葬礼

一不留心

自己率先举殡

蓝色的幡幛扬起

谁是我的孝子贤孙

指引我的黑暗

私はあなたの死に方に対して明らかにする

予約の葬礼をアレンジする

心を残さずきっぱりと

自ら率先して棺を担ぐ

青色の幟（のぼり）が起つ

誰が私の孝行息子賢い孫なのか

私の暗黒を導く

神佛所賜—嗡嘛呢唄咪吽

神佛の賜うた言葉—おんまにべみほん

MI　红色的波长

MI　み　赤の波長

一

我的头顶降下花雨
陨石滚落
大地颤抖
空中发出真言的声音

你的反复念诵
闪亮莲花的座底
我在你的腿上爬行

身体开成莲花
划动一条幸福的船
载满整个夏天
像你声音的初源

二

迎接大海的转身
这低处的生活

一

私の頭の頂きに花の雨が降る
隕石が落ちて来る
大地が震える
空中で真言の声が発する

あなたの繰り返しの念仏
蓮の花の座底を閃かす
私はあなたの足の上を這って歩む

体は開いて蓮の花になる
一艘の幸福の船を漕ぎ出す
夏の日全体をいっぱいに載せる
あなたの声の起源のようだ

二

大海は振り返るのを出迎える
この低所の生活

让灵魂起伏波浪

忧伤痛苦

像鱼游走

在孤独处转弯

单独是走向神的道路

抓住红的一面

如夕阳飞进黑夜

三

我是如此广大

包含全部大海

我是如此渺小

在你的眼睛里

滚烫的流出两行泪水

以能量来激发你的可见

你在那末端闪光

波长如血液的流动

激情　喜悦　吉祥

总有沸腾的热气

与蓝色混合成紫色

弥补世界的色彩

霊魂が波を上げる

憂いと苦痛

魚が泳ぐように

孤独のところで曲がる

単独は神に向かう道路

赤の一面をつかむ

夕日が黒夜に飛んで入るように

三

私はこのように広大だ

全部の大海を包み込む

私はこんなに小さい

あなたの眼の中で

二筋の涙が熱く流れ出る

エネルギーであなたの見える部分を発奮する

あなたはあの末端の閃光

波長は血液のように流れる

情熱　喜び　吉祥

いつも沸騰の熱気がある

青色との混合で紫になる

世界の色彩を補う

像你的袈裟飘动的红
扬飞与世俗的距离

四

我的胸中堆满玛尼石
心脏的坛城指引西方
恭迎阿弥陀佛的亮光
辉映一生的朱砂红

像亲吻过最美女人的嘴唇
涌动河流进入大海
我是一具身体
在岸上入眠

五

聆听去飞的指令
宝贝
你要经历十月的怀胎

我是自由的漂浮者
在沉沉黑夜中守灵
我需要你陪着我
就像我搂着你的一生

あなたの袈裟が漂わせた赤のようだ
世俗との距離を引き上げる

四

私の胸の中に瑪尼石（まにいし）がいっぱい積み上がる
心臓のタンカ（曼荼羅）は西方に導く
阿弥陀仏の輝く光を恭しく迎える
一生の朱砂（しゅさ）の赤色を照り輝かす

口づけたことがある　今までで一番美しい女性の唇のようだ
川の流れをうねらせ大海に入る
私は一つの体
岸の上で入眠する

五

飛び行けとの指令を拝聴する
赤ちゃん
あなたは十ヶ月の妊娠を経験する

私は自由な放浪者
重い暗夜の中で霊を守る
私はあなたに私と付き添って貰いたい
私があなたの一生を抱きしめるように

每一天都是绚丽的灿烂

六

雪在飞

而梅的猩红

从未停止过为风而歌唱

直到你的寒冷到来

用旋转的星星思念

总之跃动存在的整体

每一抹神经燃烧红色

所有的生命升腾

像天堂里的水瀑落

成为我的祈祷

红是我此刻的喧响

七

香气飘来

如同我的禅定升起

红成天意

刘波禅诗三种

劉波禅詩集三作

毎日がすべて華麗な燦々

六

雲が飛ぶ
そして梅の緋色
風のために歌を歌うのはまだ止めていない
あなたの寒さが到来するまでずっと
廻る星の思いで

いつも存在の全体を躍動させる
一つ一つの神経が赤色に燃焼する
あらゆる生命の昇騰
天国の中の水が暴落するように
私の祈りになる

赤は私の今この時のざわめき

七

香気が漂って来る
私の禅定がわき起るようだ
赤が天意に成る

颗粒扬成密语

天空像彩霞太阳的母亲

年轻的脸孔上浸出红晕

八

肉体里渗透的红

为你的美倾泻

我满是虚空

站在大地的尽头

我和你的灵魂互敬相依

彼此是对方的神

在冥想中闪耀

相互寻找

重新合为一体

我说是的

快看两颗落地的草莓

打扰原野的郁郁葱葱

九

雪光是迷人的芬芳

吹拂大地的苍茫

我是所有

顆粒（香）が密語

（ささめきこと）に成り上がる

若い顔の上に赤い暈（かさ）がにじみ出る

八

肉体の中にしみ込んだ赤

あなたの美のためにどっと流れる

私は虚空（こくう）でいっぱい

大地のつきあたりに立つ

私とあなたの霊魂は互いに敬い相依る

お互いに相手の神に対して

瞑想の中で閃く

相互にさがす

新しく合わさって一体となる

私ははいと言う

はやく地に落ちた二粒の苺を見て

原野の青々しさを騒がせる

九

雪明かりは人を惑わす芳しさ

大地の蒼茫を吹き払う

私はすべて

穿越生死

我是你的伤口
与宁静和解
用狂澜的雪花包扎

十

我押上一生的沸腾
必须承担的苦难
对冲你的孤独与黑暗
用绝望发光

完整而仁至义尽
让你的冰凉满是热爱
感恩　敬畏　幸福和骄傲
在黎明的黑眼圈
泛红　长出青春痘
成为生与死迷人的雀斑

十一

红的光芒非法集会
诞生天空

生死を通り抜ける

私はあなたの傷口

静かさと和解する

舞い散る雪の花で包帯する

十

私は一生の沸騰を押し上げる

必ず苦難を請け負う

あなたの孤独と暗黒に相殺させる

絶望をもって光を発する

完璧でそして善意と援助の最大限の行動

あなたの冷やっこさを熱愛でいっぱいにする

謝恩　畏敬　幸福と傲慢

曙の時の黒い眼の縁

赤みを帯びる　出て来るにきび

生と死の人を惑わすそばかすになる

十一

赤の光芒の違法の集会

天空が誕生する

我一直低头寻找

肃穆　安静而慈祥

啜饮河流　时间

一颗寻常的心灼热而痒

转身的背影落下了齐刷刷的碧绿

身体膨胀种子

红花爬出来

幸福得不堪忍受

十二

风吹动我的前世今生

地大　水大　火大　空大

聚散红色的光

在我的额头引火

谁将黑暗关闭

剩下你的呼吸

在我的拥抱中沉睡

滑溜溜的钻进我的丹田

劈柴点燃

完成一场法事

私はずっと頭を下げてさがす

厳粛さ　静かさそして慈悲深さを

川の流れを　時間をすすり飲む

一粒の正常な心が燃えるように熱くそして痒い

振り返った背影がくっきりとしたエメラルド色を落とす

体が種子を膨張させる

紅花は這い出して来る

幸せで堪えられない

十二

風が私の過去世（かこぜ）今生（こんじょう）を吹き動かす

地が大きい　水が大きい　火が大きい　空が大きい

集まり散らばる赤色の光

私の額で引火する

誰が暗黒を閉じるだろう

あなたの呼吸を残して

私が抱擁する中熟睡する

すべらかに私の丹田に押し込む

薪に火をつける

一度の仏法の儀式が完成する

十三

嫣红的一笑

我在你的脸庞醉生梦死

亲吻你的肌肤

如同红日

许多小鸟在你的毛孔里孵蛋

呆头呆脑

幼稚而生动

我的泪水

祈祝她们第一次升飞

我身体里的亲朋好友

光着膀子

举着月亮

找寻被夜晚剥掉的衣服

十四

红色的声音悦耳

但她的疼痛迷人

原地踏步

闭眼向内找到自己

看着火的尸体

十三

鮮やかな赤色の一笑
私はあなたの面ざし空しく生きる
あなたの肌に口づける
紅い日のように
たくさんの小鳥があなたの毛穴の中で卵をかえす
ぼんやりと愚鈍な
幼稚で生き生きとした

私の涙
それらが最初に飛んでいくのを祈り祝福する
私の体の中の仲良しこよし
上半身裸（はだか）で
月をさし挙げる
夜更けにはぎ取られたい服をさがす

十四

赤色の声は耳に心地よい
しかしそれの痛みは人を惑わす
足踏みをする
眼を閉じ内に向かって自分をさがす
火のしかばねを見ている

附魂而行

飞禽走兽

栩栩如灭

行星　恒星

星云后面的黑洞

我在不停地轮回转世

接受肢体的诚实信号

如你在夜晚举灯

泄露无常善变的人心

十五

当你不想被你接受的时候

你是一个装满了水的瓶子

行走在生死的边缘

里面有一张我写给神的字条

他们都没有阅读的时间

每个人都在漂浮

而不知何时沉下去

不知如何去死

生死就在心中

不在别处

或坐或立的菩萨

魂を伴って行く

鳥や獣たち

生き生きと滅すようだ

遊星　恒星

星雲の後ろのブラックホール

私はひっきりなしに輪廻し転生する

肢体の誠実な信号を受け入れる

あなたが夜中に灯をかかげるようだ

無常で変わり身の人心を露呈する

十五

あなたがあなたに受け入れられたくない時に

あなたは一つの水がいっぱい入れられた瓶（かめ）

生死のふちを歩む

中には一枚の私が紙に書いたメモがある

彼らは皆それを読む時間がない

それぞれの人は皆漂い浮かんでいる

そしていつ沈んで行くかを知らない

いつどのように死ぬかを知らない

生死は心の中にある

別の場所ではない

或いは座し或いは立った菩薩

你用脚波动泉水

看着我的上涌

心静神空

七月快来了

十六

受伤的生活

用我的身体去掩盖或包扎

止不住的血

布满天空

回忆是一种力量

注入你古典的脑袋发烧

让你的手指在我的神经末梢

成为河流的发源地

消炎镇痛

十七

顺着清晨上行或下行

曙光的台阶

打湿我的脚印

像星星的形状消失

あなたは脚を使って泉水を波立たせる

私の上奏を見ながら

心は静か且つ空（くう）

7月がもうすぐ来る

十六

傷ついた生活

私の体で覆う或いは包帯をする

止められない血

天空いっぱいに散らばる

思い出は一種の力

あなたのクラシックな脳みそに注入し発熱する

あなたの指を私の末梢神経で

川の流れのみなもとにする

消炎鎮痛

十七

夜明けに沿って上に行く或いは下に行く

曙光の階段

私の足跡を湿らせる

星の形が消え失せるようだ

这是爱

树叶写满歌谣

五月花红

让云彩读出声

我是这样鲜红

成为你的见面礼

一念不生

了了分明

讨个青春的消息

内心圆满

十八

观想啊

我的气韵鲜红

脉管流动早春

相应你的红花绿叶

相应我的空寂无相

纵横一匹爱情的白马

麦浪翻滚霞光

我从旷野发出地心的寂静

大而无碍

小而无内

これは愛

木の葉いっぱいに歌謡を書く

五月の花は紅（くれない）

雲に声を出して読ませる

私はこんなに鮮紅

あなたの対面儀礼の贈り物になる

一念不生（いちねんふしょう）

了了分明（りょうりょうぶんめい）

青春のたよりを引き起こす

内心は円満

十八

観想よ

私の気は鮮紅

血管には早春が流れる

あなたの紅花緑葉（こうかりょくよう）に相応する

わたしの空寂無相（くうじゃくむそう）に相応する

一匹の愛情の白馬が縦横に駆け巡る

麦の波は空の光を翻す

私が広野から地の心の静寂を発する

大にして無碍

小にして無内

神佛所賜—嗡嘛呢呗咪吽

神佛の賜うた言葉—おんまにべみほん

大音希声
手指捉摸轮回

时光是我的心
像你的把玩得心应手
变化山　你的积雪

十九

我被大片的乌云遮住
仅此而已
光芒自在　还在

在圣不增
在凡不减
颠倒妄念执着的天空
醒来是一缕绯红
心空如洗
剩下的声音扩张大海
礁石小岛
我的海鸥栖息在眼里
与神打成一片

大きな音かすかな音

指が輪廻を察する

時光は私の心

あなたは手が意のままに動くのを楽しんでいるようだ

山を変化させる　あなたの積雪を変化させる

十九

私は大きな一面の黒雲に遮られる

ただそれだけ

光芒は自ずとある　まだある

在聖不増（ざいせいふぞう；聖にあって不増）

在凡不減（ざいぼんふげん；凡にあって不減）

妄念執着の天空を顚倒させる

呼び醒ますのは一筋の緋色

心空は洗うがごとし

残った音が大海を拡張する

暗礁　小島

私のかもめは眼の中に棲む

神と一体となって

二十

太阳的额头放光
像我不断念诵的咒语
像我的真心抹去虚幻

前念的山河已逝
此刻都是我的心
见到就体会到
你是如此的大放光明

二十

太陽の額に光を放つ
私が絶え間なく念ずる呪文のように
私の真心がぬぐい去るまぼろしのように

かつて思った山河はもう逝ってしまった
今このときは皆私の心
見えた時は即ち会得したとき
あなたはこんなにも大きく光明を放つ

神佛所賜—嗡嘛呢唄咪吽

神佛の賜うた言葉—おんまにべみほん

HOM　黑色的成就

HOM　ほん　黒の達成

一

黑是我的一次闭眼

你的一次吹灯

身体轮回已久

灵魂成为黑的不再

站在世界的尽头

用我燃烧的手掌

拂拭你的恐惧　焦虑

黑夜的花瓣

像星星的血

流成咸甜

我的慈悲来自人类固有

被浮云带回尘世

二

夜晚开门进入我的房间

当下我总是会成为祝福的人

神佛所賜—嗡嘛呢呗咪吽

神佛の賜うた言葉—おんまにべみほん

一

黒は私の一度の閉眼

あなたの一度の灯りの吹き消し

体は輪廻して久しい

霊魂は黒のノーモアになる

世界のつきあたりに立つ

私の燃える手のひらを使って

あなたの恐怖　焦燥を払拭する

暗夜の花びら

星たちの血のようだ

流れて甘くからくなる

私の慈悲は人類固有から来る

浮き雲に俗世に連れ戻される

二

夜更けが門を開けてわたしの部屋に入って来る

ここで私はいつも祝福の人と成るだろう

177

变成祝福本身

然后用新鲜的祝福

在天空摊福音的饼

生命从来就是要成为庆典的

当祝福的风吹拂

一个巨大的感激升起

第一次我感到神圣的存在

第一次呼唤出神　佛　主　道的名

我唯有全部的赞颂

三

黑色有一种优雅

因那里有我全部的苦难

我的心酸摇头摆尾的走过

神圣的祝福

开始与你的离去　到来

极乐的光芒照耀

像一场飓风席卷

我在中心如此的宁静

和你成为一个整体

不仅仅是祈祷自己

为所有祝福

夜正醒着的酣

祝福そのものになる

そのあと新鮮な祝福を使い

天空で福音の餅を伸して焼く

生命はこれまで祝典と成るものだ

祝福の風が吹き払うとき

一つの巨大な感激が沸き上がる

最初私は神聖な存在を感じる

最初神　仏　主　道の名を呼び叫ぶ

私にはただ全部の賞賛があるだけ

三

黒色には一種の優雅さがある

そこに私のすべての苦難があるので

わたしの悲しい心がゆうゆうと得意げに行く

神聖の祝福

始まりとあなたの離別　到来

極楽の光芒が照り輝く

一つの竜巻が席巻するようだ

私の中心はこんなに静かだ

あなたと一つの全体となる

ただ自分を祈るだけではない

あらゆる祝福のために

夜ちょうど醒めた酔い

神佛所賜—喩嘛呢唄咪吽

神佛の賜うた言葉—おんまにべみほん

四

夜晚是你的信仰
但看不见我的真相
山的背影里有山
水流的后面是树叶
静心的时候
允许河流带走他们

放开来
再放松些
让我带着你去吧
我是如此的自由
没有执著　贪婪　恐惧
像我温暖的眼神投向你
全部全部源于爱
只有爱
如此辽阔
包容爱的所有

五

静静的和夕阳对坐
看着我们的相互融入大海

四

夜更けはあなたの信仰
しかし私の真相は見えない
山の背影の中に山がある
水流の後ろには木の葉
心が静の時
川の流れがそれらを連れて行くのを許す

放して
もっとリラックスして
私にあなたを連れて行かせてよ
私はこんなにも自由
執着も　貪欲も　恐怖もない
私の暖かい目つきをあなたに投げかけているようだ
全部全部の源は愛だ
ただ愛
こんなに広大
愛のすべてを包有する

五

静々と夕日と対坐する
私たちが互いに溶け合って大海に入るのを見る

我的爱留在岸上点燃篝火

在沙滩的梦魇里

为自我堆积的城堡

照亮他们的坍塌

看见你的围观

花花绿绿的叹息

我的世界就是没有世界

六

此刻你的走动

像野兽充满光泽　　夜

我抚摸你的皮毛

湿漉漉的你如此柔软

许多果实碰触我

用黑色的光明

鸟儿回返我的枝头

在午夜离开

飞扬啊　　飞扬

你是如此喜悦

翅膀拍打月亮

大海编织我粼粼的美梦

那是我被神接管的时刻

私の愛は岸に残ってかがり火に火をともす
砂浜の悪夢の中
自ら積み重ねたお城のために
それらが崩れ落ちるのを明るく照らす
あなたが囲りから観ているのを見る
色入り乱れたため息

私の世界は即ち世界がないところ

六

今このときあなたが動く
光沢で満ちたけもののようだ　夜のようだ
私はあなたの毛皮を撫でる
しっとりとしたあなたはこんなに柔らかだ
たくさんの果実が私に触れる
黒色の光明で

鳥たちが私の枝に戻って来る
夜中に離れる
高く飛べよ　高く飛べ
あなたはこんなにも喜んでいる
つばさが月をたたく
大海が私のゆらゆらとした美しい夢を編む
それは私が神に引き継いで管理される時

七

此时黑色风卷过

我正是那漩涡的中心

向大海配送船只　海鸥

离天最近的骇浪

我的手指触摸你

看着你蔓延死亡

发散新生

我就这样沉浮

把自己交付给诗行

在你的肃穆里闪亮

我的倾诉啊

我的祈祷啊

入梦你的微笑

八

和我一起上路吧

海风在头发上静心

大海的坐姿

鱼群的脸庞

挂满珊瑚

刘波禅诗三种

劉波禅詩集三作

七

この時黒色の風が巻いて来た

私は正にその渦の中心にいる

大海に配送する船　かもめ

天から最も近い大波

私の指があなたに触れる

あなたが死を蔓延させるのを見る

新生を発散させる

私はもうこんなに浮き沈む

自分を詩行の中に委ねる

あなたの厳粛さの中で明るく閃く

私の必死の訴えよ

私の祈りよ

あなたの微笑の夢に入る

八

私と一緒に行きましょう

海風は私の髪の毛の上で静心

大海の坐す姿

魚群の面ざし

珊瑚いっぱいに付く

黑的前方

是我心灵的深处

我们走醒沙滩

看见黎明在我们的创造中

在你的亲吻里

成活一个太阳

在神的见证中

九

啊　我的女人

愿你的黑眸子

再没有阴影的云

你的一袭黑裙鼓荡

诞生出天空跑动的孩子

树木想飞

他们已经高耸入云

在黑夜的念力里

撑开全部的梦想

此刻我的身体燃烧

只为衬托夜的魅

让忧伤的星辰

黒の前方

それは私の神性の深き処

私は砂浜を歩き醒める

暁が私たちの創造の中で見る

あなたの口づけの中で

一つの太陽になって活きる

神の見証の中

九

ああ　私の女

あなたの黒い瞳に

二度と陰影の雲が現れぬことを願う

あなたの一着の黒スカートが振動する

天空を走り回る子供が誕生する

樹木たちは飛びたい

彼らは既に高く聳え雲に入る

黒夜の念の力で

全部の夢想を広げる

今この時私の体は燃える

ただ夜の魅力を引き立てるために

憂いの星を

神佛所賜―嗡嘛呢唄咪吽

神佛の賜うた言葉―おんまにべみほん

爬满我的肩膀

咬破生与死之间的距离

十

夜啊　夜

谁说死亡的颜色是你

多年以前

我曾经在你静谧中迷失和放荡

夜啊　夜

我化作一只海鸟

如此绝望

高高低低

终于叼回了你嘹亮的歌唱

夜啊　夜

我选择了在大海里栖息

用鱼的身体

复活你光滑的纯净

愿望的山峦

放射万丈的霞光

わたしの肩いっぱいに這わせる
生と死の間の距離を咬みやぶる

十

夜よ　夜
誰が死の色はあなただと言ったか
何年も前
私はかつてあなたの静謐の中見失い野放図になった

夜よ　夜
私は一羽の海鳥に化した
こんなに絶望
高く低く
ついにあなたのよく通る歌をくわえて戻した

夜よ　夜
私は大海の中に棲むことを選んだ
魚の体になって
あなたの光りすべらかな清浄を復活させる
願いの山並み
万丈の空の光を放射する

神佛所賜―嗡嘛呢唄咪吽　神佛の賜うた言葉―おんまにべみほん

十一

这样的宁静

发现了我是谁

从哪里来

去哪里去

这个老掉牙的解不开的谜

绝症的人

无助的人

寻死的人

请你们摊开我

摆平我

读到我

如同你们一样

我曾经在黑夜中

无助　焦虑　绝望

打开自己的身体

终于等到了神佛的到来

重获能量

无尽的爱

请饮用这样的夜晚

十一

こんな静かさ
私が誰かを見つけた
どこから来たか
どこへ行くか
このいつも歯抜けの解けない謎

不治の病の人
助けようのない人
死を求める人
どうかあなた方　私を広げてみてください
私とバランスを取ってみてください
私を読んでみてください
あなた方と同じように
私はかつて黒夜の中で
助けが無く　焦り　絶望の淵にいました
自分の体を開いて
ついに神仏の到来を待ちました
新たに得たエネルギー
無尽の愛

こんな夜中を使って飲んでください

十二

此刻的黑夜像我的悲伤

没有这两者

我知道我不会成长

成长是心灵的开放

打开所有的门

对风雨敞开

对星辰　月亮　初雪

对存在的万有

我行走在山巅　大海

每一步走动的都是祝福

我知道每当你学会祝福

你总是离祈祷不远

离神不远

十三

啊　皎洁的暗夜

我的仰望全是感激

对你永远有那么多的感激　再感激

与风花无关

与雪月无关

刘波禅诗三种

刘波禅诗集三作

十二

今この時黒夜は私の悲傷のようだ

この両者もない

私は成長し得ないと知っている

成長は神性の開放

あらゆる門を開ける

雨風に対して開けっぴろげにする

星に対し　月に対し　初雪に対し

存在する万有に対し

私は山々　大海を進む

一歩一歩の歩みはすべて祝福

私はあなたが祝福することを学ぶ時を知っている

あなたはいつも祈りから遠くはない

神から遠くはない

十三

ああ　照り輝く暗夜

私が仰ぎ見るすべては感激

あなたに対し永遠にあれほど多くの感激がある　また感激する

風花とは無関係

雪月とは無関係

甚至不是特别对你

我的默念没有地址
说出完全快乐的话
跳着仅剩快乐的舞蹈
重新走回自己的家

在黑色的菊花上完全静止
进入她的生命里共荣

十四

沉入蓝夜的心中
是知道永恒的唯一可能
我的身体会死
顺着我的闭眼
亲爱的　不要悲伤
但那不是我
正如我的身体生下来
也不是我

黑夜来临之前
我已为你存在
而黎明的闪亮
我依然会为你存在

もっと言えばあなたに対し特別ではない

私の黙念には住所がない
完全に楽しい話を話し出す
わずかに残る快楽の踊りを踊っている
あらためて自分の家に歩いて帰る

黒色の菊の花の上で完全に静止する
その生命の中に入り込み一緒に栄える

十四

青色の夜の心に沈み入る
それは永遠の唯一の可能性だと知っている
私の体は死にうる
私が眼を閉じるに従って
愛しい人よ　悲しまないで
しかしそれは私ではない
まさに私の体が生まれて来たように
私でもない

黒夜の到来の前に
私は既にあなたのために存在している
そして暁の明るい閃き
私は依然としてあなたのために存在している

我的神啊

这样的整夜为你低语守候

静静的我比你还先听到

十五

祈愿你的成就

起于黑夜对大地的布施

终于清晨明亮的智慧

没有任何可见的光

在我的眼睛里

刷新一切

一顶黑色的帽子

一件黑色的洋装

将所有的色光吸收

冷酷而有回忆

十六

爱需要走进

正如夜的到来需要迎接

你的无数个假如　消灭它

所有的为什么

如一生的风情

私の神よ

このようなすべての夜はあなたのためにささやきながら守ろう

静々と私はあなたよりももっと先に聞こえる

十五

あなたが達成できることをお祈りする

黒夜から始まる大地尼対するお布施

夜明けの明るい智慧で終える

何の可視の光もない

私の眼の中

一切を刷新する

一個の黒色の帽子

一着の黒色の洋装

あらゆる色光を吸収する

冷酷でかつ思い出がある

十六

愛は進まなくてはいけない

ちょうど夜の到来は迎えなくてはいけないように

あなたの無数のもしもは　消し去れ

あらゆるなぜ

一生の風情のようだ

因为开发而芬芳

我们是如此的一体
人们叫做天堂
那有梅开　雪开
莲花的开
你我的开
凋落之后就是种子
通过蝴蝶翻飞浮世　水草　露珠
充满一切可能的大地

十七

你黑色的真言　咒语
是我思维的河流　道路
心被你加持
我是如此澄清　静力
涌动神圣的能量

日月星辰是人们听不懂的语言
唯有以心传心
借你的加持见性

岁月流逝中的情感负荷啊
我将张开我的全部接受
无论是悲是喜

なぜなら開くと芳しい

私たちはこんなに一体だ

人々は天国と呼ぶ

そこには梅が開き　雪花が開き

蓮の花が開き

あなたと私が開く

凋落の後はつまり種子

胡蝶を通じて浮き世を　水草を　露のしずくを飛び舞う

すべての可能な大地に充満する

十七

あなたの黒色の真言　呪文

それは私の思惟の川の流れ　道

心はあなたに助けられる

私はこのように澄み渡り　静かで力強い

神聖のエネルギーを沸き起こす

日月星は人々が聞いてもわからない言葉

只以心伝心がある

あなたの助けを借りて見性（けんしょう）する

歳月が流れて逝く中での情感負荷よ

私は私を開け広げたその全部を受け入れる

悲しみであろうと喜びであろうと

像完美的救赎　受

因为我的信任与托付

大地和天空再次融为一体

这吉祥征兆的开始

如同我走在莲花中

十八

良辰美景的时光到了

我们应该在一起

必须共同超越黑

在山的顶点放松

但记住这只是一个开始

祈祷的开始

而后是祝福的芬芳落满全身

如同你觉知

人体内的意识

走出混乱　悲伤　挫折

仅仅只剩感激

十九

黑色如此之美

完璧な贖罪救済　受け入れ

私の信頼と委託ゆえに

大地露天空はもう一度溶け込んで一体となる

この吉祥の前兆の始まり

私が蓮の花の中を歩むのと同じ

十八

良い季節よい風景の時は来た

私たちは一緒でなければならない

どうしても共同して黒を超越しなければ

山の頂点でゆったりする

ただこれは一つの始まりに過ぎないと覚えておく

祈りの始まり

そのあとは祝福の芳しさが全身に落ちていく

あなたの覚知（かくち）のように

人の体内の意識

混乱　悲傷　挫折から出て行く

ただただ感激だけを残して

十九

黒色はこんなに美しい

如你看不见的生命　神
每一秒钟总是让我如此的狂喜
因为神的会来　到来
我是如此喜悦的发出清香
如此的满足

泪水洒满你夜晚的裸足
像水融入大海

二十

我信任黑色的光
清晰的心爱她　吃她　感谢她

处处是分辨的感受
洞察的理解

这黑夜
像神秘的夜阑
发出月亮的歌唱
停止在你发亮的时间里

我和星星随着祝福上升
我看见宇宙对我的包含
让我匆匆忙忙携带着大海欣喜的落地

あなたに見えない生命のようだ　神のようだ
一秒ごとにいつも私をこんなに狂喜させる
神が来るだろうから　来ているから
私はこんなにうれしさで清らかな香を発する
こんなに満足

涙があなたの夜更けの裸足をいっぱいにぬらす
水が大海に溶け込むように

二十

私は黒色の光を信頼する
それを明瞭な心が愛する　食べる　感謝する

至る所に識別を感じ取る
洞察を理解する

この黒夜
神秘の夜更けのようだ
月の歌を発する
あなたが光を発する時間の中に停止する

私と星は祝福するに従って上昇する
私は宇宙の私に対する包容を見る
私は大海をあわてて引き連れ　喜んで地に落ちる

译者的话

　　作者说这本诗集本来就是为了读者朗诵写的。他希望读者不只是看这些诗，而且能发出声音来诵读，同时调整身体和心情，然后可以自然地进到更深奥的境界。

　　又，八十余岁的插图作者也说，他天天想着画看了就感觉幸福的图案。他还说，希望读者通过朗诵这些诗，让自己的灵和魂与其中一首诗里提到的"九天"（据称那是灵魂的本源）合一，以提高幸福力。

　　译者在认为不容易念的诗后面附上了日文发音（包括部分的意思）。如果此举能对日语读者的朗诵有所小小助益，则本人幸甚。

译者词

作者は、この詩集を、声を出して朗読をすることを念頭に作った。読者がこれらの詩をただ読むだけではなく、声を出すことで、体と心を整え、さらに深い境地に自然と進んで行けるように願って詠んだとのことである。

又、八十余歳の挿し図の作者も、見て身心が幸福になる図案を、常に考えて来た、と言う。そして、詩の朗読を通じて、一つの詩にある「九天」（たましいの元とされる）に、霊、たましいと一体で、自らの念を重ね合わせ、合一して、幸福力を増してほしいとも言う。

訳詩の言葉で、難読と思われる漢字には発音（或いは意味も）を付記してある。朗読の一助になればと思う次第である。

神佛所賜―嗡嘛呢呗咪吽　神佛の賜うた言葉―おんまにべみほん

205

作者简介
作者紹介

刘波

男，1964 年出生于湖南，曾任教师、共青团干部、政府体制改革办公室工作人员。1987 年出任《新闻图片报》副总编辑；1989 年出任海南省保健科学技术研究所所长；1991 年创办诚成集团，组织国内有关专家三千七百余人，历时七年，完成了中国当代最大的一次古籍整理工程，命名为《传世藏书》，同时投资《中国国家历史地图集》等多项国家级大型文化项目。

1996 年师从季羡林先生研习东方哲学，获北京大学博士学位，旋应聘任湖南大学管理工程学教授、博士生导师。2002 年成为中国佛教协会会长一诚大和尚唯一的入室弟子。2003 年赴日养病，潜修禅宗。

十四岁开始发表诗歌。参加过诗刊社主办的"青春诗会"。曾就读于武汉大学作家班。自 1984 年起，先后出版《二十岁人》（文化艺术出版社）、《我们都有一个梦》（湖南文艺出版社）等诗集 7 部。出版的学术著作有《第三种文明》（作家出版社，2001）等。

劉波

男、1964 年 湖南省にて出生。曾て教師、共青団幹部、政府体制改革弁公室職員を勤める。1987 年「新聞図片報」副編集長、1989 年海南省保健科学研究所所長を経て、1991 年誠成集団創設。中国各方面の学術専門家 3700 人を招集し、7 年の歳月をかけ、当代最大の中国古典の再整理、編集を行ない、「伝世蔵書」と命名する。同時に、「中国国家歴史地図集」等多数の国家級の大型文化プロジェクトに投資。

1996 年 季羡林教授に師事し東洋哲学を学び、北京大学にて博士号取得、湖南大学管理工程学教授、博士生導師になる。2002 年 中国仏教協会会長一誠大上人唯一の入室弟子となる。2003 年 病気療養の目的で来日し、そのかたわら、禅宗の修養に勤める。

14 歳で詩作の発表を始め、詩刊社主宰の「青春詩会」に参画。武漢大学作家班にて学ぶ。作品には 1984 年から「二十歳人」（文化芸術出版社）、「僕らには皆一つの夢がある」（湖南文芸出版社）等の詩集 7 部作、学術書には思想書「第三種文明」（作家出版社、2001 年）等がある。

译者简介
訳者紹介

后藤顺一

1954 年出生于日本冈山县。

1978 年—1999 年　日本东京大学经济系毕业。同年加入日本野村证券株式会社。

1999 年—2001 年　日本软库投资。

2001 年—现在香港启程东方投资管理有限公司（Go-To-Asia Investment）代表。

曾在香港，北京，美国费城留学，并在日本东京等，英国伦敦，香港从事投资银行业务，基金管理业务。

1981 年以来，多次以主讲人参与有关中国金融主题演讲。80 年代初期曾参与组织，协调与培训中国政府部门来日野村证券研修生 500 余人。2003 年著《中国商道有光明》于日出版。

后藤天裕

出生年月：1986 年 3 月

教育：2007 年　牛津大学 Ruskin 艺术学院（学士）

　　　2009 年　伦敦艺术大学 Camberwell 学院　硕士

曾获：2004 年　女皇朗诵奖（优秀奖）

　　　2006 年　牛津出版社　Pirye 奖

语言：英语，普通话，日语

後藤順一

1954 年日本国岡山県に生まれる。

1978 年—1999 年　東京大学経済学部卒業後、同年野村証券株式会社入社。

1999 年—2001 年　日本ソフトバンクインベストメント。

2001 年—現在　啓程東方投資管理有限公司（ゴートゥーアジア　インベストメント）代表。

香港、中国北京、米国フィラデルフィアに留学し、日本、英国ロンドン、香港で、投資銀行、ファンド管理等の業務を行なう。

1981 年以来、中国金融をテーマとした講演を数多く行う。80 年代初期、中国政府部門 500 余名の野村証券における研修を組織し、行なう。

2003 年　日本にて「中国商道に光明有り」著。

後藤天裕（Takahiro Goto）

1986 年 3 月生。2007 年オックスフォード大学ラスキン芸術学院で学士、2009 年ロンドン芸術大学カンバーウェル学院で修士を取得。

2004 年イギリス女王朗読賞優秀賞、2006 年オックスフォードプレス社パイヤー賞を受賞。

言語：英語、中国語、日本語など

神佛所賜—嗡嘛呢呗咪吽

神佛の賜うた言葉—おんまにべみほん

图书在版编目（CIP）数据

神佛所赐：嗡嘛呢呗咪吽/刘波著；【日】后藤顺一，后藤天
裕译. －北京：作家出版社，2012.3
　　（刘波禅诗三种）
　　ISBN 978 － 7 － 5063 － 6333 － 4

　　Ⅰ.①神… Ⅱ.①刘…②后 …③后… Ⅲ.①诗集 － 中国 － 当代
Ⅳ.①I227

中国版本图书馆 CIP 数据核字（2012）第 045408 号

神佛所赐:嗡嘛呢呗咪吽

作　　者：刘　波
译　　者：【日】后藤顺一　后藤天裕
责任编辑：贺　平　江小燕
装帧设计：曹全弘
出版发行：作家出版社
社址：北京农展馆南里 10 号　　　邮编：100125
电话传真：86 － 10 － 65930756（出版发行部）
　　　　　86 － 10 － 65004079（总编室）
　　　　　86 － 10 － 65015116（邮购部）
E － mail：zuojia@ zuojia. net. cn
http∥www. haozuojia. com（作家在线）
印刷：三河市华业印装厂
成品尺寸：170 × 240
印张：13. 25
版次：2012 年 3 月第 1 版
印次：2012 年 3 月第 1 次印刷
ISBN　978 － 7 － 5063 － 6333 － 4
总定价：129. 00 元（全三册）

本丛书由田香子女士提供资助

e 经
e 経

刘波 / 著

〔日〕後藤順一 / 译

作家出版社

目　录
目　次

e
经

e

e
経

刘波禅诗三种

劉波禅詩集三作

e
经

e

経

e
经

e
经

一 生命是彩虹呈现
一 いのちは虹の現れ

1

天空是我的源头
一刻未曾分离
只是我早已忘记

2

神并没有离去
大海如我的醒来
欢歌炫丽

3

生和死
像彩虹长长的形状
闪烁瞬间的永恒

4

走近神
开始融化　消失
而那是你一生最大的勇气

1

空は私のみなもと
ひと時もそれと分れたことがない
ただ私は随分昔にそれを忘れてしまっていた

2

神は離れることなどしなかった
海は私を呼び覚ますように
楽しい歌が眩しい

3

生きる　と　死ぬ
虹の　長い長い形状のように
ひらめいた瞬間の永遠

4

神の方に近づく
融け始めて　消え去る
それはあなたの一生で一番の勇気だ

5

多么灵性的彩虹
臣服吧　唯有臣服
我的渺小
成为天空的整体

6

天空释放我
平和　宁静　绚丽
有无声的庆祝和歌谣

7

当思考消失
像天空的晚霞
那时真实就被知晓

8

抛开头脑
融入神性
一个人在此时此地
听到寂静的耳语

9

真实被发现
一个人在内心达成和谐
生命变成了一道彩虹

5

なんと神々しい虹なのだろう
従え　ただ従うだけ
わたしの小ささ
天空の全体ができ上がる

6

天空が私を釈放する
平和　静かさ　華麗
声のないお祝いと歌がある

7

思考が消えた時は
天空の夕焼けのようだ
その時真実が知らされる

8

脳みそをこじ開けて
神性を入れよう
一人でこの時ここにいる
静寂が耳元でささやくのが聞こえる

9

真実が見つかる
一人で心の内側から調和できた
いのちが一つの虹に変わる

10

所有光的可能
全然被你一个人充满
就好像心灵的黑暗
从未存在

10

すべての光の能力
全部あなた一人で満ち溢れる
まるでたましいの暗黒など
最初から　なかったように

e
经

e

经

3

二　爱是修行
二　愛は修行

刘波禅诗三种

劉波禅詩集三作

1

活过爱
更多的活过它
我是如此的富有

2

全然的纯净
那会有自然的爆发
代表整个存在

3

浮过　深刻的爱
在那个全然的放松里
所有意义
都是信念的

4

声音从来不是我的发出
像祝福一直都存在

1

愛に生きた
もっとたくさん愛に生きた
私はこんなに豊かだ

2

完全に純粋
それなら自然に爆発するだろう
存在の全部を代表する

3

浮かれたことがある　深刻な愛
その完全にゆったりした中で
すべての意味は
全部信念だ

4

声はもともと私が出しているわけではない
祝福がずっと存在しているみたいだ

4

甚至我的消失
爱的声音将继续

5

山谷的瀑布轰鸣出爱
深渊的波涛汹涌爱
风穿过松林吹响爱
我像鸟儿婉转爱

6

告别意义的生活
这重复会酿成我的焦虑
没有意义
才是真正的存在之美

7

从这一刻到那一刻
活着　充满警醒
无目的的方法接近无限
洋溢诗　爱

8

从内心的睡梦中
解脱出来
忘记焦虑
忘记忧郁
记住你的现在是最恰当的

もっと言えば私は消え去るみたいだ
愛の声はつづく

5

山の渓谷の滝は愛をとどろき響かせる
深い淵の波は愛を怒涛のようにうねらせる
風は松林を突き抜けて愛を鳴らす
私は鳥のように愛を穏やかにする

6

意味のある生活にさよならをする
繰り返しが私を焦らせる
意味はない
それこそが本当の存在の美しさだ

7

この一刻からあの一刻に
活きている　十分警戒して
無目的なやり方で無限に近づく
詩　愛にあふれる

8

内心からの夢の中で
解脱する
焦りを忘れ
憂いを忘れ
あなたの今が一番ふさわしいことを悟る

e
经

e
経

9

无论你心里想什么
它就开始发生创造
那是唯一的结果

10

一颗种子在内心萌芽
不要痛苦
不留空间

刘波禅诗三种

劉波禅詩集三作

9

あなたの心の中で何を考えていようと
それは創造を生み始める
それが唯一の結果なのだ

10

一粒の種が心の中で芽を吹く
苦痛はない
空間は残さない

6

三　愛神就是需要和渇求
三　愛の神は必要と憧れ

1

多么光明的灿烂
像我有的大爱
像我的爱本身
爱　如果你爱
无论你做了什么
都是对的

2

用爱去生活
呼吸　工作
我要用多么难的方式
才能这样简单啊

3

如同我的出生前一刻
那正是我的本质
爱会带我去发现我的根源

1

何と明るい燦燦
私の持つ大愛みたいだ
私の愛そのものみたいだ
愛　もしもあなたが愛するなら
あなたが何をしたとしても
すべて正しい

2

愛で生活する
呼吸　仕事
すごく難しいやり方で
私ができるのはこんな簡単なことだけか

3

私が生まれる前の一刻が
まさに私の本質であるように
愛は私の本源を見つけに連れて行ってくれる

4

我是如此与你相应
那是爱的核心
睁开爱
一切都改变了
宛若我的存在

5

闭上眼睛
看着内心的爱
冉冉喷发上升
绽放阳光和鸟声的心啊

6

那个无限的世界
那个哎呀，所是
经过了我的生命
让我热泪盈盈

7

在爱神中疯狂
在神性里疯狂
我所有的能量
构成了通向彼岸的河流

8

爱上我全部的意义
是用我仅有的爱

4

私はこんなにあなたとぴったりだ
それは愛の核心
愛を開く
すべてが変わる
私の存在のように

5

眼を閉じる
内心の愛を見る
しなやかに噴き上がってくる
陽光と鳥の声を解きはなす心よ

6

あの無限の世界
あのああ、是（ぜ）とするもの
私のいのちを経て
私を熱く潤ませる

7

愛の神の中の気狂い
神性の中の気狂い
私のすべてのエネルギーで
彼岸に向かう川の流れをつくる

8

私のすべての意義を愛す
私だけが持つ愛で

和你一起面对神
你我的每一个细胞
在灵魂里鲜活

9

我向你表达爱
这全然的沉醉
自我忆起　啊
我的神

10

在呼吸里找到爱
从活着的当下
我是这么有爱
如此洋溢着爱的能量

あなたと一緒に神に相対し
あなたと私の細胞の一つ一つが
たましいの中で鮮やかに活きている

9

私はあなたに愛を伝える
これは全くの陶酔
自我を思い起こす　ああ
私の神よ

10

呼吸の中に愛をさがす
活きている今この時に
私はこんなに愛がある
愛のエネルギーはこんなに溢れている

e
经

e
经

四　试试，去爱
四 試してみて、愛してごらん

刘波禅诗三种

劉波禅詩集三作

1

一次一次发生
神啊　我想你能让我
静静的在爱中呼吸

2

成为一体　我的爱
我的神
共你一起
接近　接近
那最接近的地方

3

爱是慈悲
再近一些
不热也不冷
每当你给予
心总是空寂清凉

1

いつもいつも　起こっている
神よ　私はあなたが　静かに
愛の中で息をさせてくださっていると思う

2

一体となる　私の愛
私の神
あなたと一緒に
近づく　近づく
その一番近づいた場所

3

愛は慈悲
もう少し近くに来てください
熱くもなく冷たくもなく
あなたが与える時はいつも
心は空寂で清涼だ

4

爱是了解
只有爱
唯有爱
不需要别的

5

多么美的爱歌　骊歌
心灵的琴瑟被神弹奏
爱诞生
我重新复活了

6

你总是让我焕发圣洁
全部的纯粹拥抱你
让我袒露
光妙的世界

7

在爱中是没有自我的
不用任何的努力
只是默记爱
看着爱发生

8

像黑暗一样
我在你面前消失
你在我的眼睛里滚烫的流出

4

愛は了解（りょうげ）
ただ愛がある
愛があるだけ
ほかは要らない

5

何と美しい愛の歌　はなむけの歌
たましいの琴は神につま弾かれ
愛が誕生する
私は新しく復活した

6

あなたはいつも清らかさをかき立てる
すべての純粋があなたを抱擁する
私にさらけ出させる
穢れなき聖なる世界を

7

愛の中には自我はない
何の努力をする必要もない
ただ愛を心に覚えるだけ
愛が生まれるのを見ている

8

暗黒と同じ
私はあなたの目の前で消え去る
あなたは私の目の中にどうどうと流れ出る

e
经

e
经

9

神性啊　永恒啊
在我的爱中闪耀至乐的光芒
全部是至乐

10

我总是忘记一切
忘记缠绵悱恻的思绪
信任的星辰在你的心灵沉没

9

神性よ　永劫よ
私の愛の中に閃く至福の光芒
すべて至福

10

私はいつもすべてを忘れる
千々に乱れる思いを忘れる
信ずる星はあなたの心に沈む

刘波禅诗三种　　刘波禅诗集三作

五　神就在你心
　五 神はあなたの心にいる

1

就是这样一个小小的发现
神在　足以改变一生
很稀有　生命成为一首歌
一个人成为爱
纯净的莲花

2

为了这一刻
欢宴打开酒瓶
为伟大的优雅流淌而出

3

我与你的呼吸相应
用感恩　庆祝连接灵魂
如此放任
在彼此的眼睛里眨动神

1

こんな一つの小さな発見だ
神はいる　一生を変えるに十分だ
ありえない　いのちが一つの歌になる
一人の人が愛になる
純粋な蓮の花

2

この時のために
歓迎のうたげ　酒のかめを開ける
偉大な優雅さのために流れ出す

3

私とあなたの呼吸はぴったりだ
感謝とお祝いの思いで　たましいと繋がる
こんなに気まま
互いの目の中で神がまばたく

我可以渴望你吗
无助的手向你摸索　求拜
那跃动的

祈祷者
请让庆祝成为你今天的花冠
鲜艳着神的启示

一个爱着的人
是一个知道的人
透过倾听你到来的足音
照亮智慧

爱的发生
旋转心的鲜红
张开所有的感官
开智慧的花

啊　你是多么美
这也是我对神的祝祷
我吐纳莲花开放的声音
第一次被你听到

刘波禅诗三种

劉波禅詩集三作

あなたをあこがれてもいいですか
無力な手があなたをさがす　お願いします
その躍動するものよ

祈る人
どうぞお祝いを今日のあなたの花の冠にして
神の啓示をあでやかにしてください

一人の愛している人
それは一人の知る人
あなたが来る足音をじっと聞くことで
智が明るく照らされる

愛の発生
心の鮮紅色を旋回させる
すべての器官を開く
智の花を咲かせる

ああ　あなたは何て美しいんだ
この言葉も私の神への祝福の祈り
私は蓮の花が開く音とつながる
初めてあなたに聞こえる

9

在我生命的开始
神只是一个词语
今天是血液
此刻是灵魂

10

相应啊　相应
一体的有或无
一起开花或凋零
所有万事万物的样子

9

私のいのちの始まり
神はただ一つの言葉
今日は血液
この時はたましい

10

ぴったりだ　ぴったり
一体の有か又は無か
一緒に花開くか又はしぼむか
すべての万事万物のかたちだ

e
经

e
経

六　默诵你的名字
六 あなたの名まえを心で唱える

刘波禅诗三种

劉波禅詩集三作

1

我一遍遍念诵你的名字
让她在我身上流泪
像神秘的玫瑰

2

我谛听到地球的自转与公转
像你清晰的名字
所有的恐惧不再
没有什么
没有为什么

3

我要更加的欣喜
当我走近你的名字
我所有的痛苦　悲哀
是你让它们和解

4

我啊　就是宁静

1

私は何度もあなたの名まえをとなえる
それで私の体に涙がながれる
神秘のバラのようだ

2

私は地球の自転と公転をあきらかに聞く
あなたの明晰な名まえのようだ
すべての恐怖はもう二度と
何もない
何故はない

3

私はもっと喜びがほしい
あなたの名まえに近づいた時
私のすべての苦しさ　悲しさ
あなたがそれらを和解させた

4

私よ　つまりは静けさ

再也不会错过你的每一个瞬间
看着我
无论我在哪里
那正是你刚刚在的地方

5

神性啊　神性啊
你是暗夜里指引我的星辰
完全的自我消失
紧紧抱住真相

6

每一个早晨都是我的惊讶
在惊讶里
所有的事情开始改变

7

你的名字是露珠
却包含整个大海
你是我
全然拥有这个世界

8

没有开始
没有结束
你的名字流动歌
像我的血液流过死亡

二度とあなたの一瞬一瞬をのがしたりはしない
私を見ている
私がどこにいようと
そこはちょうどあなたがたった今いる所

5

神性よ　神性よ
あなたは暗夜の中で導いてくれる私の星
まったく自我は消失した
真相をきつく抱きとめる

6

毎日の早朝は私には驚きだ
驚きの中に
すべてのことが変わり始める

7

あなたの名まえは露のしずく
なのに大きな海全体を包み込む
あなたは私
全くこの世界を抱えている

8

始まりはない
終わりはない
あなたの名まえは歌を流す
私の血液が死を流したように

e

经

e

経

9

我了悟你的生命
其实是了悟了我自己
你为我的灵魂作下了标识
在人群中一把就抓到了我

10

你是一个动词
赋予我不断地走动
一生的时光

9

私はあなたのいのちをわかる
実はそうなんだ　私自身がわかるんだ
あなたは私のたましいのために目印をつく
　　ってくれた
それで人ごみの中でも私をさっとつかまえ
　　てくれる

10

あなたは一つの動詞
私に与えてくれたのはひっきりなしに動き回
　　ること
一生の時間

七 看一眼，窗外
　　七 ちょっと見て、窓の外を

1

窗外　是的
小鸟飞过
花正开着
这样的静心
碰巧会看到神

2

请让我欣赏你的发光
完全带着神的气息
成为了一盏灯

3

你内心隐藏的
就是天空隐藏的
也是大海隐藏的
更是神隐藏的

1

窓の外　そうです
小鳥が飛んで行く
花がちょうど咲いている
こんな静かな心
たまに神が見えることがある

2

私にあなたの光を愛でさせてください
完璧に神の息づかいで
一つの灯りになる

3

あなたの心に隠していること
それは天空に隠していること
また大海に隠していること
それはもっと　神に隠していること

19

4

你生来就是佛
记住　这是你一生的咒语
唯一的咒语

5

你能量的光芒爆发
那个生命的所是
被给予所有的人

6

窗外是神性
是酒杯之外
也在心灵之内

7

记住你是谁
然后就可以忘记你是谁
遗忘和记忆的转换
真正的你开始出现

8

你啊　焕发的美丽
如此的让我惊奇
祝福的火花
炸开我的心

4

あなたは生まれた時から佛
覚えておいて　これがあなたの一生の呪文
唯一の呪文だ

5

あなたのエネルギーの光芒が爆発する
そのいのちの是（ぜ）とするもの
すべての人にあげる

6

窓の外は神性
それはグラスの外
心の中でもある

7

あなたが誰だか覚えて
それからあなたが誰だか忘れて構わない
忘却と記憶の転換
本当のあなたが現れ始める

8

あなたよ　輝く美しさよ
こんなに私を驚かす
祝福の火花が
爆発し私の心が開く

9

多么的真实　你啊
充满无尽的可能
你是神吗
还是神到达你的一声赞叹

10

这一刻你是海洋
下一刻你是露珠
了悟所有的所有
了悟我的知道

9

なんて真実　あなたよ
尽くせない可能性で満ちている
あなたは神か
それとも神があなたに賜うた賞賛の一声か

10

今この一刻あなたは海洋
次の一刻あなたは露のしずく
すべてのすべてを悟る
私の知るを悟る

e
経

e
経

八　你会歌唱吗

八　あなたは歌えますか

1

你通过你自己的声音
闪亮醉人的歌
小鸟在我的禅定里筑巢
发出对你的清脆回应

2

改变是唯一的真实
唯一的真相
去爱
变成了大海
生活不是为了生活
而是活生生的活着

3

吸收你的能量
穿越歌声的海洋
生命是不竭的自由

1

あなたは自分の声を通して
酔いどれの歌をひらめかす
小鳥は私の禅定（悟り）の中に巣を作る
あなたにきっぱりとさわやかに応える

2

変革が唯一の真実
唯一の真相
愛しに行く
大海に変わる
生活は生活のためではなく
生々しく活きる

3

あなたのエネルギーを吸収する
歌声の海原（うなばら）をつきぬける
いのちは尽きない自由

4

啊　你的神圣
不断的　流动的　歌唱的
延续我吧

5

我没有纠结　追逐
被你发出
这是你的唯一

6

我不再会错过你
改变我的改变
保持喜乐
用最简单的平静

7

我像瀑布
落点在你的额头
听到你一声喜悦的惊奇

8

随着你的声音远去
我是全然的放松
绝对的接受
无论生命是什么
你已足够让我感激

4

ああ　あなたの神聖
絶え間ない神聖　流れる神聖　歌い上げる神聖
私を持続させください

5

私は途方に暮れも追いかけもしない
あなたによって発せられて行く
それがあなたの唯一

e
经

e
经

6

私は二度とあなたを見失わない
私の変革を改める
喜びを保ちつつ
一番簡単な静かさを使って

7

私は滝のようだ
落ちる場所はあなたの額
あなたの喜びと驚きの一声が聞こえる

8

あなたの声に従って遠くへいく
私は全くリラックスしている
完全に受け入れる
いのちが何であっても
あなたに私はもう十分感激している

23

9

你的嗓音多么单纯
简单到没有歌词
简单到完整

10

有时你像一个孩子
更多时是一个成长
飞舞成熟的智慧

刘波禅诗三种

刘波禅诗集三作

9

あなたの声はなんて単純なんだ
歌詞もないくらい簡単
完全に至るほど簡単

10

時にあなたは一人の子供のようだ
もっと多くの時は一つの成長だ
飛び舞って成熟した智

九　烦恼是没有用的
九 煩悩は役に立たない

1

你仅仅是你自己
喜悦是你的方式
给你自由和解放
看看烦恼在哪

2

扔掉烦恼
是超越无意识旅程的开始
用以炼金
把黑暗转向光明
死亡转向新生

3

我在燃烧你的烦恼和无意识
就像你坐在电脑前
被他们的信息牵引
睁着眼睛
说着瞎话

1

あなたはただのあなた自身だ
喜びはあなたのやり方
あなたに自由と開放をあげる
どこに煩悩があるか見たらいい

2

煩悩を捨ててしまう
それは無意識を越える旅の始まりだ
錬金術を使って
暗黒を光明に変える
死を新生に変える

3

私はあなたの煩悩と無意識を燃やしている
あなたがパソコンの前で坐しているように
それらの情報に引っ張られる
目を開いている
でたらめを話している

4

此刻我在屏幕上为你升起
带着你和太阳一起生活

5

烦恼是一座监狱
你是看守也是服刑者
请自己为自己打开门

6

用觉知派生自己的一举一动
如同大海派生波浪
一切必须是自性自发

7

有时要选择沉默
在烦恼和狂热面前
自己就是沉默

8

一旦你看到内在的光明
所有的烦恼立马不见踪影
没有束缚
你的灵魂可以去飞

4

この時私はスクリーンの上であなたのために昇る
あなたと太陽を連れて一緒に暮らす

5

煩悩は監獄と同じ
あなたは看守でそして服役者
自分よ　自分のために門を開けてください

6

覚知から自分の一挙一動が派生する
大海が波を派生するみたいに
すべて自らの本質で自ら出てくることが肝要

7

時には沈黙を選ばなければならない
煩悩と熱狂の前では
自分がその沈黙である

8

一旦あなたに内在の光明が見えたら
すべての煩悩はすぐに影も形もなくなる
束縛がない
あなたのたましいは飛んでいっていい

9

离开无名的烦恼越远
越接近金光灿烂的喜乐
一个完全不同的世界
为你躬身

10

比起烦恼
还有你的华贵
在此之前一切都是玩笑

9

無名の煩悩を離れ遠くに行けば行くだけ
金の光が輝く喜びに近づく
一つの完全に異なる世界
あなたのために身を屈める

10

煩悩に比べれば
それにあなたの豪華に比べれば
これまでのすべてがジョークだ

e
经

e
经

一○　庆祝的爱
一○ 祝う愛

1

了知一切如梦幻泡影
庆祝吧　去吃喝玩乐
你在线上吗

2

欢乐的活着
但是请保持觉知
看见自己欢乐着
看见自己成为自己　那正是

3

去唱　去跳
生命是神给你的一次机会
而这是你对神的唯一回馈

4

我的头颅被砍下
滚下网络的台阶
而头会大喊　我是谁

1

すべては夢そして泡だと悟る
祝おうよ　飲んで食べて楽しくやろう
オンラインしてるか

2

楽しく活きている
だけど気付きは続けてください
自分が楽しんでいるのを見る
自分が自分になっているのを見る　まさにそれだ

3

行って歌え　行って跳べ
いのちは神があなたに与えた一度のチャンス
そしてそれはあなたが神に対するただ一度のお返し

4

私の頭は切り落とされて
ネットの階段を転がり落ちる
頭は大声でわめくだろう　私は誰?

5

这是我的咒语
对所见无动于衷的安静
带着这感觉穿透我的存在

6

无论生与死
我是神　这就是我的静心
我是神　而不是我

7

说是的人
就是没有我的人
一个人已经到达
留下神的芳香

8

停止思考　停止幻想
转向自己的内在
用聚焦的观照
外在的世界
用鼠标点击就好

9

成为一个爱人
奏响甜与苦的旋律
成为一个有爱的状态
仅仅是因为拥有的太多太多

5

これは私の呪文
目につく無感動な静かさに対する呪文
この無感動を連れて私の存在を通り抜ける呪文

6

生であろうと死であろうと
私は神　これが私の静かな心
私は神　私などではない

e
经

e
经

7

はいという人
それは自分がない人
一人ですでに達している
神の芳香をあとに残す

8

思考を停止する　幻想を停止する
自分の内在に向きを変える
フォーカスした観照（ありのままを見る）で
外在の世界
マウスでクリックすればそれでいい

9

一人の恋人となる
甘さと苦さの旋律を奏でる
一つの愛のある状態になる
ただただ有り過ぎてあまりあるから

10

爱是一个人的本身
当爱是没有地址的一种关系
那就是无限

刘波禅诗三种

劉波禅詩集三作

10

愛は人のそのもの
愛にアドレスがないような一種の関係の時
それが無限である

一一 你能做到的改变
一一 あなたにやれる変革

1

人生需要改变
变求取为给予
在他人的目光中施爱
而那时你是富有的

1

人生は変化が必要だ
テイクをギブに変える
他人の目の光の中に愛を施す
そしてその時あなたはとても裕福だ

2

家庭需要改变
我们是彼此的奴隶
更是灵魂的伙伴
允许彼此去爱更多的人和事
在生命里结账

2

家庭は変化が必要だ
私たちはお互いに奴隷
それよりむしろたましいのパートナー
お互いにもっとたくさんの人と事を愛すること
　　を許している
いのちの中で勘定をする

3

社会渴望改变
参差多态才是幸福的本源
我是世界的公民
也是小国寡民的社区人

3

社会は変化を渇望する
ふぞろいさまざまは　むしろ幸福の本源
私は世界の公民であり
小国のコミュニティの住人でもある

4

　　那惯用的习俗可以改变
　　上帝创造了裸体
　　而人类制造了羞耻

5

　　信仰可以改变
　　我们彼此承认
　　用不同的方式走向神

6

　　生命需要改变
　　一切都是自然的展现
　　没有抗争　顺流而下
　　回归存在的海洋

7

　　庆祝啊　爱吧
　　敞开了　欢乐　信任
　　带着意识　觉醒　欢享
　　人生是喜悦的观光

8

　　改变结果
　　也会改变过程
　　唱着无言的歌

4

あの慣れ親しんだ習慣は変えられる
神は裸体を創造した
そして人類は羞恥心を作り出した

5

信仰は変えられる
私達はお互いに認め合って
別々の形で神に向かって行く

6

いのちは変化が必要だ
一切は自然の現れ
争いもない　流れに従って行く

7

お祝いだ　愛せよ
開け　喜びと　信頼の心を
意識と　覚醒と　楽しみ
人生は喜びの観光だ

8

結果を変える
過程を変えることもできる
無言の歌を歌いながら

9

前方是至乐
去感受大地的气息
倾听月亮的抒情
惊讶鲜红的太阳
感动满天

10

至乐啊　至乐
唯有当你发生改变
唯有当你从自己开始
他发生了

9

前方は至福
大地の息を感受しに行く
月の叙情に傾倒する
鮮紅の太陽を驚かす
満天を感動させる

10

至福よ　至福
あなたに変化が起きた時だけ
あなたが自分から始めた時だけ
それはあらわれる

e
经

e
経

一二　我们就是世界
一二 我らこそが世界だ

刘波禅诗三种

劉波禅詩集三作

1

不要逃离每一件事
处处都是新天地
内与外
精神与物质的翅膀张开飞翔

2

抛弃旧有
我知道会有一个重量加深
轻松的走过苍穹

3

发动自己的光升华
每一天都是自由的喜乐
活在觉知中的狂欢

4

不要成为分裂的
变得更加融合　集聚
整体就是自己

1

一つ一つのことから逃げないで
そこらじゅうに　新天地がある
うちと外
精神と物質の翼をひろげて飛翔する

2

旧いものを投げ捨てる
一つ分重さが増すことはわかっている
軽やかに曲がり角を曲がる

3

自分の光を発して昇華させる
毎日がすべて自由の喜び
覚知の中のばか騒ぎに生きる

4

分裂したりしないで
もっと溶け合って　集まって
全体こそが自分

5

所有的祷告
都来自内心
所有的垃圾
出自贪婪　憎恶　无知

6

你身体的灯火通明
内在的火焰燃烧
没有嫉妒
没有仇恨
而此刻你是完整的

7

我已达成一切
知晓所有的答案
仅仅是为了好玩

8

鱼从大海飞出
消失在大海
就像世界的诞生　消失

9

死亡来了
抬一下脚
迈向那不可知的路

5

すべての祈り
それはすべて自らの内心から
すべてのごみ
それは貪欲さ　憎悪　無知から

6

あなたの肉体の灯りがかがやく　　　　　　　経
内の炎が燃えている
ねたみはない　　　　　　　　　　　　　　　e
恨みはない　　　　　　　　　　　　　　　　経
そしてこの時あなたは完璧だ

e

7

私はもうすべてになり切った
すべての答えはわかっている
ただ単に面白いから

8

魚は大海から飛び出す
大海に消え去る
世界の誕生のように　消え去る

9

死が来た
くずを抱えて
その未知の道に向かう

我已离开身体
忘记成为宇宙

10

带着所有的意识看
死亡不再是死亡
而我成为不灭的

私はもう体を離れた
宇宙になったことを忘れる

10

全ての意識でもって見る
死はもう死ではない
そして私は不滅のものになる

一三　记住你是一个观察者
一三 覚えていてください あなたは観察者だ

1

观察你的痛苦　不安
无论新旧　来去
就是观照

2

谁在诉说她欢乐的时光
她的舞蹈和歌曲
拥有完整的宁静和享乐

3

变得更加警觉
向着内心观照的人啊
治愈了世界的伤痛

4

请叙述爱的语言
对着自己肉体的每一个器官
对着每一个人
那时你是一个佛

1

あなたの辛さ　不安を観察する
新しくても古くても　去るのも来るのも
これが観照だ

2

誰が彼女の喜びの時代をとがめるか
彼女のダンスと歌曲を
完璧な静かさと楽しみのある

3

変わってもっと気づかせる
内心に向かって人を観照せよ
世界の傷を治している

4

愛の言葉を述べてください
自分の肉体の一つ一つの器官に向けて
一人一人に向けて
その時あなたは佛

e
经

e
经

5

我早已忘记了内在的世界
离开了那里的天空　大海
遭遇你　我完成了一次记住

6

我走进自己的心灵
不再分裂
外面尽是遗失

7

没有任何东西是虚幻的
外在　内在
你和我都是存在

8

我站在这个世界
而我仍然不属于这个世界
如同你像花　树　河流

9

我在我的理念喜悦
在宁静里欢乐
你既在我之外又在我之内

10

到家了　哎哟
世界是不要被害怕的
他是要被爱的

5

私はもう忘れてしまった　内在の世界を
離れてしまった　あそこの天空　大海を
あなたにめぐり会い　私は一回の記憶を完成させた

6

私は自分のたましいに入り込んだ
もう分裂しない
外側は全く失った

7

あらゆるものは幻ではない
外在　内在
あなたと私は皆存在する

8

私はこの世界に立っている
でありながら　私はこの世界のものではない
あなたもそうであるように　花も　樹も　川の流れも

9

私は私の智の中で喜ぶ
静かさの中で楽しむ
あなたは既に私の外にいて　私の中にいる

10

うちに着いた　あーあ
世界は恐れられるなくてもいいものだ
それは愛されるものなのだ

一四　没有我
一四　私がない

1

不吃饭会饿死
不睡觉会发疯
没有神　会是以上两者

2

离开头脑
回到禅　回到没有我的我
静静的坐下来

3

再多的教导
仅仅是为丢弃你的自我
好臣服于神

4

请不要再继续愤怒
把生活分成好的和坏的
二分会让你发疯
向无意识的深处堕落

1

食べなければ飢え死にする
寝なければ気が狂う
神がいなければ　上の二つになる

2

あたまを離れる
禅に戻る　私のない私に戻る
静かにすわる

3

これ以上の説教は
ただあなたの自我を失わせるのみ
良き部下は神に従う

4

もう怒り続けないでください
生活をよいものと悪いものに分ける
二分はあなたを発狂させる
無意識の深みに堕ちていく

5

只要月亮存在
影子就一直在
不要抚摸　强迫自己的影子
而那都是虚幻

6

哦　你如此沉默
如此的平静
看见如此的风吹送

7

让觉知的魂破门
就不会失去家的控制
你是主人端坐在那里

8

任何被准备的事
如火里倒上油
忘记任何外在的强加

9

我会更加智慧
不做不自然的事情
一颗心啊　融入大海的自由奔放

5

月が存在すれば
影もいつも存在する
撫でないで　自分を強いる影を
それはすべて幻だ

6

おお　あなたはこんなに黙って
こんなに静かで
こんなに風を吹かせるのを見る

7

覚知したたましいに門を破らせる
それで　家の采配はくずれない
あなたは主（あるじ）　そこに座っている

8

すべての準備させられたこと
火の中に油を注ぐのと同じ
すべての外在の強化を忘れる

9

私はもっと賢くなれる
不自然なことはやらない
一つの心よ　大海の自由奔放に溶け入る

10

对抗所有的教条
不再反应
而是因为真理

10

あらゆる教条に対抗
反応しない
そしてそれが真理だから

e
经

e

经

一五　何时何地
一五 いつ　どこで

刘波禅诗三种

劉波禅詩集三作

1

超出自我之外
超出世界之外
在灵魂之外有太阳

2

月亮消失了
风消失了
空在

3

你是如此的无常
但请向内看
那有海洋般的意识

4

风在　雨在
我不在
只有存在

1

自我の外に飛び出す
世界の外に飛び出す
たましいの外には太陽がある

2

月が消えた
風が消えた
空がある

3

あなたはこんなに無常だ
だけど内を見てください
そこには海のような意識がある

4

風がある　雨がある
私はいない
存在だけがある

5

啊　我解脱了自己
穿越了梦幻
到达了最终的自由

6

壮丽的表达自己
不再是你
也不再是我
生命自己在跳舞

7

觉知到我不是任何所有
只是无常
从身体到灵魂
死而复生

8

我正涉入切切的涅槃
没有分别　没有界限
只有无言的花开

9

知道自己
只是知道
啊　我知道

5

ああ私は自己を解脱した
夢幻を突き抜けた
最終の自由に到達した

6

壮麗に自分を表わす
もうあなたではない
もう私でもない
いのち自身が踊っている

7

覚知が至る　私はあらゆる何ものでもない
ただ無常
肉体からたましいまで
死んで復活する

8

私は正に間違いなく涅槃に入る
区別はない　境界はない
ただ無言の花が咲いている

9

自分を知る
ただ知るだけ
ああ　私は知っている

e
经

e
经

10

更深的进入觉知
融解那无形
无物啊

刘
波
禅
诗
三
种

劉
波
禅
詩
集
三
作

10

もっと深く覚知に入る
あの無形の溶け入る
無物よ

一六　更多一点自信
一六　もっと自信を持って

1

没有怀疑
没有思量
然后就可以开始蜕变

2

我给予你安慰
带着品质的体温
爱　自在　闪耀的风光

3

请让你的自信发生
你与许多的事情分开了
那个空隙里神在

4

你也可以邀请你的朋友们
跳动自信
抽取艰难生活的彩票

1

疑いはない
思惑はない
そのあとすぐにからを抜け出られる

2

私はあなたに慰めをあげる
質の体温と一緒に
愛　自在　きらめく景色

3

どうぞあなたの自信を起こさせてください
あなたとたくさんのことが分離した
そのすき間に神がいる

4

あなたも友達を呼んでいい
自信を躍動させよう
辛い生活のたからくじを引こう

e　经

e　经

45

5

快乐之道
和谐之道
在你自信的默祷里

6

自信是真正的力量
此外还有爱
他们让你臣服　顺从　退让

7

请接收我的祝福
不能明白
但可以被你领悟

8

从痛苦和愉快里
找到自由
超越阴晴　黑暗与光明

9

多么完美的自由
与你的完全合一
如此寂静

5

快楽の道
調和の道
あなたの自信の黙祷の中

6

自信は本当のエネルギー
そのほかには愛がある
それらはあなたを屈服させ　従わせ　譲らせる

7

私の祝福を受け入れてください
わかりようがないだろう
だがあなたは領悟する

8

痛みと心地よさの中から
自由を見つける
明暗を越える　暗闇と光明を

9

何と完璧な自由なのか
あなたと完全に一つになる
こんなに静寂

10

从一刻到另一刻
像你一样
没有自我
谨慎天真

10

一刻から別の一刻に
あなたのようだ
自我がない
注意深く無邪気だ

e
经
e
经

一七　请让自我离开一下
一七　自我に離れてもらってください

刘波禅诗三种

劉波禪詩集三作

1

当所有的至乐发生
是神在的时刻
微风来临
星星下雨

2

我用亲吻睁开你的眼睛
你的宁静荡漾一片光明
那恰恰是我给予与所求的

3

没有任何快乐让我如此疲惫
而你例外
当我对着你祈祷时

4

超越吧
我的终极喜乐

1

すべての至福が起きる時
それは神がいる時間
そよ風が来る
ちらほらと雨が降る

2

私の口づけであなたの目が開く
あなたの安らかさに一片の光がうねる
それはまさに私が　与えそして求めているものだ

3

どんな快楽も私をこんなに疲れさせない
しかし　あなたは例外だ
私があなたに対して祈っている時は

4

乗り越えなさい
私は究極の喜びだ

当心念的内容物空无
就是我的一次开始

心が唱える内容物が空っぽになった時
それは私の一度の開始

5

你不是一个神话
在我世俗的生活里你如此具体
而你的气息成为我的深呼吸

5

あなたは一つの神話ではない
私の俗世の生活の中であなたはこんなに具体的だ
しかもあなたの息は私の深呼吸

6

我是一个无人
一片岩石或海浪
而你在不存在的地方等候我

6

私はひとりの無人
一塊の岩石か又は波浪
しかもあなたが存在しないところで私を待っ
　　ている

e
经

e
经

7

心灵没有语言
正如神的宁静
正如我的默想

7

心には言葉がない
神の静かさのように
私の瞑想のように

8

爱啊　爱
这个世界上最大的缺乏
要更多的诗

8

愛よ　愛
この世界の上で最もかけているものよ
もっとたくさんの詩が

9

我的所有提示
都是爱
一如星辰　一如大海

9

私のすべての提示
すべては愛
一つは星のように　一つは大海のように

49

10

满怀信任
忘掉我
淹没我
神的爱如此全然

刘波禅诗三种

劉波禅詩集三作

10

信頼に満ち溢れている
私を忘れる
私を埋め尽くす
神の愛はこんなに完全だ

一八　不要害怕，无物
一八 こわくない、 無物だ

1

记住神　不要再对他陌生
在他的面前　静静的消失
没有努力
没有恐惧

2

一个成道者
就是为了他的没有自己
没有为什么

3

了解我并看见
并没有自己可以被知道
听到宇宙的嘴唇读出我的听

1

神を記憶する　もう神によそよそしくしなくていい
神の前で　静かに消え去る
努力はない
恐れはない

2

一人のさとりを得た者
それは自分がないから
なぜはない

3

私を了解（りょうげ）し又見る
知らされていい自分はない
宇宙の唇が私の聞いていることを読み取るのが
　　聞こえる

4

没有什么需要知道
和宇宙一体
那原始的隐秘的地音在耳

5

如果死亡成为最终的死亡
没有边际　没有界限
你将不会在那里
但真相会在

6

在天空下舞蹈
并没有那个舞者
歌声会在那里
而歌者是有和无

7

让风吹走思虑
向感官的深处游动
在生命的源头上岸

8

我天天在变老
天天在变化
如此的无常
照见了我的无限

4

何も知らなければならないことはない
宇宙と一体
その原始のかくれた地鳴りが耳にある

5

もしも死が最終の死になるなら
端はない　境はない
あなたはそこにいないだろう
だが真の姿はいる

6

天空の下で踊る
全くあの踊り手ではない
歌声はそこにある
しかも歌い手は有と無

7

風が思いを吹き行かせる
感官の深みに向かって移っていく
いのちのみなもとに上陸する

8

私は毎日老いていく
毎日変化している
こんなにも無常
私の無限を照見した

9

张开解脱的双翼
我是一只雄鹰
从山顶到山顶
消失在天际

10

你还在等待什么
有什么好等的
神已提前到达

9

解脱の双翼を広げる
私は雄鹰
山頂から山頂へ
天の際に消え去る

10

あなたは何を待っているの
待って何がいいの
神はもう先に着いている

e
经

e
经

一九　静心中
一九 静かな心の中

1

啊　你的神性
在内观中燃动火焰
听到　看到　被燃烧

2

一个人将内心所有倾诉给神
不抑制　不隐瞒
任何的念头
然后这个念头就可以消失

3

当静心开始
先是交流　然后是交融
都是神

4

我是一个纯净的敞开
所有的真实到来

1

ああ　あなたの神性
内観の中で炎が燃え立つ
聞こえる　見える　燃やされている

2

一人の人は内心を神に打ち明けるだろう
押さえることなく　隠すことなく
全ての思いを
それからこの思いは消え去っていけばいい

3

静かな心が始まる時
先に交流があり　それから交融がある
それはすべて神

4

私は一つの純粋なあけっぴろげ
全ての真実がやってくる

我听到存在的脚步
在宇宙的心脏叩响

5

多么神圣的倾听
像被你带入生活
全然的了悟
不懂和看不见的

6

身体只是外在
我是寄居又涵括的灵魂
是两者
也是两者之上

7

不论风吹过
不论云飘过
不论你在与不在
我的喜乐总是追随着你

8

我无法回答你
你也无需接受回答
为什么而来　怎样来

9

你总是到来
总是正在

私は存在の足音を聞く
宇宙の心臓の鼓動が響く

5

なんと神聖に聴き入っているのか
あなたに生活の中に持ち込まれたようだ
完全な領悟
わからない　と　見えないもの

6

肉体はただの外在
私は寄寓し又内包しているたましい
その両者
そして両者の上

7

風が吹いていたとしても
雲が流れていたとしても
あなたがいてもいなくても
私の喜びはいつもあなたに従っている

8

私はあなたに答えられない
あなたも答えと受け入れる必要はない
どうして来たのか　どうやって来たのか

9

あなたはいつも来る
いつもまさにいる

e
经

e
经

总是在我的灵魂里歌唱
像我天天的邀请

10

祷告是我唯一的奇迹
不是一个行为
像你的敞开
总在接纳　总在发生

いつも私のたましいの中で歌を歌う
私の毎日の招請のようだ

10

祈りは私の唯一の奇跡
一つの行為ではない
あなたのあけっぴろげのように
いつも受け入れ　いつも生まれている

二〇　神必垂听
二〇　神は必ず聞き入れる

1

献上我的祷告
供养对你纯净的爱
永恒的　永远是当下的在
爱继续

2

啊　我生命中永恒的歌
展现你　流动你
　　复活你
在星辰里　花朵里

3

追随你
进入一个未知能量的中心
我的迷恋啊
为了更久的和你停留在一起

1

私の祈りを捧げる
あなたの純粋な愛を供養する
恒久の　永遠は今この時にあること
愛は続く

2

ああ　私のいのちの中の恒久の歌
あなたを表わし　あなたを動かし
　　あなたを復活させる
星の中に　花の中に

3

あなたに従う
一つの未知のエネルギーの中心に入る
私の迷い恋よ
もっと永くあなたと一緒にいたいために

4

我消失在爱中
我消失在神中
只是成为爱

5

爱是你的给予
和平的钟声敲响
像你优雅的笑

6

只是微亮
如黎明的曙光
我是花朵温和的芬芳

7

我所有的一切透过爱而来
生命如此清晰
就像你向我传达的

8

你让我的生命成为庆祝
在你的深处
在垂听的世界

4

私は愛の中で消え去る
私は神の中で消え去る
ただ愛になる

5

愛はあなたのギブ
平和の鐘の音が響く
あなたの優雅な笑いのように

6

ただかすかに明るい
黎明の光のようだ
私は花びらやさしい匂い

7

私のすべて一切は愛を通して来ている
いのちはこんなに明らか
あなたが私に伝えてくれているようだ

8

あなたは私のいのちを祝福にならせる
あなたの深いところで
聞き入る世界で

9

天空是你的
大地是你的
你是海洋自由的壮阔
而我是你的

10

你如此充满智慧
与知识无关
一切都靠体验与发现

9

天空はあなた
大地はあなた
あなたは海の自由な雄壮さ
そして私はあなたのもの

10

あなたはこんなに智に満ちている
知識とは無関係
すべては体験と発見によっている

e
経

e
経

二一　朋友的时代来临
二一 友達の時代が来る

刘波禅诗三种

劉波禅詩集三作

1

尽可能拥有更多的朋友
越爱越有
没有嫉妒
尽是能量

2

让别人成为奴隶
自己首先就是
不会有再多的结果

3

这是我的成长
我不再是渐渐变老
而是蜕变
复活与新生

1

できる限りたくさんの友達を持とう
愛せば愛すだけ　持てる
ねたみはない
エネルギーがあるだけ

2

他の人を奴隷にさせる
自分が真っ先にそうなる
それ以上の結果はありえない

3

これは私の成長
私はもう徐々に老いてはいかない
そうでなく変革だ
復活と新生

4

生命向前奔跑
一路上遇见很多的朋友
而那是伸给我的功课
告诉我如此需要他们

5

相由心生的喜悦
我接受美丽与力量
谢谢你给予的升华

6

优美带来精神
拥抱爆发肉体的灿烂
这是有朋友的人

7

生活不是政治
是告白与诗歌
朋友也是

8

朋友啊
进入我的内心吧
我天天等候
看见你的义无反顾

4

私は愛の中に消失する
私は神の中に消失する
ただ愛になる

5

心のあるがままの喜び
私は美とエネルギーを受け入れる
あなたから頂いた昇華をありがとう

6

優美が精神をもたらす
肉体を爆発させるきらめきを抱く
これは友達のある人

7

生活は政治ではない
それは告白と詩
友達も

8

友達よ
私の内心に入って来て
私は毎日待っている
あなたの一途さを見る

经

经

最大的自由
来自对你的热爱
朋友啊　接受我的给予

没有师傅　有信任
这是新的人际关系的开始
朋友时代的开始

刘波禅诗三种

劉波禅詩集三作

9

最大の自由は
あなたの熱愛から来る
友達よ　私のギブを受けてほしい

10

師匠がいない　信頼がある
これは新しい人のつながりの始まり
友達の時代の始まり

二二 活着，只是一个目击者
二二 生きている、ただの一人の目撃者だ

1

听着雨水
爱心浮涌
如母的众生啊
我用大地的恩情报答你

2

我的内心是阳光的声音
嗡嗡的真言咒语
这是我天天的默诵

3

让心灵活泼泼
我的头脑更加安静
成为爱的 正爱的

4

多么的短暂
长过我的一生
那是我给予你的喜乐

1

雨を聞いている
愛心が浮かび上がる
母なる衆生のようだ
私は大地の恩情であなたに報いる

2

私の内心は陽光の音
わんわんと響く真言の呪文
これは私の毎日の黙誦

3

心を生き生きとさせよう
私のあたまはもっと静まる
愛になった 正に愛そのものの

4

なんと短い
私の人生よりも長い
それは私があなたにあげた喜び

63

5

我是神秘的
像天空的一朵云
示现天空的全部含义

6

有许多受苦的事会发生
也有许多的幸福正在来临
而心念像一个哨兵
立正　敬礼

7

我就是神的礼物
如同你的珍贵
如同你的轻轻打开
小心翼翼

8

当你爱着自己
就没有能力去恨别人
连那仅有的爱也能与人分享

9

我是生命的目击者
看着他们的聚散依依
看着他们变来变去的形式
而我向你鞠躬

刘波禅诗三种　　劉波禅詩集三作

5

私は神秘だ
天空の一片の雲のように
天空全部の意味を表している

6

たくさんの苦しみが起こるだろう
たくさんの幸せも今起こっている
そして心は歩哨のように
直立し　敬礼する

7

私こそが神の贈り物
あなたの貴重さのように
あなたの軽やかさのように開ける
びくびくしながら

8

あなたが自分を愛すると途端に
ほかの人を恨む能力はなくなる
わずかしかない愛さえも人と分け合えるよ
　　うになる

9

私はいのちの目撃者
彼らのふらふら集散するのを見ている
彼らのころころ変わるその形式を見ている
そして私はあなたにお辞儀をする

10

你有那么多的讯息
生动天空　大地　海洋
我只有感激

10

あなたにはそんな多くのニュースがある
天空　大地　海を動かす
私はただ感激するだけ

e

经

e

经

二三 宁静的方式
二三 静かの方式

刘波禅诗三种

劉波禅詩集三作

1

人类的恶意弥漫末日
噩梦频频
被业力抽打的众生
正将天堂强制性的拆迁
用疯狂的欲望
加大地狱的建设速度

解脱自己
是自己唯一能做的一件事
以生　以死　以轮回

2

我的祈求
是你生命蜕变的能量进入我
感觉你的　在
像微妙的清风
电闪雷鸣
穿透进入那个空隙
看见真相
报应如同泥鳅
捉不住的滑

1

人類の悪意が満ち溢れる末世
悪夢だらけだ
業（ごう）のちからで平手打ちされる衆生
天国はむりやり立ち退かされていく
狂ったような欲望で
地獄の建設の速度を上げる

自分を解脱せよ
これが唯一のできること
生をもって　死をもって　輪廻をもって

2

私の祈り
それはあなたの生命変革のちからを私に入れること
あなたを感じる　存在
微妙な清風のように
いなづま　とどろきのように
あのすき間を突き抜けて入って来る
真の相を見る
泥鰌のように報いる
捕まえられないぬめり

3

你是最终的灵性
我幸福着你的到来
没有开始
没有结束
用臣服　意志
和你站在一起

4

记住你的笑
许多悲伤
更多的和谐
笑出一个早晨

无念啊
当人们忘记美的时候
你是美丽的

5

平凡的生活
需要开悟
如果你要享受和被爱
首先从你能够爱开始

爱是忘记过去和未来
这个颤动的时刻
这个活生生的时刻

让我给你一个无念的爱吧
像田野的花

3

あなたは最後の霊性
私は幸せの中であなたが来るのを待つ
始まりはない
おしまいはない
服従と　意志で
あなたと一緒に立つ

4

あなたの笑いを覚える
多くの悲しみ
もっと多くの協調が
一つの朝を笑いから作り出す

思いはないのだ
人々が美を忘れる時
あなたは美しい

5

平凡な生活
さとりが必要だ
もしもあなたが楽しむことと愛されることを求めるなら
まずあなたが愛せるところから始めよう

愛は過去と未来を忘れること
このぶるぶる振動する時間
この生々しい時間

あなたに一つの　思いのない愛をあげよう
野の花のような

e
経

e
経

化作白云在天上飞

白雲と化し天を飛ぶ

6

只有爱
没有人
我的爱是一种狂喜
我们相遇的时刻
不是两个人
那个二消失了
只有爱存在

走在天空的倒影里
只是无
我在消逝
看见你的消失

6

ただ愛だけがある
人はない
私の愛は一種の狂喜
私たちが待ち合わせる時間は
二人ではない
その二は消え去った
ただ愛の存在だけがある

天空の倒影の中に行く
ただ無だけがある
私は消え去っている
あなたが消失するのを見る

7

我的酒杯满是心事
滚烫的热泪为你辟邪
我见你的遥远
在黑暗中沉沉

世界如此衰败
用疯狂和热闹加时

我是宇宙
在一杯茶里泡着悲欣

7

私の盃は心のことで満ちている
たぎる熱き涙はあなたの魔除けのため
私は遠くのあなたに会う
暗黒の中うち沈んで

世界はこんなにも衰えている
狂気とそうぞうしさが加わる時

私は宇宙
一杯の茶の中に悲喜を浸す

8

你就是那不可言说的
你是一个存在

8

あなたは言葉で言い尽くせないもの
あなたは一つの存在

与别人分享
然后你是一个奥秘

人生充满预言　故事　比喻
而你是不能被解释的
正如你的微笑和叹息
轻松的打开契合的天空

9

那些找到狂喜的人会说
神就是爱
在两个人深深地拥抱中
爱在旁边静静的看着

神的最高
和人的最低相遇
那就是天空与大地的边界
海洋与星辰

10

一个除了性以外
从来不知道任何东西的人
一个认为性就是爱的人
哦　爱从来不是一种行为
她只是你存在的状态
你可以在她里面
像星星在天空
如此神秘
你只能被她控制
你无法占有她

ほかの人と分け合う
それからあなたはひとつの神秘

人生は予言　物語　比喩に満ちている
あなたは説明されないもの
まさにあなたの微笑みとため息のように
軽やかに契約の天空を開く

9

狂喜を探し出したあの人たちは話すだろう
神は愛だと
二人が深く抱き合う中
愛はそばで静かに見ている

神は最も高い
人との低い出会い
それは天空と大地のはざま
海と星の

10

一人の性以外
どんなものもずっと知らなかった人
一人の性が愛だと思っている人
おお　愛はずっと一つの行為ではなかった
その人はただあなたの存在の状態
あなたはその人の中にあることができる
星が天空にあるように
こんなにも神秘的
あなたはただその人に支配され
その人を独り占めにできない

e
经

e
经

二四　活法
二四 生きる法

劉波禅诗三种

劉波禅詩集三作

1

我不是一个类人
没有分裂
现在成全人类
成为一个庆祝的人

2

你要有更多的世俗
但内心要有神
他们从来没有分开过

3

拥有自由
也拥有抛弃自由的自由
从自然回到自然

1

私はふぬけ人間ではない
分裂がない
今は全ての人類になって
一人の祝福の人になる

2

あなたはもっとたくさんの世俗が欲しい
だが内心には神が欲しい
それらはずっと分かれたことがない

3

自由を持つ
自由を棄てる自由も持つ
自然から自然に戻る

4

肉体上　感官上
享受身体的一切欲望
一切可能
但请你保持观照

5

我是欣喜
伴随每一天的到来
这是我记住的第一件事情

6

更勇敢面对未知
面对新的开始
从黑暗到光明

7

你能够
你将能够爱人
从性到祈祷
从心灵到灵魂

8

每一件事都是自我忆起
意识到　我是
我是谁

4

肉体で　感官で
体の一切の欲望を楽しむ
すべてが可能
だが観照を保持して

5

私は喜び
毎日付き従って来る
これが私は覚えている第一のこと

6

もっと勇敢に未知と向き合う
新たな始まりと向き合う
暗黒から光明へ

7

あなたはできる
あなたは人を愛せる
性から祈りまで
心からたましいまで

8

一つ一つのことからすべて自分で思い出す
意識が至る　私がそうだと
私は誰

e

经

e

经

9

坐在游戏里
继续静静的觉知
巨大的喜悦和平

10

我是　是的
持续的静心
在陶醉与警醒之间

9

ゲームの中に座る
静かな覚知を続ける
巨大な喜びと平和

10

私だ　そうだ
静かな心を持ち続ける
陶酔と気づきの間で

二五　生命是神的礼物
二五 いのちは神の贈り物

1

生命是神的礼物
接受他　打开他
发出感恩的赞美
这无以回报的惊叹

2

生命是荣光
壮丽而伟大
此刻我是神的容器
满满的溢出爱

3

生命活泼泼的在看
一切都像河流
大海和神在远方等候

4

我需要更多的内观
向内看　向内走

1

いのちは神の贈り物
受け入れて　開けて
感謝の賛美を述べて
このお返しのできないサプライズ

2

いのちは栄光
壮麗で且つ偉大
この時私は神の入れ物
満ち溢れ出る愛

3

いのちは活き活きと見ている
すべては川の流れのようだ
大海と神は遠くで待つ

4

私はもっと内観が必要だ
内を見る　内に向かう

e
経

e
経

从智利到直觉
从思考到默祷
而那是一生最伟大改变的开始

智利から直感へ
思考から黙祷へ
そしてそれは一生で最も偉大な変革の始まり

5

你啊　如此神性
包涵完整的而不是分裂的
完全的觉知
不轻易和死亡交易

5

あなたよ　こんなに神性
完璧を含み又分裂のない
完全な覚知
軽々しくは死と交渉しない

6

生命的能量全部在此
闭上眼睛
忘记身体
我就是那能量

6

いのちのエネルギーは全部こんなだ
目をつむる
肉体を忘れる
私がそのエネルギーだ

7

我的生命
我天天看见你
我爱你
身体是我的庙宇
我没有任何地方要去
没有任何需要满足

7

私のいのち
私は毎日あなたを見ている
私はあなたを愛している
肉体は私の廟宇（びょうう）
私には行きたい所はどこにもない
満足する必要は何もない

8

神性的歌
带着身体跳入存在的大海
起伏　沉浮　放松

8

神性の歌
肉体を連れて存在の大海に飛び込む
起伏　浮沈　リラックス

9

我就是嬉戏生命
时而在花朵里
时而在树里　河里
撞见惊奇

10

生命是一把钥匙
用来打开神性的门
脱掉身体　到家了

9

私はいのちとはしゃぐ
時に花びらの中で
時に樹の中　河の中で
驚きにぶつかる

10

いのちは一つの鍵
それで神性の門を開ける
肉体を抜け出して　家に着いた

e

经

e

经

二六　现在我们一起跳舞
二六　今私たちは一緒に踊る

刘波禅诗三种

刘波禅诗集三作

1

跳起来　我的那份纯净
没有愿望
没有期待

2

我给予你
越来越多的爱
一个无尽的源泉
在我的呼吸里

3

在爱之中　舞蹈中
将自己交出
在那个空中
吹拂神的风

4

多么神圣的韵律

1

飛び上がれ　私のあの純情
願望はない
期待はない

2

私はあなたにあげる
どんどん多くなる愛
一つの無尽蔵の源泉
私の呼吸の中に

3

愛の中で　舞踏の中で
自分から取り出す
あの空の中で
神の風が吹く

4

何と神聖なリズム

旋转爱你的世界
神是旋转也是静止

あなたを愛する世界を回転させる
神は回転し　止まってもいる

5

一个人在狂喜中
就会成为空
突然你就充满了神

5

一人の人が狂喜の中
空（くう）になれる
突然あなたは神で満ち溢れる

6

祷告　允许一切的发生
所有的事情通过臣服
不留余地的交出自己
看看会有什么样的奇迹发生

6

祈り　すべての発生を許す
あらゆることは服従を通過する
余地を残さず自分を取り出す
どんな奇跡が発生するかを見ている

e
经

e
经

7

不要痛苦
只要臣服
生命没有意义
从此不会有挫败
每一个片刻你只是享受你自己

7

苦痛は要らない
ただ服従が要る
いのちには意味がない
これからは挫折がない
ひと時ひと時あなたはただ自分を楽しむだけ

8

去活过生命
只是纯粹欢乐的活过他
只是为了生命的缘故
像伟大的自由
带来真正的自由

8

いのちを生きてきた
ただ純粋に楽しくそれを生きてきた
ただいのちのせいで
偉大な自由のように
本当の自由を連れてきた

9

你的笑容挂满神的光芒
放射内心的纯洁
那时你就可以飞了

10

成为光　你就是光
没有人在　只有光
我由光而生
再度泛华神光

9

あなたの笑顔に神の光芒が満ちる
内心の純潔を放っている
その時あなたは飛べる

10

光になる　あなたは光だ
誰もいない　ただ光がある
私は光から生まれた
再度神の光を輝かせて

二七　去彼岸
二七　彼岸に行く

1

你永远是不能被知道
但是可以去体验
但是可以去超越

2

我不会活在过去和未来
在现在我是无念的
心像一面寂静的镜子
没有染尘

3

能量扎根于心的大地
被接受　喜爱　感激
舞动庆祝

4

歌声在彼岸
舞蹈在彼岸
烦心的夜晚

1

あなたは永遠に知らされることはない
だが体験に行ける
だが超越に行ける

2

私は過去と未来に生きることはできない
現在の私は思いがない
心は静かな鏡のようだ
ちりに染められていない

3

エネルギーは心の大地に根をはる
受け入れられ　愛され　感激され
祝福を舞い動かす

4

歌声は彼岸にある
踊りは彼岸にある
煩わしい夜ふけ

e 经

e 经

我是一条河流奔腾
钟爱着此岸

5

生命不会通过不而延伸
没有不　生命处处大放光明
没有不　我是多么的放松

6

每一次机缘的到来
我用是的咒语
是是创造了光明　喜乐
生命在彼岸开花

7

穿透时间　永恒
欢迎无常
我是生命所有秘密就是
　　随它去
允许河流带着我
我将顺利到达

8

啊　彼岸的至乐　觉醒
你和神同样欣喜

　　无眠

私は一筋の激しい河流
この世をとても愛して

5

いのちはノーを通して伸びるのではない
ノーがなければ　いのちは至るところで光明
　　を放つ
ノーがなければ　私は何と心穏やかか

6

毎回の縁の到来
私がイエスの呪文を使う
イエスは光明と　喜びを創造する
いのちは彼岸に開花する

7

時間を　恒久を突き抜ける
無常を歓迎する
私はいのちのあらゆる秘密そのものだ
　　それに従っていく
河流が私を連れて行くのを許す
私は順調に着くだろう

8

ああ　彼岸の至福　覚醒
あなたと神は同じように喜ぶ

無眠

9

　　我宣称你的价值
　　但你必须记得爱自己
　　走入你的内在

10

　　陶醉在彼岸
　　所有的醉者到达了神
　　不依赖于熟悉
　　找到终极的至福
　　醉多一些
　　但请多醉一些

9

私はあなたの価値だ　と宣言する
だがあなたは自分を愛することを覚えていなけれ
ばならない
あなたの内在に入り込む

10

彼岸で陶酔する　　　　　　　　　　　　　　　e
あらゆる酔者は神に着く　　　　　　　　　　　経
なじみかどうかに頼らず
究極の至福を探す　　　　　　　　　　　　　　e
もっと酔って　　　　　　　　　　　　　　　　経
但しもっと酔ってください

二八　就是要去行动
二八 とにかく行動この時

刘波禅诗三种　　劉波禅詩集三作

1

请记住　行动是唯一的祈祷
不能被教授
它是一些被你行动后发觉的
最妙的体验

2

你和天空之间的交流
如波浪与海
在冲动与宁静里

3

从行动到行动
从爱到爱
不能看见
你知道　结果正在发生

4

纯粹的行动是音乐

1

覚えておいて　行動は唯一の祈りだ
教わることはできない
それはあなたが行動した後気づかされることだ
もっとも見事な体験だ

2

あなたの天空の交流
波と海のようだ
ぶつかり合いと静かさの中に

3

行動から行動へ
愛から愛へ
見ることができない
知っているだろう　結果は今起こっている

4

純粋な行動は音楽だ

生命被激活
从此没有时间的约束

5

你的行动惊落太阳
在行动的意识里
大海上扬

6

死亡不能行动
而你在行动
能量涌动天地

7

无声的行动
抛弃一切多余
当下是寂静

8

在深深地感恩里
没有身体
只有被神照耀的灵魂

9

我再次出发
寻找神
所在之处
正是天堂

いのちは突き動かされる
これから時間の束縛はない

5

あなたの行動で驚いて太陽が落ちる
行動の意識の中
大海がせり上がる

6

死は行動できない
しかしあなたは行動している
エネルギーで天地が涌き動く

7

無言の行動
すべての余分を棄て去る
今この時にあるのは静寂

8

深い感謝の中
肉体はない
ただ神に照らし出されたたましいだけがある

9

私はもう一度出発する
神を探す
いる場所が
正に天国

e
经

e
经

10

　　静静的坐着
　　看眼泪的大海翻滚
　　允许他的澎湃
　　好表达你说不出的惊讶　快乐

10

静かに坐している
涙の大海が逆巻くのを見る
それがぶつかり合ってもいい
あなたが言い出せない驚きをよく表している
　楽しい

二九　现在是祈祷的时刻
二九 今は祈りの時間

1

祈祷是接收神
这是我每天的成就
灵魂被喊出来

2

没有仪式　无需仪式
在笑声中　在泪水里
在心与存在的融入里

3

我的祈祷是一个自然
安静而又激情
有一天我的话语
变成了神的

4

没有固定的时间
从黎明到黑夜

1

祈りは神を受け入れること
これは私の毎日の成果
たましいは叫び出される

2

儀式はない　儀式は要らない
笑い声の中　涙の中
心と存在の融合の中

3

私の祈りは一つの自然
静かで且つ又激しい
いつか私の言葉は
神になるのだ

4

固定の時間はない
暁から夜更け

e 经
e 経

85

祈祷总在
我的灵魂里自动发出

5

你在祈祷中长大
那是我沉默的土地
神啊　神啊
我生命中最柔软的流动

6

在爱中　黑暗里
祈祷像光明出现
每当你向内在看着自己

7

爱我的人因祈祷而来
她手举智慧的火把
点燃纯洁的守候

8

投入的祈祷
奉献的祈祷
臣服的祈祷
应允所有事情的发生
畅饮它

9

祈祷的幸福　喜乐
死亡和时间带不走

祈りはいつもある
私のたましいの中からひとりでに出て来る

5

あなたは祈りの中で成長する
それは私の沈黙の大地
神よ　神よ
私のいのちの中最もやわらかで流動的な

6

愛の中　暗黒の中
祈りは光明の出現のようだ
いつもあなたが内に向き自分を見ている時

7

私を愛する人は祈りゆえに来た
手に智の火を掲げて
純潔の看護の火をともす

8

没頭する祈り
捧げる祈り
服従の祈り
あらゆることが起こるのを許すべきだ
それを痛飲する

9

祈りの幸せ　喜び
死と時間は連れて行けない

刘波禅诗三种

劉波禅詩集三作

而你可以轻易携带
被祝福过的

10

充满意识的祈祷
在行走中
在警觉中

しかしあなたは軽々と持って行く
祝福された後に

10

意識の満ち溢れた祈り
歩いている時
気づきの時

e
经

e
経

三〇　你是身体 也是灵魂
三〇　あなたは肉体 たましいでもある

1

你的眼里
漂漾天真
那是带你去真实的通道
你的知道

2

敢于用身体冒险的人
能走进未知
走过不可知的黑夜

3

我是无条件的爱
爱一切
用爱欣喜发光
那是灵魂乐见的

4

我把永恒的名字留给你
整个存在是你的家园
在灿烂的共有之中

1

あなたの目の中で
天真爛漫が漂っている
それはあなたを連れて行く真実の道
あなたの知っていること

2

敢えて肉体を使って冒険に挑む人
未知に向かって行ける
知らない暗夜を行っている

3

私は無条件の愛
愛の一切
愛で喜びを発光させる
それはたましいが喜んでいるのだ

4

私は恒久の名をあなたに残す
全ての存在があなたの我が家
きらめく共有の中に

5

一个天天变化的身体
一个永不改变的灵魂
更神奇的活过了生命

6

生命是一所独特的学校
没有老师
需要无师自通

7

啊　我的身体和灵魂
我用喜乐的音乐创造你们的相会

8

是你给予我一次一次出生
帮助给予　支持给予
核心的事情是让我来　好吗

9

对灵魂说些什么
总是那么美妙
身体的形状成为灵魂的山峰

10

哦　身体和灵魂
哦　男人和女人
从无意识到意识
转变啊　如你所能的那样多

5

一つの毎日変化する肉体
一つの永遠に変わらないたましい
もっと不思議ないのちを生きた

6

いのちは独特の学校だ
先生はいない
師なく自ら通ずることが必要だ

7

ああ　私の肉体とたましい
私は喜びの音楽であなたたちの出会いを創造する

8

あなたが毎回　生を与えてくれたのだ
与えることを助け　与えることを支持する
核心のことは私にさせて　いいですか

9

たましいに何を話すか
いつもあんなに素晴らしい
肉体の形状はたましいの山峰になる

10

おお　肉体とたましい
おお　男と女
無意識から意識へ
転換せよ　あなたのできることのようにたくさん

e
经

e
经

三一　第三只眼的苏醒
三一 第三の目が醒める

1

啊　我见到你了
火焰从绿色的灌木丛中升起
那是我的革命
站在神圣之上

2

蹦出一些词典里没有的词
以心乱语
但要倾力观察

3

要么你哪里都不在
要么你哪里都在
我就神

4

世界只有惊奇
只有祝福
但没有人在聆听

1

ああ　私はあなたに会えた
炎が緑色の灌木の草むらから起こる
それは私の革命だ
神聖の上に立つ

2

辞書にない言葉が飛び出す
心ででたらめを語る
だが観察に注力する必要がある

3

あなたはどこにでもいないか
さもなければどこにでもいる
私こそが神

4

世界はただ驚き
ただ祝福
しかし誰も聞いていない

5

身体是空间
头脑是时间
我在这两者之外

6

进入单独
没有我　没有你
没有孤独
只有一

7

欲望在肉眼上
泛动我们的贪婪
以静心透过第三只眼
清新的宁静
没有自己

8

眼睛全是投射
世界的真相
用心看见

9

当大地消失
让这个我也消失
没有恐惧
看着他将很多次

5

肉体は空間
頭脳は時間
私はこの両者の外

6

単独に入る
私がない　あなたがない
孤独がない
一だけがある

e

经

e

经

7

欲望は肉眼の上
私の貪欲を浮き上がらせる
静かな心で第三の目をとおす
清新の静かさ
自分がない

8

目はすべて投射
世界の真相
心で見る

9

大地が消失した時
この私も消失させる
恐れはない
かれが何度も挑発するのを見る

10

落花不会退回树梢
成道的人啊
不会再退回到幻象

刘波禅诗三种

劉波禅诗集三作

10

落ちた花は樹には戻らない
道を得た人よ
もう幻影にはもどらない

三二　你是一条连接的河流
三二　あなたは一筋のつづく川の流れ

1

身体离去了
只有存在
成为一条河流
无限流开来

2

当爱恒定
臣服就会发生
散发太阳的光辉

3

当爱贴近你的耳朵
在你的嘴唇上回流
再也不会有恐惧

4

当性消失
你就达到了天真
再次成为一个孩子

1

肉体は離れた
存在だけがある
一筋の河流になる
無限に流れ来る

2

愛が永遠に定まった時
服従がすぐに現れる
太陽のかがやきを散らしながら

3

愛があなたの耳にくっついた時
あなたの唇の上で逆流する
二度と恐怖はない

4

性が消え去った時
あなたは天真爛漫に到達する
また一人の子供になる

5

接受死亡
也就接受了衰老
现在请在神性里放松

6

人是无用的机器
这个时代所有的广告
投向了机器人

7

让头脑消失
然后美就存在
一个人就知道了

8

风吹动本性的开花
我鞠躬敬意的那一瞬
获得你的开悟

9

火是我的能量
神的殿堂在我心里
我为他燃灯

10

我没有梦幻
没有欲望
仅仅是觉知

5

死を受け入れる
つまりは老衰も受け入れる
今は神性の中でゆったりとしてください

6

人は無用の機器
この時代全ての広告
ロボットに向けてかかげる

7

頭脳を消し去る
その後で美が存在する
一人だけが知っている

8

風が本性の開花を吹き動かす
私がおじぎをして敬意を表したその瞬間
あなたのさとりを得た

9

火は私のエネルギー
神殿は私の心の中
私は神のために灯りを燃やす

10

私には夢幻はない
欲望はない
ただただ覚知のみ

三三　不要轻易离开我
三三　私から軽々しく離れないで

1

不要颠倒
根本没有未来
只有当下

2

记住你自己是谁
尽可能的想起
而那时是幻想的寂灭

3

没有对　没有错
没有比较　谴责消失
你开始自由

4

涅槃的境界啊
不制造任何幻想
一个宏观的世界

---

e
经

e
经

1

逆にしないで
全く未来はない
ただ今があるだけ

2

あなた自身が誰か覚えておいて
できる限り思い起こして
しかしそれは幻想の寂滅

3

正しいはない　間違いはない
比較はない　消失を責める
あなたは自由になり始める

4

涅槃の境よ
どんな幻想も作り上げない
一つのマクロの世界

在微尘里
生动

5

让心中升起伟大的接受性
多么多么的祝福萦绕
而这是你忘掉的

6

无论你是怎样的
他就是那样
不要有所有的成为

7

我没有愿望
安住当下
安住这一刻的真实

8

让回忆和头脑分开
让心来做主宰
神直接给予结果

9

啊　缘分的舞者
你是我的爱人
而这是你的存在

微小な中に
動いている

5

心に　すばらしい受け入れの気持ちを起こさせよ
なんてなんてすごい祝福がまといついて
これはあなたが忘れてしまったことだ

6

あなたがどんなでも
かれは何も変わらない
あらゆる　に変わる　は要らない

7

私には願いはない
今この時に安らかにいる
この一刻の真実に安らかにいる

8

回想と頭脳を分けよ
心に支配させよ
神は直接結果を与える

9

ああ　縁の踊り手
あなたは私の恋人
そしてこれがあなたの存在

刘波禅诗三种　　劉波禅詩集三作

10

所有的事情变得越来越静心
越来越出自于快乐
在美好里

10

すべてのことがどんどん心静かに変わっていく
どんどん楽しさから始まっていく
美しさの中で

e
经

e

经

三四　快乐是对的
三四　快楽はいいんだ

1

亲爱的
反生命已进入人类的血液
总让你停止快乐
制造更多的痛苦

2

反对所有事物
是没有必要的
超越他　但是只能透过他

3

性是我的朋友
请用邀请的心
用全然的爱与行动

4

要么就是去放纵
要么就是去压抑

1

愛しの人よ
反生命が既に人類の血の中に入った
いつもあなたに楽しさを止めさせる
製造はもっと多くの苦しみ

2

すべての物に反対する
これは必要ではない
超越せよ　しかしただ突き抜けろ

3

性は私の友達
招く心を用いてください
完全な愛と行動を用いてください

4

放任するか
そうでなければ抑圧するか

我的朋友啊
脚在两者之间立住

私の友達よ
足は両者の間に立ちつくす

5

当爱中的幻想结束
当性中的行动完成
记住　敬神

5

愛の中の幻想が終わる時
性の中の行動が完成する時
覚えておいて　神を敬え

6

伟大的爱啊
享用你们的伟大
用不选择　不怀疑的心

6

偉大な愛よ
あなたたちの偉大さを楽しむ
選択はしない　疑わない心

e
经

e
经

7

坠入爱
从河谷重新上升到一个顶点
让山峰吹醒梦

7

愛に堕ちる
峡谷からもう一度昇って頂点に至る
山峰を夢から吹き醒す

8

等待是好的
在友谊与关系之间
在爱与神之间

8

待つことはいい
友情と関係の間
愛と神の間

9

融入你的整体
睁大你的看见
紧紧地抱住神
而那时你会开始流动

9

あなたの全体に溶け入る
あなたを大きく見開いて見る
しっかりと神をいだく
その時あなたは流れ始める

10

是的　有一刻
爱是分享彼此的能量
成为庆祝

10

そうだ　そういう時がある
愛はお互いの　エネルギーの分け合い
お祝いになる

三五　咳　你呀你
三五 ほら あなたよ あなた

1

　　一盏灯点亮我的未知
　　没有心念
　　不用智力

2

　　朝向你的真实
　　朝向那个所是的
　　而你拥有全部

3

　　让心念走开
　　变得更加觉知
　　没有你　没有我

4

　　身体净化与压制
　　感官自在于迟钝
　　啊　心念解脱于强迫的思想

1

　　灯火が私の未知をともす
　　思いはない
　　智力は入らない

2

　　あなたの真実に向かう
　　あなたのあの是（ぜ）とするものに向かう
　　そしてあなたは全部持っている

3

　　思いをどかせる
　　覚知がさらに増す
　　あなたはない　私はない

4

　　肉体の浄化と抑圧
　　感官は自ずと鈍くなる
　　ああ　思いが強迫観念から解脱する

5

我怎么这么寂静
欢喜和悲哀同时消失
无相　著不了相

6

在大海里
波浪与风
成为我的内在

7

伸开手臂
托举纯净的天空
不再有内和外

8

你啊　出自呼吸
无论你是魔还是灵
与我一体的生死

9

我的身体和灵魂
短暂的告别
再次相聚
这个和那个的世界

5

私はこんなに静かだ
喜びと悲しみが同時に消え去る
こだわらない境地　こだわりようがない

6

大海の中
波と風
私の内在になる

7

腕を伸ばし
純浄な天空を
持ち上げる
もう内と外はない

8

あなたよ　自ら息から出る
あなたが鬼でも霊でも
私と一体の生死

9

私の肉体とたましい
短い別れ
また会える
こことあそこの世界

10

没有什么不可以发生的
充满我
我没有分别　执著

10

起こってはならないものはない
私に満ち溢れる
私には　区別も　執着もない

e
经

e
経

三六　我不会说出任何事
三六　私は何も話せない

刘波禅诗三种

劉波禅詩集三作

1

没有什么要被否定
没有什么要被肯定
没有预设　没有我

2

神从来不是一个假定
是我对真实的一个品尝
是吮吸你眼泪的吸收

3

亲吻我
我的自信萦绕你
忘记人们所说的

4

我不能回答你
仅仅是一个沉默的拥抱
没有问题的体验

1

否定されることは何もない
肯定されることは何もない
何も構えない　私はない

2

神はずっと一つの仮説ではなかった
それは私が真実に対する一つの味わい
それはあなたの涙を吸い取る吸収

3

私に口づけする
私の自信があなたにまといつく
人々が言っていることを忘れる

4

私はあなたに答えることができない
ただ黙って抱くだけのこと
問題のない体験

5

任何外在的
不可以信赖
只要那不是你的体验

6

你有与神一起的一样的力量
成道的力量
信任的力量
任何时候的你自己

7

光明的气场
被智慧照亮
张开毛孔吸收

8

我的感悟
来自于我的静心
却如大海席卷你

9

所有的所有
不能被做　只能是
如同你我的闭眼

10

免于恐惧　愤怒　嫉妒
却拥有光明的智慧
我是神心甘情愿的证人

5

いかなる外在も
信用できない
それがあなたの体験でなければ

6

あなたには神と一緒の同じちからがある
道を得るちから
信じるちから
いつの時もあなた自身

e
经

7

光明のオーラ
智によって照らされる
毛穴が開いて吸収する

e
経

8

私の悟りは
私の静かな心から来る
むしろ大海のようにあなたを席巻する

9

あらゆるすべては
作られることはない　ただそこにあるだけ
あなたと私が目を閉じているように

10

恐怖　憤怒　嫉妬を除いて
かえって光明の智を持つ
私は心から喜んで務める神の証人

三七　倾听大自然的天籁
三七 大自然の天の響きに耳傾ける

刘波禅诗三种

劉波禅詩集三作

1

我听说快乐
我也实现快乐
我是快乐本身

2

无论你压抑什么
都会成为吸引你的魔
看见　她就会消失

3

我听到鸟鸣
在早晨充盈爱和渴望
然后是你的声音

4

小心放纵
小心克制
是觉知把心放下
聆听你的到来

1

私は快楽を聞いたことがある
私も快楽を実現した
私は快楽そのもの

2

たとえあなたが何を抑圧しても
あなたの鬼を引きつけることになる
見ている　それはすぐに消え去る

3

私は鳥が鳴くのが聞こえる
早朝の愛とあこがれが満ち足りている時
それからはあなたの声

4

放任に気をつけて
我慢に気をつけて
それは覚知が心を放下（ほうげ）すること
あなたが来るのが聞こえる

5

不必去青山大海
但把青山大海的宁静
像能量归入我的心

6

放下波澜的感受
以风以浪观察他们
用耐心的叹息

7

无论在哪里
观察　我是第三者
抚摸来自你的声音

8

知道是自由的
觉知带来新的生活
所有的事情开始改变

9

我就是我的世界
当我改变
世界也在变

10

你的声音放大我的耳朵
像天空一样
闪现神秘的星辰

5

青山大海に行く必要はない
だが青山大海の静かさを
エネルギーのように私の心に入れる

6

波の感じを放下（ほうげ）する
風で　波で　それを観察する
辛抱してため息

7

どこにいても
観察　私は第三者
あなたから来る声をなぞる

8

知ることは自由だ
覚知が新しい生活を持って来る
あらゆることが変化し始める

9

私こそが私の世界
私が変化する時
世界も変化する

10

あなたの声で私の耳が大きくなる
天空と同じ
神秘の星をひらめかす

e
经

e
経

三八　焚香的日子
三八　焼香の日々

刘波禅诗三种

劉波禅詩集三作

1

在更高的意识之上
感受你的内在经验
来自自己的
也来自神

2

心念是无意义的真实
身心是虚幻
用他者的眼光看待

3

人生如是
一炷香燃烧的时间
在如是中非凡的馨香
而那是要请神的诀窍

4

我是这个

1

さらに高い意識の上で
あなたの内在の経験を感じる
自分から来たもの
神から来たものでもある

2

思いは無意識の真実
身心はまぼろし
他人の眼光で接遇する

3

人生はかくの如し
一本の香を焚く時間
かくの如き中に特別な香の香り
それは神を招く秘訣

4

私はこれ

也是那个
行走神的平和

5

更精确的引燃自己
像模糊的风
这也是整个的和谐

6

停留在香火燃烧的中间
观念的中间
看见极端

7

带着意识
添彩苍白的生活
没有念想　没有害怕

8

幻想是偶尔的事情
宁静是常态
不寻找　也不逃避

9

我的女人啊
你就是了解
你也是知道
而爱情是解脱

あれでもある
神の平和を行く

5

もっと精緻に自分を引火させる
模糊とした風のように
これもすべての調和

6

香の火が燃える間に留まる
観念の間
極限を見る

e
経

e
経

7

意識を持つ
生気のない生活に色を添える
考える心はない　怖くない

8

幻想はたまたまのこと
静けさが普通
探さない　逃げもしない

9

私の女よ
あなたこそ了解（りょうげ）だ
あなたは知ってもいる
そして愛情は解脱

请你看着我的端坐
前一刻你是我的女人
而此刻你是我的神

刘
波
禅
诗
三
种

劉
波
禅
詩
集
三
作

私の端座を見てください
さっきあなたは私の女だった
そして今あなたは私の神だ

三九　呼吸那不变的
三九　呼吸　その変わらないもの

1

没有什么值得焦虑
生命是事情发生的场所
你是一个发生者

2

啊　我找到了那终极
数息我的警觉
你不是　你也是

3

一个确定的能量
在我背脊上升走
在我的一呼一吸之间

4

留下我的呼吸
身体在电脑前翻墙
带着我的律动

1

焦るに値するものは何もない
いのちはことが起こる場所
あなたは一人の起こったもの

2

ああ　私はあの究極を探し当てた
息を数えて私の気づきを得る
あなたは違う　あなたもそうだ

3

一つの確かなエネルギー
私の脊椎から上に昇る
私の一呼一吸の間に

4

私の呼吸を残す
肉体はパソコンの前でハッキング
私のリズムを引き出す

e
经

e
经

是呼吸也是闪耀
这短暂的幻想
闭眼看着自己的鼻尖

6

我是知者
也是观者
我更是意识

7

我生活在外在
呼吸在内在
这超越的时刻到了

8

一个人必须放下
呼出轮回
吸入涅槃

9

我看见呼吸的气流
在天地成风
在你长长的睫毛上相同

10

灵性的呼吸
放生词汇的鱼儿
游通快乐的源泉

5

呼吸であり　ひらめきでもある
これは短い幻想だ
ひらめく目が自分の鼻頭を見ている

6

私は知者だ
観者でもある
私はもっと意識だ

7

私の生活は外在
呼吸は内在
この超越した時刻は来た

8

一人で　放下（ほうげ）しなければならない
輪廻を吐き出す
涅槃を吸い込む

9

私は呼吸の気流を見ている
天地で風になる
あなたの長いまつげの上で一致する

10

霊性の呼吸
言葉の魚を放生する
快楽の源泉を遊ぶ

四〇　天天问候自己好吗
四〇　毎日自分にこんにちは

1

听着你的心念
汨汨冒动灵魂的渴求
谁是那缕青烟

2

充满爱心的探索开始
安抚身心的全部需要
对他们说你好

3

拥抱生命的能量
我们从来不是敌对的
为我的遗忘和不小心道歉

4

我经历自己
无论我怎样知道生活
我所知道的不是那个

1

あなたの思いを聞いている
ぐいぐいとたましいの願いを突き動かす
誰があの青い煙なのか

2

愛心いっぱいの探求が始まる
身心のすべての要求を鎮める
それらにこんにちはと言う

3

いのちのエネルギーをいだく
私たちはずっと敵対関係ではない
私のもの忘れとうっかりを詫びる

4

私は自分を経験する
たとえ私がどれだけ生活を知っていても
私が知るところはそれではない

e
经

e
经

113

5

真实不是一种
能被你回忆起来的经历
不能是
只能问候

6

请你体验我
亲证我
用觉知

7

我创造你　体验者
看着我的不同
你也是他者

8

知道需要一个过程
爱直接是结果
那么多的爱啊

9

我心空无一物
观照在那儿
你在那儿

5

真実は一つではない
あなたに思い出される経歴
それではあり得ない
ただあいさつのみ

6

私を体験してください
私を自ら証明して
覚知を持って

7

私はあなたを創造した　体験者
私の違いを見ている
あなたも他人だ

8

一つの過程が必要だと知っている
愛が直接の結果
そんなにたくさんの愛よ

9

私の心は空（くう）無一物
そこを観照する
あなたはどこ

10

我人生所有的词汇
全是动词
每个词显示发生

10

私の人生の全ての言葉
すべてが動詞
一つずつの言葉が発生を表わしている

e
经

e
経

四一　幸运的人们啊
四一 幸運な人々よ

1

与你在一起
我不会离开
只是存在

2

身体来来去去
像我的反反复复
像你的永恒

3

幸运的星辰落在我的额头
在我的丹田结疤
让我发出自己的赞叹

4

在我和你之间
灵性填满空虚
白天是听到
晚上是等待

1

あなたと一緒
私は離れない
ただあるだけ

2

肉体は行ったり来たり
私の反復の繰り返しのようだ
あなたの恒久のようだ

3

幸せの星が私の額に降りる
私の丹田で脈を打つ
私に自分の称賛をさせる

4

私とあなたの間で
霊性が空虚を埋める
昼間は聞こえる
夜は待つ

5

我看见你
再不会错过的关爱中
在我什么也不是的时候

6

我是生活的旁观者
我自己也是他者
被我上上下下打量

7

请将我的泪水拭去
因为你小小的纰漏
让我难过的失去自己

8

啊　你的到来
让我喜悦也平静
那是你吗　还是我自己

9

我的灵魂里流水淙淙
在身体干涸的大地
让我知道
所有的不知道

5

私はあなたを見ている
もう二度と間違わない気遣いの中
私が何でもありはしない時

6

私は生活の傍観者
私自身が他人
私を上から下までじろじろと見られる

7

私の涙を吹きとって下さい
あなたのとっても小さな過ちのために
悲しみの中に自分を失わせてしまう

8

ああ　あなたの到来
私の喜びも静まらせる
あれはあなたか　それとも私自身か

9

私のたましいの中にどうどうと水が流れる
肉体の干上がった大地
私に教えて
すべての知らないことを

e
经

e
経

10

微尘像我的降落
那么多的日月星辰
被幸运打通连接

10

私の降りて来たような塵
あんなに多くの日月星
幸せによって連結される

四二　寻找与结果
四二 探求と結果

1

没有停止
没有极限
我寻找着你
此时此地

2

这是我的祈求
你来吧
不走了
在灵魂的暗夜

3

停下来
时间消失了
你是那么美

4

对着太阳敞开
流云　暴雨或彩虹
那是我的供养

1

停止はない
極限はない
私はあなたを探す
この時ここで

2

これは私の願い
来て
出て行かない
たましいの暗夜

3

停まる
時間が消え去った
あなたはあんなに美しい

4

太陽に対して開け広げ
流雲　暴雨或いは虹
それは私の供養

5

受到祝福的人们啊
我听到你们的鼾声
在黎明被自己打醒

5

祝福を受ける人々よ
私はあなたのいびきを聞く
夜明けに自分で起こされる

6

我站在云端之上
却也脚踏实地
凝固你的冥想

6

私は雲の中に立つ
むしろしっかりとした足取りで
あなたの瞑想を凝固する

7

我碰触到了你
美人中的美人
交换神的体温

7

私はあなたにぶつかった
美人中の美人
神の体温を交換する

8

生命全是小事情
小的像你的笑
小的像两行热泪

8

いのちはすべて小さなこと
小さくてあなたの笑いのように
小さくて二筋の熱い涙のように

9

我是一株嫩草柔软
收留你裸足的轻踏
我发出了神的叫声

9

私は一本の柔らかい草
あなたの裸足のふみ跡を留める
私は神の叫び声をあげる

10

你呀　像落英缤纷我的全身
大地和大雨
赐予我宁静

10

あなたよ　私の全身にはらはらと花散るようだ
大地と大雨
私に静かさを与えてくれる

四三　不必分裂的人
四三 分裂の必要のない人

1

我们有未来吗
此刻我们走在死亡的路上
这也是新生的日子

2

拯救人类
就是拯救宇宙
唯一伟大的创造物

3

珍贵的你
稀有的你
比我的未来更有价值
自然有无尽的时光
而我们都希望拥有

4

永续生存　发展
是拯救未来之道

1

私には未来があるか
今私たちは死の道を歩いている
これは私の新生の日でもある

2

人類を救う
つまりは宇宙を救う
唯一偉大な創造物

3

大切なあなた
希有（けう）なあなた
私の未来よりももっと価値がある
自然には尽きない時間がある
そして私たちは皆持ちたいと願っている

4

永遠に続く　生存　発展
これは未来を救う道

e
经

e
経

问题的制造者
不幸的是人类的本身

5

如果我们能为未来负责
谁来替我们宽恕　赦免
无穷无尽的苦难

6

所有的事情因人类而走样
在你的恐惧中
一棒打掉你事先张扬的疯狂

7

铲除罪恶
这些痛苦的根茎
是我们首先要做出的努力

8

没有人是孤岛
每一件事因缘而动　而生
我需要更深刻的依存　搂住

9

我看见河水倒流
大海枯干
不得安宁的亡魂野鬼

問題は製造者
不幸なのは人類自身

5

もしも私たちが未来に任を負うなら
誰が私たちに代わって寛容にするか　許すか
尽きない苦難

6

あらゆることは人類のせいで崩れていった
あなたの恐れの中
棒一打ちで先ずあなたの高まる狂気を打ち砕く

7

罪悪を根こそぎにする
これらの痛みの根幹
それは私たちが先にしなければいけない努力

8

だれも孤島ではない
一つ一つが縁によって動き　生まれる
私はもっと深い依存　抱きしめが欲しい

9

私は河水が逆流するのを見ている
大海は枯渇した
安らかになれない亡霊野鬼

10

太阳的致命辐射
进入我们的焦虑
在末日里你我应运而生

10

太陽の致命的な放射能
私の焦りに入り込む
末世にあなたと私は運よく生まれた

e
经
e
経

四四　我们是否不想活下去了
四四　私たちは生きていきたくないんじゃないか

刘波禅诗三种

劉波禅詩集三作

1

人类传染空前的自杀
历史的忧郁症
在地球发作

2

医院将没有能力
照顾无穷无尽的病患
死亡同时射向地球
我听到了你们的叫声

3

我们可以拥有一切
只是我们需要变成一体
没有不相关的事
没有局外人

4

只有一个人类

1

人類には空前の自殺が伝染している
歴史の鬱病
地球が発作を起こす

2

病院には能力がないだろう
尽きない病気に対処する能力が
死と同時に地球に向けて放射される
私にはあなたの叫び声が聞こえる

3

私たちはすべてを持っていい
ただ私たちは一体になる必要がある
無関係のことはない
よそ者はいない

4

ただ一つの人類がいるだけ

在同一个地球上
休戚与共　毁灭或重生

5

心灵的危机
让神走得远远
人是完全的幼稚愚蠢

6

不要有国家　护照　签证
以及所有愚蠢的条件
用人肉铸成的核弹头

7

政客们戴上了假面具
内心深处如此干涸
仅剩一缕渴望权力的青烟

8

卑微的人
总是想成为重要的人
谨慎记起

9

任何一个疯子
最熟悉的就是按下按钮
按下引爆摧毁

一つの地球の上に
喜びと悲しみを分かち合う　壊滅或いは再生

5

心の危機
神を遠くに行かせてしまう
人はひどく幼稚で愚かだ

6

要らない国家　パスポート　ビザは
それにあらゆる愚かな条件は
人肉で鋳上げた核弾道

経

経

7

政客たちは仮面をつけて
内心深くはこんなにひからびている
わずか権力の青煙への一縷の望みがあるだけ

8

卑しい人
いつも重要人物になりたいと思う
慎重に思い起こす

9

いかなる気違いも
最も馴染みなのはボタンを押すこと
押して爆発と破壊を引き起こす

10

　　我看见神的施与
　　神的拯救
　　你要不要

10

私は神の施しを見る
神の救い
あなたは要るか要らないか

四五　吃饭穿衣的时光
四五　飯を食い　服を着る時間

1

你是一颗内心的种子
转向自身
那是萌芽的时刻

2

丢掉一切思想
扎根于纯净的意识
更深入的狂喜

3

禅定的开花
天空和海洋同时在体内
我是一个连接

4

既不向内也不向外
不是这个也不是那个

1

あなたは一粒の内心の種
自分を振り向かせる
それは萌芽の時間

2

一切の思想をなくしてしまう
純浄な意識に根を張る
もっと深みの狂喜

3

禅定の開花
天空と海は同時に体内にある
私は一つの連結

4

内にも向かわずさらに外にも向かわず
これでもなくあれでもない

e
经

e
経

127

5

观想你
像一个子宫一样孕育
在清晨喷薄太阳

6

无处可逃的地方
正是寻找的家
这是一个洞见

7

你的肉体仅仅是一个形状
一个容器
而我将注入你
修改你

8

我携带一切
没有人知道我要做什么
但你总能看到花开

9

你是死亡
你也是生命
所有的业障
记录着你的选择

5

あなたを観想する
一つの子宮と同じように孕んでいる
あかつきに太陽がほとばしる

6

逃げる場所はない
ちょうど家を探している
これが一つの洞察

7

あなたの肉体はただの形でしかない
一つの入れ物
そして私はあなたを注入する
あなたを修正する

8

私は一切を携える
誰も私が何をしたいかわからない
だがあなたはいつも花が開くのを見ること
　　ができる

9

あなたは死だ
あなたはいのちでもある
すべての罪穢
あなたの選択を記録している

10

流云与彩虹
是我的隐喻
你读过吗

10

流雲と虹
それは私の隠喩だ
あなたは読めたか

e
经

e

经

四六　解脱的方式
四六 解脱の方式

1

你有无限清晰的觉知
只是被梦幻掩盖
朝着我的方向轻轻走动一下
解脱

2

我们穿衣
我们吃饭
做着的人不在

3

风拂面而来
在走动的享受中美好
并没有走的人

4

我的静心空寂
一切思维停止
谁是里面的回声

1

あなたには無限にはっきりとした覚知がある
ただ夢幻に覆われているだけ
私の方向に向かって軽やかに動いている
解脱

2

私たちは服を着る
私たちは飯を食う
作っている人はいない

3

風が顔を撫でて来る
動く楽しみの中の素晴らしさ
歩いている人は誰もいない

4

私の静かな心は空寂だ
一切の思惟が停止する
誰がなかのこだまなのか

5

你发生了
就是没有你的时候
我看见了你

6

请你证悟我
一棒雪花
水里的月亮

7

我没有无聊
因为我并不存在
根本就没有人

8

我活在当下
没有过去
不背负未来
一条意识的河流涨水

9

看见亮光
内心的黑暗不在
所有的问题
唯一的功能就是消失

5

あなたは発生した
ちょうどあなたがない時に
私はあなたが見えた

6

私を悟らせてください
有又は無の雪片に喝棒
水中の月

e
经

7

私はたいくつではない
私は存在してもいないから
全く人がいない

e
经

8

私は今この時に生きている
過去はない
未来を背負っていない
一筋の意識の河の水が増す

9

明るい光が見える
内心の暗黒はいない
すべての問題
ただ一つの機能は消し去ること

10

　　直接看一朵花
　　是的　我的能量在那里飘香
　　全部的能量

10

一つの花を直接見る
そうだ　私のちからはそこで香りを漂わ
　すことだ
すべてのエネルギー

四七　不要分离
四七 分けてはいけない

1

死亡与生命
总是会同时燃烧
在爱中
静心中
留下佛的舍利

2

我是全然的在
有你的照耀
分拣生死

3

我的呼吸
就是你的气息
没有开始
没有结束

1

死といのち
いつも 同時に燃焼する
愛の中
静かな心の中
佛の舎利を留める

2

私は完全にある
あなたのかがやきがある
生死をそれぞれ拾う

3

私の呼吸
それはあなたの息
始まりはない
終わりはない

e
经

e
経

133

4

身体改变了
头脑在改变
我没有认同

5

你就是能量
注入生与死
不拘一格　没有形式

6

无常的到来啊
我看到了我的恒常
当我抚摸着你的无言

7

生命与死亡是一对翅膀
时时带着你飞
哪里是你的何处

8

啊　我泪流满面
这偶然的一别
你正看着我

9

你啊　你啊

4

肉体が変わった
頭脳は変わりつつある
私は認めてない

5

あなたはエネルギーだ
生と死を注入する
形式にはこだわらない　形式はない

6

無常の到来よ
私は私の恒常を見た
私があなたの無言をなぞりながら

7

いのちと死は一対のつばさだ
時にあなたを連れて飛ぶ
どこがあなたのどこなのか

8

ああ　私の涙は満面に流れる
これは偶然の別れだ
あなたは私を見ている

9

あなたよ　あなたよ

我先是念诵
然后是倾听

10

我对你说过很多很多
一切的一切
所有的所有
而现在我闭上了双眼

私は先に念じる
それから聞き入る

10

私はあなたにたくさんのことを話す
一切の一切
すべてのすべて
そして現在私は両目を閉じた

e
经

e

经

四八　那些美好的离开
四八　あの美しい離別

刘波禅诗三种

劉波禅詩集三作

1

不要为我哭泣
我的一生就是为了学会
如何去离开

2

成为活生生的流动
是你我在一起的默契
月亮悬在空中

3

生命并没有在某处等着你
而只是在你身上发生
在你的困倦里　迷惑中

4

没有地方可以寻找生命的意义
寻找就是错过
你错过我这么久

1

私のために泣かないで
私の一生は習得のためだった
どうやって離れるかの

2

生々しく流れるために
あなたと私が一緒の黙約
月が空中に浮かんでいる

3

いのちはどこかであなたを待っているわけで
　は全くない
ただあなたの身の上に起こっているだけ
あなたが眠い中　戸惑う中

4

いのちの意義を探せるところはない
探すのがそもそも間違い
あなたが　私をのがしてこんなに久しい

5

我的朋友啊
灵魂是一条没有终点的河流
不可见　但所是

6

抚摸自己的身体
让风接触
云带走

7

我的思绪潮起潮落
他们是一条相同
浪花只是生死

8

你跑过来
长长的影子
扫净我的忧郁

9

没有好　没有坏
没有对立　无需选择
我只是静静的照

10

一个完全活着的人
也是一个完全死的人
死于每一刻

5

私の友達よ
たましいは一筋の終わりのない河流だ
見えない　しかし是（ぜ）とするもの

6

自分の肉体をなでる
風に触れさせる
雲が連れて行く

e
経

7

私の思いは満ち潮引き潮
それらは全く同じ
波頭はだた生死にすぎない

e
経

8

あなたは走って来る
長い長い影
私の憂いを一掃する

9

良いはない　悪いはない
対立はない　選ぶ必要はない
私はただ静かに照らす

10

一人の完全に生きている人
完全に死んでいる人でもある
ひと時ひと時に死す

四九　去做或去知道
四九 やりに行く或いは知りに行く

1

现在我单独在此
事无移动
时间飞逝
我不再是一个做者和知者

2

我的行动不再
知识不再
只有寂静

3

没有什么在
你是无限的
最后无限也消失

4

信任不是信仰
我总是信任的品尝
当信任遇到了光

1

現在私は一人でここに入る
ことは移動しない
時間は飛んでいく
私はもう作り手や知者ではない

2

私の行動は二度とない
知識は二度とない
ただ静寂

3

何の存在もない
あなたは無限だ
最後の無限も消え去った

4

信頼のは信仰ではない
私はいつも信頼の味わいだ
信頼が光に巡り会う時

5

神啊
我只是相信
让那怀疑不再生起

6

我的相信来自觉知
没有恐惧
唯有等待

7

除非你相信
否则经验不会发生
那个我还在

8

静静的坐着
没有努力
没有为什么

9

我有无限的惊奇
这是我的意识
那就是我为什么对你吃惊

10

你在我的冥想中走过来
欣喜我的知道
在你的微笑里

5

神よ
私はただ信じます
その疑いをもう起こさせないでください

6

私の信頼は覚知から来る
恐れはない
ただ待つのみ

e
经

7

あなたが信頼するかぎり
でなければ経験は起こらない
その私はまだいる

e
経

8

静かに坐している
努力はない
なぜはない

9

私には無限の驚きがある
これは私の意識だ
それこそは私がなぜあなたに驚いているかだ

10

あなたは私の瞑想の中で歩いて来る
私が知っていることを喜ぶ
あなたの微笑みの中で

五〇　本来无一物

五〇　本来無一物

1

那最终的真实
不是有
而是无
这最高的体验　善

2

一切如此觉知
莲花开满处处
开满无

3

没有就好
心念　专注
意识的耳朵是早晨

4

根本就没有我
但有光
感动的泪水

1

あの最終の真実
あるのではない
それはあるのだ
これは最高の体験だ　善

2

一切はこんなに覚知
蓮の花がいたるところに満開
無が満開

3

なければいい
思い　集中
意識の耳は早朝

4

全く私がない
ただ光がある
感動の涙

5

空无总是会带来更多
所有的都消融于它
学习这个空无
连学习也不在

6

所有的知道
与你的心无关
与开花无关
但来自那声音

7

我再次回到生命的源头
什么也没有
无念　无生　无记

8

世界已在此
但没有人知道
没有知道的人

9

试着回忆生命
那些触　尝　听　闻
没有分别

5

空無はいつももっと多くを連れて来る
すべてのものは皆それに溶け入る
この空無を学ぶ
学ぶことすら　ない

6

あらゆる　知っている
あなたの心とは関係ない
花開くこととは関係ない
だがあの音から来る

e

经

e

经

7

私はもう一度いのちの源流にもどる
何もない
思いがない　生がない　記憶がない

8

世界は既にここにある
だが誰も知らない
知る人がいない

9

いのちを思い出してみる
あの　触れる　味わう　聞く　におう
区別はない

10

所有的行为
只是心念一梦
不要投射　不必当真

刘波禅诗三种

劉波禅詩集三作

10

すべての行為
ただ夢のご時思い
目を向けなくていい　本気にしなくていい

五一　世界是轮回
五一 世界は輪廻

1

这一刻你如此快乐
下一刻你如此悲伤
一再继续的心啊
累不累

2

你不认识自己
如何认识他人
你已站立徘徊很久很久

3

对那个女人
停止想象
拥抱是真实的

4

通过性最终的狂喜
走过你
此时性成为通向终极的桥

1

この一刻あなたはこんなに楽しい
次の一刻あなたはこんなに悲しい
一度ならずも続く心よ
疲れないのか

2

あなたは自分と面識がない
どうして他人と面識があるか
あなたは既に立って徘徊して随分久しい

3

あの女に対し
想像をやめる
抱擁は真実だ

4

性を通した最終の狂喜
あなたに向かう
この時性は通じる究極の橋になる

5

当你爱一个人
就分享她的全部
热流成河

6

为什么不去喜乐
与人分享你全部的存在
为什么要憎恨

7

不要试图了解别人
试着了解自己
就像水了解水

8

当你爱
你不会有如何秘密
心灵敞开

9

性是自然花开
不要用压抑折断
不要用占有颠倒她

5

あなたが一人の人を愛する時
まさにあなたの全部を分け合う
熱流が河になる

6

なぜ喜ばないのか
人とあなたの全部の存在を分け合う
なぜ憎む必要があるのか

7

他人を理解しようともくろむな
自分を理解しようともくろんでいる
水が水を理解するように

8

あなたが愛する時
あなたはどんな秘密もない
心は開け広げになる

9

性は自然の開花
抑圧で切断しては行けない
独り占めにして彼女を顚倒させては行けない

10

成为灵性的
让身体流动
爱的河床
铺满鹅卵石

10

霊性のものになる
肉体を流動させる
愛の川床
玉砂利を敷きつめた

e
经

e
経

145

五二　在爱得如此少的时间
五二 こんなにも短い愛の時

1

人们疯狂热爱竞争
从来不问为什么
在爱的名义下
你能看到的就是侵略　暴力

2

更少的使用头脑
用心
那是爱的源泉

3

人们还停留在幼稚的占有
与真实的生活擦肩而过
壮丽的自由扔在一边

4

爱人们反映彼此
虚假的拥有
不会有真爱

1

人々は狂ったように熱愛競争をしている
ずっとなぜかは聞かない
愛の建前のもとに
あなたに見えるのはつまり侵略　暴力だ

2

もっと少なく頭を使う
心を使う
それは愛の源泉

3

人々はまだ幼稚な独り占めに留まっている
真実の生活が肩を擦り合って過ぎていく
壮麗な自由が隅に投げ出されている

4

恋人たちは互いに照らし出す
偽の所有
真の愛はない

5

在你快乐的时候
还有喜悦的宁静
不发一语

6

相爱的人会彼此升华
你是神
她也是神

7

爱是一个新生
爱人们相互诞生
至乐与宁静

8

你是完整的
她也是完整的
像庙里的两根柱子
顶着神的天空

9

请不要试图占有
一个男人或一个女人
单独是爱的品质

5

あなたは楽しみの時
それから喜びの静かさの時
一言も話さない

6

相愛の人は互いに昇華できる
あなたは神
彼女もまた神

7

愛は一つの新生
恋人たちは互いに誕生する
至福と静かさ

8

あなたは完璧だ
彼女も完璧だ
廟宇（びょうう）の二本の柱のように
神の天空をかかえている

9

独り占めにしようとしないで
一人の男或いは一人の女
単独は愛の品質

e
经

e
経

10

信任
意味信任她的自由
这是爱的能力
当爱没有成长
会变成另外一些事情
离爱最远的事情

10

信頼
彼女の自由を信頼する意味
これが愛のちから
愛に成長がない時
別の意味に変わる
愛から最も遠い意味に

五三　两个人的痛苦会成倍
五三　二人の苦痛は倍増する

1

这些落入爱之中的人
我没有看到爱
他们不能给予

2

一个成熟的人
爱一个成熟的人
不要选择
爱的本质是成熟

3

我不会坠入爱
让我提升对你的爱
让爱成为一种经常

4

我感激你能接受我的爱
而不是相反

1

これら愛におちている人たち
私には愛が見えない
彼らは与えられない

2

一人の成熟した人が
一人の成熟した人を愛する
選ぶな
愛の本質は成熟

3

私は愛に堕ちない
私にあなたへの愛を高めさせる
愛を一つの当たり前にさせる

4

あなたが私の愛を受け入れてくれて感激する
逆ではなくて

149

这巨大的感激
生动我

この巨大な感激
私をつき動かす

5

5

啊　爱的伟大　美丽
彼此一体
而又非常单独
同一而又有个性

ああ　愛の偉大さ　美しさ
お互いに一体
しかもとても個別的
同一で又個性がある

6

6

不　我不要拿走你的自由
修建束缚的监狱
我仅仅是帮助你的自由
筑爱的小屋

いや　私はあなたの自由を奪いたくない
束縛の監獄を改修する
私はわずかにあなたの自由を助けるだけ
愛の小屋を築く

7

7

爱能被抛弃
而自由必被保持
像我们的心在天空飞扬

愛は投げ捨てられる
しかし自由は守られなければならない
私たちの心が天空で飛翔するように

8

8

我多么希望
我是你内在的渴望
身体转化河流滋养你

私はとても希望する
私はあなたの内在のあこがれ
肉体は河流に変化しあなたに栄養を与える

9

9

当你知道你是谁
爱会在灵魂里开花
芳香四溢

あなたが　自分が誰かを知る時
愛はたましいの中で花開く
芳香があたりに放たれ

刘波禅诗三种

劉波禅詩集三作

你平生第一次成为
能够给予的人

10

如果你没有
你如何能够给予分享
永远记住
你应当拥有的
比你需要的更多

あなたは生まれて初めて　成る
あげることのできる人に

10

もしもあなたがなければ
あなたはどうして分け前をあげられるだろうか
永遠に覚えておいて
あなたが持つべきものは
あなたが必要なものよりはるかに多い

e
经

e

经

五四　内在的警觉
五四　内在の気づき

1

我走在路上
没有任何问题
开始　只是经历

2

他人的赏识是不重要的
爱将继续流动
欣喜　因为爱的流动

3

我的生命释放你
止不住的爱
我将感到快乐
无论你知否

4

我看见我的自由
你的微笑布满我的神经
皆由爱

1

私は道を歩く
何も問題はない
始まり　ただの経験

2

他人の評価は重要ではない
愛は引き続き流動する
喜び　愛が流動するから

3

私のいのちがあなたを釈放する
愛を止められない
私はとても楽しくなる
あなたが知ろうと知るまいと

4

私は私の自由を見る
あなたの微笑みは私の神経を張り巡らせる
愛による

5

树林会有我的爱
岩石悬崖会有我的爱
流云　飞鸟

6

你记得吗
我的爱
如果你记起分享

7

我是我的所爱
我是那个我所爱的
就这样
只是存有

8

没有目标
像天上的白云
舒展爱

9

在你的渴望里　野心中
你将不知道自己是谁
你的未来在你的脚后跟
可你却在疾奔

5

樹林に私の愛がある
崖の岩に私の愛がある
流れる雲　飛ぶ鳥

6

あなたは覚えているだろうか
私の愛
もしもあなたが分け合うことを覚えていたら

7

私は私の愛するもの
あたしはあの私が愛するもの
それだけのこと
存在だけがある

8

目標はない
天上の白雲のように
愛をひろげる

9

あなたのあこがれの中　野心の中
あなたは自分が誰かを知らない
あなたの未来はあなたのかかとにある
もうあなたは疾走している

e
经

e
経

10

爱早已到达
我并没有真正到达任何地方
回头的全是梦

10

愛はもう到着した
私は実は全くどこにも到着していない
見返るとすべてが夢

五五　合一

五五 合一

1

女人和我的合一
包容更多的矛盾
静静的成为阴和阳

2

从行动而不是语言
我开悟了
直觉比知识有益

3

需要之爱
给予之爱
我是活的存在

4

开始我的爱
胜于我的需要
我的洋溢　分享

e
经

e
经

1

女は私の合一
もっと多くの矛盾を抱える
静かに陰と陽に成る

2

行動からで言葉ではない
私は悟った
直感は知識よりもためになる

3

必要な愛
あげる愛
私は活きた存在だ

4

私の愛を始める
私が必要なものにまさる
私の横溢　分け合い

5

如何给你更多
我是如此不够　贫乏
亲爱的人啊

6

无条件的让我给予
这是我的成长　蜕变
我的爱的状态

7

没有嫉妒
无关占有
我是看着我们相爱的人

8

请采摘我
庆祝我的芬芳
落下满地的种子

9

如同与你在一起
如同单独　慈悲　奉献
如同我的奔放

10

我是给予之爱
分享之爱
从不展示的爱

5

どうやってあなたにもっとあげるか
私はこんなに足らない　貧しい
愛しい人よ

6

無条件に私にあげさせて
これが私の成長　脱皮
私の愛の状態

7

嫉妬はない
独占はない
私は相愛の人を見ている

8

私を摘み取ってください
私の芳しさを祝う
土地いっぱいに落ちた種

9

まるであなたと一緒にいるのと同じだ
まるで単独　慈悲　献上と同じだ
私の奔放さと同じだ

10

私はあげる愛
分け合う愛
ずっと公開しない愛

五六　你啊 你
五六 あなたよ あなた

1

让我心中有无限的歌
爱啊　爱
不得不为你唱诵

2

我不得不开始我的舞蹈
情不自禁
在你的心中流动而洋溢

3

我的爱
熄灭你的虚火
你会不会错过
那取决于你
我仅仅是向你而吹的风

4

我有时是劲美的河流
爱人啊

1

私の心の中に無限の歌をいさせてください
愛よ　愛
あなたのために歌わざるを得ない

2

私は踊り始めざるを得ない
我慢できずに
あなたの心の中で流れ　溢れる

3

私の愛
あなたのまぼろしの火を消す
あなたはのがすのではないか
それはあなたにかかっている
私はあなたに向かって吹く風に過ぎない

4

私は時に力強く美しい河流
恋人よ

e
经

e
经

带着欣赏跳进来
游动我

5

啊　你的肌肤
闪耀成熟的光芒
新鲜的爱是你的气息
在原野灭寂我

6

我没有依赖
是因为你让我的热爱转向神
而你正是神所示现

7

你是自由的雪
在夜晚覆盖我的木屋
你的呼吸为我点燃温情的篝火

8

女人没有力量
正是男人没有力量的所在
去臣服　但不要乞求

9

爱在你成熟的时候发生
让你变得有能力去爱
没有需要
只是洋溢

称賛を持って飛び込んで
私と遊ぼう

5

ああ　あなたの肌
ひらめき成熟した光芒
新鮮な愛はあなたの吐息
原野で私を寂滅させる

6

私は依頼がない
あなたが私の熱愛を神に向かせるから
そしてあなたはまさに神の啓示するもの

7

あなたは自由な雪
夜更けに私の木小屋を覆い尽くす
あなたの息は私に温情の篝火をともす

8

女にちからはない
ちょうど男にちからの場所がないように
服従する　しかし乞わない

9

愛はあなたが成熟する時生まれる
あなたに愛する能力が持てるようにさせる
必要はない
ただ溢れるだけ

刘波禅诗三种

刘波禅诗集三作

10

那个神派过来
出现在我面前的女人
并不是我的需求
而是让我相信我的祈祷是灵验的

10

あの神が使わしたもの
私の目の前に現れた女
私は求めたわけではない
私に祈りの力があらたかだと信じさせる

e
经
e
経

五七　对你的感激
五七　あなたへの感激

刘波禅诗三种

劉波禅詩集三作

1

我能倾听到你的眼神
那与宇宙完美的和谐
预言我们的每件事

2

我用手抚摸你的等待
亲吻你的祈祷
灵与肉

3

我不做任何事
我继续做任何事
只是为了你对我的一瞥

4

我的人儿啊
我不让你离开
在你的怀中

1

私はあなたの目の色を聞き取れる
それは宇宙との完璧な調和
私たちのすべてのことを予言する

2

私は手で待っているあなたをなでる
あなたの祈りに口づける
霊と肉

3

私は何もしない
私は続けて何でもする
ただあなたが私にくれる一瞥のため

4

私の人よ
私はあなたを行かせない
あなたのふところの中で

清澈的河流
渡我

5

你在哪儿呢
地心传来的咒语
在你的梦里
在枕边

6

风带我去哪儿
我就在哪儿
你在哪儿
我就在哪儿
你是目标也是结果

7

享受你的片刻
太阳会飞
你用树林回答自己

8

不要创造罪恶感
不要谴责自己
你以你现在的样子
让我热爱

9

一个人有内疚

清らかな河流
私を渡る

5

あなたはどこにいるの
地の中心から伝わった呪文
あなたの夢の中
まくらもとに

6

風が私をどこへ連れて行く
私は一体どこにいる
あなたはどこ
私は一体どこにいる
あなたは目標　結果でもある

7

あなたのひと時を楽しむ
太陽は飛べる
あなたは樹林で自分に答える

8

罪悪感を持たないで
自分を責めないで
あなたは現在のかたちで
私に熱愛させる

9

ひとり悔いる

e
经

e
経

他就病了
如柏树丧失了它的根

10

世界需要更多的
尊严　独特性　勇气
每一个人
大声宣告
我是如此的唯一

彼は病気になった
柏木が根を失ったようだ

10

世界にはもっと多く必要だ
尊厳　独特性　勇気を
一人ずつ
大声で宣言する
私はこんなにも唯一だ

五八　每刻都是新的转变
五八　一刻一刻が皆新しい変革だ

1

许多人还没有想清楚
钱怎么用
就已经很有钱
很少的人天天清楚
但没有钱

2

更加热爱自己的感官
迷恋自己的气味
敬畏自己的灵

3

你就是真相
在大海的赤裸里
在天空的朗读里

4

准备好自己的耳朵
神的手指

1

たくさんの人はまだ考えがはっきりしない
お金をどう使うのか
もうとっくにお金はある
少数の人は毎日はっきりわかっている
でもお金がない

2

もっと自分を熱愛する感覚
自分の匂いに恋する
自分の霊を敬う

3

あなたこそは真の相
大海のはだかの中
天空の朗読の中

4

自分の耳をきちんと準備する
神の指

带来秘音

秘音を連れて

5

你的转身
是华丽的成功
金钱　权力
玩着你的游戏

5

あなたの化身
それは美しい成功
金　権力
あなたのゲームをもてあそぶ

6

比较的头脑是疯狂的
完全的丧失你
本性可以更高

6

比較する頭脳は狂っている
完全にあなたを失う
天性はもっと高い

7

我只是允许你的到来
不选择
我只是怀着恭敬与感激

7

私はただあなたが来るのを許す
選ばない
私は敬服と感激をいだくだけ

8

从你那里获得馈赠
我只是不努力的
只是回到我看见你的样子

8

あなたから贈り物を得る
私はただ努力しないだけ
ただ私にもどってあなたを見ているだけ

9

爱人啊
抓住我的手
再坚持一会儿
在日出之前

9

恋人よ
私の手をつかんで
もうすこしの間
日の出の前

10

慈悲和富足
在我心脏的两半
莲花从我的中心绽开

10

慈悲と充足
私の心の半分に
蓮の花が私の中心からほころぶ

e
经
e
経

165

五九　我没有问题
五九 私は問題ない

1

任何地方
拽住太阳下落或升起
播撒光明

2

我对抗人类所有的过去
你已被拯救
没有人能拯救你

3

人们继续生活
用冀求　幻想　希望
拖着身体活着

4

我没有要求
仅仅是用全新的眼睛
为你流泪

1

どんなところでも
太陽を引きずって落ち又昇らせる
光明をまき散らす

2

私は人類のすべての過去に対抗する
あなたはもう救われている
誰もあなたを救えない

3

人々は引き続き生活する
願望と　幻想と　希望で
肉体を引きずって生きながら

4

私は要求がない
ただ全く新しい目を使うだけ
あなたのために涙する

5

我的心就是天堂的地址
除了歌唱和舞蹈
唯有圣洁

6

我戳破我自己的梦幻
看见神秘的门打开
滚落一地的答案

7

我从前总在奔跑
现在停下来了
看　一切跑过的一直在这里

8

找回属于你的
并没有一个人
而那是属于你的

9

我是观察者
似乎还是所观之物
是意识

10

现在我全是宁静
但有更多的喧嚣
更多的真言咒语

5

私の心はつまり天国の住所
歌と踊り以外は
ただ穢れなく神々しいだけ

6

私は私の夢幻をぶちこわす
神秘の門が開くのを見る
地に落ちた答え

7

私はずっといつも走っていた
今停まった
見よ　走り過ぎた場所はずっとここにある

8

あなたのものを探し出す
一人もいない
しかしそれはあなたのものだ

9

私は観察者
やはり観えるもののようだ
それは意識

10

今私は全く静かだ
しかしもっと多くの喧噪がある
もっと多くの真言の呪文

e
经

e
経

六〇　了解的开始
六〇　了解（りょうげ）の始まり

刘波禅诗三种

劉波禅詩集三作

1

我对一切沉默
超越涅槃
没有经验
没有表达

2

我消失在神里
并没有所有之物
所见之物

3

我的神
我是一
不是二
是那个发不出声的

4

如果一个人是聋的
就没有声音的存在
你可以听见

1

私は一切に新黙
涅槃を越える
経験がない
表現がない

2

私は神の中で消え去る
ある物が全くあるのではない
見える物

3

私は神
私は一
二ではない
それはあの発せない声

4

もしも一人の耳が聞こえなければ
声の存在はない
あなたには聞こえる

5

阳光洒落在我的身体上
我的花朵　树
正吸收那神光

6

请让我不再有贪心
不再集聚任何所有
继续将每一样东西退回

7

只有纯粹的天空
我的意识没有任何涟漪
带有慈悲的热能滚过

8

意识生起
肉体席地而坐
为了灵魂方便的进出

9

光的经验
是宇宙的循环
我没有说过什么

10

继续
嘿
！

5

陽光が私の肉体の上に気ままに注ぐ
私は花びら　樹
まさにあの神光を吸収する

6

私を二度と貪欲にならせないで
二度とすべての所有を集めない
継続して同じものを一つずつ戻す

7

純粋な天空があるだけ
私の意識にはいかなるさざ波もない
慈悲の熱エネルギーを持って沸いた

8

意識が起きる
肉体は地について坐す
たましいのためにやさしくとび出す

9

光の経験
それは宇宙の循環
私は何も話さなかった

10

続けて
おい
！

e
经

e
経

六一　哦 我的朋友
六一 おお 私の友達よ

1

我曾经找寻我自己
奇怪的是我的消失
如同河流消失在大海

2

我觉知到天空
忘记所有的事情
仅剩知道

3

我是整体
原谅我　宽恕我
那自以为是的迷失

4

我是神的血
神的骨
神的髓
你的爱可以把我描绘出来

1

私はかつて自分を探した
おかしなことに私は消え去った
河流が大海で消え去るように

2

私の覚知は天空に至る
すべてのことを忘れる
ただ知ることだけを残して

3

私は全体
私を許して　寛大に扱って
それは独りよがりの紛失による

4

私は神の血
神の骨
神の髄
あなたの愛は私を描き出せる

5

一个人要变得更觉知自己在做什么
更警觉自己在想什么
更有意识知道自己是谁

6

一个新的开始
分享我的荣光
宁静　自由　能量

7

我是那永恒的星辰
进入无物的天空
同时拥有夜晚和白天

8

空虚没有意义
悲哀没有意义
意义就是没有

9

花开　露水
在我心灵的早晨
构成世界

5

一人は何をしているかを更に覚知するに変る
何を思っているかを更に気づく
自分が誰かを更に意識をもって知る

6

一つの新しい始まり
私の栄光を分け合う
静かさ　自由　エネルギー

e
经

7

私はあの恒久の星
無物の天空に入る
同時に夜中と昼間を持つ

e
経

8

空虚は意味がない
悲哀は意味がない
意味はすなわち　ない

9

花が開く　露が結ぶ
私の心の早朝が
世界を構成する

10

到哪里去找到我呢
树木四处跑散
而你在收留

10

どこに行って私を探すのか
樹木はそこらじゅうに散らばった
だがあなたは集めて養う

六二　无边无际
六二　無辺無涯（むへんむがい）

1

整个存在是我的心
我从天空和大地解脱
那正是神发生的地方

2

你是最终的自由
我没有任何话语
被说出来

3

像忍冬花一样
你在晨曦的流韵中
豁然芬芳的闪亮

4

我向你挪近
莲花触你的脚
盛开喜悦和安详

1

すべての存在は私の心
私は天空と大地から解脱する
それはまさに神が生まれた場所

2

あなたは究極の自由だ
私は語れるどんな話は何もない
話されてしまう

3

忍冬（すいかずら）の花のように
あなたは朝の光のリズムの中
豁然（かつぜん）と香るひらめき

4

私はあなたの方に近づく
蓮の花があなたの足に触れる
喜びと落ち着きが満開

5

我将被你传递下去
没有形式　语言
成为一个已经到家的人

6

来吧　我的朋友
道路不是用来徘徊的
让我牵着你的手走过

7

我轻轻的张合你的眼
看着你超越头脑
额头碰着额头
那是你向内看的时候

8

你在做什么
仅仅是看见每件事的消失
连神也消失了

9

回到你的宁静
到处是喜乐和狂欢
你和神同时发生

5

私はあなたに伝えられていく
形式はない　言葉はない
一人の悟りを開いた人になる

6

おいで　私の友達
道路は徘徊するためのものではない
私にあなたの手を引いて歩かせて

7

私は軽やかにあなたの目を開け閉じる
あなたの超越した頭脳を見る
ひたいがひたいに当たる
それはあなたが内を見る時

8

あなたは何をしている
ただ一つ一つのことが消去るのを見るだけ
神さえ消え去った

9

あなたの静かさにもどる
いたるところに喜びとばか騒ぎ
あなたと神は同時に生まれる

10

远离了焦虑　绝望
痛苦　不安
那之后是没有的事

10

焦り　絶望から離れた
苦痛　不安
その後はどってことはない

e
経

e

e

経

六三　我如此的有　如此的空
六三 私はこんなに有　こんなに空

刘波禅诗三种

劉波禅詩集三作

1

我的头脑离我的本性很远
阴影的道路
有许多愁思走过
我的静心在迎讶

2

轻轻的呼吸
光明我的存在
观照当下　久远

3

啊　我生命的能量
像我盛开的脉管
回流到肚脐之下

4

去经验那神秘
集中自己的爆发
记忆自己的上升

1

私のあたまは私の本性から遠く離れた
影の道
多くの憂いが通(とお)った
私の静かな心が迎えにいく

2

軽く呼吸
光明私の存在
当下(とうか)に観照する　久遠

3

ああ　私のいのちのエネルギー
私の満開の血管のようだ
流れてへその下にもどる

4

その神秘を経験する
自己の爆発に集中する
自分が上昇するのを覚える

5

世界总是让你不能停下
你要更安静的坐着
数着风的气息

6

在满月的夜晚
变得更加澄圆
从头脑的空间

7

无物
空
有

8

所有的创造力
所有的能量
来自我的冥想
真实的宁静

9

不做任何事
那是伟大的时刻
只做必须的事
而这是成道的开始

5

世界はいつもあなたを停まらせない
あなたはもっと静かに坐して
風の息を数えながら

6

満月の夜に
更に澄みきって来る
あたまの中の空間

e
经

7

無物
空
有

e
经

8

あらゆる創造力
あらゆるエネルギー
私の瞑想から来る
真実の静かさ

9

何もしない
それは偉大な時間
必要なことだけする
それは道を得る始まり

10

没有人在那儿
发问者没有
回答者没有

10

そこには誰もいない
問う人はいない
答える人はいない

六四　在自由里　有那么多的创造发生
六四　自由の中　あれだけ多くの創造が生まれる

1

我的身体是庙宇
我的意识成佛
内在的光芒照亮

2

记住自己
所有的东西包含其中
在外　最终的理念

3

透过你奇妙的眼
无动于衷这个世界
知道的烟雾缭绕

4

所有的能量　心识
通过呼吸集中
这是静心的最佳的开始

1

私の肉体は廟宇（びょうう）
私の意識は佛に成る
内在の光芒を照らす

2

自分を覚えておく
あらゆるものはその中に含まれる
外に　最終の理念

3

あなたの不可思議な目を通して見る
この世界に心が全く動かされない
知のけむりがまといつく

4

あらゆるエネルギー　思い
呼吸を通じて集中する
これは静かな心の一番の素晴らしさの始まり

e
经

e
経

5

我是如此简单　轻松
被你探索过
全是喜悦的亮光

5

私はこんなに簡単　ゆったり
あなたに探索された
すべて喜びの輝く光

6

啊　请让我品尝
开悟的真实
在平凡中
而此前我是瞎子的摸索

6

ああ　私に味わわせてください
悟りの真実を
平凡の中
それまでは私は目が見えず模索した

7

你总是若有若无
在我的知觉里走来走去
直到月亮下山
我的开悟啊

7

あなたはいつも有のようで無のようで
私の知覚の中で行ったり来たり
ずっと　月が下山するまで
私は悟ったぞ

8

我记住竹林的雨声
雪花在舌尖融化
长长的火焰带着我迎向落日

8

私は竹林の雨音を覚えている
雪が下の先で解けるのを
長い炎が私を連れて落日を迎えにいく

9

生命的春天
突然绽开我
没有选择的开花

9

いのちの春
突然私をほころばせた
選択の開花はない

180

10

你必须往前再走一步
我是水井
不会走向你
只在那儿
供人饮用

10

あなたは絶対にもう一歩前に出るべきだ
私は井戸
あなたの方には行かない
そこにあるだけ
人に飲んでもらう

e
经
e
经

六五　淙淙水流
六五　さらさらと水が流れる

刘波禅诗三种

劉波禅詩集三作

1

我带你进入海洋
没有分开　没有物
被巨大的狂喜拍打

2

夕阳潮汐升起
你和我
再度消失为大海

3

在水流里
我是如此的和整体一致
相应那神秘的真言

4

我是从草尖滚落的露珠
我也是托举天空的海洋
我在　你在

1

私はあなたを連れて海に入る
分離はない　物はない
巨大な狂喜に拍手される

2

夕陽の潮が上る
あなたと私
もう一度大海ゆえに消え去る

3

水流の中
私はこんなに全体と一致する
あの神秘の真言と呼応する

4

私は草の葉先から落ちた露の玉
私は天空の海洋を支えてもいる
私はいる　あなたはいる

5

我被你的光芒灼伤眼睛
灵气飞扬
散射我的爱

6

亲爱的
我像你的笑声示意
被你柔软的手掌接收

7

去听吧　看啊
用你的觉察
而后是神圣

8

我被慈悲带入
把一点了解给你
温温润润

9

咸涩的海水
是我心的味道
是你让我变成盐的知道

10

眼睛半是睁开　半是闭紧
一半是意识的天空
一半是能量的波动

5

私はあなたの光芒に灼かれて目を痛める
霊気が飛ぶ
私の愛を飛び散らす

6

愛しい人よ
私はあなたが笑い声で合図するように
あなたの柔らかい手のひらに受け入れられる

7

聞きに行って　見てよ
あなたの感覚で
そのあとは神聖

8

私は慈悲に連れ入れられた
少しの了解（りょうげ）をあなたにあげよう
あたたかくしっとりとした

9

塩辛い海水
それは私の心の味
それはあなたが私を塩に変えた知

10

目は半ば開き　半ば閉じる
半分は意識の天空
半分はエネルギーの波動

e
经

e
经

六六　心像宇宙一样浩瀚
六六　心は宇宙のようにひろびろ

刘波禅诗三种

劉波禅詩集三作

1

你在哪里
什么是在哪里
啊　我同时是瞎子和哑巴

2

寻找神的道路
让我俯瞰宇宙
你散落的星星
重新在我的心里布阵

3

我在当下的快乐里入定
生命坐在丹田
头上萦绕着神圣

4

没有人能例外的
与死亡握手
唯一的例外是
把身后的宇宙带进来

1

あなたがどこ
どことは何
ああ　私は同時に目が見えず口が聞けない

2

神の道を探す
私に宇宙を俯瞰させる
あなたがちりばめた星を
新たに私の心に布陣させる

3

私はこの時快楽の中に入定(にゅうじょう)する
いのちは丹田に坐す
あたまの上を神聖が巡る

4

誰も例外にはなれない
死と握手
ただ一つの例外は
後ろの宇宙を連れてくること

5

我的能量总在月亮周边散发
是性　是爱
是大自然的一切

6

我最终的领悟
在夕阳下鲜红
头脑是黑夜也是空

7

和我在一起
坐在生命的中心
看着能量的群山起伏

8

活过生命中的每件事
回到河流的超越
没有生　没有死

9

我就是整体
像宇宙的浩瀚
没有任何会是我的失去

10

我只是与宇宙相应
所有的声音消失
像你的混沌

5

私のエネルギーは常に月の回りで発散する
それは性　それは愛
それは大自然のすべて

6

私は最終の領悟
夕陽の下の鮮紅
あたまは暗夜そしてまた空（くう）

e
经

7

私と一緒に
いのちの中心に坐す
エネルギーの山並みが起伏するのを見る

e
经

8

いのちの一つ一つのことを活きる
河流の超越にもどる
生はない　死はない

9

私こそが全体だ
宇宙の広がりのように
私が失うだろう物は何もない

10

私はただ宇宙と感じ合うだけ
あらゆる音は消え去る
あなたの混沌のようだ

六七　身体如此短暂
六七 肉体の時間はこんなにも短い

刘波禅诗三种

劉波禅詩集三作

1

走在路上
处处是春天
如是风吹　如是神秘

2

未知啊　未知
我的前方
每走一步
你都有捉摸不定的辉煌

3

一场豪雪的暴力
带来觉知的炭火
一杯茶的温烫

4

冷雨的夜晚
无意识的泥泞
不踩空每一个步履

1

道を歩く
至るところが春
こんなに風が吹く　こんなに神秘だ

2

未知よ　未知
私の前
一歩歩くごとに
あなたは定まらない輝きを捉える

3

豪雪の暴力は
覚知の炭火を連れて来る
一杯の茶の温かさ

4

冷たい雨の夜
無意識の拘泥
空（くう）を踏まない一歩一歩の歩み

5

我不再会被心灵囚禁
被一切伟大奴役
我是自己的陌生人

6

没有贪婪　恐惧
我是完美的和谐
宣称真理　你的到来

7

人类越来越贫穷
再也没有美丽的比喻
芬芳的想象

8

河流啊　我的活生生
山谷啊　我的全然
天空啊　我失去的欢乐

9

我走进你精神的暗夜
为你斟满月亮
看着你的身体走回来

5

私は二度と心に囚われない
一切の偉大な奴隷のような仕事に
私は自分の見知らぬ人

6

貪欲は　恐れはない
私は完全な調和
真理を　あなたの到来を宣言する

7

人類はますます貧しくなる
もう美しい喩えはなくなった
芳しい想像

8

河流よ　私の生々しさ
山谷よ　私の完全
天空よ　私の失った喜び

9

私はあなたの精神の暗夜に入る
あなたのために月を一杯に注ぐ
あなたの肉体がもどってくるのを見る

e

经

e

经

10

请让和平　宁静的觉知
降临
从早晨到黑夜
我唯一的主人啊

10

平和　静かさの覚知を
降臨させて
早朝から夜更けまで
私は唯一の主人だ

六八　你是

六八 あなたがそうだ

1

我在你火焰的温暖里成道
我也成为火焰
谁也无法扑灭

2

光是我雀跃的欣喜
我不停的跳动你的法文
而你在看着我

3

我在火圈当中
跳进去　跳出来
身后是燃烧的无意识

4

云的流霞
天空是我的脸庞
焕发你的神光

1

私はあなたの炎の温もりの中で道を得る
私も炎になる
誰も壊滅できない

2

光は私の小躍りする喜び
私は何度もあなたの呪文を跳ねさせる
そしてあなたは私を見ている

3

私は火の輪の中に
飛び込む　飛び出す
後ろが燃焼の無意識

4

流れ雲の虹色
天空は私の顔
あなたの神光を輝かせる

e
经
e
経

5

日落后
我将登上山顶
而你在上行的路上
走在自己的心灵

6

太阳不在
星辰闪耀
我发出为你的祷告

7

我的觉知穿越
时间　地点　神秘的人物
变成一阵风

8

世相多么虚假
我从未想要拥有它
仅仅是一个轻轻跳跃

9

神将来帮助你
真实会自己显现
在意识里

5

落日の後
私は山頂に登る
あなたは登りの道の途中で
自分の心に歩きいる

6

太陽は不在
星はひらめく
私はあなたへの祈りを発する

7

私の覚知が突き抜ける
時間　場所　神秘の人物
一陣の風に変わる

8

世相は何と偽りか
私はそれを持とうとは思ったことがない
わずかに一度軽く飛び跳ねただけだ

9

神は降りて来てあなたを助ける
真実は自分を明らかにする
意識の中で

10

我坐在存在的中心
刚好是你肚脐的下方
我们彼此盛开

10

私は存在の中心に坐す
ちょうどあなたのへその下
私たちは互いに満開

e

经

e

经

六九　停下来
六九　停まる

刘波禅诗三种

劉波禅詩集三作

1

每一样东西都有它的反面
痛苦后面的欢乐
紧张中的轻松
都是能量

2

爱里有恨
而神的到来
是如此纯粹

3

成为自己的主人　管理者
内在的一切混乱
是因为雇佣了太多的愿望的奴隶

4

此刻我大放光明
爱已到达
灵魂回家

1

同じものには夫々すべてその反面がある
痛みの後ろには楽しみがある
緊張の中のリラックス
すべてがエネルギー

2

愛の中に恨みがある
しかし神の到来は
こんなに純粋だ

3

自分の主人　管理者になる
内在の一切は混乱
それは多くの願望の奴隷を雇い過ぎたからだ

4

この時私は光明を大きく放つ
愛はすでに着いている
たましいは家に帰った

5

夜晚的孩子
清晨的孩子
我用黎明轻轻抱起

6

爱是离开自我
融入光明
对神交出自己

7

此时我的心念是大海
分享并成为一切到来的
如同你对我的分享

8

在垂死里磨难你
在爱之中
我以你而放松

9

至乐是我的笑容
没有为什么
只因我被神接管

10

你的优雅仁慈
收留我无尽的哀思
在我孤独的祷告里

5

夜中の子供
夜明けの子供
私は黎明で軽く抱きかかえる

6

愛は自我を離れる
光明に溶け入る
神に自分を渡す

e
经

7

この時私の思いは大海
分け合って一切が到来する
あなたが私に分けてくれるように

e
経

8

死に際にあなたを苦しめる
愛の中
私はあなたのおかげでゆったりとする

9

至福は私の笑顔
何でもない
ただ私が神に引き継がれただけ

10

あなたの優雅仁慈
私の無尽の悲しみを留める
私の孤独な祈りの中に

七〇　鞠躬
七〇　おじぎする

1

我没有办法归还你的爱
沐浴在我身上的神光
不可思议的恩情

2

我对神称是
对佛说空
对祖说好
鞠躬完全的信任

3

是的　是的
这是我全部的祈祷
我还能向你说什么呢

4

这神的光溢
刷新我的苍白
我的仰望

1

私はあなたの愛を返す方法がない
私の身の上の神光で沐浴する
不可思議な恩情

2

私は神に対し イエスと言う
佛に対し空（くう）と言う
祖に対し好しと言う
おじぎ完全な信頼

3

そうです　そうです
これは私全部の祈り
私はあなたに対し何が言えるのか

4

これが神の溢れる光
私の蒼白を刷新する
私の敬い

5

月亮转动我的无常
我的悲伤被星星捉住
却被你轻松释放

6

我应该怎样表达
清晨的鲜花
夜晚的风吹
河谷里的鸟鸣
沉默的感激

7

我的身体一天天在变老
精神重归天真
天真到没有负荷

8

现在是唯一的
像古老的石头
构筑奇迹产生的基础

9

在你的面前
我交出那颗失落已久的心
你却赐还我无尽的爱

5

月は私の無常を動かす
私の悲しみが星に捉えられる
だがあなたに軽やかに解き放たれる

6

私はどう表わしたらいいのか
夜明けの花
夜更けに吹く風
峡谷の鳥の声
沈黙の感激

e
经

e
经

7

私の肉体は毎日老いていく
精神は無邪気に戻っていく
何も負担がないように無邪気

8

今は唯一だ
古い石ころのようだ
奇跡が生み出す基礎を築く

9

あなたの目の前で
私はあの失って久しい心を渡す
あなたは寧ろ私に無尽の愛を返す

10

　　无论你给予我什么
　　我只是接受
　　只是感恩
　　因为我根本就无力归还

10

あなたが私に何をくれても
私はただ受け取る
ただ感謝する
私には元々お返しする力はないのだから

七一　既不是肉体也不是灵魂
七一 肉体でもなければたましいでもない

1

　　我没有欲望
　　只有欲望的身体　灵魂
　　现在我平静的交还给你

2

　　不要真理
　　但要你
　　我这唯一的纯净意识

3

　　看着我的消失
　　人格　个体
　　只有存在的尊严

4

　　只要想一下
　　我生下来什么也不是
　　没有忧虑
　　没有焦虑

1

　　私には欲望がない
　　ただ欲望の肉体　たましいを
　　今私は静かにあなたにお返しするだけ

2

　　真理は要らない
　　あなただけが要る
　　私は唯一の純浄な意識

3

　　私の消失を見る
　　人格　体
　　ただ存在の尊厳がある

4

　　考えてみさえすれば
　　私は生まれつき何でもない
　　憂いはない
　　焦りはない

e
経

e
経

5

这一世　下一世
我不由自主的出现
我像露珠准备好回到大海

6

我静静观察自己的身体
照见我的所思所想
像一封信被无念烧成灰烬

7

我的灵魂闪耀你
你的捉摸不定
让我不再思量

8

你的背影
带走我的静心
没有什么可以再想

9

已知的　未知的　不可知的
我是你们的一体
现在是开始庆祝的时刻

10

你好啊　肉体
你好啊　灵魂
而我正成为好

5

この現世　次の来世
私の自主ではない出現
私は露のように準備万端　大海にもどる

6

私は静かに自分の肉体を観察する
私の思うところを照見する
一通の手紙が思いもよらず灼き尽くされたように

7

私のたましいがあなたをひらめかす
あなたは捉えどころがない
私に又考えさせる

8

あなたの後ろ影
私の静かな心を連れて行く
又考えていいことなどない

9

既知の　未知の　不可知の
私はあなたたちの一体
今はお祝いを始める時間

10

こんにちは　肉体
こんにちは　たましい
そして私は丁度好くなる

七二　真相
七二　真の相

1

成为那神秘的
但是你无法说出
因为正在经验

2

你是雨雪风霜
轮番转动我的活生生
在变迁中
在不变中

3

只是为了活着
只是要记住
被忘记的当下

4

消灭头脑的幻觉
这是你唯一的白日梦
在进入夜晚的梦之前

1

あの神秘なものになる
だがあなたは話せない
何故なら今経験しているところだから

2

あなたは雨雪風霜
順番に私の生々しさを動かす
変化の中
不変の中

3

ただ生きるために
ただ覚えておきたい
今この時を忘れ去られる

4

頭脳の幻覚を消滅させる
これはあなたの唯一の白昼夢
夜中の夢の前に入っていく

e
经

e
経

静静的坐在你的身边
坐在存在里
而那是永恒

6

不要定义生命
所有的花开像平等闪耀
啊　你的无言

7

我在你的音乐里跳舞
来和你会合
我不再是孤独的

8

在清晨和你一起醒来
鸟儿静静的伺
啄落心情

9

无人走过的山径
马铃花的铃铛敲响
恍若你唤我回家

10

和平　爱　神
是我唯一的咒语
被你用嘴唇朗读

5

あなたのそばに静かに坐す
存在の中に坐す
それが恒久

6

いのちを定義しないで
あらゆる花が平等にひらめくように開いた
ああ　あなたの無言

7

私はあなたの音楽の中で踊る
あなたと落ち合う
私はもう孤独ではない

8

夜明けにあなたと一緒に目を覚ます
鳥が静かに見守る
心をついばむ

9

誰も歩いたことのない山道
馬鈴花の鈴がりんりんと響く
思わずあなたが家に戻れと言っているようだ

10

平和　愛　神
それは私の唯一の呪文
あなたが唇で朗読する

七三　对着花开
七三　開花に向けて

1

你啊　神秘
在感受你的神秘之前
我是如此无知

2

我在星辰的闪耀里冥想
大地变成了海洋
你的回眸扬风

3

我独坐在这儿那里
为了等到你
每一条既熟悉又陌生的途径

4

我没有对立
没有矛盾
没有自我
是你让我与他们关联

1

あなたよ　神秘
あなたの神秘を感じる前に
私はこんなに無知だ

2

私は星のひらめきの中で瞑想する
大地は海に変わる
あなたが振り向いた時風が起こる

3

私はこの場所に一人坐す
あなたを待つために
一本一本のもう馴染みの又は見知らぬ道程

4

私に対立はない
矛盾はない
自我はない
あなたがそれらと関わらせているのだ

5

我的心灵开花
不再是男人或女人
不再是生或死
有了你的接纳

6

你就是我想象的全部
我要用怎样的知识
抱住你的永恒

7

你们从哪里来
我看见孤独的灵魂
在你们的头上冒着热气
一个接一个的人啊

8

你让我爱得如此自由
让我起飞或脚踏实地
一切因为你的美的指令

9

我有时在群山里
有时在海洋　天空
那是我认出你的瞬间

5

私の心が花開く
もう男でも女でもない
もう生でも死でもない
あなたが受け入れた

6

あなたこそが私の想像できるすべてだ
私はどんな知識を使えば
あなたの恒久を抱きすくめられるのか

7

あなたはどこから来たか
私は孤独なたましいを見た
あなたたちのあたまの上に熱気がのぼっている
ひっきりなしの人よ

8

あなたは私をこんなにも自由に愛させる
私に飛び立たせる又は足を地に着かせる
一切はあなたの美しい指令のせいだ

9

私は時に山並みの中にいる
時に海に　天空にいる
それは私があなただとわかる瞬間

10

我是单独的生命　存在
我没有任何一条熟悉的路
处处遭遇你

10

私は単独のいのち　存在
私にはどんな馴染みの道もない
至る所であなたに出会う

e
经

e

经

七四　这是一个有病的时代
七四　これは病気の時代

刘波禅诗三种　　刘波禅诗集三作

1

每个人带着自己的伤痛
再次去伤害
我的眼里流出无尽的悲惨

2

我不用你的同情
闭上你眼睛的地狱
我只是喜乐
在你无助的呻吟里

3

生命必须改变
张开愉悦　庆祝　欢乐的拥抱
只需你再往前走一步

4

从雪花到鱼
闪电变成岩石
我总是从一个生命轮回到另一个生命

1

一人一人が自分の傷を持っている
また怪我をしに行く
私の目に流れる無尽の悲惨

2

私にはあなたの同情は要らない
あなたが目を閉じる地獄
私はただ喜び
あなたの無援のうめき声の中で

3

いのちは変わらなければない
喜び　祝福　喜びの抱擁をする
ただあなたはさらに一歩進む必要がある

4

雪から魚まで
岩を変成させる
私はいつも一つの命から別の命に輪廻する

5

悲惨会带来更多的悲惨
喜乐也是
我看见这细微的不同
让你认出我

6

觉醒的人们啊
从我的热爱里起飞吧
不要任何痕迹

7

记住你那份天真
用意识保有
时时用你的觉知

8

我看到了你的病恹恹
被欢愉的长袖甩落
真实的美如此自由

9

你在哪里快乐
为什么要悲伤
为什么忘记了我

5

悲惨がもっと多くに悲惨を持って来る
喜びもそうだ
私はこの細部の違いを見る
あなたに私だと気づかせる

6

覚醒した人々よ
私の熱愛の中から飛び立とう
あとは残さずに

e
经

e
经

7

あなたのあの無邪気さを覚えておいて
意識でもって持つ
時にあなたの覚知を使って

8

私には病んで不機嫌なあなたが見える
喜びの長袖に振り払われて
真実の美はこんなにも自由だ

9

あなたの楽しみはどこに行った
なぜ悲しむのか
なぜ私を忘れたのか

10

因为疾病
你总是会无助的
请用你的额头碰触我

10

病気のせいで
あなたはいつも救いがない
あなたの額を私に触れてください

七五　在水里
七五　水の中

1

　　人是如此的害怕死亡
　　没有任何准备
　　在水里
　　我正离开

2

　　多么美丽的浸泡
　　灵魂响动潺潺的水声
　　我有无尽的沉默接纳你

3

　　没有悲惨的恐惧
　　水是我的真言咒语
　　谁在这个身体里荡起水花
　　但与我无关

4

　　水的立方
　　是我想象的开始

1

人はこんなに死を怖がる
何の準備もない
水の中
私は丁度離れていく

2

何と美しい浸透
たましいはどうどうという水音を響かせる
私にはあなたを受け入れる無尽の沈黙がある

3

悲惨な恐怖はない
水は私の真言呪文
誰がこの肉体の中で水しぶきを上げるか
だがこれは私と関係ない

4

水の立方
それは私の想像の開始

到处都是宁静

至るところすべて静か

5

我在沉浮里
为了滑过给你的启示
将你的生老病死留下来
交给我

5

私は浮かんでいる
あなたへの啓示を滑らかにするため
あなたの生老病死は留まるだろう
私に渡して

6

我在沉寂里放松
水的环绕里有神
那是你游动的时刻

6

私はひっそりとした中でリラックスする
水の巡りの中に神がいる
それはあなたが泳いでいる時間

7

水总是这样意气飞扬
你接受多少
总是会变得更多
比你要的还多

7

水はいつもこのように意気軒昂
あなたはどれくらい受け入れるか
いつももっと変わりうる
あなたが欲しいよりももっと多く

8

在水中舞蹈
在水中歌唱
在水波的欢乐里忘记神

8

水の中で踊る
水の中で歌う
波の喜びの中で神を忘れる

9

忘记头脑
忘记心
感觉身体在水中的消失
我就是一滴水

9

あたまを忘れる
心を忘れる
肉体が水中で消え失せた感じがする
私こそは一滴の水

刘波禅诗三种

劉波禅詩集三作

10

　一个纯粹的观照
　一个水分子的祝福
　我们是这么的一体
　拼写爱

10

一つの純粋な観照
一つの水の分子の祝福
私たちはこんなに一体となる
愛をピンイン（英文字発音表記）で書く

e
　経

　e
経

209

七六　这里真安静
七六 ここは本当に静かだ

刘波禅诗三种

劉波禅诗集三作

1

是的　你的极乐不是一种兴奋
也不是某个狂欢
是安静

2

我读懂了你安静的背影
这个下午
我的全部能量安静下来

3

现在我和天空　大地
穿上夜晚的衣服
发出水流的声音

4

我的状态很好
散发宁静
身后是激情的大海

1

そうだ　あなたの極楽は一種の興奮ではない
そこいらの狂喜でもない
それは静かさ

2

私はあなたの静かな後ろ影を理解した
この午後
私の全部のエネルギーは落ちついて来る

3

今私と天空　大地は
夜中の服を来て
水流の音を出す

4

私の状態はとてもいい
静かさを発散させる
後ろには招請の大海

5

我从来不努力
仅仅是依靠安静
却等来了神

6

在你面前
我是完全的空
人人都看见了我的光

7

我忘记了所有的外在
那些响声和哗动
你在我的内心倾听

8

因为宁静
我不认同任何事物
包括我自己

9

空无一物
宁静的雾岚
是山谷充满

5

私はずっと努力したことがない
ただ静かさに頼る
むしろ神が　待っていて来た

6

あなたの目の前で
私は完全な空
人々は皆私の光を見た

7

私はすべての外在を忘れた
あの響きとすさまじい音
あなたは私の内心を耳を傾けている

8

静かだから
私はどんな物も認めない
私自身も含めて

9

空無一物
静かな霧の嵐が
峡谷に満ちている

10

我听见内心的声音
没有混乱
为我的身体疗伤
指示

10

私には内心の声が聞こえる
混乱はない
私の肉体を癒すため
指示

七七　过简单生活
七七　シンプルな生活を送る

1

了解就不会有复杂
正如记住自己
发现生活有那么多的不必要

2

你是爱的泉水
接通我的生命
此前的梦境让我干枯

3

让我接受你的力量
躲过残酷和毁灭
让我足够应付

4

我的激情　信任　邀请　臣服
你的谕示
已经交代得足够清楚

1

了解（りょうげ）は複雑ではない
ちょうど自分を覚えるようなもの
生活に多くの不必要があることを発見

2

あなたは愛のいずみ
私のいのちを繋ぐ
この前の夢に私は干上がる

3

私はあなたのちからを受け入れる
残酷と壊滅から逃れる
私に十分対処させる

4

私の情熱　信頼　招請　服従
あなたの諭し
すでに十分はっきりと説明している

5

我看见我的躁动不安
无助与绝望
在你面前
我长长叹一口气

6

我从来都在失去
失去的所有对我来说
都是神秘
每当我用你给我的惊奇

7

好啊　与你的同在
没有警示
但被你召唤

8

当我和你在一起
正是我的不再
那是我的告诉

9

人们天天受苦
如此多的苦难
从来没想到一次简单的还原

5

私は私のいらつきと不安を見る
救いようがなく絶望的
あなたの目の前で
私は長い長いため息をつく

6

私はずっと失われている
私に話したすべてを失われている
すべて神秘
いつもあなたにもらった驚きを使う時

7

いいよ　あなたと一緒にいる
警告はない
あなたに召喚される

8

私とあなたが一緒にいる時
まさに私は二度とない
それは私の伝えること

9

人々は毎日苦しんでいる
こんなに多くの苦難
一度簡単に元帰りしようとは考えてもみない

10

我停留在你的耳边
念诵大地的真言
你听到了吗

10

私はあなたの耳元に留まる
大地の真言を唱える
あなたには聞こえたか

e
经

e

经

七八　我没有所求
七八　私は求めることがない

1

高贵的喜乐啊
看着你在我灵魂里开花
我唯有喜悦的惊奇

2

我没有所求过
只是被动的接受
只是满怀感恩

3

海洋　天空的能量
在我身上
却在灵魂里发出回响

4

等候是高贵的
所求不是
卑微是

1

高貴な喜びよ
あなたが私のたましいの中で花開くのを見る
私にはただ喜びの驚きがある

2

私には欲しいものはなかった
ただ受け身で受け入れる
ただ一杯の感謝

3

海　天空のエネルギー
私の身の上に
むしろたましいの中でこだまがする

4

待つことは高貴だ
求めることは違う
ささやかはそうだ

5

唯有爱人
才能成为最后的胜利者
它是胜利的唯一象征

6

这是唯一的时刻
从来不想去征服什么
对你只是静静的等待

7

每一次死亡都会自己重生
从神里重生
他只是死在世俗的妄想里

8

头脑累积恐惧
心灵接受喜悦
而我住在心里

9

就让心来决定一切吧
我生命的价值
命运　目的地
我从来没有像现在这样安心

5

ただ恋人がいる
それで最後の勝利者になれる
それは勝利の唯一の証し

6

これは唯一の時間だ
ずっと何かを征服したいとは思わなかった
あなたに対してただ静かに待つ

7

毎回死は自分の再生になる
神の中から再生
ただ世俗の妄想の中に死ぬ

8

あたまに恐れが積み上げられる
心は喜びを受け入れる
私の心の中に住む

9

心に一切を決定させよう
私のいのちの価値
運命　目的地
ずっと私には今のような安心はなかった

e
経

e
経

10

喜乐之路
就是给予之路
是喜乐让我如此静心

10

喜びの道
つまり与える道
喜びで私がこんなに静かな心になる

七九　看看那些无用的事情
七九　その無用なことを見て

1

　　一个人是喜乐的
　　所有的事情会自动安排
　　一旦机缘成熟

2

　　只需要静下来
　　只需让黑夜在心中寄宿
　　只需要太阳在早晨离开

3

　　每当你觉知
　　就会有喜乐
　　每当你观照
　　就会有真相

4

　　没有任何外在的死
　　能干扰到我
　　心中是我的警觉　注意

1

　　一人は楽しい
　　すべてのことが自動的に手配される
　　一旦機会が熟せば

2

　　ただ静まることが必要だ
　　暗夜を心に宿らせることが必要だ
　　夜明けの時太陽が離れることが必要だ

3

　　いつもあなたが覚知する時
　　喜びがある
　　いつもあなたが観照する時
　　真相がある

4

　　どんな外在の死もない
　　私を邪魔できる
　　心の中は私の気づき　注意

5

那些无用的方向
那些无用的事情
正好让我不认同

6

纯净的智慧
来自于简单
那是我的所有

7

我没有怀疑
不想怀疑
根本不需要知识
只需要我的相信

8

极乐是智慧的闪光
她的光线是我
点燃的是神

9

喜乐的神啊
请让我存在从不分离
只为你的欣悦

10

没有纠缠　没有打扰
没有激动　没有疲惫
我是快乐者

5

あの無用な方向
あの無用なこと
ちょうど私は認めていない

6

純浄な智
簡単から来る
それは私の持っているもの

7

私は疑わない
疑いたくない
元々知識は不要だ
ただ私が信じることが必要だ

8

極楽は智の閃光
その光は私
ともすのは神

9

喜びの神よ
私を存在させ　ずっと分かれさせないで
ただあなたのためによろこぶ

10

混乱はない　邪魔はない
激動はない　疲労はない
私は快楽者

八〇　你就是你所想象的

八〇　あなたこそがあなたが想像したものだ

1

　　心的念力如此强大
　　珍惜能量的溢出
　　它可以是地狱
　　也可以是天堂

2

　　更加有意思
　　让发生的发生
　　无论怎样都是　接受

3

　　爱不是占有
　　和平是爱
　　我们总是不经意之间
　　带来了恨的生活

4

　　在这个无爱的世界
　　不是你发疯

1

心の思いはこんなに大きい
エネルギーの横溢を大切にする
それは地獄になる
また天国にもなる

2

もっと面白い
発生するものを発生させる
どんなものでもすべて　受け入れる

3

愛は独占ではない
平和は愛
私たちはいつもうっかりの時
恨みの生活を連れて来る

4

この無愛の世界で
あなたは狂っていない

就是所有人为你发疯

5

成为爱着的
我是爱的战士
为爱而战
为神　我将爱我的敌人

6

我是新的人类
觉知只有一个地球
而不是像你们所讲的

7

同一个人类
更多的梦想
一个人必须学习尊敬自己
好尽量少给神添麻烦

8

忘记还要恨
忘记拒绝
忘记去谴责自己

9

恨自己的人
将不能允许自己快乐
为什么在神面前
丢掉喜乐的能力

刘波禅诗三种　　劉波禅詩集三作

つまりすべての人があなたのせいで発狂している

5

愛しているものになる
私は愛の戦士
愛のために戦う
神のために　私は私の敵を愛する

6

私は新しい人類
ただ一つの地球だけを覚知する
そしてあなたの言うところのことではない

7

同じ一つの人類
もっと多くの夢想
一人の人は自分を敬うことを学ばねばならない
なるべくあまり神に面倒をかけないように

8

恨みがまだあることを忘れる
拒絶を忘れる
自分を叱責するのを忘れる

9

自分を恨む人は
自分が楽しむのを許さないだろう
なぜ神の前で
喜びの能力を失うのか

10

不能爱自己的人
将没有能力爱任何的人
恨自己的人
也会恨神

10

自分を愛せない人は
どんな人を愛することもできないだろう
自分を恨む人は
神をも恨む人

e
经

e

経

八一 停止内疚
八一 後ろめたく思うのをやめる

1

不要感到内疚
心中落满不安的尘土
学会接受

2

智慧的能量
是灵魂的革命者
向慈悲交出权力的手杖

3

人们受苦
不是因为过去
是因为他们继续谴责自己

4

感觉到你的安详
看见自己在受苦
你突然发现是神安排了你

1

後ろめたさを感じないで
心の中は不安の塵でいっぱいだ
受け入れることを学ぶ

2

智のエネルギー
それはたましいの革命者
慈悲に権力の杖を渡す

3

人々は苦しんでいる
過ぎ去ったことにではない
それは自分を継続的に責めることにだ

4

あなたの落ち着きを感じるに至る
自分が苦しんでいるのを見る
あなたは突然神が自分を段取りしたのだと発
　　見する

5

当你解脱自己的内疚
你的能量将爆发
你如此无视的生命

6

当你爱着自己
你已不能够恨任何他人
爱与恨的能量是一样的

7

慷慨　亲切　仁慈
一个人开始能够分享
就会成长更多

8

解脱你的内疚
萎缩的一切重新复活
心第一次爆发灿烂的花开

9

学会分享
彼岸的能量补充你
多么的满啊

5

あなたが自分のやましさから解脱する時
あなたのエネルギーは爆発する
あなたはこんなに無視する命

6

あなたが自分を愛している時
あなたはもうほかの誰を恨めなくなる
愛と恨みのエネルギーは同じだ

経

経

7

憤慨　親切　仁慈
一人の人が分け合えることが始まる
それでもっと成長できる

8

あなたのやましさを解脱する
萎縮した一切を新たに復活させる
心が一度目の爆発をし光きらめく花が開く

9

分け合うことを学ぶ
彼岸のエネルギーがあなたを補う
何といっぱいなのだ

10

不断向世界倒空自己
以每一种可能的方法
跳舞　唱歌
在一切缘分里

10

世界に向けてひっきりなく自分を空にする
あらゆる可能な方法で
踊る　歌う
一切の縁の中で

八二　为什么还要伤悲
八二　なぜまだ悲しむのか

1

你是一个能量的律动
一粒沙　一朵花
整个宇宙都是你的音乐

2

伤悲会伤害到你的灵魂
它从不是一个单独的存在
请快乐起来

3

明亮的意识
无我　成为辽阔的
你就是大海

4

永远要相依相赖
与身体的每一个细胞
与宇宙　自然
与神

1

あなたは一つのエネルギーのリズム
一粒の砂　一輪の花
宇宙全体すべてがあなたの音楽

2

悲しみはあなたのたましいまでも傷める
それは単独の存在ではない
どうぞ楽しくなって

3

明らかな意識
無我　広大になる
あなたは大海だ

4

永遠は互いに助け合う必要がある
肉体の一つひとつの細胞と
宇宙　自然と
神と

5

失去你　离开你
就离开了整体的韵律
是部分也是整体

6

多么大的祝福
我现在就融入宇宙
这是和你在一起的方式

7

你是如此独特
水滴　星辰
唯一的唯一

8

悲伤是一个孤岛
像大海的伤口
但总被波浪安抚

9

我在我也不在
但神在我里面
这也是全体

5

あなたを失う　あなたから離れる
つまり韻律全体を離れる
部分であって全体

6

何と大きな祝福
私は今宇宙に溶け入る
これはあなたと一緒の方式

7

あなたはこんなに独特
水滴　星
唯一の唯一

8

悲しみは一つの孤島
大海の傷口のようだ
だがいつも波に慰撫される

9

私はいる私もいない
しかし神は私の中
これも全体

10

悲伤会带来身体与灵魂
持续的内战
静静的看
为什么要悲伤
然后悲伤就会彻底的消失

10

悲しみは肉体とたましいを連れて来る
継続する内戦
静かに見る
なぜ悲しむ
それから悲しみは徹底的に消え去る

e
经
e
经

八三　我有无限的宁静

八三　私には無限の静かさがある

1

我的宁静来自
对冲突的了解
请分享我给你的清凉

2

烦恼和冲突
总是会连绵不绝
而宁静可以全部将它们装下

3

我听见你的歌声
在晚霞里回荡
一颗会唱歌的心
没有思虑

4

潺潺的流水
宛若我的喜悦
照见烦恼的消失

1

私の静かさは
衝突の了解（りょうげ）から来る
あなたにあげたさわやかを私に分けてください

2

煩悩と衝突
いつも連綿と絶えない
しかし静かさはその全部を受け入れられる

3

私はあなたの歌声が聞こえる
夕焼けの中で揺れ戻る
一つの歌が歌える心
考えはない

4

さらさらと流れる水
私の喜びのようだ
煩悩の消失を照見する

5

在宁静中
我的身体会舞蹈　歌唱
那是一种邀请

6

神秘家是你的最高境地
你的梦想像泉水叮咚
充满甘甜

7

从思考到感觉
从逻辑到爱
唱啊　跳啊
这最接近心的方式

8

平静的爆发爱
爱是至高的善
所有的诗

9

祈祷是形式
道德是形式
而内容是宁静

5

静かさの中
私の肉体は踊り　歌える
それは一種の招待

6

神秘家はあなたの最高の境地
あなたの夢は「泉水ディンドン」（映画）のように
あまさが充満する

経
e

e
経

7

思考から感覚まで
ロジックから愛まで
歌って　踊って
これが心に一番近い方式

8

静かに愛を爆発させる
愛は至高の善
あらゆる詩

9

祈りはかたち
道徳はかたち
そして内容は静かさ

10

把敏锐带给智慧
把光带入灵魂
让宁静结晶

刘波禅诗三种

劉波禅詩集三作

10

鋭敏を智に連れて行く
光をたましいに連れて行く
静かさを結晶させる

八四　冥想
八四　瞑想

1

关闭房间关错了的灯
在心之上
在头脑之内

2

我需要自由
更多的放纵
然后是节制
以便让我知道所有

3

你的深情
像一阵风
吹着我的狂乱

4

坐在窗前
看着天空
但不错过声音

1

部屋を閉めて灯りを消し間違える
心の上
あたまの中

2

私は自由が必要
もっと多くの放任
そのあとで節制
私がすべてを知るために

3

あなたの深い思い
一陣の風のようだ
私の狂乱を吹いている

4

窓の前に坐す
天空を見ている
だが音はのがさない

5

以你自己的方式
换掉心灵的主宰
让掩藏的真理出现

6

生命没有意义
但你可以自由的创造
用光芒　用爱

7

如果你抛弃你的责任
你也会失去自己的自由
总是要承担责任而伟大

8

走出束缚你的房子
进入那宇宙
内在的意识带来成长

9

我看见人人都在变老
就是没有学会成长
没有蜕变

10

灵性　不生不灭
肉体老去
收回它的目标

5

あなた自身の方式で
心の主宰を換えてしまう
隠してある真理を出現させる

6

いのちは意味がない
ただあなたは自由に創造できる
光芒で　愛で

7

もしもあなたが責任を投げ出したら
あなたも自分の自由を失うだろう
いつも責任は負わねばならないそして偉大

8

あなたの束縛の部屋を出る
あの宇宙に入る
内在の意識が成長をもたらす

9

私は人々が老いていくのを見る
つまり成長を学んでいない
脱皮していない

10

霊性　不生不滅
肉体は老いていく
その目標を回収する

八五 让生命充满惊讶

八五 いのちに驚きを充満させる

1

永远不要谴责女人
谴责男人的责任
而这一切离真相很远

2

没有人给你幸福
幸福已经在心里
你必须学会辨认

3

聆听来自天空的话语
而不是出自你的头脑
这是了解

4

记住了自己的本性
就不会丢掉自己的意识
这是最终的

1

永遠に女を責めないで
男の責任を責めることを
そしてこの一切は真相からは遥か遠い

2

誰もあなたに幸せを与えない
幸せはもう心の中にある
あなたは必ず判断を学ばねばならない

3

天空からの言葉を聞く
それはあなたの頭から来たものではない
これが了解（りょうげ）

4

自分の本性を覚えたら
自分の意識は失わない
これが最終だ

5

啊　那不灭的
像你的神圣
记住并庆祝他

6

我是喜乐的舞者
每一个存在的优美姿势
都是整体的

7

向内走
这是我的咒语
那里有生命散发

8

我看见了你的飞
剩下的事情是了解
看见

9

用你的觉知去生活
记住你在干什么
这是一个洞见

5

ああ　あの不滅のものよ
あなたの神聖のようだ
彼を覚えそして祝福する

6

私は喜びの踊り手
一つ一つの存在の美しい姿勢は
皆全体だ

7

内に向かっていく
これが私の呪文だ
そこにいのちが発散している

8

私はあなたが飛ぶのを見た
残りのことは了解（りょうげ）
見る

9

あなたの覚知で生活する
あなたが何をしているかを覚えて
これが一つの洞察だ

10

没有对
也没有错
做自己的光
而非别人的照亮

10

正しいはない
まちがいもない
自分の光を作る
しかし他人の輝きではない

e 经

e
経

八六　寻找的道路
八六　道を探す

刘波禅诗三种

劉波禅詩集三作

1

前方是爱
吹过的风是了悟
山巅上坐着神

2

沿着觉知的道路
正在到达
止不住爱的泪水啊

3

爱的本质就是没有自己
放弃与忘怀
只是爱和正在

4

一个爱人必须学会
在死中
爱人和所爱的距离消失
没有分离留下来

1

前方は愛だ
吹き去った風は了解（りょうご）
山頂で神が坐す

2

覚知の道に沿って
丁度着く
愛の涙は止められないよ

3

愛の本質は自分がないこと
放棄と忘却
ただ愛と正はある

4

一人の恋人は必ず学ばねばならない
死の中
恋人と愛するものの距離は消え去る
分かれず留まる

5

在觉知里
一个人会越来越敏锐
记住了自己

6

这是一个伟大的狂喜
你所有的一切成为世界
你首度成为整体

7

朋友啊　你总是焕发我
当我收下你的爱
当我忘记了表达

8

爱在大地蓬勃
走吧
动身去收获喜悦

9

你跑过来
背影匍匐
是最低也是最高

5

覚知の中
一人の人はますます鋭敏になる
自分を覚えた

6

これは一つの偉大な狂喜
あなたのすべての一切は世界になる
あなたの最初は全体になる

経

7

友達よ　あなたはいつも私を輝かす
私はあなたの愛を受ける時
私は表現を忘れた時

経

8

愛は大地で活気に満ちる
行こう
出発して喜びを収穫しよう

9

あなたが走って来る
後ろ影は平伏する
それは最も低くまた最も高い

10

那给予的爱
从此不离开我
时间过去了
成长也在发生

刘波禅诗三种   劉波禅詩集三作

10

その与える愛
これから私を離れない
時間が過ぎた
成長もまた生まれている

八七 分享吧
八七 分け合おう

1

> 无论你拥有什么
> 你的能力　智慧
> 你的爱　友情
> 来吧　拿走

2

> 宣称爱
> 对着神
> 向太阳月亮
> 向风和雨
> 宣称
> 那是拥有的开始

3

> 我看见了你的消失
> 没有自我
> 只是爱的洋溢
> 因为自我不能与爱同在

1

> あなたが何を持っていようと
> あなたの能力　智
> あなたの愛　友情
> おいで　持って行って

2

> 愛を宣言する
> 神に対して
> 太陽　月に対して
> 風と雨に対して
> 宣言
> それは持つことの始まり

3

> 私はあなたが消失するのを見た
> 自我がない
> ただ愛の横溢があるだけ
> 自我は愛と一緒に存在できないからだ

e

e
経

4

自我是虚假的事情
不与存在相合
每当分享
它就像一个影子消失

5

爱是真实
当你把爱带进光明
灵魂的暗夜就不再

6

每一次分享都是爱的显现
无论分享什么
是什么

7

生命是梦制成
不做梦的醒来
也是分享

8

所有的过去
不过是遥远的回声
像消失的梦境

4

自我は偽もの
存在と相容れない
いつも分け合う時
それは影のように消え去る

5

愛は真実
あなたが愛を光明に引き入れる時
たましいの暗夜はもう二度とない

6

毎回分け合う時はいつも愛が現れる
何を分け合うのでも
何であっても

7

いのちは夢が作った
夢を見ないで目が覚める
それも分け合い

8

あらゆる過去
遥かなこだまに過ぎない
消え去った夢境のようだ

9

警觉　再警觉
生命没有为什么可问
不要错过太阳　星星

10

死亡也没有为什么
那个能问和能回答的人
他也不需要解答

9

気づけ　もっと気づけ
いのちに聞いていいことは何もない
太陽　星を見失わないで

10

死はなぜでもない
その問うことと答えることができる人
彼も答えが要るわけではない

e
经

e

经

八八　记住自己是个佛
八八　覚えておいて　自分が佛だと

1

生命在　一直在
开始于生
不结束于死
记住了　你是个佛

2

生命需要庆贺
在当下
此时此地

3

变迁啊　变迁
你那么无常
是我抓住的唯一

4

不要焦虑
用喜乐迎接每一件事
剩下的是安静

1

いのちはある　ずっとある
生に始まり
死に終わらない
覚えておいて　あなたは佛だと

2

いのちはお祝いが必要だ
今この時に
この時この地で

3

変化よ　変化
あなたのあの無常
それは私が捕まえた唯一

4

焦らないで
喜びで一つ一つのことを迎える
残ったものは静かさ

5

请保留好你的天真
天真聪明的智慧
就像宁静带来神
我总是喜欢从天真出发

6

更加明亮
更加光明
那是我的心性
在　这里

7

我永远只是感激
为了所有生命中所发生的
没有选择　不要选择

8

我只是喜欢成为自己
每一件事会来也会去
没有担心

9

我和你的结合
整体结合整体
肉体和灵魂

5

あなたの無邪気さを保っていてください
無邪気で賢い智
ちょうど静かさが神を連れてくるようだ
私はいつも無邪気からの出発をよろこぶ

6

もっと明るく
もっと光明を
それは私の心
ある　ここに

7

私は永遠にただ感激
すべてのいのちの中で生まれるもののため
選択はない　選択は必要ない

8

私はただ自分になることが好き
一つ一つのことは来て又去って行く
心配ない

9

私とあなたの結合
全体と全体の結合
肉体とたましい

e 经

e 経

10

到达的路还很远
没有反抗
让信任成长
信任越多
美妙的光景更多

10

到達する道はまだとても遠い
反抗はない
信頼に成長させる
信頼が多ければ多いほど
美しい光景は多い

八九　我在当下
八九　私は当下（とうか：今この時）に在る

1

你的爱提升我
让我看见神
天空辽阔的爱

2

当下我被神占有
如同海洋进入水滴
无限进入有限

3

你的美啊
像巨大的能量流淌我
让我同时是此岸和彼岸

4

无边无际
无始无终
没有执著的当下
你装同了我

1

あなたの愛が私を引き上げる
私を神に会わせる
天空の広大な愛

2

今この時に私は神に占有される
海に水滴が入るように
無限が無限に入る

3

あなたの美よ
巨大なエネルギーが私に流れ込むようだ
私に同時に此岸と彼岸にいさせる

4

無辺無涯
無始無終
執着する今はない
あなたは私と一つになったふりをする

e
经

e
经

5

当下一悟
就是不生不灭的永生
开始为神永生

6

我忘记了生活
忘记了习以为常　会的
神如此接近

7

我无时不在死亡
在当下延续新的开始
那个是的

8

深深的祈祷
观照当下的脚步
不知是神还是自己走来

9

心啊
你这神借给我的房子
我该如何向你鞠躬
如何走出去
再度回家

刘波禅诗三种

刘波禅诗集三作

5

当下一悟（とうかいちご）
つまり不生不滅の　永遠に生きる
神として始める　永遠に生きる

6

私は生活を忘れた
日常茶飯事を忘れた　あり得る
神にこんなに近づく

7

私はずっと死なない
たちまち新しい始まりが続く
それがそうだ

8

深い祈り
当下（とうか）の脚歩（きゃくほ）を観照する観照する
神がまだ自分で来るかどうか知らない

9

心よ
あなたのこの神に私の家を貸す
私は如何にあなたにお辞儀をすればいいか
如何にでていくか
もう一度家に戻るか

10

神能听懂
我用祷告弹奏
真实的存在

10

神は聞いてわかる
私は祈りによって奏でる
真実の存在

e
経

e

経

九〇　心要表达
九〇　心は伝える

刘波禅诗三种

劉波禅詩集三作

1

神光啊　神光
是连接心与未来的道路
我用心表达感觉
而不是思考

2

我是神性的歌者
在心中回应大自然的呼唤
表达万物生长的意义

3

你就是神的音乐
神的舞蹈
我的自我在爱中荡然无存
仅仅是存在

4

我所有的奇迹将从心诞生
流通开来

1

神の光よ　神の光
それは心と未来を繋ぐ道
私は熱心に感覚を表現する
しかし思考ではない

2

私は神性の歌い手
心の中で大自然の叫びをこだまさせ
万物の生長の意味を表現する

3

あなたこそは神の音楽
神の舞踏
私の自我は愛の中で跡形もなくなる
ただ存在するだけ

4

私のすべての奇跡は心から誕生する
流れてやって来る

等着你的确认

あなたの確認を待っている

5

不要埋怨我的笨拙
我有太多无法表达的事情
而神从不告诉我应该怎么说

5

私の愚かさを恨まないで
私には表現できないことがあり過ぎる
だが神はずっとどう話すかを教えてくれない

6

夜晚的天空满是我的觉醒　信任
我的自发的能量
低头为你开门

6

夜中の天空は私の覚醒で　信頼でいっぱい
私は自発のエネルギー
あなたのため　あたまを低め門を開ける

7

无限的爱
我们到达了　超越了
如同你流向大海

7

無限の愛
私たちは到達した　超越した
あなたが大海に流れるように

8

我的心如此快乐
思想的风　感受的云
在黑夜来临前的天空绚丽

8

私の心はこんなに楽しい
思想の風　感受の雲
暗夜が来る前に天空は華麗だ

9

爱着许多事情
也会有更多的时间去爱
心啊　燃烧着我
让我很多的事情
多出我的以为

9

たくさんの事を愛する
もっと多くの時間で愛しもする
心よ　私を燃焼して
多くの事から
私の思いを余分に出させて

10

现在是创造的开始
从心开始
神与我同在
愿意与我做同样的事

10

今は創造の始まり
心から始める
神は私と同じくいる
私と一緒に同じことをしたいと願っている

九一　再度的　看
九一　もう一度の　見る

1

安静是与你相会的方式
我的一呼一吸
被我轻轻看见

2

快乐的一呼
喜悦的一吸
我神思萦怀

3

看见灭
看见寂
看见上升下坠
以额头的第三只眼

4

把你的呼吸
感恩灵魂
好让你的呼吸
发出属于你自己的声音

1

静かさはあなたと出会う方式
私の一呼一吸
私に少し見える

2

楽しさの一呼
喜びの一吸
私は気にかかる

3

滅が見える
寂が見える
上昇下落が見える
額の第三の目

4

あなたの呼吸で
たましいに感謝
ちゃんとあなたの呼吸から
あなた自身の音を出させる

e 経

e 経

5

呼吸是你的回音
不论你是什么
供养好自己的身体

6

在呼吸中变得更敏感
看见风雨也看见彩虹
看见天地的　在

7

生命是欢乐
而不是义务
只要成为经常的现象

8

我的呼吸如此溢满
被死被活
心是见证

9

我看见了你所有的意义
那是活力与拥有
你的灵光一闪

10

我呼吸着出生
现在停止去死
继续是静静的警觉

5

呼吸はあなたのこだま
あなたが何であっても
自分のからだを供養する

6

呼吸の間もっと敏感になる
風雨も見る虹も又見る
天地の　あるを見る

7

いのちは楽しみ
義務ではない
ただ当たり前の現象でありたい

8

私の呼吸はこんなに満ち溢れている
死を得る　生を得る
心が見守る

9

私はあなたのすべての意味を見る
それは活力と所有
あなたの霊光が一閃

10

私は呼吸をして生まれる
今停まって死に行く
継続は静かな気づき

九二　啊 我的喜乐发生了
九二 ああ 私の喜びが生まれた

1

哦　那么多的喜乐
都在我安详的心里
只是祈求你的允许

2

喜乐的人此刻更加喜乐
痛苦的人永远更加痛苦
无论我们是什么样的
我们就得道更多

3

我的心啊
别让我分裂
一半是喜乐
一半是哀歌长鸣

4

用惊奇打开月亮
而我是一把钥匙

1

おお　何と多くの喜び
皆私の落ち着いた心の中
ただあなたの許しを願うだけ

2

喜びの人はこの時さらにうれしい
苦痛の人は永遠にさらにつらい
私たちがどんなものであっても
私たちはさらに多く得られる

3

私の心よ
私を分離しないで
半分が喜び
半分が長く鳴く哀歌

4

驚きで月を開く
私は一つの鍵

e
经

e
経

轻轻的转动你

5

生命是和神的一段缘分
他一直都在
以因果报应

6

山的尽头是山
天涯那端是我
是诞生也是死亡
他们没有什么不同

7

我在你的胸前匍行
像一个磕着长头的朝圣者
你的笑容就是接纳

8

存在信任我
我为这信任守约
天啊　一些伟大的事情
这样简单的发生

9

奥秘的你啊
在我的祈祷里更加奥秘
而我是极乐人

あなたをちょっと回す

5

いのちは神との一つの縁
それはずっとある
因果応報で

6

山の果ては山
天涯の端は私
それは誕生そしてまた死
それらが同じでないわけがない

7

私はあなたの胸の前で這う
一人の額を地につけて祈る参拝者のようだ
あなたの笑顔こそが受け入れ

8

存在は私を信頼する
私はこの信頼のために約束を守る
天よ　偉大なことが
こんなに簡単に生まれる

9

神秘のあなたよ
私の祈りの中でさらに神秘だ
そして私は極楽の人

10

那么你也在我的心中诞生
我是你的父亲
也是你的母亲
一切听命于你

10

ではあなたも私の心の中に誕生する
私はあなたの父親
あなたの母親でもある
一切はあなたの命のままに

e
经
e
経

257

九三　至乐
九三　至福

刘波禅诗三种

劉波禅詩集三作

1

我从前遭遇那么多的痛苦
因为我是如此的没有意识
离你这么远

2

啊　我祈求你扩展我
但让我的身体小到至微
而心念全部消失

3

走出自己的纠缠
在敞开的大地翻滚
直到溶入大海的真实

4

该怎样感谢你呢
我唯有沉默
在在整个夜晚守候　听

1

私はかつてあんなに多くの苦痛に遭った
私がこんなに意識がなかったから
あなたからこんなに遠かったから

2

ああ　あなたが私を発展させて欲しい
だが私の肉体を微小なまでに小さくする
そして思いは全部消え去った

3

自らの混乱から出て行く
開け広げの大地で転げ回る
大海の真実に溶け入るまでずっと

4

あなたにはどう感謝したらいいだろう
私にはただ沈黙があるだけ
一晩中見守る　聞く

5

来看　来见
我不说
你说了　说过什么
我不说你来

6

忧愁的痛苦
焦虑的苦恼
被你的一瞥见
让我转变

7

啊　此刻我多么平静
更像你的真实
在我仰头与低头之间

8

谢谢你给我的坦然
我的好奇如风
吹过你愿意的

9

你用树林的不羁
表达我的自由
让我的身影覆盖

5

来て見て　来て会って
私は話さない
あなたは話した　何を話したか
私はあなたが来たと言わない

6

憂いの苦痛
焦りの苦悩
あなたにちらと見られて
私が変わる

e

经

e

经

7

ああ　この時私は何と穏やか
あなたの真実のようだ
私は頭を上げるのと下げるの間

8

あなたが私にくれた穏やかさに感謝
私の好奇は風のように
あなたの了承の心に吹く

9

あなたは樹林の束縛のなさで
私の自由を表現する
私の影が覆い尽くす

10

我不需要任何努力
在你面前游手好闲
灵魂和我同时落地

10

私はどんな努力も必要ない
あなたの目の前でひまを持て余す
たましいと私は同時に地に着く

九四　放空自己
九四　自分を空にする

1

放空自己赢得喜乐
你看见了我的笑
声音是天籁

2

你拿走了我
现在我是纯净的空
装满的空

3

我没有心念
就是它们让我将你堵在门口
那个虚假的自我
跷着二郎腿
在客厅抽烟

4

我的卑微亲吻你的裸足
这是我与你的相应

1

自分を空にして喜びを得る
私が笑うのをあなたは見る
声は天の音

2

あなたは私を持って行った
いまわたしは純浄な空
いっぱい詰まった空

3

私には思いがない
それで私があなたを入り口で塞いでしまう
その偽りの自我が
足を組んで座っている
客間で煙草を吸っている

4

私は少しだけあなたの裸の足に口づける
これは私とあなたの呼応

大地花开

5

哦　成为你的仆人
是多么幸福
人们却称它为创造力

6

我根本不想了解你
你在哪里
但灵魂总是给我暗示
有时抽打我的愚蠢

7

我要怎样用我的谦卑
被你允许
自己的身体描绘在天空

8

生命不是逃走
而是迎接
每当没有什么东西留下
那个是的就在我心中回荡

9

是你让我唱歌　舞蹈
在大海边　山谷里
而那时我就成为了你

大地の花開く

5

おお　あなたのしもべになるのは
何と幸せか
人々はそれを創造力と呼ぶ

6

私は元々あなたを了解（りょうげ）したくなかった
あなたはどこ
だがたましいはいつも私に暗示する
時々私の愚かさをひっぱたく

7

私は私の謙虚をどう使うか
あなたに許されて
自分の肉体が天空で絵を描く

8

いのちは逃走ではない
出迎えだ
いつも何も残さない時に
その存在するものが私の心で揺れ戻る

9

あなたが私に歌わせる　踊らせるのだ
大海のほとり　峡谷の中
その時私はあなたになる

10

所有的空
所有的未来　未知
所有的无限　啊

10

あらゆる空
あらゆる未来　未知
あらゆる無限　ああ

e
经
e
経

九五　既不是这也不是那
九五 これでもなければあれでもない

1

我拥有尽可能的欲望
身体和灵魂
现在到了我归还你的时候

2

你从来不是伤人的真理
你只是让我
成为纯粹的意识

3

面对你
我是完全的消失
消失到连你也不在了

4

我只需想一下
我被你诞生的时候
你从来没有问过我
同不同意
我为什么还要焦虑

1

私はできる限りの欲望を持つ
肉体とたましい
今は私があなたに帰る時が来た

2

あなたはずっと人を傷つける真理ではない
あなたはただ私に
純粋な意識にならせた

3

あなたに向き合って
私は完全に消え去る
あなたもいなくなるぐらい消え去る

4

私はただ考えたいだけ
私はあなたの誕生の時に
あなたはずっと私に問わなかった
同意しますかと
私はなぜまだ焦るのか

5

听说你安排好了
我的下一世
是露珠变成大海

6

我观察自己的身体　头脑
我的所思所想
我的不在

7

我该怎样面对你呢
我先是一个存在
然后是不存在

8

我的身体是你的灵附体
我所知的和不知的
但我倾向于不可知的

9

惭愧啊
我为什么总是忘记
亲吻一下你的手

10

别再忘记我
开开心心的被他们遗忘
我是一个看见

5

あなたは段取りできたそうですね
私の次の来世を
それは露が大海に変わる

6

私は自分の肉体　あたまを観察する
私が思うところのもの
私はいない

7

私はあなたにどう向き合ったらいいのか
私は先に一つの存在で
そのあとは不存在だ

8

私の肉体はあなたの霊の附属物
私の知ることと知らないこと
だが私は知ることができないことが好きだ

9

残念だ
私はなぜいつも忘れるのか
あなたの手に口づける

10

私を忘れないで
楽しく彼らに忘れ去られる
私は一つの見る

e
经

e
経

九六　看见你从水面走过
九六　あなたが水面から歩いて来るのを見る

1

你走过的时候
我像一具活尸
在水面吊起一座青山

2

我要相信什么
依赖什么
天上的云在飞

3

我与天空击掌
清脆的声音
开满遍地的野花
像婴儿的笑

4

我的灵魂
在我的身体里涨水
我扔下能量的石头

1

あなたが歩いてくる時
私は生きる屍のようだ
水面に青山は一つつり上がる

2

私は何を信じたいのか
何に依頼しているのか
天上の雲が飛ぶ

3

私と天空が手をたたく
歯切れのよい音
至るところの野花が咲き乱れる
嬰児の笑顔のようだ

4

私のたましい
私の肉体の中に水を張る
私はエネルギーの石ころを投げる

想让你回眸

5

我的身体里
所有的树都在走动
是你告诉我
没有这个

6

你什么时候回来
我的季节已经退潮
期待一场雨水

7

用我的心载你
身体划船
划到月亮上

8

我的眼睛是湖水
你在那点灯
烧烤我

9

我就是无物
就是要和你成为共同体
安静的喜悦

あなたを振り向かせたい

5

私の肉体の中で
あらゆる樹はすべて動いていく
それはあなたが私に伝える
これがないと

6

あなたはいつ戻るのか
私の季節はすでに引き潮だ
一縷の雨を期待する

7

私の心であなたを載せる
肉体が船を漕ぐ
月の上まで漕いでいく

8

私の目は湖
あなたがそこで灯をともす
私を焼く

9

私は無物
あなたと共同体になる
静かさが喜び

e
经

e
経

10

　　现在是风平浪静
　　思考和怀疑
　　跳到天空成为星星
　　我成为知道

10

今風は穏やか波静か
思考と懷疑
天空に飛んで星になる
私は知るになる

九七　一粒之粟藏世界
九七 一粒の粟に世界を隠す

1

你让我这么小
你让我这么大
像我对你的讴歌

2

我是身体吗
我是灵魂吗
在早春的田野开花

3

你派谁来采摘我
那只鸟儿是我的兄弟
我们同时认出

4

有时我是太阳
但被你吹散
我却找到迷途的故乡

1

あなたは私をこんなに小さくする
あなたは私をこんなに大きくする
私のあなたに対する合唱のようだ

2

私は肉体か
私はたましいか
早春の野原で花が開く

3

あなたは誰を配して私を摘むの
あの鳥は私の兄弟
私たちは同時に見てわかった

4

時に私は太陽
あなたに吹き散らされる
私は逆に迷って探せなかった故郷を探す

5

世界是不需要来包含的
我只是爱
只是接受他的无暇顾及

6

沙粒带来海啸
你让我难过
等着你黎明的安抚

7

啊　你总是给我开始
像一颗种子般的开始
我就是开始

8

你让我源源不断
让我枯竭
然后是洪水滔天

9

最大的苦难
最小的欣喜
我是两者的合一

10

我没有无助的哭泣
我发生雨水
而你发生我

5

世界は内包しなくていい
私はただ愛
ただそれが面倒を見る間がないことは納得する

6

砂粒は津波を連れて来る
あなたは私を悲しませる
あなたを待つ夜明けの慰撫

7

ああ　あなたはいつも私に始まりをくれる
一つの種子のような始まり
私は始める

8

あなたは私をずっと絶え間なくさせる
私を枯れさせる
その後は天までとどく洪水

9

最大の苦難
最小の喜び
私は両方の合一だ

10

私は救いがなく泣く
私は雨水を起こす
そしてあなたが私を起こす

九八　我们现在需要等待
九八 我々は今待たねばならない

1

我用朝日等待
用星辰　用身体
而灵魂知晓一切

2

此刻我不再需要食物
饮你的水
而水哗啦啦的
发出了我的名字

3

我和骆驼在沙漠等候你
是星月像我们的相依
我知道云雨会带着我们越过

4

海洋等待多久呢
当我明白
等待是你的一部分

1

私は朝日で待つ
星で　肉体で
それでたましいは一切を知っている

2

この時私はもう食物を必要としない
あなたの水を飲む
ざあざあと流れている
私の名前を呼んだ

3

私と駱駝が砂漠の上であなたを待つ
星月は私たちと頼り合っているようだ
雲雨が私たちを連れて越えるのがわかる

4

海はどのくらい待っているか
私がわかる時
待つことはあなたの一部分

e
経

e
経

271

我随着拂晓的星辰上路
你在我的前方
还是捡拾我忧伤的背影

6

我听见雨打芭蕉
水珠在我的灵魂作响
漫长的雨季正在来临

7

你从来不发一语
只是让我
张开自己的耳朵

8

那是你滚滚而来
电闪雷鸣
照亮我的祷告

9

我知道你在来的路上
而我正在去
我怎么会有那么多的感激

10

等待从来不是结果
我不要那个
也不要这个

私は拂暁の星に従って道を行く
あなたは私の前方
それとも私の憂いの後ろ影を拾っている

6

私は雨が芭蕉を打つのを聞く
水滴が私のたましいで響く
いたずらに長い雨季がもうそこに来ている

7

あなたはずっと一言も話さない
ただ私に
自分の耳を開かせているだけ

8

あれはあなたがぐんぐん向かって来る
いなづま　雷鳴
私の祈りを照らす

9

私はあなたが来る道の途中だとわかる
そして私はちょうど行く途中
私たちにはなぜこれほど感激するのだろう

10

待つことはいつも結果ではない
私はそれを要らない
これも要らない

刘波禅诗三种

劉波禅詩集三作

九九　我是神的创造者
九九　私は神の創造者

1

我让神飞翔
我让神听到我的祷告
就在那一刻
我成为了神

2

在你面前
我交出了自己的全部
就连你我也不想隐瞒

3

神就是我所想象的
是我的祈求
也是我的应允

4

还要等什么呢
我已受惠你太多
当我停止做梦

1

私は神を飛翔させる
私は神に私の祈りを聞かせる
ちょうどその時
私は神になる

2

あなたの目の前で
あたしは自分の全部を渡す
あなたさえも私は隠したくない

3

神は私の想像するものだ
私の祈りだ
私の承諾でもある

4

まだ何を待つというのか
私は既にあなたから多すぎる恩恵を受けた
私が夢を見るのをやめる時に

5

我如此爱你
鲜血在红酒中饮尽
为了我的清醒

6

我爱生命
生命在我的大爱里
为你刮风下雨
结枝挂果

7

我被你走动
被你活过一个又一个季节
现在是我安静的时刻

8

我从来没有失去过什么
我知道
那一切都被你收留

9

我正在走的路上
用你的声音发出歌唱
许多事情并未经过你的同意

10

现在是我向你忏悔的时刻
而你正在使用尘封多年的宽恕
让我成为我

5

私はこんなにあなたを愛している
鮮血が赤ワインの中で飲み尽くされる
私の目覚めのため

6

私はいのちを愛する
いのちは私の大愛の中で
あなたのために風を吹かせ雨を降らせる
枝を結ばせ　実を実らせる

7

私はあなたに動かされる
あなたに一つ一つの季節を過ぎて行かされる
今は私の静かな時間

8

私はずっと何も失ったものはなかった
私は知っている
あのすべては皆あなたに収められた

9

私はちょうど道を歩いている
あなたの声で歌を歌う
たくさんの事は全くあなたの同意を得ていない

10

今は私があなたに懺悔をする時
あなたはちょうど埃にまみれた長年の許しをする時
私を私にするために

一〇〇　我是你的不在
一〇〇　私はあなたの不在

1

我是光明
是黑暗的不再
一段被你肯定的音乐

1

私は光明
暗黒の二度とない
一節のあなたに肯定された音楽

2

我的悲悯来自于你
无尽的救赎
我一错再错的自我

2

私の憐憫はあなたから来る
無尽の救済
私は何度も間違えた自我

3

当太阳不在
月亮会在
当世界不在
我知道有一个在

3

太陽がない時
月がある
世界がない時
私は一つがあることを知っている

4

允许我发生一切事情
允许我的爱上
我对他们的赦免

4

私に一切のことが起こることを許す
私が愛することを許す
私は彼らを放免する

5

风在
雨在
你不在
我就是那痛苦和无助

6

你是那最终的
我所有的领悟来源于此
正如我的作为

7

你和我什么时候见面呢
我已经忘记了这个愿望
而你总在修改时间

8

你是要我坐下来
还是让我走动
我唯有在坐中走动
在走动中坐着

9

我有无尽的超越
超越红尘的万事万物
在你面前
我总是想到停止

5

風がある
雨がある
あなたがない
私はあの苦痛と無援

6

あなたは私の最終のもの
私のすべての領悟のみなもとはここ
まさに私の作為

7

あなたと私はいつ会ったか
私はもうこの願望を忘れてしまった
そしてあなたはいつも時間を修正している

8

あなたが私を座らせる
或いは私を行かせるなら
私はただ座っている時に行く
行きながら座ろう

9

私には無尽の超越がある
俗世の万事万物を超越する
あなたの目の前で
私はいつも停まることを思う

10

你让我是活着和死去两者
有时身体拖着灵魂
有时灵魂救活身体

10

あなたは私を生きると死ぬの両方をさせる
時に肉体はたましいを後回しにする
時にたましいは肉体を救う

e
经

e
经

一〇一　无穷无尽
一〇一　無窮無尽

刘波禅诗三种

劉波禅詩集三作

1

我们全都是短暂的花开
风雪会成为宁静
花苞开出鲜红

2

要有灵
更要有灵的光
在身体里自由的进进出出

3

我爱着我的肉体
和你一起分享我的灵魂
好让海上生出一轮明月

4

我就是那一念未生之际
被身体好生供养
被你好好爱

1

私たちは全部短い時間の花を開かせる
風雪は静かさになる
つぼみから鮮紅が開く

2

霊が必要
もっと霊の光が必要
肉体の中で自由に出たり入ったり

3

私は私の肉体を愛している
あなたの一緒に私のたましいを分け合う
よく海上に一輪の明月を出させる

4

私は　思いはまだ生まれずの時
肉体によく生かされ供養されている
あなたによく愛されている

5

我从此离言绝虑
让你天天在我的身体上放生
夜晚很白

6

我无处不在
以时间换取空间
看着你燃灯千盏

7

你的肯定
我的否定
生命越来越幽默

8

你是火焰吗
又或是霜露
如同我对你的第一次膜拜

9

我总是直观你
没有取舍
总会得道更多

5

私はここから言葉と思いを越える
あなたに毎日私の肉体の上で放生する
夜更けはとても白い

6

私はどこにでもいる
時間で空間を交換している
あなたが千の火を灯すのを見る

7

あなたの肯定
私の否定
いのちはますますユーモアでいっぱい

8

あなたは炎か
或いは霜露か
私のあなたへの最初の膜拝（もはい）のようだ

9

私はいつもあなたを直感する
取捨はない
いつもよりたくさんを得る

e
经

e
経

10

我听见竹叶的簌动
这醒悟的声音
吓得我躲进了经书
用三天的静养还魂

2010年7月2日至16日完成
20日初稿

10

私は竹の葉のささめきを聞く
この悟りの音
驚いて私は経書に避けて入る
三日静養して　みたま帰りする

译后记

后藤顺一

这三本诗集的翻译出版镌刻了作者和我之间的一段因缘，但真正使之达成圆融的，是我的妻子。

古人曰，兄弟如手足，妻子如衣裳。但我妻子可不同，既是手足，更是我的心肺。我深深地感谢我妻子。在某种程度上可以说，没有她，就没有这三本诗集的翻译和出版。我更想说的是，没有她，也就没有我了。

谨将我的翻译献给我亲爱的妻子。谢谢你，太太。

2012年新年

訳者あとがき

　今回、三冊の詩集の翻訳書が出版できたことには、訳者としてある種の縁を深く感じている。が、実はその間にいて、翻訳の監督を含め、様々に重要な働きをしてくれたのは、おらが妻である。

　古人（劉備玄徳であるが）曰く、「兄弟は手足、妻子は衣服。」

　しかし、おらが妻の場合は、そこのところが、ちょっと全然違っていて、彼女は、正に手足でありながら、更には、私の心なのである。

　訳者は、おらが妻に心から感謝している。ある意味、彼女なしには、この翻訳はできなかっただろうと思うし、それどころか、彼女なしの訳者は、存在しえないとまで、言い切れると思っているわけである。

　今回の訳詩集をおらが愛する妻に捧げます。本当にありがとう、太太。

2012年新年

劉波禅詩三种　　劉波禅詩集三作

作者简介
作者紹介

刘波

男，1964 年出生于湖南，曾任教师、共青团干部、政府体制改革办公室工作人员。1987 年出任《新闻图片报》副总编辑；1989 年出任海南省保健科学技术研究所所长；1991 年创办诚成集团，组织国内有关专家三千七百余人，历时七年，完成了中国当代最大的一次古籍整理工程，命名为《传世藏书》，同时投资《中国国家历史地图集》等多项国家级大型文化项目。

1996 年师从季羡林先生研习东方哲学，获北京大学博士学位，旋应聘任湖南大学管理工程学教授、博士生导师。2002 年成为中国佛教协会会长一诚大和尚唯一的入室弟子。2003 年赴日养病，潜修禅宗。

十四岁开始发表诗歌。参加过诗刊社主办的"青春诗会"。曾就读于武汉大学作家班。自 1984 年起，先后出版《二十岁人》（文化艺术出版社）、《我们都有一个梦》（湖南文艺出版社）等诗集 7 部。出版的学术著作有《第三种文明》（作家出版社，2001）等。

劉波

男、1964 年　湖南省にて出生。曾て教師、共青団幹部、政府体制改革弁公室職員を勤める。1987 年「新聞図片報」副編集長、1989 年海南省保健科学研究所所長を経て、1991 年誠成集団創設。中国各方面の学術専門家 3700 人を招集し、7 年の歳月をかけ、当代最大の中国古典の再整理、編集を行ない、「伝世蔵書」と命名する。同時に、「中国国家歴史地図集」等多数の国家級の大型文化プロジェクトに投資。

1996 年　季羨林教授に師事し東洋哲学を学び、北京大学にて博士号取得、湖南大学管理工程学教授、博士生導師になる。2002 年　中国仏教協会会長一誠大上人唯一の入室弟子となる。2003 年　病気療養の目的で来日し、そのかたわら、禅宗の修養に勤める。

14 歳で詩作の発表を始め、詩刊社主宰の「青春詩会」に参画。武漢大学作家班にて学ぶ。作品には 1984 年から「二十歳人」（文化芸術出版社）、「僕らには皆一つの夢がある」（湖南文芸出版社）等の詩集 7 部作、学術書には思想書「第三種文明」（作家出版社、2001 年）等がある。

e
经

e
経

译者简介
訳者紹介

后藤顺一

1954 年出生于日本冈山县。

1978 年—1999 年　日本东京大学经济系毕业。同年加入日本野村证券株式会社。

1999 年—2001 年　日本软库投资。

2001 年—现在香港启程东方投资管理有限公司（Go-To-Asia Investment）代表。

曾在香港，北京，美国费城留学，并在日本东京等，英国伦敦，香港从事投资银行业务，基金管理业务。

1981 年以来，多次以主讲人参与有关中国金融主题演讲。80 年代初期曾参与组织，协调与培训中国政府部门来日野村证券研修生 500 余人。2003 年著《中国商道有光明》于日出版。

後藤順一

1954 年日本国岡山県に生まれる。

1978 年—1999 年　東京大学経済学部卒業後、同年野村証券株式会社入社。

1999 年—2001 年　日本ソフトバンクインベストメント。

2001 年—現在　啓程東方投資管理有限公司（ゴートゥーアジア　インベストメント）代表。

香港、中国北京、米国フィラデルフィアに留学し、日本、英国ロンドン、香港で、投資銀行、ファンド管理等の業務を行なう。

1981 年以来、中国金融をテーマとした講演を数多く行う。80 年代初期、中国政府部門 500 余名の野村証券における研修を組織し、行なう。

2003 年　日本にて「中国商道に光明有り」著。

图书在版编目（CIP）数据

e 经/刘波著；【日】后藤顺一译. – 北京：作家出版社，2012.3

（刘波禅诗三种）

ISBN 978 – 7 – 5063 – 6333 – 4

Ⅰ.①e… Ⅱ.①刘…②后 … Ⅲ.①诗集 – 中国 – 当代 Ⅳ.①I227

中国版本图书馆 CIP 数据核字（2012）第 045399 号

e 经

作　　者：刘　波

译　　者：【日】后藤顺一

责任编辑：贺　平　江小燕

装帧设计：曹全弘

出版发行：作家出版社

社址：北京农展馆南里 10 号　　　　邮编：100125

电话传真：86 – 10 – 65930756（出版发行部）

　　　　　86 – 10 – 65004079（总编室）

　　　　　86 – 10 – 65015116（邮购部）

E – mail：zuojia@ zuojia. net. cn

http：//www. haozuojia. com（作家在线）

印刷：三河市华业印装厂

成品尺寸：170×240

印张：18.25

版次：2012 年 3 月第 1 版

印次：2012 年 3 月第 1 次印刷

ISBN　978 – 7 – 5063 – 6333 – 4

总定价：129.00 元（全三册）

本丛书由田香子女士提供资助

日本的心灵地图

日本の神性地図

刘波 / 著

〔日〕後藤順一 / 译

作家出版社

目　录
目　次

刘波禅诗三种

劉波禅詩集三作

序 一朵邬婆罗花

陈善壎

我与刘波阔别二十年有多。这期间只是从媒体得到些消息。不意他辗转寄来一叠诗稿。面对诗稿如对故人；当然，这是故人新面目。

刘波是《诗刊》社青春诗会早期学员，《年轻的布尔什维克》是他的成名作。

十几二十几岁时的刘波，气不可一世；才具既冠绝朋俦，人又隽爽有风姿；好交接才俊，置酒言咏，昼夜不分。

他本来可能搞文学创作，但他选择了另外一条路。惊涛骇浪、险象环生是他从小就有的向往。在他的意识里，生就有一神秘启示。他深信它，一步一步展开了他的憧憬。随着这启示奔波，最终堕入豪华的烦恼。

这段时间他的交游，不少文学、艺术、学术上有成就的人士；除此之外，在我看，皆轻侠一流。虽向学为季羡林先生弟子，香车宝马美人醇酒的炫目光圈，季先生的德馨未必穿渗得透；又或许，正是季先生的影响，使他有了决绝的了断，一掷而身轻；也或许，情非可堪、势非可堪。这些都是我的臆断。但我可以肯定的是，刘波不得已而大生大死。

晚明陈明卿《宛陵游草序》有言："文士之不得已而用笔，犹画家之不得已而用墨，常年之不得已而用篙。譬如东莱海市，峨眉圣灯，非楼非阁，疑烟疑雾，正需个中着想。"这样的不得已，一面是积极操持，一面是当下透脱，不旷达者不能为，不潇洒者不能为。

大死后便有了真正的清静。从这些诗作看，似入大日门庭已久。他弃却繁华，长蹈自然；玄静守真，性入道奥；往日的真伪一目了然了。他就对爱情、友谊有了新的境界。这是一个特别历练者的诗，也是一个特别思考者的诗。当然就别具一格。

刘波是向佛了，这是他的心灵取向。但我相信他不空。《金刚经》开篇就提醒我们，"尔时世尊，食时，着衣持钵，入舍卫大城，乞食。於其城中，次第乞已，还至本处。饭食讫，收衣钵，洗足已，敷座而坐。"释迦尚且不吃饭肚子饿，不穿衣服怕着凉；也不是一尘不染，

1

不然不会洗脚。故我信，刘波不空。我记得紫柏尊者也说过，把佛门说成空门的，是不懂得佛心、菩萨心的人。刘波要空了一切，怎怀念往日情谊寄诗稿给我？情已空去，能作诗么？

他本是多情人，误入无情商海罢了；异日若再蹈覆辙，必是另一番风景。

如今他在东瀛丛林，既是疗伤，也是静思。他的诗人秉性，在祛除疲惫之后，没有意色萧然。诗心即佛心，这又苏醒、歌诵。这部诗集中的祖师禅香气，给作品一种凡品必无的体质，是一个历尽无量劫后血肉丰盈的诗人的心语。

那么这部诗集，就是作者双手奉上的一朵邬婆罗花，蓝色的宁静如空山雨后。这是他在他深山小筑的窗边，遥望红尘深处，在厌恶与眷恋的交缠中悟出的救赎。

这朵诗心和着佛心，再掺入一瓢摊凉了的泪水浇灌的花，散发出藏匿着热烈的香光。我们能从大彻大悟、至清至净中，感受到诗人曾经的大伤大痛。这是他心灵的香光；香光庄严，正是一个痛着的灵魂的沉思与避让。

序　一輪の優曇華（うどんげ）の花

陳善壎

　私と劉波とは、二十年余りの長い間、会う事がなかった。この間、私はメディアからしか、彼の消息を知る事はなかった。と、ある時不意に、彼から、巡り巡って、一束の詩稿が私の所に送られてきた。詩稿に向かうのは旧友と再び向き合うようなものだった。そして当然、これは旧友の新しい姿であった。

　劉波は《詩刊》社青春詩会の初期のメンバーで、《若きボルシェビキ》が彼のデビュー一作となった。

　その後十幾つかから二十歳位の劉波は、当代自らの右に出るものなしとの気を持ち、才能は周りをはるかにしのぎ、人が又容姿端麗で、交遊を又抜きん出て好み、酒を置いて議論を交わし、昼夜の別なしといった風であった。

　彼はもともと文学の道に向かうと思われたが、別の一本の道を選択した。彼は、小さい頃から、荒波に揉まれ、困難が途絶えぬ状態を好んだが、その後、彼の意識の中にはある一つの神秘的な啓示が生まれた。彼は、その啓示を深く信じ、一歩一歩彼のそのあこがれに向かって進んでいった。この啓示が大きく奔走するにつれ、最後は豪華な煩悩の世界に落ち入ってしまった。

　この当時の彼の交遊は、文学、芸術、学術上のひとかどの成功者の人々、その他にも、私が見る限り、皆すぐれて俠気のある人たちばかりであった。季羨林先生の弟子として学んではいたが、華麗な車、美人に美酒の眼も眩む光輪は、季先生の人徳が未だ浸透していなかったせいか、はたまた、正に季先生の影響ゆえに、彼は決死の決断を行ない、一挙に投げ出し、身軽になったのか、或いはまた、ただただ心境も情勢も堪えられなくなったためだったか。これらはすべて私の憶測の域を出ないが。しかし、私は間違いなく、劉波は已むを得ぬ状況下で、太く生き太く死んだのだと言える。

　明代末期の陳明卿による《宛陵游草序》に、「文士の已むに已まれず筆を用いるは、画家が已むに已まれず墨を用いるが如く、常年は已むに已まれず竿を用いるが如くなり。譬えば、東莱の蜃気楼、峨眉山の聖灯は、楼にあらず閣にあらず、疑うらくは煙疑うらくは霧なれば、正にその中に想像を要す。」という下りがある。このような已むを得ぬは、一面で積極的に対応することを、また一面でその場を解脱することを表わし、大らかでない者は能わず、垢抜けない者は能わず、しかし天賦の逸材である自覚を要するのである。

太く死んだ後、まさに本当の清静が生まれる。これらの詩作から見て、大日が門庭に入り、悟りの境地に至って久しいと思われる。彼は、寧ろ栄華を捨て、長く自然に身を置き、静かに本質を守り、思想を深奥に向かわせ、往日の真偽は一目瞭然となるに至った。彼は愛情、友誼に、新しい境地を見いだした。これは非常に豊富な経験と鍛錬の人の詩であり、また、非常に深い思考の人の詩でもある。当然別格の趣きがある。

劉波は仏に向かった、これは彼の神性の方向である。しかし、彼は不空であると私は思う。これについて、《金剛経》のこの書き出しで我々は思い起こすものがある。「ちょうどこの時、世尊は、衣を着け、鉢を持って、舎衛大城に入られ、其の城中で托鉢をされた。しばらくして、本の場所に戻られ、飲食を終えられて、衣鉢を収め、足を洗い終えて、座を敷かれ、そして坐禅に入られた。」釈迦はなお食事をせずお腹はへっていたし、衣服を着けておらず風邪を引くかと心配もした、しかし微塵にも染まっていない、さもなければ、足を洗われることもなかった。故に私は劉波は不空だと思うのである。また、私は、明代の高僧紫柏尊者もこういったのを覚えている、「仏門を空門と言いなす者は、仏心、菩薩心をわからぬ者だ。」と。劉波が一切を空にできたならば、なぜ往日の情誼を懐かしみ、私に詩稿を寄せてくるだろうか? 情が空（くう）になって、詩が作れるというのだろうか?

彼は多情の人である、誤って無情の商海に足を踏み入れただけである。あの頃にもう一度轍を踏み直すことがあったなら、必ず、又別の風景が現れていたであろう。

今に至り彼は東の日本の叢林におり、病を癒しつつ、また、静かに思考している。彼の詩人としての本性は、疲労を取り祓ったのちに、その意色は悄然としていない。詩心は仏心であり、これまた蘇醒であり、歌誦である。

この詩集の中の祖師の禅の香気が作品に一種の他には類いを見ない品格を与えている。そしてこれは無量の難を経験し尽くし、なお又血肉に満ち満ちた詩人の心語である。

けだし、この詩集は、作者の両手で涙で献上する一輪の　優曇華(うどんげ)の花、　幽山の茶葉の如き青色の静寂である。これは、彼が深山の小さな家の窓際で、遥かに栄華深き処を望みながら、嫌悪と思慕のまとわりつく中で悟り出された贖罪救済である。

大和的精神密码
大和の精神コード

一 旧石器时代

　一　旧石器時代

　　衣　食　住　祭

　　衣　食　住　祭り

　　那模糊的脸影

　　あの模糊とした面影

　　仿照女人制作偶人

　　女を模して作った偶人

　　沿着山涧溪流

　　山あいの渓流に沿って

　　缘木求鱼

　　木に縁りて魚を求むが如く

　　找寻人界的精灵

　　人界の精霊を探した

　　卡米　人　鸟　草木　兽

　　カミ　人　鳥　草木　獣

　　带来雷神

　　雷神を連れてきた

　　报春的东风

　　春の東風に報いた

　　呼吸那神秘

　　あの神秘を呼吸した

　　万物有灵

　　万物には霊が宿ち

　　祈祷充满幸福的和魂

　　幸せに満ち足りた　和魂（にぎみたま）に祈り

　　遭遇带来灾难的荒魂

　　災いを起こす　荒魂（あらみたま）に出会った

　　周而复始

　　永遠にその繰り返し

　　万古如长夜

　　万古は長い夜のよう

　　我秉烛夜游

　　私は蝋燭を掲げて　夜を遊ぶ

二 绳文时代

　二　縄文時代

　　见到太阳的人们

　　太陽に出会った人々は

1

从那时就变得古老
匍伏的身体
铸成青铜
天空抬出朝日祭神

海市蜃楼
蛟龙骑乘徐福
换上大和的皮肤
数千金童玉女
划动秦腔登陆
拼削木制农具
汉字满仓

从此忘记始皇的诏令
男耕女作
红绿田野
穿越古坟稻作
铜镜开花
坠粉飘香

三 飞鸟时代

啄落汉字
我陪圣德太子
伏地书写　佛法兴隆之诏
远方渺烟
青山横翠
侍者在法隆寺敲钟
用佛法开山
华堂落户手工艺人
逐字打造法华经
同心共结

その時から古老に変わった
這いつくばる体
青銅に鋳りあげて
天空に朝日の祭神を戴いた

蜃気楼
蛟龍に乗る徐福
大和の皮膚に取って換わった
幾千の金童玉女
秦劇を演じ陸に上がった
木製の農具を削り
漢字が蔵に溢れる

その時から始皇帝の勅令を忘れた
男女は耕し
野原は紅と緑に満ちた
古墳と稲作を突き抜けて
銅鏡が開花し
粉が飛び香りが漂った

三 飛鳥時代

漢字を書き記し
私は聖徳太子にお供した
地に伏し書写する　仏法隆盛のみことのり
遠方のかすかな煙
青山が緑を横たえ
侍者が法隆寺で鐘をついた
仏法で山を開き
華堂を作り上げた手作りの匠
字をしたためて法華経を書き上げ
一つの心でつながった

世间虚假如梦

唯佛是真

我必非圣

彼必非愚

皆是凡夫

诵不湿行云流水的经文

飘逸天朝暮迟

四　奈良时代

鉴真和尚自唐代闭眼

合拢东大寺的戒坛

轻鸥骤别大海

满照人间

秋灯夜语为和尚们剃度

比睿山斜阳红隐霜树

最澄和尚用半壶秋水

浇洒天台

一心三观

断烟离绪流云为空

寒蝉倦梦韶光是假

聊对新年旧节传灯守中

圆密禅戒的一佛乘

翠微万叶

五　平安时代

湛湛长天

世は夢のごとし

ただ仏のみが真

我は必ず聖に非ず

我は必ず愚に非ず

みなこれ凡夫

行雲流水の経文を唱えてもかなわず

優雅な朝廷は遅れた

四　奈良時代

鑑真和尚は唐代より目をつむり

東大寺の戒壇を設けた

軽やかな鴎は大海から離れ

世の中すべてを照らした

秋の灯下の語らいは和尚たちの得度のため

比叡山の陽が傾けば紅い光で霜樹が隠れる

最澄和尚は壷半分の秋水を

天台にかけた

一心三観

世を離れ　緒を切り　流雲は空（くう）となる

寒蟬は夢に倦み　美しい時はかりそめ

いささか新年旧節伝灯を守る

円密禅戒の一仏乗

青山は万葉

五　平安時代

湛湛（たんたん）と天は伸び

弘法大师空海千岸秋色
即身即佛
春华落尽高野山

手结契印
口诵阿毗罗吽欠莎婆诃
观想本尊大日如来
· 心心相印
咒语开催遍野黄花

一即多
多即一
渺空烟四远
青天起始年中行事

圣者下山
手持鹿角手杖
托钵行气
巡回乡村
长星拉升日出

六 鎌倉时代

无佛无我
唯有南无阿弥陀佛之事
解脱罪深恶重
投奔净土
重获新生力验

指月的手指
柳绿花红
闭目观三尺之远

弘法大師空海千岸の秋色
即身成仏
春華は高野山に尽きた

手に印を結び
あびらうんけんそわかと口にし
本尊大日如来を観想し
以心伝心
あまねく野原が黄花で埋まれと念じた

一即多
多即一
果てしない空の四方に煙
青天から年中行事が始まった

聖者が山を下る
手に鹿角の杖を持ち
托鉢行の気を備え
郷村を巡り
長星が日の出を引き上げた

六 鎌倉時代

無仏無我
ただ南無阿弥陀仏あるのみ
罪の深さ業の重さからの解脱
浄土を捨てて
新生の霊験を再び得た

月を指す指
柳は緑 花は紅
目を閉じ三尺先を観る

荣西在茶叶上坐禅
道元在山洞中默照
照顾脚下
双双开悟
自我两望

见苍波无语
自他身心脱落
春梦人间证得万法

日莲圣人
流放佐渡行走法华经
唱题拯救凡夫
我是日本的顶梁柱
让武士们过河

七 室町时代

征夷大将军们用狂言
修理南北朝
千利休闲坐
沧波茶道
满地菊花晃动人头

人头是家的创始者
死的亡灵
安居寺庙供养
成为和魂
用风铃守护子孙
他们是佛先生

生死梦缘

栄西は茶葉の上に座禅
道元は山洞の中に黙照
照顧脚下
双双開悟
自我両望

蒼い波の語らぬを見る
自他の身と心が脱け落ちる
春の夢世にいて万法のあかしを得た

日蓮上人
佐渡に流され法華経の行をなす
唱題で凡夫を救わん
我は日本の柱にならんと
武士達に河を渡らせた

七 室町時代

征夷大将軍たちは狂言を用いて
南北朝を修正し
千利休は静かに坐った
滄き波　茶道
地を埋め尽くす菊花が人々をきらめかす

人は家の創始者
死の亡霊
寺に安居し供養した
にぎみたまとなった
風鈴をもって子孫を守る
彼らは仏様がた

生死は夢の縁

系于一家
为了子孙的生活佑护
开满星星的花朵

八 江户时代

刘
波
禅
诗
三
种

劉
波
禅
詩
集
三
作

庭园春笋绣出海棠
户藏烟浦
家具画舟
夜深开宴煮酒
舞动歌扇轻纷飞花
碰触享用一切世俗的日子
一片町人向天空搔首
国香风味
浅醉休眠一卷浮世绘
街喧无息
匠人打铁
炉火正红
光照美人的脸

九 明治时代

幽窗月照
废了这佛
神佛分离
和尚们抱着女人还俗
喝高了酒

渐碎了的暮鼓晨钟
将佛像植入神体

八 江戸時代

庭園春の竹の子が刺繍をなし海棠が生まれた
家に煙の浦を収め
家具に船を描き
夜深く酒宴を開いた
歌扇が舞い飛花が軽やかに乱れ
一切の世俗の日々の愉しみに接した
一片の町人が天に向かって首を掻く
自国の香り
軽く酔って眠る一巻の浮世絵
街のざわめきはやすまない
匠は鉄を打つ
炉の火が正に赤々とし
美人の顔を照らし出す

九 明治時代

寂れた窓を月が照らした
この仏を廃した
神仏は分離され
和尚たちは女人を抱いて還俗し
酒を大いに飲んだ

夕暮れ夜明けの鐘を徐々に砕き
仏像に神体を植え付け

成为八幡大菩萨

怕见飞花持咒
怕听啼鹃诵经
寺院的佛坛
挂满注连绳
来回摆动迷惘

神前的白色木桌上
排列花朵与<u>鱼</u>
藏鸦细柳
渚寒烟淡
貌似大和的皮肤很好

十 大正时代

传教士们挥动黑船早已上岸
他们是医生　画家　音乐家
人高马大
一脸虔诚
个个长着满脸的络腮胡子
用苦难的神秘主义
扮演耶稣的降临
展开精神上的第二次维新
敬神爱人
扎根圣经里的词汇
让暧昧的日语
增添了爱和邻居的发音
不再卷舌

传教士们轻轻忽忽地
让大和的男人们脱去吴服

八幡大菩薩とした

呪文かと飛ぶ花を見るのを厭い
読経かと杜鵑の声を聞くのを厭んだ
寺の仏壇
至る所にしめ縄がかかり
震撼と戸惑いが行き来した

神前の白木の台の上に
花びらと魚がならぶ
からすと細い柳を収め
渚は寒く煙は淡い
大和の如き肌はすこぶるいい

十 大正時代

伝教師が策動した黒船はとっくに上陸していた
彼らは医者　画家　音楽家
人は高く馬は大きい
顔は敬虔
それぞれが顔にいっぱいの頬ひげを生やしていた
苦しみの神秘主義
イエスの降臨を演じ
精神の第二の維新を展開した
神を敬い　人を愛す
聖書の言葉に深く根ざし
曖昧な日本語に
愛と隣人の発音を加えた
もう舌はもつれない

伝教師たちは軽やかにゆっくり
大和の男たちの呉服を脱がせ

小心翼翼地穿上西装
用领带收拾人们原始的创伤
和魂洋才
说平安来了
平安了
就是没有见到平安

おそるおそるスーツを着せた
ネクタイで人々の原始からのトラウマを覆った
和魂洋才
そして平安が来たと言った
平安になった
要は平安に出会ったことがなかった

刘波禅诗三种　　劉波禅詩集三作

8

二十霊的酒祭
二十のたましいの酒盛り

一　清少纳言

一　清少納言

枕头夜袭草色　艳溢香幽
飞出四季的鸟　飘着不思量的云
一个姿势或一个瞬间的媚眼
萤火翩然灵性的万水千山

枕元に夜襲する草色　溢れる艶ほのかな香り
四季を飛び立つ鳥　思料ない雲が漂う
一つの姿態又は一つの瞬間の媚びた眼
蛍が軽やかに神性な万水千山を飛ぶ

美人　我想捉住你纤细的手
那白皙温暖的风韵
吹拂我的春天
窗外是满地轻露的幽寂
清澈凛冽的岚气
烟波拍岸我的心
是梦　一杯酒在我的唇边张开泪眼

美人　私はあなたの繊細な手を捉まえたい
その透き通るような白い暖かい艶やかさ
私の春を吹き払う
窓の外から地一面のかすかな露の幽寂
清澈凛冽とした山気
かすかにひしひしと私の心を打つ
これは夢だ　一杯の酒が私の口元で涙を浮かべている

我是平安时代的炭火
艳照鸾镜宫女的朱颜
被你的静谧抚摸
烘干远去又到来的脚步
想念的忧伤结庐为庵
庭前霜落花开
游动不想要翅膀的鱼
你淡紫色的衣裙
套上白袭

私は平安時代の炭火
鳳鏡に艶やかに映る官女のおしろい顔を
あなたの静謐がそっと撫でる
遠く離れ又やって来る足音を火で乾かす
恋しい憂いが蘆を結び庵となる
庭先に霜降り花開く
つばさの欲しくない魚が泳ぐ
あなたの薄紫色の装束に
白衣を重ねる

9

如好梦进入我的愁肠

美哉斯言　春是破晓之分最好
秋天是傍晚最好
啊　香炉峰之雪之如何
顾盼的皇后寒烟连波
你的手轻掀搴帘
指示如何的闲花　淡淡的春
在你之前　女人是一连串的不幸
皇宫的宴池落满朱粉红尘
在你之后　女人是一连串的幸福
是的　从你路过的开始
红颜未必薄命

怀念过去的所有事物
道柳腰身　惊扬枯了的树叶
雏祭的器具
有云朵盛开
去年用过的蝙蝠扇
轻摇友人雨天的旧信
让我午醉醒来愁未醒
你是头幸福的小麋鹿
野性又乖顺
总是腾腾地冲过来
撞倒我龇牙咧嘴的生活

*清少纳言　女　平安时期散文枕草子的作者

二　明庵荣西

我在宋朝见过你两次
和你登天台山

いい夢のように私の愁いに引き込まれる

美しき哉この言葉　春は暁が開け始める時が一番よい
秋は夕暮れが一番
ああ　香炉峰の雪や如何に
辺りを見回す皇后　寒霧が波の如く連なる
あなたの手は軽やかに簾をかかげる
如何にと指差したひそかな花　淡い春
あなた以前は　女は綿々と繋がる不幸
皇宮の宴の池いっぱいに落ちた世俗の栄華
あなたの後は　女は綿々と繋がる幸せだ
そう　あなたの歩んだ道から始まったのだ
紅顔は必ずしも薄命にあらず

過去のすべてのことを懐かしむ
道の柳が腰をかがめ　驚いたように枯れた葉を持ちあげる
ひな祭りの飾り
雲が広がる
去年使った蝙蝠扇（かわほり）
友だちから届いた雨の日の古い手紙を軽く揺らす
昼の酔いは醒してくれるが憂いは醒めない
あなたは一番しあわせな子鹿
野性のままですなお
いつも勢いよく向かってくる
私のがつがつと歯を剥き出しにした生活にぶつかってくる

清少納言　女　平安時代の散文「枕草子」作者

二　明庵栄西

私は宋の時代にあなたに二度会ったことがある
あなたと一緒に天台山に登り

刘波禅诗三种

劉波禅詩集三作

下了阿育王山

清风不懂京都的话语

晨起暮定太阳月亮

我们一边种茶

互相把禅机丢来掷去

大叫一声　悟了

惊落重重帘幕的遮灯

不可说不可说

说着说着你就回到了比叡山

留下成道的体温

像一幅墨迹

让我回味　读诵面容的经文

一片真言的禅

像茶叶落下云鸟

纹饰是红白蓝的彩天

尚意我的心

我的半边长成茶树

半边与你作画

*明庵荣西（1141—1215）日本禅宗祖师

三　亲鸾

对岸什么也看不见

而你在此岸和彼岸度人

没有好人没有坏人

人人是罪人也是良人

恶人正机　更是要让渡成佛

河水凹凸重叠的倒影

匀净无痕

阿育王山から下りた

清風には京都の言葉がわからなかった

朝起き夕方まで坐す　太陽から月まで

私たちは茶の樹を植えるかたわら

互いに禅機を放り投げた

大声で一言　悟ったぞと

重々しい簾の後ろの灯りを落とした

不可説（ふかせつ）不可説（ふかせつ）

そう言いながらあなたは比叡山に戻った

道をきわめた体温を残して

一幅の墨蹟のように

私はかみしめ　読み上げる　面容の経文を

一片の真言の禅

茶の葉を落としたような　雲鳥

飾りは紅白藍のあざやかな天空

私の心を汲んでくれる

私の半分は成長して茶の樹になる

半分はあなたと共に絵を描く

明庵栄西（1141—1215）日本の禅宗祖師

三　親鸞

対岸は何も見えない

そしてあなたは此岸と彼岸を済度する

善人も悪人もない

人々は皆罪人そしてまた良人

悪人正機　なおさら済度成仏するだろう

河水が凹凸させる重なり合う倒影

なべて清く痕もない

近处是一代比一代多情

远方是一茬比一茬无情

有情无情风景真好

寺庙的铃声声声悦耳

你冷静的念诵死亡和悲伤

开始不得不离开的旅程

指引他们上路

西方净土所在的方向

跟随那朝向西方的阿弥陀佛

右手高举武士的布条

光明无限

等了这么久

为了等到往生的这一刻

现在正是这样的一刻啊

精神变成月亮

眼睛变成了太阳

呼吸成为风

我爱你

但我也很平静

*亲鸾（1173—1262）日本净土宗创始人

近くは一代一代多情に

遠くは一株一株無情に

有情と無情の風景はとてもいい

寺の鈴は音がとても耳に心地いい

あなたは冷徹に死と悲傷を唱える

離れざるを得ない旅を開始する

彼らの向かう道を導く

西方浄土のある方向

あの西方に向く阿弥陀仏に従う

右手には武士の手ぬぐい

光明無限

こんなにも永く待った

往生のこの一刻まで待つために

今がまさにそんな一刻なのだ

精神が月に変わる

眼が太陽に変わった

呼吸が風になる

私はあなたを愛している

しかし私もとても穏やかだ

親鸞（1173—1262）日本浄土真宗創始者

刘波禅诗三种

劉波禅詩集三作

四　源赖朝

流亡和囚禁

是政治家的必修课

好家伙　这一课你上了二十年

举止如此安详

听懂命运的内涵

对所有不可避免的事情　服从

伊豆蛭岛　你的伤心之地

四　源頼朝

流浪と囚禁

これは政治家の必修課目

大したものだ　この一課目にあなたは二十年かかった

挙止がこれほどまでにおだやか

運命の真意を聞いてわかり

避けられない総ての事に　服従した

伊豆の蛭が島　あなたの傷心の地

我看见海浪的结业

恬静了整个相模湾

战争　禅神　光荣

是你的前世　今生　来世

一而三　三和一的灵魂

构成大和武士的底蕴

毫不留恋的死

毫不犹豫的死

死亡　只有死亡才是真诚的

功名利禄所有都是幻梦

看到世间的真实

你可以变成神

但你无法找到　看到

月亮消照

我的一生如傻瓜喋喋不休

隐隐约约显见你的沉默

*源赖朝（1147—1199）日本武家政治创始人

五　西行

你用一生走动和歌

走动生的灿烂

走动死的哀寂

身体的华丽与心灵的安详

我是两个都要

还是在你的面前统统归还

闲寂流的美

浮动山中的人家

私は海浪が収まるのを見た

相模湾全体が静かになった

戦争　禅神　光栄

これはあなたの過去世　今生　来世

一はしかして三　三と一の霊魂が

大和武士道の根底を築く

いささかも心残りなどない死

いささかも躊躇などない死

死　ただ死のみが誠

功名利得すべては夢幻

世の真実を見て

あなたは神になれた

しかしあなたはどうしても探せない　見つけられない

月の明るさが消える

私の一生は馬鹿がぺちゃくちゃ喋り続けたようなものだ

隠然とあなたの沈黙を明らかに見た

源頼朝（1147—1199）日本武家政治創始者

五　西行

あなたは一生涯を用いて和歌と通じ

生の燦々と通じ

死の哀寂と通じた

肉体の華麗と神性の安詳

私はどちらも欲しい

やはりあなたの前ではすべて返そう

閑寂流の美

山中の人家に移り

日本的心灵地图　　日本の神性地図

清贫与富贵的对视

在隐逸与行走中和解

世与山里

太阳艳照清贫的安详

让肉体与自然共同盛衰

回到简单生活

在一片白云上获得纯净与自由

春草嫩叶像我的感动

结庵修行　在你的孤月里

沙滩像你逝去的头发弯弯

浪花厌倦天涯

从西行的心田归来　携带那尽有的富有

让我的怀念到处躲藏

*西行（1118—1190）日本隐遁的歌人

清貧と富貴を見比べ

隠遁と流浪の中で和解した

世俗と山里

太陽は清貧の落ち着きを鮮やかに照らす

肉体と自然が共に盛衰

簡素な生活に戻る

一片の白雲の上で純浄と自由を得る

春草の柔らかな葉は私の感動のようだ

庵（いおり）を結び修行をする　あなたの孤独な月の中で

砂浜はあなたが亡くした髪のように曲がる

波しぶきが天涯を圧する

西行の心の中から戻る　あの有り余る富有を連れて

私の懐かしむ心をあたり構わず隠す

西行（1118—1190）日本の隠遁の歌人

六　北条时赖

没有失败的人生是残缺的

你总是不要自己的命

为了失败　向死求生

却要了很多人的命

劈开天空打仗

人头的纹路

像海水的沙哑

从易怒到忍让

回归海的包容

你为宋僧兰溪道隆的到来

修好了圆觉寺

让禅在瓦蓝的天空开花

六　北条時頼

失敗のない人生は何か欠けている

あなたはいつも自分の命が要らなかった

失敗するために　死に向かい生を求めた

そして却って多くの人々の命を要した

天空を切り開いて戦さをし

人々の文様は

海水のかすれ声のようだった

怒り易い人から我慢の人へ

海の包容力を取り戻し

あなたは宋僧蘭渓道隆（らんけいどうりゅう）の到来のために

円覚寺を修建した

禅の花を深青色の大空に開かせた

像一个帝王放下一生的江山

多情地只剩下一颗佛心

在你的墓前　紫阳花谢

我回想一切简洁的法则

擦干拖泥带水的历史

*北条时赖（1227—1263）镰仓幕府第五代执权人

七　道元

你四岁时唐诗就背诵得很好

八岁超度死别的母亲

用比叡山的松　兰　牡丹开悟

你的静默总是有无限的深度

让我多年以后还在数着你的呼吸

坐在生命的奥妙之上

照顾脚下　只管打坐

天下被你普劝坐禅

如此的被充满

让我永远生活在未知之中

宁静成大海的波眼

贴近整体

看到你的信任

接受你的能量

你的坐姿成了一盏灯

亮光向外闪耀

大和不再一团漆黑

*道元（1200—1253）日本曹洞宗的开山始祖

一人の帝王が一生の国土を手放したように

多情の地にただ一粒だけの仏心を残した

あなたの墓前に　紫陽花がしおれている

私は簡潔な法則をすべて回想し

どろどろとした歴史を拭き取る

北条時頼（1227—1263）鎌倉幕府第五代執権

七　道元

七　道元

あなたは四歳のときもう唐詩をよくそらんじていた

八歳で母親と死別

比叡山の松　蘭　牡丹によって悟った

あなたの静黙はいつも無限の深さを持つ

私は幾年経った後でもあなたの呼吸を数えることができた

命の奥義の上に坐る

照顧脚下　只管打坐

天下にあなたは坐禅を広めた

このように満ちあふれている

私に永遠に未知の中で生活させる

静かさが大海の渦になる

全体に近づき

あなたの信頼を見る

あなたの力を戴く

あなたの坐る姿がともし灯になった

光が外に向かってきらめく

大和はもう二度と暗黒ではなくなった

道元（1200—1253）日本曹洞宗の開山始祖

日本的心灵地图　　日本の神性地図

八 一休

八 一休

一边念佛一边做爱出汗
佛雕被劈开取暖
不念佛的男人
肉体的佛龛六神无主
把女人当成供果
如同没有被男人睡过的女人
会想到早晚去拜神

你总是把东风化成西雨
把美好的音乐躬身于佛法的吹佛
打开内心的苍凉空寂
你的女人们总会得到保佑

和你喝酒真的很好玩
和你看着美人真的很有趣
狂云子　疯癫汉
女人多看你一眼
就进入了爱
用奋不顾身的鲜艳
表达很多事情
参悟许多奥秘
爱　祈祷　死亡
真理　轮回　神佛
喜乐中忘记神
让一个盲女专门抚摸你的晚年

把凡人的软弱
托付给神佛

念仏を唱えつつ片方で性交に汗をかいた
仏像も暖を取るために叩き割った
念仏を唱えぬ男
肉体の佛龕（ぶつがん）六神に主（あるじ）はいない
女人を供物と見なし
男と寝たことがない女のようだ
遅かれ早かれ神様を拝もうと思うだろう

あなたはいつも東風を西雨に変えた
美しい音楽に腰を屈ませ仏法を吹く
内心の荒涼と空寂を開く
あなたの女たちはともかく御加護を得られた

あなたと酒を呑むと本当に楽しい
あなたと共に美人を眺めるのは本当に面白い
狂雲子　気狂い
女たちはあなたをもう一目見ようとする
そして愛に落ち入る
身を惜しまないあでやかさ
たくさんの事を語る
悟りには多くの奥義がある
愛　祈り　死
真理　輪廻　神仏
喜びの中に神を忘れ
一人の盲女があなたの晩年をひたすら撫で回した

凡人の弱さを
神仏に託し

由色开始

从空转空

有一天我也会成为

死和尚　秃驴　糟老头子

证悟到你和很多人的经历和命运

有时跟你相差不多

有时与你差得太多太多

*一休宗纯（1394—1481）禅高僧

九　武田信玄

甲斐之虎

你的利爪　手切太阳

通红的呼啸

向我冲袭热浪

风林火山的军旗

像披裹在你身上的甲胄

跑过为你去死的千军

你徐徐如林

侵略如火

不动如山

我从中国而来

在陬访湖的水面上认出你

看见幸福开满山野

我们泡着甲府的温泉

把玩着黯然的兵器

紫色的水晶

你的兵法全是孙子

而你现在更是老子

让孔子继续在河川感叹

色（しき）から始め

空（くう）から空（くう）に回る

いつの日か私も成功するだろう

死和尚　生臭坊主　くそじじい

あなたとたくさんの人の過去と運命を証悟する

時としてあなたとあまり違わない

時としてあなたとははるかに違う

一休宗純（1394—1481）禅高僧

九　武田信玄

甲斐の虎

あなたの鋭い爪　手で太陽を切る

真っ赤な雄叫び

私に向けた襲撃の熱い波

風林火山の軍旗

あなたの身の甲冑を付けて

あなたのために死んだ千の軍兵のように駆けた

あなたはしずかであること山のごとし

侵しかすめること火のごとし

動かざること山のごとしである

私は中国から来た

諏訪湖の水面の上であなただと見てわかった

幸せに満ちた山野を見た

私たちは甲府の温泉でお湯に浸かった

黒々とした武器をもてあそんだ

紫色の水晶

あなたの兵法はすべて孫子

そしてあなたの今はもっと老子

孔子には続けて河川で感嘆させる

逝者如斯　人不如旧
我成了你的孙子

我也想和你一样
讨上五至六个老婆
生下一大堆不想打仗的儿子
娶尽仇家的女儿
在盆地里积蓄阳光
长出葡萄　酿酒醉饮宝石

*武田信玄（1521—1573）一代名将

十　织田信长

第六天魔王驾到
那么多手下挥动妙法莲华经的军旗
与基督传教士握手
签下购买武器的大单
善恶与神佛五五分成
无法无天

疯狂　创造的革命家
爱奴不爱才
天下布武
下着围棋　看着幸若舞的飞花
人间五十年
将天下玩成赌局
但求一死
胜在对方的贪生
大事小事未明
如丧考妣
天下大事已明

逝く者はかくの如し　人は昔がよかったと
私はあなたの孫になった

私もあなたと同じように考える
五人か六人の嫁を娶り
戦争をしたくない息子の山をつくる
敵の娘を妻にし尽くし
盆地の中に陽光を蓄積した
葡萄が取れ　酒を造る　酔うほどに宝石を飲む

武田信玄（1521—1573）一代名将

十　織田信長

第六天魔王がご来駕になった
あれだけの多くの手下が妙法蓮華経の軍旗を振った
キリスト伝教師と手を握った
武器購入の大きな契約に署名した
善悪と神仏は五分五分
天に法はない

気違い　創造の革命家
従者を好み　才者を嫌った
天下に武を布く
囲碁を指し幸若舞（こうわかまい）の飛ぶ
　　花を見ながら
世に五十年
天下を博場のようにもてあそんだ
だが本心は死だけを求め
勝ちは相手が命を惜しむゆえだった
大事と小事は未だ明らかではない
父母を亡くしたと同じように
天下の大事は既に明らかだ

如丧考妣

孤独的得胜者
发出狮子的吼声
为一次兵变的背叛
魂断本能寺
在时光里死不瞑目

*织田信长（1534—1582）战国三天下第一位

十一 丰臣秀吉

那一年江山离你而去
用叹息数着天空的星辰
一生的仗刚好打完
用朝鲜的战败
让自己的头颅爬满胜败的风霜
装订成一本男人的教科书
飘过日本海
欢迎自己的归来

坐在历史的界面上吹风听雨
你是旨意的器具
世界的意义
必须在世界之外才能了解
你的意义
在神之外

*丰臣秀吉（1537—1598）战国统一全国的武将

父母をなくしたと同じように

孤独の勝者
獅子の雄叫びを発する
一度の兵たちの謀反に
本能寺で命を絶った
時光の中では死んでも浮かばれていない

織田信長（1534—1582）戦国の天下平定を成し遂げた
　　三人の第一人

十一 豊臣秀吉

あの一年山河があなたから離れて行った
ため息で天空の星を数えた
一生の戦いをちょうど終えたばかり
朝鮮の負けいくさ
自らの頭に勝ち負けの風霜をいっぱい這わせた
一冊の男の教科書を装丁し上げた
日本海を漂い
自分の帰還を歓迎する

歴史の境界の上に坐り風に吹かれ雨を聞く
あなたは神仏の意を戴いた道具だった
世界の意義は
必ず世界の外にいて初めて理解できる
あなたの意義は
神の外にある

豊臣秀吉（1537—1598）戦国時代　天下統一をした武将

十二 德川家康

我对你的攻击毫无兴趣
你的天下与我无关
千古江山算得个什么
阳光照射你A型血的芬芳
我只是恭敬地看着游人如织
在你的寺庙前像云一样聚散来去
历史总是巴不得这样的眼神

匆匆忙忙的岁月
不要那么急
不要那么求全责备
剑的本质是不用的
就像你的不动不反抗
绝不杀向一只不鸣的黄莺

多么美好的隐忍
不需要别人证明自己
化成流水　天空　翠绿的树影
摇曳并反省自己的诚意　耐心

道是天地之道
既不必善良也不必凶恶
什么也不必
人行其道唯有敬天　拜神

隐忍啊　活下去啊
向着生命俯冲　对冲
那是我渴望的男人的嗓音
发自你的光芒

十二　徳川家康

私はあなたの攻撃には何の興味もない
あなたの天下は私とは無関係だ
千古江山何を得たと言えるのか
陽光があなたのＡ型の血の成功の香りを照らし出す
私はただ織りを成す人の群れに敬意を払って見ているだけ
あなたの寺の前は雲のように集散離合
歴史はいつもこんな目つきを待ち望んでいる

せかせかと過ぎる歳月
そんなに急ぐな
そんなに完全を求めるな
剣は本来不要なものだ
ちょうどあなたの不動不反抗のようなものだ
鳴かぬうぐいすを決して殺さぬのと同じだ

何と美しい隠忍
他人がおのれを証明する必要もない
流水と化す　天空　緑の樹陰
動揺し自己反省する誠意　忍耐

道は天地の道
善良である必要も凶悪である必要もない
どういう必要もない
人の道はただ敬天　拝神のみ

我慢だ　生きていくんだ
生命に向かって飛び降りていく　ぶつかっていく
それは私の憧れる男の声
あなたの光芒から発する

刘波禅诗三种

劉波禅詩集三作

在自己的土地上张开想象
瓜熟落蒂

*德川家康（1543—1616）战国时代幕府将军

十三 歌川広重

你的画笔满含女人的肉欲
让我在你画中的木桶风吕解消疲惫
来来去去的人们像原野的诗
走活原野
万丈红尘

雨水般的线条
亲切俯视的构图
绿树啊　河流啊
穿着雪花飞跑的鸟
太阳下雨
狐狸出嫁
我是田埂渠边的菖蒲花
满是跳来跳去的凑热闹的小虫
船夫在月光沐浴的小河
撑动一湾家园
灯火安静的滑动心事
水的宁静
像月光一样风情雅致

我有时会坐在龟户的梅屋铺
梅花的风吹开我的心
放大温情的前景事物
亦远亦近
在浅草大鸟神社

自分の土地の上で想像が広がっていく
瓜が熟して落ちる

徳川家康（1543—1616）戦国時代幕府将軍

十三 歌川広重

あなたの筆は女人の肉欲に満ちている
私はあなたの絵の木桶風呂を見て疲れが取れていく
行ったり来たりの人々は原野の詩のようだ
原野をいきいきと歩む
万丈の俗世

雨水のような線
親切に見下ろすような構図
緑樹よ　河の流れよ
雪花をまとって飛び立つ鳥
太陽の中の雨降り
狐の嫁入り
私はあぜ道や運河のほとりの菖蒲の花
いっぱいに飛んだり跳ねたりして盛り上げる小虫
船頭が月光の中で沐浴する小川
棹をさして一家をぐるりと動かす
灯りは静かに心事を動かす
水は静かだ
月光のように風情がある

私は時に亀戸梅屋舗（うめやしき）に坐っている
梅の花は風に吹かれて私の心は開く
温かい心の前景を大きく拡大する
遠くもあり近くもあり
浅草鷲神社では

用色彩鲜艳的心情敬神

在无数个白天和夜晚

我沿着你东海道五十三个驿站

找寻我的女人

在明暗的灯火下

数落一次一次的擦肩而过

迷恋而感伤

*歌川広重（1797—1858）浮世绘领军之人

十四 福沢谕吉

所有的日本人都喜欢你

我总是躬立亲微的免俗

拿着一张张的你去换酒

专心的高人

你总是心注一念

松动大和的僵硬

掏出自己的心脏

流教育的血

自由的灯火独立

让每个人从自己出发

在一张张万元的日币上

脱亚入欧

生命与欲望像贸易一样

船来船去的发达

流通爱情　家庭

活下去的庆应

我的耳边闪烁你的话语

用你的书页泡茶

艶やかな彩りの心で神を敬う

無数の昼間と夜中に

私はあなたの東海道五十三次の宿場に沿って

私の女を探す

明暗の灯火の下

何度も何度も肩を擦り合う

夢中そして感傷

歌川広重（1797—1858）浮世絵の第一人者

十四 福沢諭吉

総ての日本人はみんなあなたが好きですね

私はいつも腰を曲げて立ち少しだけ俗世を離れる

そして一枚一枚のあなたを持ってお酒と交換する

一心不乱の高潔の人

あなたはいつも心を一つの事に注力する

大和の硬直を柔軟にする

自分の心臓を取り出す

教育の血が流れる

自由の灯が独立する

それぞれの人に自己から出発させる

一枚一枚の万札の日本円の上に

脱亜入欧

生命と欲望は貿易と同じ

船の行き来の発達

愛情　家庭を流通させる

生き続ける慶応

私の耳元でちらちらと聞こえるあなたの言葉

あなたの本のページでお茶を立てる

先生苦兮兮的脸上　回收

吹动乱世的烦恼　困难　忧伤

我走出你的讲义

身后浮动一个国家的大海

*福沢谕吉（1835—1901）日本启蒙思想家，教育家

十五　西田几多郎

你是我眼里不想挪开的石头

你的头发总是那么的哲学

月亮在天空发胖

天天不合逻辑的昏睡

这样的夜晚我们都喜欢水

喜乐的心

泛起涟漪

我们坐在河边烤鱼

你的眼睛流淌火

闪烁黑夜的空

放大生命的场

一切都是你做梦的材料

一切都是你开悟的味道

我是绝对矛盾的自己

多和一的同一

眺望无限

思慕那说不出的神秘

不是亚里士多德的物

不是笛卡尔的我思　故我在

不是牛顿的定律

先生の苦しそうな顔の上　戻す

乱世の煩悩　困難　憂いを吹きさらし

私はあなたの講義から抜け出す

身の後ろには国家の大海が浮動する

福沢諭吉（1835—1901）日本の啓蒙思想家、教育家

十五　西田幾多郎

あなたは私の眼の中では動かしたくない石

あなたの髪はいつもあれほどまでに哲学だ

月は天空で肥えている

毎日ロジックに合わない昏睡

こんな夜私たちは皆水が好きだ

楽しい心

さざ波が立つ

私たちは川辺に坐って魚を焼く

あなたの眼に火が流れる

ちろちろとまたたく暗夜の空

生命の場を拡大する

総ては皆あなたが夢を見る材料

総ては皆あなたが悟りを開く味

私は絶対矛盾の自己

多と一は同一だ

無限を眺望する

あの言いようがない神秘を思慕する

アリストテレスのものではない

デカルトの我思う　故に我ありではない

ニュートンの法則ではない

而是空无

这个场所的无

满是东方鲜亮的矛盾

湿漉漉的活蹦乱跳

跳进世界的干渴

超脱现实

那神秘无限的眼

满怀深情

看着我这个陌生的人

提醒我正活着

*西田几多郎（1870—1945）日本哲学家

十六 铃木大拙

你让美国人学会坐禅

欧洲人学会静心

总之是一片安静

我看见战后一代人

开着车在路上

退掉大学的录取通知书

诞生摇滚　披头士　垮掉的一代

嚎叫整个世界

追求心灵的自由

用大麻性解放

呼吁战争的停止

让士兵们去做爱

翻着你一页一页的说明书

找到这个世界的平和

拯救心灵的力量

しかして無空である

この場所の無

東方の鮮やかな矛盾で満ちている

じめじめと飛び跳ねて

世界の渇きに飛び込んでいく

現実を逸脱した

あの神秘無限の眼

満ち溢れる深い情

私のような見知らぬものを見て

私が今まさに生きているんだと気付かせてくれる

西田幾多郎（1870—1945）日本の哲学家

十六　鈴木大拙

あなたはアメリカ人の学会に坐禅を組ませた

ヨーロッパ人の学会で心を静めさせた

いつも一片の静かさ

私は戦後第一世代の人を見る

道路の上で車を運転し

大学の採用通知を断り

ロックンロール　ビートルズ　退廃した世代

総ての世界に大声を上げて

たましいの自由を追求する

大麻を使い性解放

戦争反対を叫び

兵たちにセックスに行かせる

あなたの一枚一枚の説明書をめくる

この世界の平和を探しあてる

たましいを救う力

那禅在你的眼睛里开花
我在你的墓前打坐
卸下我的行囊
满是中国禅的种子
绝望而又悲伤
为了它们离开了的土地

*铃木大拙（1870—1966）日本第一个向西方介
绍禅宗的学者

十七　川端康成

运气太好的老家伙
一不小心在雪国泡上温泉
就拿到了诺贝尔的奖金结账
喜欢去伊豆
看着吴清源下的围棋
叼着香烟搓麻将
文学的背脊
被美人的肌肤碰触拿捏出新感觉
美人驹子一夜的温存
清晨时对镜梳妆
在时光的脸上泛红

你一手的好牌太多
名利　财富　美色
谁碰你都服牌
没有想到你更喜欢自摸
静静的含着煤气管自杀
让逗子玛丽娜的公寓
人去楼空的暴涨

あの禅はあなたの眼の中で花開く
私はあなたの墓の前で坐禅する
私のリュックをおろし
中は中国禅の種子に満ちている
絶望そして又悲傷
それらのために土地を離れた

鈴木大拙（1870—1966）日本で最初に西洋に禅宗を紹介
した学者

十七　川端康成

運が良すぎた老人
ちょっとうっかり雪国で温泉に浸かっていて
ノーベル賞の奨励金が来たので、それで勘定をすませた
伊豆に行くのが好き
呉清源の打つ囲碁を見ながら
煙草をくわえて麻雀を並べる
文学の背骨
美人の肌にさわって新しい感覚をひねり出す
美人駒子一夜の温情
夜明けに鏡に向かい櫛けずり化粧をする
時光の顔の上の薄紅

あなたの手にはいい牌がありすぎる
名声　富　容貌
誰があなたにポンしても皆上がってしまう
思いもよらぬ事にあなたはツモがもっと好きだった
静かにガス管を含んで自殺した
逗子マリーナのマンションを
人が去りビルが空になるほどに暴騰させた

我知道死亡就是拒绝一切理解

机缘　发现　邂逅

无言的死

就是无言的活

悲哀与同情的物哀

亦生亦灭　有禅有诗

*川端康成（1899—1972）日本新感觉派作家

十八 松下幸之助

松先生下先生幸先生之先生助先生

处处的先生

长长的大耳朵用来托钵

既是化缘也是施法度人

你的眼睛开阖大彻大悟

像佛一样打开世界自来水的龙头

布施水　筑坝　修饰玻璃的阳光

用关西腔的柔和　率真

对自己产品的使用者说一些

安心　放心的言叶

穷病最苦　欲望磨人

唯有无缘大慈　通体同悲

投资时间　智慧　诚念

世界是落花而去的幻影

像你永恒的发问

这是什么那是什么

天真又直指人心

年轻的花　盛开的花　隐秘的花

死は一切の理解の拒絶だと私は知っている

縁　発見　邂逅

無言の死

即ち無言の生

悲哀と同情のもののあはれ

亦生亦滅（やくしょうやくめつ）　禅があり詩がある

川端康成（1899—1972）日本新感覚派作家

十八 松下幸之助

松先生下先生幸先生之先生助先生

至る処に先生

大きく育った耳で托鉢をする

化縁であると同時に施法の済度人でもある

あなたの眼は開いて大徹大悟

仏のように世界の水道水の蛇口を開けた

水を布施　ダムを造る　ガラスの陽光を修飾

関西調の優しさ　率直

自分の製品の使用者に対して話す

安心　大丈夫の言葉

貧病が一番つらい　欲望が人を磨く

ただ無縁大慈　同体大悲

時間　智慧　誠実に投資

世界は花が落ち去っていくような幻影

あなたの永恒の問いかけ

これは何　あれは何

天真爛漫に人心をずばりつく

若い花　盛りの花　隠れた花

每一次花开

但求愉快

这咒语念出的电器啊　品质啊

从无到有

随时随缘

转念至空

幸在本来无一物的神助

你是飞行的和歌山

在世界的每一个地方落下韵律

*松下幸之助（1894—1989）松下企业创始人

十九　黒沢明

我有时会在梦中梦见你的电影

摇动酒杯破译我秘密的罗生门

不问对错　只是好奇

　眼帘看雨

在你变坏变苦变老的

　背影里

我明白快乐也是苦的一种变化形式

我不需要一味趋乐避苦

那只会使人类掉进无尽的轮回深渊

头脑　身体　情绪的分裂

只能用武士的刀来愈合

用金黄菊花的眼

解脱就在当下

随时随地的解脱

与你的死一样

雨水正忙

剩下的人性人心

毎回花が開く

だが愉快であればいい

この祈りの言葉から生まれでた電器よ　品質よ

無から有まで

随時随縁

転念至空

幸せな事に本来無一物の神の助け

あなたは和歌山に飛行する

世界の各地に落ちるリズム

松下幸之助（1894—1989）松下の創業者

十九　黒澤明

私は時に夢の中であなたの映画を見ることがある

グラスを揺らし私の秘密の羅生門を解明する

正しいか間違っているかは問わない　ただ好奇

　眼には雨が見える

あなたの悪くなり苦しくなり年を取っていくその

　背中の影に

私は快楽も苦しみの一つの変化した形だとわかる

私は趨楽避苦（すうらくひく）を尽くすことは要らない

あれはただ人類を無尽の輪廻の深淵に追い込むだけだ

頭脳　肉体　情緒の分裂

武士の刀で癒合させるだけである

黄菊（きぎく）の眼を用いて

解脱は当下（とうか）にある

随時随地の解脱

あなたの死と同じだ

雨が正に本降りだ

人の心を残して

简单又复杂

不宠无惊就过了这一生

像一部黑白电影留下的虚空

流淌日式情感的风流

梦的制造者

所有的人和事情　花朵

都是你的道具

用来相亲　相守　相爱

合伙去生去死

*黑泽明（1910—1998）日本导演

简単でまた複雑

何も怖いものなしでこの一生を送る

一部の白黒映画にのこす空白と同じ

日本的な情感の風流を流し

夢の製造者

すべての人と事柄　花びら

すべてがあなたの道具

使って共に親しくなり　共に守り　共に愛する

一緒に生きて一緒に死ぬ

黒澤明（1910—1998）日本の映画監督

二十　东山魁夷

画框的尽头　雪落月寂

大海边的木屋　梦总是无眠

我的头发长满桦树

而你是烟雨的小岛

在你的画中　欢迎你的归来

请喝酒　眼下是回转的寿司

和你享用你的一生

看着深蓝的大海

活得像一条冰川下的河流

坐在你的画框里沉思

眼里是物哀　侘　寂之美

用幽玄走路　用细节端详

飞花落叶的美　草上的露水

我总是爱得太多　越爱越有

我曾经幸福　像那些色彩的消失

张开岁月的眼睛

仔细抚摸那一片白雪中的桦林

二十　東山魁夷

額縁のつきあたり　雪落月寂

大海のそばの木屋　夢はいつも眠らない

私の髪は伸びて樺の樹になる

そしてあなたは煙雨の小島

あなたの絵の中で　あなたの帰来を歓迎する

どうぞ酒を召し上がれ　眼下には回転寿し

あなたの一生を共有しましょう

群青色の大海を見ながら

氷河の下の流れのように生きる

あなたの額縁の中に坐り沈思する

眼の中にはもののあはれ　侘び　寂びの美

幽玄をもって歩む　仔細に見ながら

飛花落葉の美　草の上の露

私はいつも愛しすぎる　愛せば愛するだけ手に入る

私は曾て幸せだった　あの色が消失したように

歳月の眼を開く

あの白雪の中の白樺林を細かく撫でる

生命的色彩　存在的色彩

死亡的色彩　无常的远方

像时雨和季节的转换

花的凋零　第一缕静悄悄的落雪

初草的味道　旋动的月

变异的星辰　幻灭的云

牵牛不居　诸行无常　流动生灭的线条

你的内心如此宁静　澄澈

跟随造化　与四季为友

顺从回归的自然

茶杯　器皿　映画

所有不完整的意义

都在抱残守缺的情趣里

反射死亡之美

让我感受人生的短暂

如你画上多加一笔的梦幻

飘动你的温和

更加深而有勉力

没有久远　没有消逝

生命就不会如此美好

有死亡的前方

像你的画布

抖动由生而死

衰亡像河流永在兴盛的
　　记忆

有与无的相互反光参照

爱死了

寂寞的眼神　寂寞的秋月

寂寞的雪　水鸟勃然飞跃

我在大海边的草木屋　大浪千寻

坐在你的庭园

生命の色彩　存在の色彩

死の色彩　無常の遠方

時雨と季節の変わり目のようだ

花は凋落　静かに落ちて来る一筋目の雪

初草の味　めぐり動く月

変異した星　幻滅の雲

彦星はいない　諸行無常　流動生滅の線条

あなたの内心はこのように静かで　透き通っている

造化に従い　四季を友とする

自然への回帰に従い

茶碗　皿　映画

すべては不完全な意味

すべて懐古保守の情趣にある

死の美を反射させている

私に人生は短いと感じさせる

あなたの絵にもう一筆夢幻を加えるようだ

あなたの暖かさを動かす

そしてもっと努力を深めていく

久遠もない　消逝もない

生命はそんなに美しくはない

死が前方にある

あなたの画布に

生と死を振るわすように

衰亡は川の流れが隆盛の記憶の中に永遠に流れ
　　ているようなもの

有と無は相互に反射し合って照らし出す

愛は死んだ

寂しい眼つき　寂しい秋月

寂しい雪　水鳥が血相を変えて飛び出す

私は大海のほとりの草木屋　大波千尋

あなたの庭に坐っている

看着苔藓长满我的额头
星星从你的眼里集聚星座
重新编队我的欣喜
月光闪烁寂灭

*东山魁夷（1908—1999）日本画家

苔が私の額に生え満ちているのを見ながら
星たちはあなたの眼から集まり星座になる
もう一度私の歓喜を編隊させる
月光がぼんやりと寂滅する

東山魁夷（1908—1999）日本の画家

刘波禅诗三种

劉波禅詩集三作

二人静，鎌倉能舞台
二人静、鎌倉能舞台

一　睦月

高砂新年的手
暗中流动来来去去的神灵
家人　朋友　陌生人
箭竹执迎　松柏挂满额头
那冥冥中有神有灵
稻草香动　相思　相亲
　　相望的日子
酒杯　贺卡　电话　QQ的闪烁
流动生的生　死的死
长大成人或变老
吃一些大鱼大肉
喝一些说不出来的话
新年的面容
慈祥神秘而又深沉

望处雨收云断
总有些寒孤的物语
萧疏里冷月无声　海阔山遥
此时的月亮高悬
我是那鱼游动
摇响尾巴
与大地的心情节律一致

一　睦月

高砂新年の手
暗中に行ったり来たり流動する神霊
家族　友達　見知らぬ人
箭竹（やだけ）で出迎え　松柏をおでこに掛ける
その冥冥とした中でも神がおり霊がおる
わらの香りで　慕い合う　抱き合う
　　見合う日々が動き出す
グラス　年賀状　電話　ショートメールのきらめき
流動する生の生　死の死
大人になったのか老けたのか
大きな魚や肉を少し食べ
口に出せないような話を飲む
新年の面持ち
情け深げな神秘的なそしてまた深く沈んだ

見ると雨も納まり雲も途絶えた
いつも寒きつねの物語がある
寂れた里冷月何も聞こえない　海は広く山は遥か
この時の月は高い
私はあの魚　動いている
尾ひれを振って
大地のこころのリズムと一致し

31

与祈祷祝福与神佛一体

二 如月

如此说来　零星的残雪指示暮天
你的眼照亮温暖的炭火
相聚　告别　挥手
各自走回自己的家园
在你的到来之前
吹过墓地　草场　山巅
天空不空
足下的流水开始新颖
草木和梅花
洋溢憧憬的色彩

宽衣解带一轮满月
我从天涯归来
耳边鸟事茂盛
不断融入空
穿过你的胴体
在涌动的热爱上疗伤

三 弥生

这是春天复活的邀请
更多的欢笑
如此多的因缘
在誓愿寺
用你的应允燃香
生命与死亡

祈り祝福と神仏と一体となる

二 如月

こんなわけだから　わずかな残雪の指示で日が暮れる
あなたの眼は暖かい炭火を明るく照らす
出会い　別れ　手を振る
皆自分の家に戻る
あなたが来る前に
墓地　草地　山頂を吹き過ぎる
天空不空
足下の流水は新しくなる
草木と梅の花
溢れ出るあこがれの色彩

衣服を緩めて一輪の満月を伴う
私は天の果てから戻ってきた
耳元に鳥たちが忙しく栄える
ひっきりなしに空に溶け込む
あなたの胴体を通り抜け
湧き出る熱愛の上に傷を癒す

三 弥生

これは春に復活した招待
さらに多い笑い声
こんなにも多くの縁
誓願寺にて
あなたの焼香を許す
生と死

刘波禅诗三种

劉波禅詩集三作

结束与开始

大地幸福的张开

对一切充满热情　怜悯

种子　花开　雨水

美　吃喝玩乐　错过的生活

坐在古老的银杏树下回想

长满感恩的竹子

流动的水

带着工具去土地上翻耕

生活在此处

以湖水叙事

以月亮和酒抒情

照见亡灵走来走去

用流不出来的眼泪

四　卯月

我多么喜欢的倾听

犁耙落地　樱花吹雪

虫子们梦中的翻身

道路的尽头

转弯的声响

我多么热爱这天籁

多么多么的降落在泥土上

开满渡我的莲花

我倾听到这个世界上所有的声音

爱情的声音　死亡的声音

泥土的声音　热情奔放的声音

全部的信任

没有逃离的人

日本的心灵地图　　日本の神性地图

終わりと始まり

大地の幸福が広がる

一切に対して充満する熱情　憐憫

種子　開花　雨水

美　酒食遊興　過ちの生活

古い銀杏の樹の下に坐し回想する

謝恩の気持ちに満ちた竹

流れる水

道具を使って土地の上を掘り起こして耕す

生活がここにある

湖の叙事

月と酒の叙情

亡霊を照見して歩き回る

こぼれて来ようがない涙で

四　卯月

私は何て聞き耳を立てるのが好きなんだろう

鋤鍬で地を耕す　桜が吹雪く

虫たちが夢の中で向きを変える

道路の終わり

曲がる音

私は天の響きがとても好きだ

とてもとてもたくさんの泥の中に落ちた

大きく開いて私を悟りに渡す蓮の花

私はこの世の中のすべての音を漏れ聞くのが好きだ

愛情の音　死の音

泥の音　熱情奔放の音

すべての信頼

逃げない人

根本就没有另一个世界
此刻就是我们的家
海风吹过　让我听懂

もともと別の世界などない
この時が私の家
海風が吹き　私に聞いてわからせる

五　皋月

五　皐月

山姥的闪电身形
催生辽阔的花海
　绿油油的原野
生殖的神秘
灵来鬼去
稻米的生长
绽开你的惊讶
是创造　生成　生殖　生长
鸟落天空无迹

男人在女人的胸上起飞
知息合力的神　佛　道
灵知的身体与物从不会消失
它们只是轻盈的在月光下
像飞翔的花动
让我知道　悟到
离我这么近
让我这么清晰

山姥（やまうば）の稲妻の形が
広々とした花の海
　緑でつややかな原野を産み出させる
生殖の神秘
神霊が行ったり来たり
米の生長
あなたの驚きを引き出す
これが創造　生成　生殖　生長
鳥が落ち天空には跡形もない

男が女の胸の上で飛び立つ
知と息で協力する　神　仏　道
神霊の知る体と物はもとより消え去る物ではないと
それらはただ軽い満ち足りた月光の下
飛翔の花が動くように
私に教えてくれる　悟らせてくれる
こんなに私の近くに
こんなに私にはっきりとさせる

六　水无月

六　水無月

许多菖蒲长在身体里
淡雾的原野
走动我眼里橙红的金盏菊

たくさんの菖蒲が体の中に伸びる
薄霧の原野
歩く私の眼に赤橙色の金盞花（きんせんか）

显示我的温情
让你找回灵性
莺声燕语
花苞开满耳朵
生命从来就是奇迹
就像你当下的每一刻

馨香的风中
有生命的地方一定会有你
像水朝月亮再走一步
像你朝神再走一步
你就到达了
你就看见了
湖水用波光倒映你不知道的秘密

七 文月

优美的雅
香茅草爬满背影
草莓　薰衣草　稻穗饱满
你的喜悦　饱满高耸的胸
这是我在原野上留下的信
有些天知地知你知我知的话语
需要你的嘴唇破译

以寂静　平和　喜乐
安详的回忆一次牵手
一次陌生的心跳
一次灵与肉的交融
打通一条金光灿烂的道路
蜿蜒浓烈的情诗
在你的奔跑中

私のやさしさを表す
あなたに神性を取り戻せと
鶯や燕たちの鳴き声
つぼみが開く音　耳に満つ
生命はずっと奇跡だ
あなたの今の一刻一刻のようなものだ

薫る風の中
いのち有る場所には必ずあなたがいる
水の朝月がもう一歩進んだように
あなたの朝神が一歩進んだように
あなたはすぐさま着いた
あなたはすぐさま見た
湖水が波の光であなたの知らない秘密を倒影したのを

七 文月

優美な雅
茅が香り草は背影を這う
苺　ラベンダー　稲穂がたっぷり
あなたの喜び　豊満に高く聳える胸
これは私が原野の上に残した手紙だ
ところによって天も知もあなたも私も知っている話だ
あなたの唇で解読してほしい

寂静　平和　喜びで
ゆったりとした回想が一度手を引く
一度見知らぬこころがどきどきする
一度神霊と肉体が交融する
一条の金色の光がさんさんと射す道を通す
くねくねと強烈な情詩
あなたの疾走の中で

一片叶子下落
把神惊动出来

八 葉月

八 葉月

柏崎的安静如月
像天空崭新的眼睛
散淡的阳光像一大堆安睡的
　　孩子
飞瀑从悬崖垂下
　　日夜
河水流过爱情
没有人能比爱人更知道
什么是干涸的痛苦
满溢的幸福

葉月的单独　圆满　开阔
从执着别人到面对自己
从攀缘到自在
风正高　夜已深

　　　　的　手　在
　　亮　　　　　嘴
　　月　　　　　唇
　　喜　　　　　上
　　　悦　　　　拢
　　　的　　　　合

刘波禅诗三种　　劉波禅詩集三作

柏崎の静けさは月のようだ
天空の斬新な眼のようだ
散った淡い陽光は安らかに眠っているたくさんの
　　子供たちのようだ
滝のように流れ落ちて崖に掛けられて垂れ下がっ
　　た日夜
河水は愛情を流した
誰も人を愛するよりも知っている人はいない
何が枯渇したつらさかを
いっぱいの幸せ

葉月の単独　円満　おおらか
他の人にこだわる事から自分に向き合う
縁に頼ることから自在に
風は正に高い　夜は既に深い

　　　　の　手　は
　　様　　　　　唇
　　月　　　　　が
　　喜　　　　　所
　　　び　　　　た
　　　で合わさっ

九 长月

我喜欢随时都陌生的天空
如同我熟悉的肌肤般的土地
整个秋天是一张空白的画布
候鸟　雁群　鸭子
想象的翅膀都能飞
带走一个季节
用晨雾　红叶　清流
候补一个季节

南风吹过长月
离家出门的告别
染色幸福　收获　自由
阴阳　稻熟　女人骄傲的大肚子
神啊　你好
无论我睡着或是醒着
在月光的花中
在河流的月亮
强烈热情的活过每一天
像一个醉汉
喝生命的酒
醉于生命
醉于存在的神　道　佛
秋天有那么多的爱和诗
那么多的生命源泉

十　神无月

清经的神
在天空浮现你的明亮寂静

九 長月

私は何時でも見知らぬ天空が好きだ
私の肌と同じようになじんだ土地と同じように
まるごとの秋は一枚の空白の画布
渡り鳥　雁の群れ　鴨
想像のつばさはどれでも飛べる
一つの季節を連れて行く
朝霧　紅葉　清流を使って
一つの季節を予備とする

南風が長月を吹き抜ける
家を離れる別れ
染色した幸福　収穫　自由
陰陽　稲が実る　女の傲慢な大きな腹
神様　こんにちは
私が寝ていようが醒めていようが
月光の花の中
河流の月
強烈な熱情で毎日生きてきた
酔っぱらいのように
生命の酒を飲み
生命に酔い
存在する神　道　仏に酔う
秋には何と多くの愛と詩がある
何と多くのいのちの源泉

十　神無月

清経(きよつね)の神
天空にあなたの明らかな静寂が浮かび上がる

新酒酿成的日子
款待神灵的到来
神仙的离去
唯一的要求就是你在场
在出云之处
为人们的幸福平和守候

饮了这杯
一杯酒就是莫大的幸福
一件事　一个苹果的重量
对生活的给予
充满感激
天空如此纯净
笛音轻诵神灵们的叶舟
一朝风月
让我所思　所爱　所祷
随着鸟儿归山

刘
波
禅
诗
三
种

劉
波
禅
詩
集
三
作

十一 霜月

月光的皮肤
以霜露连接生灵　湖泊　树木
收割我的眼泪　感伤
收割我的全部土地
肃杀的悲伤里
我是一个沉默的观照者
转而欣赏天空大地的悲伤
多么美的悲伤
让我的快乐
像雪花一样肤浅的
从霜月的笑容里飘落

新酒を醸成する日々
神霊へのもてなしの到来
神仙が去っていく
唯一の要求はあなたにいてほしい
雲の出る所
人々の幸福平和守護のために

この杯を飲む
一杯の酒は膨大な幸福
一つの事　一個のリンゴの重さ
生活に対するギブ
満ち満ちた感激
天空はこんなにも純浄
笛の音は軽やかに神霊たちの葉船を奏でる
一朝の風月
私に考えさせる所　愛させる所　祈らせる所
鳥が山に帰るのに従って

十一 霜月

月光の肌
霜と露が連なって魂　湖　樹木を産み
私の涙を取り払う　感傷
私の全部の土地を取り払う
物寂しい悲傷の中
私は一人の沈黙する観照者
取って代わって　天空大地の悲傷を愛でる
何と美しい悲傷
私の快楽を
雪花のように浅く
霜月の笑顔から崩れ落ちさせる

大海如此深沉的悲伤
蔚蓝的超越人的深度
进入那深沉　宁静　冥想
没有一个死亡是死
每一个死亡扩展一袭新的波浪
宛如我的门被打开
走动无尽

十二　师走

我是一座空空的庙宇
抑或是无言的神社
法师们同时在这里离开
带着神灵
生动每一个地方的法事
湿润你干渴的祈祷
一单又一单的生死别离
无常的大事小事
以法师的铃铛敲响
以一场风雪挂怀

俗念既轻也重
带着喜乐　平和
在时间里死
在永恒里生
看着死亡的改朝换代
是消逝也是重新归来
落日月满
像断鸿深远
天长落暮
席卷我的愚蠢
忘掉我的喧嚣

大海はこんなにも深く重い悲傷
空色の人を越えた深さ
あの重々しさ　静かさ　瞑想に入る
一つの死亡は死ではない
一つ一つの死で新しい一重ねの浪が広がる
あたかも私の門が開かれたように
動いても尽きない

十二　師走

私は一つの空っぽな廟宇
言葉を控えたか無言の神社
法師たちは同時にここを離れ
神霊を連れて
すべての場所の法事に出始める
あなたの乾いた祈祷を湿らせる
一つ又一つと生死別離
無常の大事小事
法師の鈴の音でそれを響かせ
一度の風雪でそれを気にかけさせる

俗念はつまり軽であり重
喜び　平和を連れて
時間の中で死に
永劫の中で生きる
死ぬ王朝の交代を見ながら
消逝であり又新たに戻って来るのでもある
落日に月は満つ
はぐれ雁のように深遠
天は長く　落ち　暮れる
私の愚かさを巻き込む
私の喧噪を忘れ去る

身体在温泉的寺庙修行
この身は温泉の寺修行

刘波禅诗三种

劉波禪詩集三作

一 别府温泉

我和你从地心涌出
像地球夺眶的热泪
宁静氤氲
我在你的血液里祈祷
谁摇落我打坐的背影

拈花的笑声，清脆古今
佛在眼前还是海底
拍打彼岸的声音落在河里
念佛者是谁，至今没有人搞清

奔腾潮音
什么是没有声音的声音

二 地狱温泉

水的念珠，在温泉结蚌
像费力打开的《金刚经》
梦幻空花，宇宙飞行
妄念转动无常，我饮你当下一声棒喝

一 別府温泉

私とあなたは地から心が湧きだす
地球の熱い涙がどっと溢れたようだ
静かに穏やか
私はあなたの血液の中で祈る
誰が坐禅の私の背影を揺らせるか

心の通う笑い声　澄んできれいな昔と今
仏は眼の前それとも海の底
ぱたぱたと彼岸で叩く音は河の中に落ちる
念仏者は誰　今になってもはっきりしない

怒濤の潮音
音なき音とは何だろう

二 地獄温泉

水は念珠　温泉で真珠を産む
苦労して開いた《金剛経》
夢幻空花　宇宙飛行
妄想が無常に変わる　私はあなたのこの場の棒喝を飲む

震落群山的座椅

月亮像我的法身，皎洁澄明
馨香的温泉水点燃化身的倒影
庭前柏树摇开月光
我的报身娑婆飘浮，充满前世的回忆

耳朵流淌温泉轻语
那么多串灼热的温泉
灭寂，如水有鱼

三　道后温泉

灵的接收中心
我在阳光下轻轻碰触你
既不拒绝，从不迎合的白色汤花
在岩石上开光
在你的沸腾中开悟

踢开自己的禅定
所有的事物跳出一种节奏
像我把佛珠装饰你的手臂
从此无论何地
记得我充满你
我没有我，泉水流动
空无在大地发汗
像一座空的宫殿
国王在那里点灯

群山の座椅子から震え落ちる

月刃私の法身のよう　白く透き通る
馥郁とした温泉水が化身の倒影に火をつける
庭先の柏の樹が月光に揺れる
私の仏身は娑婆に漂う　前世の思いでいっぱいに

耳元で流れる温泉の軽やかな話し声
あれほどひっきりなしの灼熱の温泉
滅寂　魚を得た水のよう

三　道後温泉

神霊の受け入れの中心
私は陽光の下軽くあなたに触れる
拒絶されないながら　全く迎合しない白い湯の花
岩の上で光を得る
あなたの沸騰の中で大悟する

自己の禅定を蹴る
すべてのものから一種のリズムが飛び出す
私が仏珠であなたの腕を飾るようなものだ
ここからどこであろうと
私はあなたでいっぱいだと覚えている
私には私はない　泉水は流れる
無空は大地で汗を出す
からっぽの宮殿のようだ
国王があそこで灯をつける

把岁月的飞机扔在空港
灯光为欲望加油
说吧，风情万种
是什么让左脚穿爱情的丝袜
光着右脚捅进生活潮湿的
　皮鞋
匆匆忙忙，永不停歇的行走
在你温润的日子里点香
像一个白痴讲述的故事
溅起银色湖面
上升一些雪山

宛如一生被檀木的箱子
盛满下葬

五 四万温泉

跌入你，忘记纷飞嚎叫的
　幻影
心怀神话与纯净
所有的问题用浴巾托运
伸展大腿手臂
温泉水滑漫过眼底
像女人柔软的毛发
虚幻幸福和安宁

睾丸在今天放假

四 北海道洞爺湖温泉

歳月の飛行機を空港に捨て去る
灯の光がもっと強ければと思う
話して、あらゆる形の風情
一体なにが左足に愛の絹靴下をはかせ
右足ははだしで　生活のじめじめした靴に足を入
　れさせたの
慌ただしく　ずっと休みない歩み
あなたの暖かくしっとりした日々の中で香をつける
一人の白痴が話す物語のようだ
銀色の湖面に着水し
雪山に少し上昇する

あたかも一生が檀木の箱に
盛大に埋葬されるようなものだ

五 四万温泉

転がるようにあなたに入る　ざわめきわめく幻影
　を忘れ去る
心は神話と純浄を懐かしむ
すべての問題は手ぬぐいで持ち運ぶ
太ももと腕を伸ばす
温泉水がゆっくりと眼底に流れ込む
女の柔らかな毛髪のように
虚幻幸福と安寧

睾丸は今日はお休み

或者干脆退休
梅花在十二点钟的嘴唇做饼
葡萄里的太阳和星星
榨出动物的火焰
在红酒杯里生猛游出大海
安详的你
从天空切下一块永远吃不完的刺身
带血流淌盐和光
爱情与祈敬，热气腾腾
放射喜悦

我歌唱的寂静
温润的你
像远方放生闪亮的钟声

六 千叶犬吠埼温泉

单纯泉，钠盐泉，像我的血液无法
　　归类
我闭上眼睛，犹如透视大海
我看到星星在我里面跳舞
太平洋的朝日在我心脏上大笑
我看到你和天空，微尘
花朵，广大的，我和整个宇宙

七 北信五岳温泉

在你辉煌与沉稳的流淌中
我凝成夕阳
吸收穿越黑夜的灵光

或いはいっそ引退
梅の花は１２時の唇に餅となる
葡萄の中の太陽と星
動物の炎を絞り出す
紅い酒の杯の中に雄々しく大海に打って出る
安らかなあなた
天空から一切れ永遠に食べきれない刺身を切り出す
血を付けて　塩と光が流れる
愛情と敬愛　熱気もうもう
喜びを放射する

私の唱う歌は寂静
あたたかくしっとりとしたあなた
遠くに放つ閃く銃声のようだ

六 千葉犬吠埼温泉

単純泉、　ナトリウム塩泉、私の血は分別でき
　ないようだ
私は目を閉じ　あたかも大海を透視するかのよう
私は星たちが私の中で踊るのを見る
太平洋の朝日が私の心臓の上で大笑いする
私はあなたと天空、微塵
花びら、　広大な、　私と宇宙全体を見てしまう

七 北信五岳温泉

あなたの輝き落ち着いた流れの中で
私は夕日を凝成する
暗夜の霊光を吸収し突き抜ける

我流淌你的能量
欣慰的心耸动群山
孤独与恐惧
被夜鸟惊飞

那一刻，光明照耀
观六道众生

八 修善寺温泉

弘法大师为你加额
你的真言从高野山流到
打湿温泉的肚皮
遍照金刚
花饰点缀和尚的乐声

神香流淌光明
神秘和自由飞扬的命运
在大海的微笑里
泉水的第三只眼睛
亲切光芒的深处
好似涌动吉祥与寂静

九 草津温泉

用木板拍打温泉的女人
拍打着色与空，冷与热
拍打此岸
我看见你高耸的乳房
坠满彼岸的合欢树

私はあなたのエネルギーを流す
慰める心聳え動く群山
孤独と恐れ
夜鳥が驚き飛び立つ

その一刻、光明が輝き
六道衆生を観る

八 修善寺温泉

弘法大師があなたのためにぬかずき祈る
あなたの真言は高野山から流れ
温泉の腹の皮を湿らせる
遍昭金剛
花や飾りをあしらう和尚の楽しい声

神香が光明を流れる
神秘と自由飛び上がる命運
大海の微笑みの中
泉水の第三の眼
親しく光る深み
吉祥と寂静が湧き出るようだ

九 草津温泉

板で温泉湯を打つ女
色と空、冷と熱を打っている
此岸を打っている
私はあなたの高くそびえ立つ乳房を見
彼岸の合歓の木に墜落する

砸痛我的鼻尖

生命的乳汁像五十度的汤花回流

美人迟暮

那酸性硫酸盐泉的汩汩流觞

多么神圣，我在念经

如船划动，度我

留下你的妩媚在温泉的上游

像歌谣，满月的清香

雪白的牙齿让我记住神

手指白嫩

捉住我热气腾腾的涅槃

十 养老溪谷温泉

牵手行走的白发老人

在冒烟的温泉边

穿着洗浴的岁月

你们蹒跚的步履

采暖还冷的小径

从清晨到黄昏

我看见

阳光里你们一直在走着

在你们的生活方式中走来走去

让我想起我的父亲母亲

只是一直走着

没有方向

不要方向

如此完美的牵手

走在走着的路上

泡尽我刚刚学会放弃的时光

私の鼻の頭がぶつかり痛い

いのちの乳汁は５０度の湯の花の回流のようだ

美人夕暮れ

あの酸性硫酸塩泉どうどうと流れる

何と狂ったよう　私は読経する

船が漕がれて　私を渡す

あなたの愛らしい眉を温泉の上流に残す

歌謡のよう　満月の清香のよう

雪白の歯で私は神を覚える

指先は白くやわらか

私を熱気むんむんの涅槃に捉える

十 養老渓谷温泉

手を繋いで歩くしらがの老人

煙の湧く温泉のほとり

洗った歳月を着て

あなたたちはよたよたと歩く

暖かくしてもまだ寒い小道

明け方から黄昏まで

私は見る

陽光の中にあなたたちがずっと歩いているのを

あなたたちの生活方式の中で行ったり来たり

私の父母を思い起こさせる

ただずっと歩いているだけ

方向もない

方向はいらない

こんなに完全な手つなぎ

今歩いているこの道を歩く

私がたった今覚え、棄て去った時光に浸り尽くす

十一　热海温泉

大汤，汤河原，佐治郎汤
我的身体饮你们
饮船帆张开来的新鲜
俯身感谢大地

清左卫门汤，风吕之汤，野中汤
小沢汤，太阳散发悲悯
我背诵你们每一滴温泉
忘记眼泪，用四十三度汤温《万叶集》
拂去执着，轻轻呢喃花朵
回到和纸写的俳句

十二　青森黄金崎不老不死温泉

是怎样的魔力
这满眼日本海的温情无情荡漾
浮现故乡，美人，海棠花开
美得耀眼的海浪席卷沙粒
孕育我对永恒的观想
大汗淋漓的感动
像宽阔的梦境
让我忘记冬天，死亡和悲伤

灵魂的手指祈祷
像你的泉流抚摸珍爱的梦想
海鸟散落我头顶的花环
开放回到家了的芬芳

十一　熱海温泉

大湯　湯河原　佐治郎の湯
私の体があなたを飲む
船の帆が開いた新鮮を飲む
大地に身を伏せて感謝する

清左衛門の湯、風呂の湯、野中の湯
小沢の湯、太陽が悲哀を発散する
私はあなたの一滴一滴の温泉を暗唱する
涙を忘れる、４３度の湯の温度《万葉集》
執着を捨て　軽快にささやく花
和紙に戻って書く俳句

十二　青森黄金崎不老不死温泉

これはどういう魔力だ
この眼いっぱいに日本海の温情無情が波打つ
故郷が　美人が　海棠の花が開いたのが浮かび上がる
眼が輝くほど美しい海浪が砂粒を席巻する
永遠の観想について私を育てる
汗びっしょりの感動
広大な夢境にいるようだ
私は忘れ去る　冬を、　死と悲傷を

たましいの指が祈る
あなたの泉流が愛しい夢想に触っているようだ
海鳥が私の頭のいただきの花輪を落とす
うちに帰ったぞという香りを開放させる

什么样的呼吸照亮灵

我的向往闪烁珍珠的光芒

远处山峦的云雾，海边的霞光万道

我是你正在放射的愿望

どんな呼吸がたましいを照らすのか

私のまたたく真珠の光に向けて

遠くの山並みの雲霧、海辺の霞光の幾万の道

私はあなたが今ちょうど放射している願望

十三 湯沢温泉

这雪国的汤

溅湿我悠远的记忆

"穿过县境的长长隧道

就是雪国了"

我依然记得这样飞扬的《雪国》

老川端康成将一个中国的少年

拽进温泉

让女人纯洁的酮体飘浮

打尽我最后一个喷嚏

如同洗礼，用哀愁的木桶冲刷

大雪和海啸在胸腔里沐浴

如同心跳

射进你的眼睛，用雪水

身体，耕作，打出粮食

吃大海的火锅

落日像我为神剥开的橘子

用"临终的眼"蒙眬感激

十四 田沢湖温泉

我泡着湖水的眼泪

眼泪也泡着我，包含我

十三 湯沢温泉

この雪国の湯

私の遥か彼方の記憶をしっとりと湿らせる

「国境の長いトンネルを抜けると

雪国であった。」

わたしはこんなに舞い上がる《雪国》をまだ覚えている

川端康成翁は一人の中国の少年が

温泉を探して入り

女の純潔な肢体を浮かばせ

私は最後のくしゃみを一つする

洗礼と同じように、哀愁の木桶を洗い清め

大雪と津波は胸の中で湯浴みする

心臓が跳ねるように

あなたの眼に入り込む、雪水で

体、耕作、食糧を作り出す

大海の火鍋を食べる

落日は私が神のために剥いだみかんのようだ

「臨終の眼」で朦朧と感激する

十四 田沢湖温泉

私は湖水の涙に浸かっている

涙も私の中を走っている、私を包み込んでいる

火山灼伤物语

我的禅定开满金灿灿的菊花

浸泡香水的暗夜

犹记一休和尚在那夜搞了女人

乌鸦呱呱呱

麻雀喳喳喳

一片深紫罗兰浸染的田野

犹记这温泉流淌的女人香

清风吹过

不要取圣，

　只要歇心

犹记大破大立的斧头

砍下佛雕烤火

慈悲的心在流浪

浮力作用定力

太阳在温泉里湿漉漉探头

与佛无殊，灵明空寂

葛藤缠绕的步道

历史的木屐踏踏而响

禅的味道有些说不出的咸

十五　鹿儿岛指宿温泉

鹿儿岛的鹿在我的心头吃草

轮回在远处冒烟

散发太阳硫磺的味道

女人的味道

如一封有泪痕的来信

我用化学分子式调酒

放射大海的镭

用充满烟味的嘴饮神

火山でやけどをする物語

私の禅定はきんきらとした菊花をいっぱいに咲かせる

香水の暗夜に浸る

一休和尚があの夜いたした女を今も覚えている

鴉がかあかあかあ

雀がちっちっちっ

一面の紫羅蘭花（アラセイトウ）が田野を染めていく

まるでこの温泉が流した女の香りを彷彿とさせる

清風が吹いた

聖なるものを得ようとするな

　ただただ心を休ませろ

まるでぶちこわしぶちたてる斧を彷彿とさせる

仏像をたたき壊し火を焼べる

慈悲の心は流浪

浮力が定力に作用する

太陽が温泉の中にしっとりと頭を伸ばす

仏とはあい変わらず、霊明空寂

葛藤しからみつく歩道

歴史の下駄を踏んで鳴らす

禅の味は何とも言えない塩味

十五　鹿児島指宿温泉

鹿児島の鹿が私の心の草を食む

輪廻が遠くで煙を上げる

太陽の硫黄の匂いを発散させる

女の味

届いた　涙のあとの付いた手紙のようだ

私は化学分子式で酒を調合する

大海のラジウムを放射する

煙草の匂いがいっぱい残る口で神を飲む

生命此刻成为一种欢舞

深深感谢
这是我唯一的祷词

十六 箱根温泉

去泡吧，泡到你全身像柳叶柔软，
　　对神祈求
听风吹过，闭眼看看你的头脑还剩下
　　些什么
去泡吧，泡到你全身毛孔张开了大海
　　的泪水
什么样的事物，使得你的灵魂感恩并
　　去赞美
去泡吧，泡到天空滚落无助无我，满
　　眼星星狂飞
月亮歌唱
看看你的心刷新了什么

啊，意气飞扬的你脸嫩如处子，亲红
　　黑夜
纱巾像水仙花的手指流淌不间歇的
　　希冀
正如今天所有的花被黎明
　　泡开

十七　伊香保温泉

泉水照亮古代的背影

生命はこのとき一種の嬉し踊りになる

深く感謝
これが私の唯一の祈りの言葉

十六　箱根温泉

浸かってきなさい　全身が柳葉のように柔らか
　　くなるまで、神に祈るまで
風が吹くのを聞く、目を閉じてあなたの頭にま
　　だ何が残っているかを見る
浸かってきなさい　全身の毛穴が大海の涙を広
　　げるまで
どんな事が、あなたの霊魂に感謝そして賛美さ
　　せるか
浸かってきなさい　天空が崩れ落ちて無助無我
　　になるまで、視野一杯に星が飛ぶ
月が唱う
あなたの心が何を一新させたかを見る

ああ、意気軒昂のあなたの顔は乙女のように柔
　　らかい、暗夜を口づけて紅くする
タオルは水仙花の指のように途切れない希求を
　　洗い流す
正に今日のすべての花が黎明によって開いたよ
　　うだ

十七　伊香保温泉

泉水が古代の背影を照らす

和尚在寺庙禅定
武士铸剑
入水不溺，入火不焚

我用一天时间穿过女人
用一生寻找被沐浴过的灵魂
我看见女人白嫩的脖子上
挂满和歌
在温泉里因神受孕
送子的汤雾在寺庙响鼓
我浸在温泉，身后有无数的落花

十八　石垣岛温泉

你用泡过地球的汤洗我
擦亮闪电，那些云
那么温情的汤花
你的裙子如风，像满山哗动的
　　翠绿
子宫干净，在地下奔涌
天生神圣

用大海的盐堆积一座小岛
让太阳筑巢
海鸥飞来又去
食尽人间烟火

十九　小涌园红酒温泉

山风欢喜小心翼翼地开瓶

和尚は寺で禅定する
武士は刀を鋳る
入水しても溺れず、入火しても焼けず

私は一日の時間で女を突き抜ける
一生の時間で湯浴みしたたましいを探す
私は女の白いやわらかな喉を見る
和歌をいっぱいかかげて
温泉の中で神により孕む
見送りの人の湯霧が寺の鐘を鳴らす
私は温泉に浸かり、後ろには無数の落ち花

十八　石垣島温泉

あなたは地球が浸かった湯で私を洗う
稲光を擦る、あんな雲
あんなに温かな湯花
あなたのスカートは風のようだ、山じゅうがさ
　　一っと一斉に動いた深緑のようだ
子宮はきれいだ、地下は湧いている
生まれつきの狂気

大海の塩で小島を一つ堆積し上げた
太陽に巣作りさせた
鴎は飛んできて又飛び去った
世の中の料理を食べ尽くす

十九　小涌園赤ワイン温泉

山風は気をつけながら瓶を開けるが好きだ

供养天地，那些转瞬即逝的
　　汤花
倾倒红酒，明亮手指
星星敲打月亮的鼓
法事开汤
意大利的红酒用玫瑰念经
姿势像我庄重地萨顶

身体泡汤，神识啜饮
黑夜用空酒瓶吸气
藤花弯垂三尺六寸
我的骊歌在笑魇里旋晕
竹林的声光朗读红酒的年份
感动如鱼，游弋
如醉舟驶向解脱的大海
对不起，不是独自
还有神

天地を供養する、あの瞬く間に逝ってしまった
　　湯の花
紅酒を傾ける、はっきりとした指
星が月の鼓を打つ
法事開湯
イタリアの赤ワインはバラを使って読経
姿は私の荘重な仏からの頭撫で

體を湯に浸ける　神にはすすり飲むことがわかる
暗夜は空の酒瓶で息を吸う
藤の花はたわわに三尺六寸垂れる
私の告別の歌は笑顔の中のめまい
竹林の音と光は紅酒の年月を朗読する
魚のように感動して、巡航する
酔った船のように解脱の大海に向けてはしる
すみません、私一人だけではない
それに神もいる

日本的心灵地图　　日本の神性地图

51

伊豆，归去来兮
伊豆、帰去来

刘波禅诗三种　刘波禅诗集三作

一 伊豆的舞女

淡烟流水画屏的海
山口百惠背着大鼓
在我童年的吉他谣曲里
遭遇初恋
一泊二食

她古老的发髻
断尽小篆的幽香
那个叫阿薫的美少女
永远在十八岁那年
在川端康成的小说封面转世
脸上跳动夜寒风细
一缕纯真
黛蛾长敛下田的芳草

心路也是神路
空灵唯美
你的闲愁暗恋
在我的内心长成伊豆的石头
以你的笑容祈雨
我的土地张开幸福繁红
忘记了春天的准确天数

一 伊豆の踊り子

浅い煙を流した屏風画のような海
山口百惠が太鼓を背負う
私の少年期のギター曲の中
初恋に遭った
一泊二食

彼女の昔風の髷（まげ）
かすかな煙草の香りを断つ
あの薫という名の美少女は
永遠に十八歳あの年
川端康成の小説の表紙から転世
顔には夜の寒さ風の細さが飛び出てくる
ひとすじの純真
美少女は田の芳草を集めて育った

心の路も神の路
空はただ美しい
あなたの哀愁のこもる片思い
私の内心で伊豆の石が大きくなる
あなたの笑顔で雨に祈る
私の土地に幸せの紅い色が広がる
春が正確に何日あるのかを忘れた

你舞蹈的脚尖
轻掇我的心脏
为红尘的三弦搭桥

あなたの踊るつま先
私の心臓を軽く捉える
世俗のために三味線で橋渡し

二 热海梅园

二 熱海梅園

梅花用不着添加任何故事
如实开花紫红飞翠
如实存在
诚实的白鸟疾走我的思绪
像你的笑魇
满是如来的事物
烂醉花间
赏我还是赏人

梅の花には何の物語を付け加えなくてもいい
ありのままに花が咲く　紅は絡んで緑は飛ぶ
ありのままに存在する
誠実な白鳥が私の気分を疾走させる
あなたの笑顔のようだ
すべてが如来の事物
へべれけの花の間
私を褒めるか又は人を褒めるか

梅花总是绽放大爱
那个更大的世界
像我的沉思默想
见什么就爱什么
觉者的心
想什么就爱什么
这个我想要去爱的世界
从里到外
内在辉煌
酒冷梅花
热海半阴半晴云暮

梅の花の大愛がいつもほころぶ
あのもっと大きな世界
私の沈思黙考のようだ
見えるものをすべて愛する
覚者のこころ
思うものをすべて愛する
これが　私が行って愛したい世界
内から外へ
内在する輝き
酒が梅の花を冷ます
熱海晴れたり曇ったりの雲の暮れ

神的秘密
就是一枝梅的秘密
让我一次次死去活来
不问原因

神の秘密
すなわち一枝の梅の秘密
私に何度も何度も　死に　生きさせる
原因は問わない

三　河津歩道

三　河津歩道

道路柔软
你的身姿寝卧初带阳光
光洁的脸影
芥末田正饰着新妆
照见成双成对的岩鱼
海角变成金黄色
恋人的轮廓浮起
风平浪静

我的眼里非烟非雾
此刻是清澈透明的天空
昼长人静
心与樱花同色共远

伊豆的美寂总是不够分用
我唯有在山的翠绿上抒情
心在温泉里涌动
冒着柔美万种的白烟
花前隔雾两相见
像我的幸福若隐若现
我是一个隐者
行走安宁和自由

四　温泉面海

波打际之温泉
我对着大海呼唤自己的名字

刘波禅诗三种

劉波禅詩集三作

道路は柔らかい
あなたの姿は寝そべり初めて連れて来た陽光
ぴかぴかの面影
わさび田がまさに新しく飾ろうとしている
対になった岩魚を照見する
岬は黄金色に変わる
恋人の輪郭が浮かび上がる
風も浪も静か

私の眼の中に煙でもなく霧でもなく
この時は澄み切った透明な天空
昼は長く人は静か
心と桜は同じ色で共に遠い

伊豆の美寂はいつも分けて使えない
私はただ山の緑の上の叙情しかない
心は温泉の桶の中で動いている
やわらかな幾万種の白煙をあげて
花の前を霧が隔てて二つが相見る
私の幸福が見え隠れしているようだ
私は一人の隠者
安らかさと自由を歩く

四　温泉海に面す

波打ち際の温泉
私は大海に向いて自分の名をさけぶ

你还活着
你好吗

我听到他的回答
像一顿家常便饭的台风
我很好
是的,先生
我很好

这是我的祈祷
没有我
没有你
我同时是二者
我如此宠爱你的眼神
用六十八度汤温
华丽地倾诉灵魂
生活需要知识
生命重返天真
我就是那神秘

五 热川汤烟

断云依海
青山将一网打尽
袅娜你的背影
弁财天手持琵琶
灵中弹出温泉
沐浴祈祷心想事成
岁岁浮动红莲之夜
人神共感
各自心知肚明

お前はまだ生きているんだ
お元気か

私は彼の答えを聞く
日常茶飯事の台風みたいだ
私は元気だよ
はい、先生
私は元気だよ

これは私の祈り
私はいない
あなたもいない
私は同時に二人
私はこんなにあなたを寵愛する目つき
６８度の湯温を使い
華麗に思いのたけを霊魂に伝える
生活は知識が必要
生命は天真にまた戻る
私があの神秘なのだ

五 熱川湯煙

雲を断ち海に依る
青山はまさに一網打尽
しなやかなあなたの後ろ姿
弁財天は琵琶を手にする
たましいの中から温泉をはじき出す
湯浴み祈り思う事は実現する
年々移ろう紅蓮の夜
人と神は共に感じ
おのおの心の中で理解する

我观照着所有的事情
从扯蛋到神圣
站在一个人的车站
眼见下一趟电车像一张车票
准时擦汗

温泉的汤花生生死死
汨汨漾烟
神性永在
人们在我身边大包小包的
　　来去
祈福所有的找寻

六　修善寺

伊豆的东边全是女人
以美景护肤
柔情呼吸
收拾我
征服了天下的男人

伊豆的西边全是男人
用划船冲浪
忍辱负重
玩转我
玩转了世界的女人

男人和女人在伊豆相交
相互充电
离开彼此
足够打发一生
用220伏电压

私はすべての事を観照する
無駄から気違いまで
ひとりの駅に立つ
眼が次の電車を一枚の切符のように見える
時間通り汗をかく

温泉の湯の花は生まれては死に生まれては死に
ぐっぐっと煙がこぼれる
神性はいつもある
人々が私のそばを大きな荷物小さな荷物を持っ
　　て行き来する
すべての探索に対してお祈りする

六　修善寺

伊豆の東側はみんな女
絶景で肌のお手入れ
柔らかな呼吸
私を収める
天下の男を征服する

伊豆の西側はみんな男
船を漕いで浪に向かう
じっと我慢で任を果たす
私をもてあそぶ
世界の女をもてあそぶ

男と女が伊豆で交わる
たがいに充電
あちこちを離れ
一生を終えるのに十分だ
220ボルトの電圧で

和神交换身体或灵魂

神と体を或はたましいを交換する

七　城个崎海岸

七　城ヶ崎海岸

吊桥边的樱花树
突然张开梦境
铁色的大海翻卷垂虹
像你的玉峰重叠
与云浪四合

吊り橋のほとりの桜の樹
突然夢境が開く
鉄色の大海が翻って虹が垂れる
あなたの玉の峰が重なる
雲と浪と四つどもえ

捡拾下垂的星斗
错杂渔火
阑扶一手的空阔
海鸥翩翩
大腹的青山
各得其所
任凭夕阳像酒的洒落
干了这杯内在的辉煌
永生不死

下向きの星斗を拾う
混じり合った漁り火
欄干に手をかける空間の大きさ
鴎はばたばた
大きな腹の青山
それぞれ得るものを得る
夕日に任せ酒のような洒脱
この中に内在する輝きを飲み干す
永生不死

八　天城山

八　天城山

一滴露水
在山的嗓音里长出牙齿
一只小鸟
在寺庙的钟声孵蛋
一个男人远行天涯
他的布鞋折叠空寂

一滴の露水
山の声のなかに歯を生やす
一羽の小鳥
寺の鐘の音に卵を孵す
一人の男は遠く天涯に行く
彼の布靴は折れ曲がり寂しい

一个早晨的觉知

一つの朝の覚知

免去上半生的愚蠢
一潭清水深情知道
一次祈祷释放身体
忧思难忘
尽显坛城
一场大爱重温好梦
青山隐隐
轮回春色

九　桂川

背影被翠绿环绕
我听到桂川的潺潺水声
我的眼里到处是水
随时可以找到水做的女人

看到灭
看到寂
看到美与明白
狂心如幻
流水明澈顿悟

我已经说了
但是又没有说出的东西

十　汤屋的女将

伊豆的雨水出口成章
看见鹅黄嫩绿

前半生の愚かさとはおさらばだ
一つの清水の水たまり深い情けを知っている
一度の祈りで体を釈放する
憂いは忘れがたい
壇城（たんじょう：功徳の集まるところ）を明
　らかにしつくす
一幕の大愛暖まる夢
青山はおだやか
春色が輪廻する

九　桂川

後ろ姿が深緑に取り囲まれる
私は桂川のどうどうという水音を聞く
私の眼の中は至る所が水
随時水で作られた女を探せる

滅を看る
寂を看る
美と理解を看る
狂心は幻のよう
流水は明らかに清らかに悟りに導く

私はもう話した
しかしまだどんな物も話して出していない

十　湯屋の女将

伊豆の雨水は弁舌さわやか
淡黄（たんこう）　若緑（わかみどり）を看る

幽出连歌的节奏

女将们恭立庭园
持梦掌灯
等待我的到来
宛若等待一次预知的渔汛
装卸我的渐老与无言

她们弯腰摆放我的布鞋
一瞬间记住了我的尺码
以及要走多久多远
用伊势海老丈量胃口
味噌汁帮我体检

客里相逢
是梦也不是梦
她的手臂流淌温泉的水
闻到股股年轻的幽香
盈盈露天星月

十一　伊东

樱花吹雪
是伊东的空寂
以大海吹动早春的欣喜
目睹初岛的沉浮
手拉自己回到光
穿越一片湛蓝

吹风养神
阳光放射生命
能量聚集大地的丹田

連歌のリズムがかすかに出る

女将たちが庭に恭しく立つ
夢と灯を持ち
私の到来を待つ
一度の漁の具合の予言を待つかのように
私の徐々の老いと無言を付けはずしする

彼女らは腰を曲げ私の布靴を並べる
一瞬で私の寸法を
それと如何に永く遠く歩くのかを覚える
伊勢海老で胃袋を測量し
みそ汁で私の身体検査をする

異郷での出会い
夢でもあり夢でなくもある
彼女の腕に温泉水が流れる
若いかすかな香りがふと匂う
清らかな露天の星月

十一　伊東

桜吹雪
これは伊東の空寂
大海が早春の喜びを吹き流す
初島の浮沈を目にする
手を自分で戻ってくる光とつなぐ
一片の紺碧を突き抜ける

風が吹いて英気を養う
陽光が生命を放つ
エネルギーが大地の丹田に集まる

化作兰花幽独

蜕变天涯情味

赋予我深度优雅

行走坐卧

娇柔雪白艳丽的思绪

蘭花の静寂と孤独に変化する

天涯の情に変質する

私に深い優雅を与える

歩いたり寝たり起きたり

やさしい雪白のあでやかな思い

十二　堂个岛

刘
波
禅
诗
三
种

刘
波
禅
诗
集
三
作

怎么看都是骏河湾的酒窝

我走在那笑里

自己也笑

与仙人掌　雪柳　海鸟

微笑出阑珊的海天之光

无我无有

只是存在

我在笑声中存在

但笑的人不存在

我只是在唱歌

用浪花跑调

但唱歌的人不存在

我只是星星播雨

但播雨的人不存在

吸收你的力量

感恩中芳莲坠粉

海边暗夜乍谢

缥缈渡船归来

万物生老病死

但没有生老病死的那个人

当下开悟永恒

十二　堂ヶ島

どう見ても駿河湾のえくぼ

私はその笑いの中を歩く

自分も笑う

仙人掌　雪柳　海鳥と

微笑みが消える寸前の海天の光を発する

我もなく有もない

ただ存在するのみ

私は笑い声の中に存在する

しかし笑う人は存在しない

私はただ歌を歌っているだけ

波しぶきが調子をはずす

しかし笑う人は存在しない

私はただ少し雨を播いているだけ

しかし雨を播いている人は存在しない

あなたの力を吸収する

謝恩の中　庭も寂しくなり

海辺の暗夜も感謝したばかり

ぼんやりと渡し船が帰ってくる

万物は生老病死

ただ生老病死のないあの人

すぐさま大悟する

十三 大岛

在大岛
我是用汉字种地的农民
偶尔以俳句钓鱼
戳破地震台风海啸的悬念
火山在三原山自生自灭
晒干愁思不安的雨水

看见你的到来
开成山茶花
在我的胸口祭祀
点燃御神火开汤
足够我的寒夜取暖
和我一起在身上制盐
清蒸金目鲷
荞麦透过珊瑚的眼睛
虚挂我的身影赏月

一张沙滩的大毯
裹紧风　时间　种子
水果在你的气息中熟透
像你的亲吻
在海面蔓延
这抒情之地
被海鸟的翅膀振落
拍打太平洋波光粼粼

十三 大島

大島で
私は漢字を使って地に植える農民
たまたま俳句で魚を釣る
地震台風津波の懸念を思い出す
火山は三原山に自生自滅
憂い不安な雨水を晒す

あなたの到来を看る
山茶花の花が咲いた
私のみぞおちに祭る
御神火をつけ湯開きをする
私の寒夜に暖をとるには十分だ
私と一緒に体の上で塩を作る
金目鯛を蒸す
蕎麦　珊瑚の眼を通して
私の影を掛け　月を愛でる

一枚の砂浜の絨毯
風　時間　種を巻き込む
果物はあなたの息の中で熟し切る
あなたの接吻のようだ
海面に広がる
この叙情の地
海鳥のつばさに振り落とされる
太平洋のりんりんとした波光にたたかれる

十四 土肥

去经验大地　海水　人偶
去经历狗马　帆船　神祉
一次一次的去遭遇
一次一次的去感受
一次一次的去升华
进入那没有的有

继续走下去的道路
我已经写在沙子上
狂喜的爱
涌动恩惠的黑潮
手臂抱紧古老的鲜花
游船载春天来去
海鸥掠过鬓角
那离岸的陌上花钿成路
浮云敛动
月亮在我的酒杯里泡汤
片片生死吹尽

十五 天城山净莲瀑布

我要在那封碧绿的深潭
禅定时节
面朝向柱状纹路的绝壁
默诵经文
杳杳音尘敞开
借此打开路过的行人

十四 土肥

大地　海水　こけしを経験しに行く
犬馬　帆船　神の祝福
何度も何度も遭遇しに行く
何度も何度も感じとりに行く
何度も何度も昇華しに行く
あの無い有（ゆう）に入って行く

引き続いて歩いて行く道路
私は既に砂の上に書いた
狂喜の愛
恩恵の黒潮が涌き起こり移動する
腕に古くさい生花を抱きしめる
遊覧船は春を乗せて行き来する
鴎がもみあげを掠める
あの岸から離れた　見知らぬ飾り物が道を成す
浮き雲が動きを収める
月が私のグラスの中でお湯に浸かる
一片一片の生死が吹き尽くす

十五 天城山浄蓮の滝

私があのエメラルド色の深淵で
時節を禅定する
柱状の文様の絶壁に向かって
経文を黙読する
はるかな音信が開け放つ
この機に開いた通りかかりの行人を

刘波禅诗三种　　刘波禅诗集三作

那个敞开的人举起他的双手

水声接通天空的深邃

身体清雾登览

畅通无限

照见彼岸的能量

烟笼寒水

闭上眼睛

碧云空彻这发生

像一片叶子在狂暴中礼神

从头到脚的颤抖

身体灵魂融入一个完整的答案

充满那个是

不能忍受

无法忍受

无需忍受

你就自己向大地鞠躬

静静的保持停留

人从天空获得瀑布云渚

还给生机盎然的大地

再度成为瀑布

阳天阴地全部都是能量

感恩的神秘飘雪

十六 莲台寺

我的灵姿开满水仙

水仙让温泉充满香馨

坐在光辉的喷泉口

内心的热爱在神面前止息

あの開け放した人はもろ手を上げる

水の声は天空の奥深さにつながる

体は霧が消え高所から看るよう

融通無限

彼岸のエネルギーを照見する

煙草入れと寒水

眼を閉じる

緑雲の空の極にこれが発生した

一片の葉が狂暴の中神を祭るようだ

頭から足の先まで震える

体と霊魂が一つの完全な答えに溶け込まれた

充満させたそれがそれである

我慢できない

我慢する法がない

我慢する必要がない

あなたは自分で大地に向けてお辞儀をする

静かに留まる事は維持しながら

人々は天空から滝の水しぶきを得

生機に満ちあふれた大地に返し

再度滝に戻る

陽天陰地全部すべてがエネルギー

神秘な吹雪に感謝

十六 莲台寺

私の神霊の姿は水仙をいっぱいに開く

水仙は温泉の香りで充満させる

光り輝く噴泉口に坐る

内心の熱愛が神の面前で息を止める

足以养活飞鸟虫鱼

我在你的额头开光
一片葱茏
涓涓流碧
斜雨细风空洞大海
宛若我无常的命运
醉卧当垆
辨认我那颗走失多年
少年的心

十七 伊豆高原

我的喜悦劲吹花红
很美术的房子
收藏我的画布
跑动小狗
安详的草地
骑着马追赶富士山的积雪
嗡嗡作响的阳光
拼写我一切能懂的天籁
翻动四季神圣的经书
火山在我的心脏里
归化

十八 旧天城隧道

所有的花开让路
我和神同时睁眼
从叶子打开河流

飛ぶ鳥虫魚を養育するに十分だ

私はあなたの額に光を開く
一片の繁茂
こんこんと流れる碧
斜めの雨細い風で大海が空洞になる
あたかも私の無情の運命が
酔いつぶれて酒瓶に敷かれるかのよう
私のあの行ってしまった多くの年をそれと知る
少年の心

十七 伊豆高原

私の喜びは花の紅を強く吹く
とても美術的な家屋
私の画布を収集する
子犬を走らす
安詳な草地
馬に乗って富士山の積雪を追いかける
おんおんと響く陽光
真剣に私の理解できるすべての自然の
　音を書き記す
火山は私の心臓の中
帰化

十八 旧天城隧道

すべての開いた花が道を譲る
私と神が同時に眼を開ける
葉々から河流が開かれ

从头发张开大海
生动万物所有
行走神性的曲折与平坦
忘记了那个西装革履的自己
带着走步器
丈量着人生
一秒钟的流光过隙

頭髪から大海が広がる
あらゆる万物を生動させる
神性の曲折と平坦を進む
あの正装した自分はもう忘れてしまった
歩行器を持って
人生を量る
一秒の光がすき間を流れる

十九 伊豆的雏菊

女人的香气
总是让男人活命
神佛的香气
做一天的和尚就敲一天的钟

香气历历在目
每一瓣花像翅膀张开我
顺着天空飞翔
为神佛助兴

十九 伊豆の雛菊

女の香気
いつも男にいのちを与える
神仏の香気
一日和尚をやるとはつまり一日の鐘をつく事

香気ははっきりと目の中にある
ひとひらひとひらの花が羽を私に開いたようだ
天空に沿って飛ぶ
神仏を喜ばす

二十 新岛

我是沸腾的岩浆
生产阳光
用温泉的边角料制造酎酒
在太平洋过夜

接纳满是灰尘的人
接纳船只　海鸥
接纳太阳　时间的鱼

二十 新島

私は沸騰するマグマ
陽光を生産する
温泉の角地で焼酎を作ろうとする
太平洋で夜を明かす

全身灰塵の人を受け入れる
船　鴎を受け入れる
太陽　時間と魚を受け入れる

用遍野爱脸红的水果

祈请神
供养神
看见我在做梦
把美好的瓷器盛满山珍海味
端给世界

在大海的键盘上
我敲出波浪
轻松打出邀请的邮件

刘
波
禅
诗
三
种

刘波禅诗集三作

野原には顔がすぐ赤くなる果物

神に祈り願う
神を供養する
私が夢見るのを見ている
美しい陶器いっぱいに山海の珍味を盛りつける
世界に運ぶ

大海の鍵盤の上で
私は浪をたたき出す
軽々と招待のメールを打ち出す

飘在北海道的思绪
北海道の思惟に漂う

一　函馆的灯火

一　函館の灯火

我没有想到遭遇你
哪怕是一次梦中的短暂
我被你灼伤
我的神
这份容光焕发
我所有前世今生的不思议
爆发太阳般的辉煌

私はあなたにばったり会うとは思っても見なかった
いくら一度の夢の中での少しの時間であっても
私はあなたでやけどを負った
私の神
この美しいあなたの光が周りを照らしていた
私のすべて前世現世の不思議
太陽が爆発したかのような輝き

津轻海峡
像你的眉毛飞雪无限夜色
我在温泉里赤裸默祷
燃烧爱情　渔火　朝市
拓印天空的电影海报
记忆里的老唱片
风中的梦幻　白色的教堂
仿佛我的全部生活
完全在一个灯光昏暗的酒吧经历

津軽海峡
あなたの眉毛のような吹雪無限の夜色
私は温泉の中　裸で黙祷する
愛情を　漁り火を　朝市を燃焼する
天空の映画ポスターを拓本する
記憶の中の古いレコード
風の中の夢幻　白い教会
私のすべての生活を彷彿とさせる
完全に灯りが一つの暗い酒場の経験

一次次遭遇那些未知
冒险　心灵的不安
所有的发生在当下成为祝福
我选择这样唯一的生活

何度も何度も遭遇するあの未知
冒険　たましいの不安
すべての発生は今この場で祝福をなすこと
私はこのような唯一の生活を選択する

灯火浮动惠山
神问我　你是谁
而暗中的我
只能说不知道
没有人看到
我的灵魂饱含感恩的泪水

灯りは恵山に浮かぶ
神が私に問う　お前は誰か
暗中の私
ただ知らないというしかない
誰も見た事がない
私のたましいが感謝の涙でいっぱいになる

二　小樽的蓝色

小樽　你的纯洁蓝色
被我的热爱烧成玻璃
用杯子盛满祈祷和爱
运河蓝蓝的躺在我的额头
你的灵魂加蓝蓝
潺动静止

休闲的风吹过
放松整个世界
满了　满了　溢了
如此单纯天真
像一串温润的咒语
环绕我的一天天的老去
鲱鱼游动神秘　游动白云
蓝死我

三　富良野的紫色

她的紫色
全部都是形状
是旋转的葡萄　罂粟花

二　小樽の青色

小樽　あなたの純潔青色
私の熱愛が焼けて硝子になる
グラスに祈りと愛をいっぱいにする
運河は青色に私の額に横たわる
あなたのたましいはもっと青色
さらさらと動き静かに止まる

休息の風が吹き過ぎる
すべての世界を安らかにする
いっぱいだ　いっぱいだ　あふれるぞ
こんな単純天真
やさしい一通りの呪文のようだ
私の一日一日を取り巻いて行くばかり
にしんが神秘を泳がす　白雲を泳がす
青に圧死する私

三　富良野の紫色

彼女の紫色
全部がすべて形
回転する葡萄　芥子の花

是摇动满坡的薰衣草

风的手镯　水罐　耳环

紫色是灵魂的披肩

堆满奶酪

流动红酒

像我紫色的命运

在神社前合掌

我们是真正的爱人

更是相互的奴仆

火焰般的鬃发跑马

催鞭没有孤独的远方

四　宗谷海峡的赤色

宗谷海峡横卧心头

让我的心懂得信任

智力去找寻那满眼的赤色

在身体内完成一次熔岩的爆发

起草日出日落的鲜红

为神背书

指控生死

我不断闪耀着赤色

接受你的慈悲

找寻我来去的道路

让赤色浸满我的谦卑

为了一个悔罪的明亮开始

忘了天寒地冻

与神醉红自暖

斜面いっぱいに揺れ動くラベンダー

風のブレスレット　水筒　イヤリング

紫色は霊魂のショール

いっぱいに積み上がったチーズ

流れる赤ワイン

私の紫色の運命のようだ

神社の前で合掌する

私たちは本当の恋人だ

お互いにしもべだといった方がもっと正しい

炎のようなたてがみをなびかせ駆ける馬

孤独がない遠くにむちを打つ

四　宗谷海峡の赤色

宗谷海峡が心中に横たわる

私の心に信頼の意味をわからせる

智力は視野いっぱいの赤色を探す

体内に溶岩の爆発が一度完成する

日の出日の入りの鮮やかな紅を起草する

神のために暗記する

生死を非難する

私は絶え間なく赤色を閃かせる

あなたの慈悲を受け入れる

私が行き来した道路を探す

赤色で浸透させた私の謙虚

一つの懺悔が明らかに開始するために

天地の寒さを忘れた

神と一緒に酔って赤らみ暖かい

五 日高山的黄

我在十胜川敲打我的生活
用油菜花　向日葵　波丝菊
黄色的暖调让我肃穆
无关占有
你美得如此金黄
我无话可说

清晨像海豚音从大海的肚脐射出
我的耳朵里结成玉米的黄
饱满而甜润
金灿灿的黄色
是你的全部内容
每一粒毛孔染发黄金的光泽

用我的灵魂满载
我这个爱美的傻瓜
将诞生女人　梦想　宗教
我只是信任
唯有信任

六 石狩山地的白

夜晚煮成石狩火锅
芳香动听大雪山
失明的灵性转化为内观
把许多人的死亡蜕变新生
用大雪转化为四季的果实
处处是白色的神通

刘波禅诗三种　　　刘波禅诗集三作

五 日高山の黄

私は十勝川で私の生活を打ちつける
あぶらな　ひまわり　ハルシャギク
黄色の暖調が私を厳粛にする
束縛とは無縁
あなたはこんなにも黄金色で美しい
私には話すことは何もない

朝は大海のへそから放出されるいるかの声のようだ
私の耳の中でトウモロコシの黄になる
たっぷりとそして甘い
きらきらする黄色
あなたのすべての内容
一粒一粒の毛穴が黄金の光沢に染まる

私の霊魂をたくさん詰める
私のこの愛すべき馬鹿者
女を　夢想を　宗教を誕生させる
私は信頼するだけ
信頼あるのみ

六 石狩山地の白

夜更けに石狩鍋が出来上がる
芳香で大雪山が動くのが聞こえる
失明した霊性が内観に転化する
多くの人々が死に脱皮し新生する
大雪を四季の果実に転化
至る所に白色の神通力

思想纯洁那水

笛声吹过嘴唇

撒一点点盐

小熊和麋鹿

抖落人生的荒谬

在雪花面前

没有什么东西是严肃的

连同我的痛苦

甚至我自己也是可笑的

雪花就是白色的速度

无处不在的柔情

像你对我的耳语

体贴地奔跑

我眺望那白色的尽头

女人们轻卧大海安息

七　襟裳岬

我记得你的明眸皓齿

携风带雨扭动海岸

唇红粉白远处的山丘

邓丽君在我的听觉里发育

长成大美女大歌星

长到死

我在海边播撒

中文版日文版的怀念

她的亡灵平平仄仄平平仄

她的笑容仄仄平平仄平平

押韵海星　灿烂的萤火虫

思想は純潔なあの水である

笛の音が唇を吹き過ぎる

塩を少しだけ撒く

小熊とシフゾウ（四不像）

人生のでたらめを振り落とす

雪花の前で

厳粛なものはなにもない

私の痛みと一緒に

ひいては私自身も可笑しい

雪花は白色の速度

そこらじゅうにあるやさしさ

あなたが私に耳元でささやくように

思いやって奔る

私はあの白色のつきあたりを眺望する

女たちが少し横たわり大海は安息する

七　襟裳岬

私はあなたの美しい目きれいな歯を覚えている

雨風を連れて海岸で体を揺らした

紅い唇白い肌遠くの丘

テレサテンが私の聴覚の中で発育する

美女の大歌手に成長した

死ぬまで成長した

私は海辺で音楽をまき散らす

中国語版日本語版の懐かしさ

彼女の亡霊平平仄仄平平仄

彼女の笑顔仄仄平平仄平平

韻を踏む海星　きらめく蛍

弁当　人来人往的车站

变迁啊　变迁
大海@时光
XYZZYX潮汐
没有我
没有他人
听见灵魂哗啦啦的回响
潮声生灭
能听能闻的自性无生无灭
潮涨潮落
听见这声音的是谁
听不见这声音的又是谁

八　宗谷海峡

乌贼鱼和毛蟹做爱季节/海苔扯出
　　珊瑚返老还童
船长的酒精里跳出俄罗斯美女＄
　　北方四岛起锚了

海平面上升5米#大海的脑瓜很好用
鲸鱼和三文鱼轮流称帝％交换王朝
　　和妃子

透明的夜晚招收孤独的鱼虾当太监
　　^^妥了
寡人有疾好色好勇好酒
　　{一生气就想平定天下

文化的医生改卖大米&他们被
　　做成灯油　铅笔　皮革

弁当　人の行き来する駅

変遷だ　変遷
大海@時光
XYZZYX潮の満ち引き
私はいない
他人はいない
たましいのザララーのエコーが聞こえる
潮騒生滅
聴こえ聞こえる自性不生不滅
満ち潮引き潮
聞こえるこの声は誰
聞こえないこの声は又誰

八　宗谷海峡

烏賊と毛蟹がまぐわう季節/海苔が珊瑚を引
　　き出す若返る
船長のアルコールから飛び出すロシア美人＄
　　北方四島錨を上げる

海面から5メートル上昇#大海の脳みそとて
　　も使いよい
鯨と鮭は順番に帝王になる％王朝と妃を交換

透明な夜が孤独な魚を宦官に任じる＾＾ぴっ
　　たりだ
寡人有り激しく色好き勇猛好き酒好き
　　{一生の気概は天下取り

知的な医者が米売りに改業&彼らは灯油
　　鉛筆　皮にされる

刘波禅诗三种　　劉波禅詩集三作

沙丁鱼的龙涎在暗礁的胃里酿出香水
#海水苦涩我的999999岁

鰯の龍涎（よだれ）が暗礁の胃袋の中で香水
を醸し出す#海水の苦渋私の999999歳

九 杉养蜂园

九 杉養蜂園

我的耳朵嗡嗡你的天籁
怀念像光的久远
你在我孤寂的心尖筑巢
纤细的静谧
在血液里淌蜜
有时会被你的亲吻蜇伤
有多么痛
就有过多少的美好
阳光流进我的眼睛里蓄水
请过了赏味期的白色恋人
牵着双手过河

私の耳にブンブンとあなたの音
光の久遠のように懐かしむ
あなたは私の孤独な心に巣を作る
繊細な静謐
血液の中に蜜をこぼす
時としてあなたの口づけに籠り　傷つく
何て　という痛さがある
だから何て　という美しさがある
陽光が私の目の中に流れ蓄水される
賞味期限が過ぎた白い恋人をどうぞ
両手を引いて河を渡る

蜂屋古老
原野和风相互诞生
你的声音抚摸早晨
采集哲学的新鲜花朵
树叶箔动露水祭神
锦绣我心
爆发神秘的蜜乳
用一次性的死亡庆祝永恒
表达甜蜜的感激

蜂屋は古い
原野と風は互いに誕生する
あなたの声が早朝をさわる
哲学の新鮮な花を採集める
木の葉が動いて露の水の祭神に箔を貼る
色鮮やかな私の心
暴発する神秘のロイヤルゼリー
一回きりの死で永遠を祝福する
蜜のように甘い感激を伝える

十 苫小牧跑马

十 苫小牧の馬走る

天空洗净我隔夜的脸

天空が私の宵越しの顔を洗う

日
本
的
心
灵
地
图

日
本
の
神
性
地
图

你的大地气息迷人
我需要你的朔风变成马
你的速度溅飞一眼眼清泉
恍若我的祈祷
浇熄这个世界的虚火
封鬼祭祀大作原野的法事

为失神的生活滋阴壮阳
有时专治跌打损伤
敷一贴大海让你下马
没有什么地方要去
跑马就是目的
只是享受爱　微风　太阳
信任塑出石头
撞那快乐的钟

あなたの大地の息に人が迷う
私はあなたの北風が馬に変わって欲しい
あなたの速度が一つ一つの泉水を飛び散らす
私の祈りのようにうっとりとする
この世界の虚の火を消火する
鬼封じの祭祀大坐原野の法事

失神した生活のために陰陽パワーを強くする
ある時は打撲の専門治療
大海を一枚敷いてあなたに馬から下りてもらう
どこに行きたいわけでもない
馬に乗るのが目的
ただ愛　微風　太陽を楽しむだけ
信頼でこねて石を作る
あの快楽の鐘をつく

十一　支笏湖

我来了
为了我的起程
我已到家

心像松鼠攀缘树枝
唱着柔雪香艳的歌
触目是爱
波澜不兴
到处流情
没法不留

天上掉下这湖
发出这个世界最伟大的声音
人民需要安静

十一　支笏湖

私は来た
私の旅立ちのために
私はもう家に着いた

心臓は栗鼠が樹の枝をよじ上るようだ
柔らかな雪の艶っぽい歌を歌いながら
目に入るのは愛
波瀾は流行らない
そこら中に情が流れる
留める方法はない

天上からこの湖は落ちて来た
この世界で最も偉大な声を発する
人民は静かにしなければならない

十二 网走

流冰以白线缝合海天
曙光女神的破冰船
包裹我进入世界的尽头
心像小海豹
趴晒太阳

流冰知道
世界的答案
以水找到了世界
它的结晶没有两片相同
从一个细胞扩展宇宙
我有无限的哀歌
溢彩海鸥灵性的翅膀

十三 室兰

青苔长满我的悲伤
泉水流淌充盈的光芒
藤蔓在我的灵魂里依偎
树叶返绿

大海的眼睛闪耀晨昏
波动大地
翻耕原野
庄重而又幽默
我的憧憬上好星星的发条
在天空嘀嘀嗒嗒的行走
以我的沉醉换酒

十二 網走

流氷は白い糸で縫い合わせた海天
曙光　女神の破氷船
荷物　私は世界の果てに入り込んだ
心は小さい海豹のようだ
うつぶせになり太陽に晒す

流氷は知っている
世界の答えを
水で世界を探す
その結晶に二つとして同じものはない
一つの細胞から宇宙に広がる
私には無限の哀歌がある
鮮やかすぎるかもめ　霊性のつばさ

十三 室蘭

苔が私の悲傷をいっぱいにする
泉の水は流れいっぱいの光芒で満ちる
藤づるは私の霊魂の中に寄り添う
樹の葉に緑が戻る

大海の眼が朝夕を閃かせる
波打つ大地
耕される原野
荘重とユーモア
私のあこがれ星たちのばねにのる
天空がディーディーダーダーとすすむ
私の陶酔を酒に換える

十四　旭川的大白熊

我陪着企鹅散步
比谁更慢
相互减肥
邂逅大白熊的多情
一次次为我们冲跃冰水
展示叼鱼的绝技
像高耸的字母k

周边美女如云
用笑靥争扮你的粉丝
你那么热烈
见色起心
假装不认识我
天天都中美人计

你的憨厚
满是可爱的幼稚
使我少了一轮衰老
拼写你的单纯　温柔　活力
离开你
美女们总是对你辜负
飞身一跳
在我的手机里多了一个家

十五　北见山地

雪地的气韵
复活我逝去的许多日子

刘波禅诗三种　　劉波禅詩集三作

十四　旭川の大白熊

私はペンギンと一緒に散歩する
誰よりももっと遅く
お互いにダイエット
大白熊の多情に出会う
何度も何度も私たちのために氷水に飛び込んでくれる
魚をくわえる美技を見せてくれる
高く聳えたアルファベットのKのように

周りには美女が雲のごとし
笑顔であなたのファンを取り繕う
あなたはあんなに熱烈
色を見て心が起こる
私の事を知らない振りをして
毎日美人の計にかかりっぱなし

あなたの純朴
かわいい幼さでいっぱい
私の老いが一回り若返る
あなたの純　暖かさ　活力を書く
あなたを離れる
美女たちはいつもあなたを無にする
身を翻してひとつ飛び
私の携帯の中に宅が一つ増える

十五　北見山地

雪の地の気分
私の逝ってしまった数々の日々を復活させる

树木像我懒得刮掉的胡子
刺痛早晨的温柔
充满体温的重新回来
如此的色彩丰饶
快过我的一次次凋零

山的手搭在我的肩头
在空旷里散步
云朵呢喃风景
忘记了有人在唱歌
忘记了有人在哭泣
秘密全在风雪之外

美就是意外
意料之中的是内心冉冉的光
他们一拍即合
激活响彻我的命运

十六 札幌

我蹦出阿伊努语的单词
声带的河流浇灌平原
公元前1851年我来到此地
碰巧遇到被流放的七个人
雪夜如此寒冷孤寂
满是狼群的奔跑与绿荧荧的守候

神赐我们以女人
来自巨大海啸的一场尖叫
从此不离不弃
爱播种孩子　麦子　马铃薯
大地的恩情啊

樹木は私の怠けて剃らなかったひげのようだ
朝のやさしさを刺激し痛い
十分な体温がもう一度戻る
こんなに色とりどりで豊満
私の何度もの凋落よりはやい

山が私の肩に手を乗せる
だだっ広い所を散歩する
雲がそそとささやく風景
誰かが歌を歌っているのを忘れた
誰かが泣いているのを忘れた
秘密はすべて風雪の外にある

美は即ち想定外
想定内なのは内心のゆっくりとした光
彼らはすぐに調子が合う
響き渡るような激活が運命

十六 札幌

私はアイヌ語の単語をひねり出す
声帯の河流が平原を潤す
紀元前１８５１年私はここに来たことがある
珍しいことに七人の流され者にばったり出会った
雪夜はこんなにも寒く孤寂
すべてが狼の群れの疾走と緑炯々の待ち伏せ

神が我々に賜うたのは女
巨大な津波の一幕の鋭い叫び声から来た
ここから離れない棄てない
子供と　麦と　馬鈴薯を植えるのが好き
大地の恩情よ

像女人光洁的裸体仰卧

饱满高耸的胸膛不竭奶汁

马牛奔跑的影子开花

她们的腹部长出树　草地

像你的头钗

横鬓整齐

啤酒花发酵世代的梦想

元祖烧烤汉字

拉面表达柔情

俄罗斯的热酒御寒

蒙古的心脏挖出洋葱

剥开一座城市　读书　看报

我正是那空无

我在大地收获灵感

为冬天储存

如同风景

如同那些亡灵的千呼万唤

太阳被我的额头轻度撞伤

印记豪情万丈的湿润

从夜晚到清晨火红

十七　有珠山

有火有水的山

不缺雷电　风雨

缺了泪珠

沧海月明珠有泪啊

这海的凝固

用火山口的烟

辨认你依稀的名字

女のつややかな裸体が仰向けに横たわるようだ

豊満で高く聳える胸は乳汁を尽くさない

牛馬の駆ける影が花開く

彼女らの腹から樹　草地が伸びる

あなたのかんざしのようだ

もみあげはきれいに整っている

ホップは世代の夢想を発酵する

元祖焼き肉　漢字

ラーメンはやさしさを伝える

ロシアの熱酒で寒さしのぎ

蒙古の心臓が玉葱を絞り出す

都市一つ　読書　新聞をはぎ取る

私は正にあの無空

私は大地から霊感を刈り取る

冬の蓄えのために

風景と同じように

あの亡霊の千万の叫び声と同じように

太陽は私のおでこで軽く衝かれ傷つく

気概が万丈の湿潤をしるす

夜更けから夜明けまで火が紅い

十七　有珠山

火も有り水も有る山

雷電　風雨は不足しない

涙が足らなかった

蒼い海月は明るく珠には涙よ

この海の凝固

火山口の煙で

あなたのはっきりしない名前を判別する

78

宛若鸟飞的书法

写意鱼　帐篷　温泉

蔷薇花开

隐约许多木房子的古老物语

一碗拉面上冒着山野的热气

一对恋人柔情的划浪对视

一块火山石滚落神秘的时光

有珠山的全部重量

撑开我的行囊

我的空无刚好装够

轻踩早晨的背脊上路

鳥が飛ぶような書の書き方

魚　テント　温泉の心を写す

蔷薇が咲いた

かすかな多くの木造りの家の古い物語

一杯のラーメンの上に山野の熱気が立ちのぼる

カップルの恋人のやさしさのサーフィン　見つめ合い

一塊の火山石が神秘の時光を転がり落とす

有珠山全部の重量

私のリュックを広げる

私の無空はちょうどいっぱいに詰め込める

軽く夜明けの背骨を乗せ路を行く

十八　洞爷湖

我的到来没有为什么

就是来了

为了要来

没有什么的什么

十八　洞爺湖

私が来たのは何故ということもない

来てしまったのだ

来るために

何の何なんてない

湿润你的明亮脸颊

我和雾雨

清澈的声音响彻

像一阵风吹来紫烟浮动

花影你的眼睑弹粉起岚

我在你的波光里敲出游船

呆若木鸡

坐化一座寺庙

转动清澄的法轮

香火存在

无边无涯的心灵宇宙

观光红男绿女

あなたの明るく輝くほおを濡らす

私と霧雨

清らかな声が響き渡る

一陣の風が吹いて紫煙が動くみたいに

花影あなたのまぶたが嵐を呼び起こす

私はあなたの波光の中に遊覧船を叩いて出航させる

呆気にとられる

坐して一堂の寺となる

清澄の法輪を回す

香火は存在する

果てしない神性宇宙

着飾った男女を観光する

日本的心灵地图　日本の神性地図

十九　夕张的蜜瓜

天空深锐
白晃晃的光刀
削开我在太阳下的梦
蜜瓜是我梦的长相　克数
也是我梦的口感

迎风一片宁静的田野
我瓜熟蒂落
无言有意
像我的梦脱离身体
黄橙橙的苍茫空山
叶子闪亮灵魂
开裂时光
一半是梦的甜
一半是我的咸

二十　阿寒湖

冰川的长发
浣洗出清凉的湖面
轻抚我的逝去
我的全部密码
祈神的隐喻
湿漉漉的上岸
谷地丛生福禄
水菖蒲轻轻唱颂

十九　夕張のメロン

天空は深く鋭い
白くきらめく光の刀
私の太陽の下の夢を削り取る
メロンは私の夢の容姿　グラム数
そして又私の夢の口当たり

一片の静かな田野に風を迎える
私の瓜は熟れて落ちる
無言に意有り
私の夢は体を離れたようだ
オレンジ色の見渡す限りの空山
葉はたましいを閃かす
時光を裂き開く
半分は夢の甘さ
半分は私のしょっぱさ

二十　阿寒湖

氷河の長い髪
清涼とした湖面を洗い出す
私の死去を軽く撫でる
私のすべての暗号
神への祈りの喩え
じめじめと湿った岸
谷地は福禄を群生させる
水菖蒲が軽やかに歌い祝う

太阳周而复始
不选择不判断
漾动示现神明
世界深深的一呼一吸
见证我的下沉

太陽は廻りそして又始まる
選択せず判断せず
神明の化身が溢れる
世界の深々と一呼一吸
私の沈下を物証する

二十一 道央

我种下麦子
把水　时间　风暴
把自己也种下去

我热爱每一个种麦子的人
这片纯净的土地
我熟悉每一个收割麦子的人
身体知道快乐
心知道灵验
如果你学会祈祷
循着白色或淡紫色的马铃薯花
找到我
准许你一个人来
割我

二十二 纳沙布岬

我和珊瑚草
学习肚皮的跳舞
扇贝离你的音乐最近
海风的有效成分
在早晨破译

二十一 道央

私は麦の種まきをする
水　時間　風が暴れる
自分も種まく

私は一粒一粒の麦を熱愛する人
この純浄の土地
私は一つ一つの麦の収穫を熟知している人
体は快楽を知っている
心は霊験を知っている
もしもあなたが祈りを学んだら
白色或は淡紫色の馬鈴薯の花を巡らす
私を見つけた
あなたが一人で来て
私を刈り取るのを許す

二十二 納沙布岬

私と珊瑚草
肚の皮の踊りを学ぶ
扇貝あなたの音楽から一番近い
海風の有効成分
夜明けに解読する

嘻嘿咝呼呵嘘吹
天空圆滑光嫩

把鲍鱼　毛蟹　鲑鱼
把思念　热爱　幸福
赶上岸
打湿所有路过的人
不蘸芥末的寿司
混淆大海　天空　原野
齐刷刷地登上夜航船
我就是那船长
宣布起锚

二十三　登别温泉

我在喧嚣的雪中打坐
宁静的岩石加持我
赤身裸体那白茫茫
开悟蒸腾的生命
超度留有余温的死亡
禅定走来走去的风
像我的空
跏趺观音莲的盛开
我的头脑闪烁神光

你从来就离我不远
那永恒
没有比这更近更近
比我离自己来得更近

风　花　雪　月
这神性荣耀我的敞开

し・へい・す・ふ・は・しゅ（六字訣）と息を吐く
天空は円くすべらかに光は柔らか

鮑　毛蟹　鮭を
思念　熱愛　幸福を
急いで上陸させる
すべての路往く人を湿らせる
わさびを全然つけない寿司
大海　天空　原野が入り交じる
きちんとさっさっと夜行船に乗船する
私がその船長です
錨の巻き上げを宣言する

二十三　登別温泉

私は喧しい雪の中で坐す
静かな岩が私を守る
赤はだかとあの真白さ
沸騰する生命を悟る
まだぬくもりの残る死を済度する
行き来する風を禅定する
私の空（くう）のようだ
跏趺（かふ）し坐す観音　蓮の花は満開
私の頭に神光がまたたく

あなたはずっと私の近くにいた
あの永遠
これ以上近くはないくらい近く
私自身よりももっと近く

風　花　雪　月
この神性は開けっぴろげな私に誉れを与える

刘波禅诗三种

刘波禅诗集三作

没有存在
没有不神性的存在
穿透你　超越你　放松你
看着我的停止
远山满是洋溢

二十四 过鄂尔茨克海峡

一海的风光
留下万有的奇迹
浮冰流动我的找寻
璀璨硕大的星星
如同你的谶语
湿润我的眼睛
怜悯我的微弱渺小

你手指拨弄大海的琴弦
奏出颠簸的渔船光影
奏出生命　死亡　再生
我的心簌簌发出祈祷
比宇宙更辽阔
比命运更无常

太阳在早晨成为我的上师
让我从此一遍一遍观想
从此两不分离空明无染
我知道
大海总会有一个片刻
沉没我　接纳我
让我转世鱼群游动那个所是
捕到我

存在がない
神性のない存在はない
あなたを突き抜け　あなたを超越し　あなたを
ゆるく放す
私が止まるのを見ながら
遠くの山いっぱいに満ちあふれている

二十四　オホーツク海峡を過ぎる

ひとつの海の風光
万有の奇跡を残す
流氷　私を探す
さんさんと大きな星
あなたの予言のようだ
私の眼を濡らす
私の微弱矮小を哀れむ

あなたの指は大海の琴の弦をつま弾く
揺れる漁船の光影を奏でる
生命　死　再生を奏でる
私の心ははらはらと祈る
宇宙よりもっと広い
運命よりもっと無常

太陽は朝から私の師となる
私にここから幾度も観想させる
ここから二つは分れず空明無染
私は知っている
大海にはいつもこの一刻があることを
私を沈める　私を受け入れる
私を魚群が遊泳するあのすべてに転世させ
私を捕まえる

垂跡九州
垂跡（すいじゃく）九州

刘波禅诗三种　刘波禅诗集三作

一　博多

山阳新干线电掣起始
快速冲进我的一碗博多拉面里
　　终点
豚骨乳白色体温散开我
搅动正午的阳光

一切都是这样的像美
风景　女人　食物
一切都是这样的相美
高城　青山　鹅黄嫩绿那海
一切都是像
一切都着相
你中有我
毫不相关
各自法相庄严

我看见遣唐使和遣新罗使
去了又回
他们的背影堆满了佛经　汉字
长出高丽参　波浪的荞麦
养活古今

一　博多

山陽新幹線の操縦バーが効き始める
高速で私の一杯の博多ラーメンの中の終点に突
　　っ込んで行く
豚骨の乳白色　体温が私をばらまく
正午の陽光を攪拌する

すべては皆このような像の美
風景　女　食べ物
すべては皆このような相の美
高城　青山　淡い黄柔やかな緑のあの海
一切がすべて像
一切がすべて相
あなたの中に私がいる
全く関係のない
それぞれの法の相は荘厳

私は遣唐使と遣新羅使を見る
行って又戻った
彼らの背影には仏経　漢字が積み上げられている
高麗人参が伸び　浪に揺れる蕎麦
古今を養育する

我的内心是一窝牛杂火锅
登陆港口
牛肠的记忆清脆
弯弯绕绕
拱出齐整整的青碧韭菜
划动莲花白

私の内心は一杯のもつ鍋
港に上がる
牛ホルモンの記憶は清らか
ぐにゃぐにゃ
きれいに整った青色のにら
花はすの白さを引き出す

二 下关春帆楼

关门海峡
关上我的洪波涛涌
鱼群折动时间的长度
历史的反光
像跳入瓷盘的河豚
一鱼四吃
割烹炸煮
心结的陈酿煮酒

千帆过尽的春帆楼
马关的黑白已改成了下关的彩色
犹记中堂大人李鸿章
在此用杨枝剔牙　题诗
老泪刺身台湾
赔上大清的银子买自己的单
马关条约的签名很书法
再飘逸的书法
也只能用来讲和

斯时伊藤博文豪赌时代
赌注是赢得天下
或头颅似樱花吹雪
那份癫狂

二 下関春帆楼

関門海峡
私の荒波の大きなうねりを閉じる
魚群は時間の長さを途切れさせる
歴史のリフレクション
陶器皿に飛び込んで来たふぐのようだ
一匹を四通りに食す
刺身　炒める　揚げる　煮る
心に残る古酒の熱燗

千の帆が集まる春帆楼
馬関（ばかん）の白黒は既に下関の色となった
まるで中堂大人李鴻章を記憶するように
ここで楊枝で歯をほじる　詩をしたためる
老いた眼に涙す　刺身のように台湾を切り取られ
大清の銀子で賠償し自分の犯した後始末をした
馬関条約の調印はとても芸術的な筆致
更に飄逸な筆法であっても
使って講和するだけ

この時代伊藤博文の大ばくち時代
賭けたものは天下を取ること
或いは頭は桜吹雪のよう
あれは気違いだ

放胆文章以天下酒

无言有泪

我的眼睛里滚落两个国家

大胆に文章を記すことを天下の酒とする

無言で涙

私の眼の中で二つの国家が堕ちて行く

三 柳川

三 柳川

我的手掌拍打柳川

看着她沉沉入睡

从我的脚心流向海

弱柳千丝万缕的安静

垂怜春天鲜艳的伤口

私の手のひらで柳川をたたく

彼女が沈むように入睡する

私の足裏から海に向かって流れる

なよなよとした柳の幾千幾万の糸の静けさ

垂れて春をいとおしむ艶やかな傷口

船夫立于船尾

撑着喜乐的船篙

歌唱轻掩一扇扇云窗

烟波转动鸟语

临水人家的庭园

船頭は船尾に立つ

喜びの棹をさす

歌をうたい　軽やかに閉じられる一つ一つの深窓

かすかな雲の波が鳥の語らいを変える

水ぎわの人家の庭

沉思像红砖建成的排仓

默想是灰土修砌的土仓

女人　孩子　猫狗

进进出出

菖蒲　波斯菊　云朵

来来去去

我不想上岸

无动于衷的扔出自己

让柳川涨水

赤れんがで造られた並倉に似た深い思い

黙想は灰土を整え積み上げた土倉

女　子供　犬猫

入ったり出たり

菖蒲　ハルシャ菊　雲

来たり行ったり

私は岸に上がりたくない

全く心を動かさず自分を抛り出す

柳川の水かさを高める

我只是爱　欣喜

像柳川这清澈的祷念

命运吹过

风吹过

私はただの　愛　喜び

柳川のこの澄みきった祈り

運命が吹き過ぎる

風が吹き過ぎる

水　火　叶子　根茎
如一气呵成的鲤鱼
抒情写意四月
在女人和服
露出的长长颈脖
香白嫩嫩的收尾

四　熊本招财猫

你眼里的灵气
照亮奈良时代
那本保存至今的法华经
被老鼠偷吃了封面
是你招招捕鼠
护法而成就
让老和尚入定随喜

此刻你是一个肉感的白陶瓷
幽幽的蓝眼
打量我这个念佛经的人
左前爪抓心
右前爪招财
像有爱的女人
总是让男人们人财两旺
我被你当场缴获
输得心甘情愿

佛佑猫
猫的灵附体女人
祸福不计
我情思无涯
远见女人们静静的站立

水　火　葉　茎
一気呵成の鯉のように
叙情が四月の心を写す
女性の和服に
露出した長いうなじ
白く柔らかな結末

四　熊本の招き猫

あなたの眼の中の霊気
奈良時代を明るく照らす
あの今まで保存された法華経
ねずみにこっそりかじられた表紙
それはあなたがねずみを手招きした
法を護持すれば成就する
老和尚が喜びに入定する

この時あなたは一つの肉感のある白い陶器
幽かな青い眼
私のこの念仏を唱える人を推し量る
左前の爪は心をつかみ
右前の爪は金をつかむ
愛のある女のようだ
いつも男たちの人と金の運を上げさせる
私はあなたにその場で取り上げられる
本心から願っているように負ける

仏は猫を守る
猫の霊力は女性に付いている
禍福は計られない
私の情思は果てしない
女たちが静かに立っているのを遠くに見る

日本的心灵地图　　日本の神性地图

笑望我
如猫逗鼠

笑いながら私を見ている
猫がねずみをもてあそぶように

五　天满宫曲水之宴

五　天満宮曲水の宴

刘波禅诗三种　　劉波禅詩集三作

六千株飞梅制枝饼
天神缘起湿漉漉的卷轴
时间以梅花刻度
以祈祷矫正季节
那曲水之宴
神人共享

6000株の飛び梅で梅が枝餅を作る
天神様の由来　しっとり湿る巻かれた掛け軸
時間は梅の花が目盛り
祈りで季節を矯正する
あの曲水の宴
神人ともに楽しむ

我走过太鼓桥
行走过去　现在　未来
是书官　乐师　蛊之仪
锦鲤潺潺学问之神
学不完的问
绘马许愿
黄昏斜照空镜空水

私は太鼓橋を歩く
過去　現在　未来を歩く
書官　楽士　たましいの儀式
錦鯉がゆうゆうと泳ぐ学問の神
学び尽きない問いかけ
絵馬で願掛け
たそがれが空鏡空水を斜めに照らす

梅子荐酒
我喝尽自己
灵魂行云流水
喝不完的祈福
像王羲之的书道
缘水漂去
飞掷溅溅的新绿
爱啊　信任啊　希望啊
在轮回里收笔

梅の実を酒に漬ける
私は自分を飲み尽くす
霊魂は行雲流水
飲み終わらない祈り
王羲之の書法のように
縁の水が流れて行く
さわさわと飛び出す新緑
愛よ　信頼よ　希望よ
輪廻の中に筆を置く

六 佐贺嬉野美人汤

夕阳剥落我的行囊
剥落我皮肤的古铜
走动嬉野川
引领我到家

脱掉一切世俗
抖落尘土
身无一物
仅剩长物
仅剩血
溶入温泉
我知道
这个世界任何东西
柔软和敞开
超不过血和温泉这两样

赤裸沉浮
好让神入股我的身体
以此让神成为我的老板
温泉水滑过皮肤
像我酣饮的红酒挂杯
像神的低语
星星划落天穹

谁说水过无痕
她们在我身上留下记号
指示我的迷途或知返

夜晚的月亮照亮女人的脸

六 佐賀嬉野美人湯

夕日が私のリュックをはぎ落とす
私の肌の赤銅色をはぎ落とす
嬉野川に歩く.
私は究極まで引き込まれる

世俗の一切を捨て去る
塵　土をふるい落とす
身は無一物
ただ長物だけを残し
ただ血だけを残し
温泉に溶けいる
私は知っている
この世界のいかなるものも
柔軟で開けっぴろげだ
血と温泉のこの二つを越えられない

はだかが浮沈する
神に私の体にきちんと株式出資させる
これで神に私のオーナーになってもらう
温泉の水は皮膚を滑る
私が心ゆくまで飲む赤ワインのように杯をかかげる
神のささやきのように
星たちは大空からそげ落ちる

水が通っても痕がないと誰が言ったか
彼らは体の上に記号を残す
私が道に迷ったり気付いて戻ったりを指示する

夜更けの月が女の顔を照らす

她们更加白皙沉香
所有的女人
这一刻散开成为月光

彼女らはずっと白く香しい
すべての女性
此の一刻の広がりが月光になる

七 阿苏火山

七 阿蘇火山

刘波禅诗三种　　劉波禅詩集三作

这重叠式的火山像我的心
烟气蒸腾神明
土石嶙峋的荒凉
在我的身体里
吹动我雄大的绿意

この折り重なるような火山は私の心のようだ
煙と蒸気で神明が上昇する
土石のかさなり続く荒涼
私の体の中
私の雄大な春の意を吹き動かす

穿过草甸　丛林
心灵的故乡
充弥硫磺的味道
活着的味道
天地存在的味道

草地　森林を突き抜けて
たましいのふるさとと
立ちこめる硫黄の匂い
活きていることの匂い
天地の存在の匂い

浮生如梦
件件似真
终也不能当真
透过合十的手指飞越
光与影的无常

浮き世は夢のよう
一つ一つはまことのようで
結局はまことと思うことはできない
合掌した手を突き抜けて飛び越える
光と影の無常

身体和灵魂
会喷发高潮
泓动彼此的一期一会
看见一个男人与女人深爱
转身别离

体と霊魂
高まりを噴き出すだろう
湧きだすおちこちの一期一会
見た一人の男と女の深い愛を
身をひるがえしての別離を

阿苏山
像一座阴阳交替的活寺庙

阿蘇山
陰陽の入れ替わる活きた寺のようだ

像生死
祈祷多福除厄
等待众生的参悟

生死のようだ
多福厄除けを祈る
衆生が悟りの道に向かうを待つ

八 饮萨摩芋烧酎

八 薩摩芋焼酎を飲む

日本的心灵地图　日本の神性地図

天天在饮
天天也在酿
地瓜蹦跳坛坛罐罐
是蒸馏装瓶也是开香启封

毎日飲む
毎日醸造もしている
いもが飛び跳ねるびんやかんや
蒸溜しかめに詰めまた香りを起こしふたを開け

我梦见武士落尘
浪人脱藩
醉倒一长串的物语

私は武士のなれの果てを夢に見る
浪人脱藩
綿々と次々と続く物語に酔いつぶれる

一杯酒
就是一个人头
以女人兑水
热情得不像话
给生涯加冰

一杯の酒
たった一人分
女でもって水を足す
熱情が話にならないくらい強い
生涯に氷を加える

纵横麦子　天空　盐糖
修补世界的假正经
漏斗翻耕我的线条
我的骨骼　血肉
风生水起　尘埃落尽

麦　天空　塩砂糖が駆け巡る
世界の猫かぶりを修正する
ろうとで耕す私の筋
私の骨格　血肉
風が生まれ水が起つ　ちりあくたは落ち尽きる

夜晚的餐桌摆满小菜
是我不断与岁月干杯的奖品
手书美人二字
居酒屋的老板娘已替我付账
人生在50度烧酎里打烊

夜更けの食卓におつまみが溢れる
私がひっきりなく年月を経て乾杯し続けた賞品だ
手書きの美人という二文字
居酒屋の女将がもう私のお勘定を替わりに済ませてくれる
人生は50度の焼酎の中で店じまいする

九 宇佐神宫

天台上的八幡信仰

大红裙子的巫女

白衣如盐滋味神

像风韵的清水流淌早晨

正好路过

我 灼 热 的 嘴 唇

刘波禅诗三种　　劉波禅詩集三作

十 渡有明海

我熟悉所有的大海
风的蓝
日出的咸
如同我熟悉的女人体温
如同我了解的男人心跳
如同我通晓的神灵安静

我爱所有活物

九 宇佐神宮

天台の上の八幡信仰

大きな紅の袴の巫女

白衣塩の如き味の神

優美な風格の清水流れる夜明け

丁度通り過ぐ

わ た し の 灼 熱 の く ち び る

十 有明海を渡る

私は熟知しているあらゆる大海を
風の青さを
日の出の塩あじを
私の馴染みの女の体温と同じように
私の心が通う男の心臓の鼓動と同じように
私の完璧にわかる神霊の安らかさと同じように

私はすべての活きとし活けるものが好きだ

活生生的当下
如你穿越四季的盼望
在你的梦里咸湿
在太阳的脸颊上流淌
只为感动
我行色匆匆
为了走出神的光芒

缠绵悱恻青山
风吹动粼粼的柔肠醒酒
我是那苍茫又空寂的夜
没有什么入眼
没有什么地方要去

十一 宫崎市街

佐贺的回烧
回响雨声
用木雕草编心情
大分的木灰染品四季
顽固一切的熊本发音
飘漾阳光

今夜我的身体是一盏灯笼
挂在神社
长在街边
让你认出或假装不认识
时光的滋味
被一双木箸夹尽
遍尝死亡
不留痕迹

生き生きと活きる今
あなたの四季の切望を突き抜けて行くように
あなたの夢の中でしょっぱくぬれている
太陽のほほの上に流れる
ただ感動のため
私は旅立ちに慌ただしい
神の光芒から歩み出るために

綿々と青山を悲しむ
風が吹きりんりんとやさしい心が酔いを醒ます
私はあの蒼茫とした空寂とした夜だ
何も眼に入らない
どこか行きたい場所があるわけでもない

十一 宮崎市街

佐賀の蹴轆轤（けろくろ）の焼きもの
雨音がこだまする
木彫り草編みの心情
大分の木灰の藍染めで四季を評す
頑固一徹の熊本弁
漂う陽光

今夜の私の体は一つの灯籠
神社に掛ける
街辺に育つ
あなたに見つけてもらうか或いはわざと知
　らない振りをしてもらうか
時光の味
一対の木の箸でつまみ尽くされた
死を無理に味わわせる
痕を残さない

十二 日向

辣味明太子
趴在我的米饭上做梦
一粒一粒的灯火透亮
在我的咀嚼里明暗

温柔的灯火
是不可狎玩的距离
幽微内敛
被夜晚的呼吸
点燃太平洋流动的暖流
在我的胸口拍打
浮出一群地鸡
啄痛春天

十三 长崎豪斯登堡

多么完美的海运　物流
郁金香载回半个荷兰
风车　古堡　教堂
浓缩一幅油画收藏

在日本入境荷兰
从荷兰登陆日本
是异国他乡也是本土
免了时空的签证
欧洲乡村的静谧
装满酒杯

十二 日向

辛子明太子
私のご飯の上に横たわり夢を見る
一粒一粒の灯りが透き通り明るい
私の咀嚼の中の明暗

柔らかな灯り
悪ふざけしてはいけない距離だ
かすかに集まる
夜更けの呼吸が
太平洋に流動する暖流に灯をともす
私の胸を叩く
一群の地鶏が浮き出す
つつかれて痛い春

十三 長崎ハウステンボス

何と完璧な海運　物流
チューリップはオランダの半分を載せて戻って来た
風車　古城　教会
一幅の油絵を濃縮して収集する

日本でオランダに入国
オランダから日本に上陸
異国であって本土
時空のビザはいらない
欧州の田舎の静謐さ
グラスを一杯に満たす

水的影子

在我的梦幻里悬挂

雪白的胸膛

扭动纤细的腰肢

这个中午用面包捕捉三文鱼

填海造地眼睛

头发上漂浮一个岛屿

结满许多柠檬

像鸟语酸甜

我应该沉默还是喧嚣

十四 熊本古城

我回到身体里去

打开城门

携带大海入防

船坚炮利

易守难攻

此刻我是自己的城主

敢于置身任何事物

战争 讲和 放弃

削掉藩位 纠葛

合纵连横战国

是天道也是人道

名利于我如浮云

手腕上的时间只是幻象

全部的能量在体内流成一条护城的河

铺满喜悦的鹅卵石

让大理石排队在加藤神社指路

感受你 深爱你

水の影

私の夢幻の中で気になる

雪白の胸

繊細に揺らす腰つき

この昼はパンでサーモンを捕まえる

海を埋め立てて作った眼

頭髪の上に浮かぶ一つの小島

たくさんのレモンを作り出す

鳥の声のように甘酸っぱい

私は沈黙すべきか騒ぐべきか

十四 熊本古城

私は体の中に戻って行く

城門を開ける

大海を連れて防衛に入る

船は強く大砲はすぐれている

守りやすく攻めにくい

この瞬間私は自分の城の主

どんなことにも敢えて身を置く

戦争 講和 放棄

藩の取りつぶし 抜き差しならぬ事態

合従と連衡の戦国

天の道であり又人の道

名利は私にとって浮き雲のよう

手首の上の時間は幻の像

全部のエネルギーは体内に流れ城を守る河となる

喜びの玉砂利を敷き詰める

大理石を整わせ加藤神社に道しるべとする

あなたを感じ取り あなたを深く愛す

赠你一把复制的钥匙
给予火的名字
留给了燃烧

あなたに一つスペアの鍵をお贈りする
火の名前を与える
燃焼は残しておく

十五 虹之松原

十五 虹ノ松原

刘波禅诗三种

刘波禅诗集三作

那一片松林在我的眼里夺眶
在天为虹
在地为松
风的橙红
音节在松树的竖琴上奏响
一群鸟飞落大海的光芒

あの一面の松林が私の眼の中に広がる
天に在って虹となる
地に在って松となる
風はオレンジ色
音は松の木の竪琴の奏でる響き
一群の鳥が大海の光芒を落とす

松树的间距
是共生共荣的亲密
我是大地的病人
手臂长成松枝
搀扶你们
更需要你们的提携
我们总是越往前行走就越多

松と松の間の距離
共存共栄の親密さ
私は大地の病人
腕には松の枝が生えている
あなた方を支える
更にはあなた方との提携が必要だ
私たちはいつも前に進めば進だけ多くなる

松林的力量赐给我了
但不是我应得
我用闪电　彩虹合流
听到了神灵在天堂欣喜的欢叫

松林の力を私に与え賜うた
しかしもらってしかるべきものではない
私はいな光りを使い　虹と合流させる
神霊が天国で喜び叫ぶのが聞こえる

十六 坂本龙马

十六 坂本龍馬

我想请你喝酒
从落日喝到朝日

私はあなたに酒を勧めたい
落日から朝日まで飲む

用你名字命名的深层海洋水
清澈心肠
喝一杯先见力的酒
加一块判断力的冰
喝一杯观察力的酒
加两行突破力的泪
在我的身体里维新

一个喜欢活在刀锋上的人
敢于活过一切
一个已经走好的人
不会想到回头
抱持人间愿景的梦想者
你的梦很短
像特别的指引
净化我的意识
用脸红结束半信半疑的生活

あなたの名前で命名された深層海洋水
こころを清らかにする
一杯の先見力の酒を飲む
一塊の判断力の氷を加える
一杯の観察力の酒を飲む
突破力の涙をふた筋加える
私の体の中の維新

一人の刃の上で活きるのが好きな人
敢えてすべて活きて行く
一人のすでに歩き終えた人
振り返ることなど考えてもいない
世のあるべき景色を抱えている夢想者
あなたの夢はとても短い
特別の導きのように
私の意識を浄化させる
顔を赤らめて半信半疑の生活を終える

日本的心灵地图　日本の神性地图

十七　长崎和平公园

世界的粉碎者们
正在申请更多的经费
用恐怖升级恐怖

我来到原爆中心弹着点
像我的内心荒凉
寸草不生
到处是亡灵的眼睛
浦上天主堂的这方残垣
如我的胃溃疡痛楚
一尊破损扭曲的钟
孤独的悬在当时的十一点二分

十七　長崎平和公園

世界の粉砕者たち
今正に更なる多額の経費を申請している
恐怖を用いて恐怖のボルテージを上げる

私は原爆の中心着弾点に来た
私の内心と同じように荒涼とした
一寸の草も生えない
そこら中に亡霊の眼
浦上天主堂のこちら側に残る垣
私の胃潰瘍の痛みのようだ
破損しねじれた時計
孤独に当時の十一時二分を指したまま懸かっている

如哀怨的引线
天天数着五四三二一的倒计时
穿越时间
拖延世界的末日
千只纸鹤在飞

哀しみ恨みの導火線
毎日54321のカウントダウンを数えている
時間を突き抜ける
世界の終わりを遅らせる
千羽鶴が飛んでいる

十八 伏目海滩沙浴

下半身掩埋我的下半生
留住前额建一座房子
太阳在里面安家

静静的沙砾
飞扬夕阳
洒落我的荣幸
我错过了许多事　许多人
但从来没有错过活
也没有错过死
静静的躺在这活死一回的恩宠里
创造爱　创造死亡
残留死过的自己
残留地　水　火　风　空

十八 伏目海岸の砂湯

下半身は私の後半生を埋めている
ひたいに建てた一軒の家に留まる
太陽が中で落ち着いている

静かな砂礫
飛ぶ夕日
私の光栄をばらばらにする
私はたくさんの事　たくさんの人を誤った
しかし活きる事は一度も誤らなかった
死も誤らなかった
静かに生と死一度の恩寵の中に横たわる
愛を創造し　死を創造する
死んでしまった自分を残留させる
地　水　火　風　空（くう）を残留させる

十九 九十九岛

坐在礁石上静心
坐在生命的源头
坐在自己之上
看潮来潮去

十九 九十九島

磯の石の上に静心に坐し
生命の源に坐し
自分の上に坐し
潮の満ち引きを見る

刘波禅诗三种　　劉波禅詩集三作

我的祈祷是无限的耐心

让生命和死亡都在现场

不担心活着

轻松的死亡

活着就是活着

死亡也会死亡

两者都是我的生命

你可以是树　飞鱼　灯塔

这整个生命的本质

感情的灵魂

蔚蓝大海

二十 佐多岬

至乐啊

像你的突然来临

像你的汹涌不顾

我不知道你何以而来

怎么来

为什么来

你来了

这是我唯一的确定

你像一阵风来了

你像一片海席卷我走了

为什么不爱

为什么不去幸福

为什么不去狂喜

把时间关在门里

和你一起留在外面

私の祈りは無限の我慢

生命と死をすべてその場に居させる

活きている事を心配しない

軽やかに死ぬ

活きているというのは即ち活きている

死も死んでしまう

両者はいずれも私の命

あなたは樹であり　飛魚であり　灯台でありうる

これはすべての生命の尊い本質

感情のたましい

青々とした大海

二十 佐多岬

至福だ

あなたの突然の光臨のように

あなたの逆巻いて顧みないように

私はあなたがどこからどう来たかを知らない

どうやって来たか

何故来たか

あなたが来た

これが私の唯一の確信だ

あなたは一陣の風のように来た

あなたは一面の海のように私を席巻して行った

何故愛さないか

何故行って幸福にならないか

何故行って狂喜しないか

時間を門の中に閉じ込める

あなたと一緒に外に留まる

关东，财经的眼
関東、財経の眼

一 茨城的年报

一 茨城の年次報告書

大洗港的巨波编制营业收入
主营船队　鱼蟹　灯火　集装箱
销售量用一条那珂川延伸
管理费用像青山瘦身
满是开花的营业利润

大洗港の大波は営業収入の組み入れられる
主たる業務は船隊　魚と蟹　灯火　コンテナー
販売量は一本の那珂川で伸びる
管理費用は青山のように痩せる
すべてに花開く営業利潤

春天的股票在涨
筑波山在涨
土浦的水乡像女人的胸波动正常
　　或异常
洗新那肉体的气息
留下气若幽兰的净利润

春の株式は上向き
筑波山も上向き
土浦の水郷は女の胸のように値動きは正常
　　又は異常
あの肉体の気息を値洗いする
気が蘭の花のような純利益を残す

全线飘红
那日出日落
用清晨下单
用夜晚建仓
以三秋手掌相击为约
天空绚丽的倒影
频频鞠躬入场
舒雅的空气买进卖出
持有或清仓

すべての線は赤色に舞う
あの日の出日の入り
夜明けを使って注文を出す
夜更けを使って倉を建てる
三秋でハイタッチして約定
天空華麗な倒影
しきりに腰を曲げ入場
優雅に売り買い
ホールドか手仕舞いか

100

大举的风做资本

大挙の風を資本にする

二　川越

二　川越

逆势上扬
野渡无人我是那船
用小鸟兼并杉林
圆柏的绀发浓于晨雾的
　　沐浴

趨勢に逆行し上げ
野渡しに誰もいない　私はその船
小鳥を使って杉林を合併する
柏槙（びゃくしん）の赤黒の髪は朝霧を浴
　　びるよりも濃い

溪流兼并大川
以小博大
杠杆收购连山
透支轻云出岫
叶子兼并花雨

渓流が大川を合併する
小が大を喰う
連山をレバレッジドバイアウトする
赤字　軽雲が山を出る
葉が花雨を合併する

我的这一场重组
是琪花瑶草的风流
叱咤风景重组人
人或鸟兽皆为风景
从雨天开始
拉升阳线
我是自己的庄家
在秩父山报收一万点樱梅

私の今回の組織のリストラ
玉のように美しい草花の風情
叱咤して風景が人をリストラ
人又は鳥獣を皆風景と成す
雨天から開始
陽線を引き上げる
私は自分の「親」の場
秩父山では一万ポイントで引ける桜梅

三　关东煮

三　関東煮（おでん）

盘面煮沸利好与利空
丢鸡蛋砸盘
大根与蒟蒻吸进筹码

場が好材料と悪材料を煮立てる
玉子をなくして棒下げ
大根とこんにゃくは切り札を滲み込ませる

狮子狗鱼蛋散户豆腐

昆布鲣鱼获利回吐

取代味噌　尤物移人

午后开盘更是热气腾腾

散户们跑也跑不掉

砸也砸不下

回顾灯火

红潮一线的k线图

顾盼千万人群

一笑千金

吃饱了撑着

坐在后市的夜晚观望星星

和天空比赛仰卧起坐

四　水户的纳豆

一只绩优股

纳豆穿过纳豆

心跳粘着心跳

搅拌赤字或黑字

不带一粒脂肪

在早晨的米饭里创新高

终让肚子扭亏为盈

热量与消费量延续

如你所吃进的那些筹码

估值又提升的空间

后市大档支撑

持股在大店小店

チャウチャウつみれ個人投資家豆腐

昆布鰹は利食い

味噌に替わって　すぐれものは人を動かす

午後の寄り付きはもっと熱気むんむん

個人投資家たち逃げようにも逃げられない

投げても投げ下がらない

ともしびを回想する

上げ一辺倒の罫線図

千万の人の群れを見回す

一笑千金

腹一杯持ち堪える

後場の夜更けに坐して星を観望する

天空と競う上体起こしの筋トレ

四　水戸の納豆

一つの優良株

納豆が納豆を突き抜ける

動悸が動悸に粘り着く

赤字と黒字をかき回す

少しの脂肪も伴わない

朝のご飯の中で新高値

ついに腹の中で損を得にひねる

カロリーと消費量は続く

あなたが取り入れたあの切り札のようだ

また値上がりする余地があると予想

後場は大手が仕切る

持ち株は大店小店にある

五 增发新股的汤西川

漫山鲜艳苍郁的业绩
以川流十股送三增发红叶
光艳逼人　瑰姿艳遇
配股一条喧响清丽的河

那山入青瓷满盛翠绿
细斟出安逸宁静
温泉的短线多方开展热烟的反弹
上攻晨露的动能
蓄势待发山洪

黄昏的天空
夕照一脸的青山绿水
宛若女人的浓妆
我想在那皱褶处种山野菜
看着无数的灯光买家进场
一泊一食

六 平家落人之里的招股书

请各位投资者
在红白歌会对决
源平两家的战旗飘扬
股市有风险
投资需谨慎
入场的甩袖像逃奔的晨曦
在情感的一部上场

ゆったりとした山鮮やかな緑の業績
川の流れ１０株につき３株の有償紅葉
傾城の　絶世の艶やかさ
一本のごうごうと流れる清流は配当株

あの山に真っ盛りの青陶の様な緑が入る
ささやかに安逸と静寂を注ぐ
温泉の短期売買は多方面熱い煙の反騰を繰り広げる
上は朝露の動きを攻め
鉄砲水の発生に満を持す

たそがれの天空
夕日が顔を照らす青山緑水
まるで女の厚化粧のようだ
私はあの褶曲した場所に山野菜を植えたい
無数の灯りを見ながら買い手が入場
一泊一食

六 平家落人の里の目論見書

どうぞ投資家各位
紅白歌合戦の対決
源平両家の戦旗ははためく
相場はリスクがある
投資は慎重に
逃げの曙光のように入場の袖を振り払う
情感の一部上場

日本的心灵地图　日本の神性地図

是古战场时的惨烈与幽寂
风险投资全是平家之人
埋葬自己的血统与荣光
用失败屈辱打造沼泽
挤出河流
点燃篝火煅制铁架
翻烤隐名埋姓的虚假报表

从此忘记京都的俳句与庭园
剥离了华丽却又沉重的资产负债
一身轻轻成为乡野莽夫
主业是男耕女织
　　渔猎为生

这世外桃源啊
落剑突出业绩
插在大地敞开风景
年年增值
税利两丰
学会了遗忘
转行观光旅游
股本就是不断增值的历史

古戦場の時は壮絶と幽寂
ベンチャー投資は皆平家の人
自分の血統と栄光を埋葬する
失敗と屈辱で沼沢を築く
河流を絞り出す
かがり火を点け鉄の骨組みを焼く
名前を隠した虚偽の財務諸表を　表裏焼く

これまでの京都の俳句と庭園を忘れる
華麗で且つ又重苦しい資産負債を分離する
軽々と田舎の軽い男になる
主たる業務　男は野良仕事女ははた織り
　　漁と猟で生計

この世の外の桃源よ
剣を落とし業績が突出
大地に刺し開けっ広げの風景
年々バリューアップ
税も利も増加
忘れ去る事を学ぶ
観光業に転向
株式は価値がひっきりなしに増え続けた歴史

七　风涨的日光

高开高走
男体山领引中禅寺湖上涨
女体山随茂密的林道击鼓
　　鸣金
冰雪跟进

七　風ふくらむ日光

高く寄り付き　高く上げる
男体山が引っぱり　中禅寺湖が値上がる
女体山がうっそうと茂った林道に沿って鐘太鼓
　　を鳴らし上げ下げを指令
氷雪はあとに続く

东照宫的猴子　睡猫　龙马
纷纷出笼上市
在朱红色的神桥持股
非礼勿言　非礼勿视
　非礼勿听
赚得盆满钵响
天空全面飘红

时间沉淀的和解有序
反照财大气粗的山色
平和宽容
杉并木的参道
放大不俗的成交量
收盘朝日的光芒

東照宮の猿　眠り猫　竜馬
どんどん籠を飛び出して株式上場
朱色の神の橋で株式保有
非礼を言うなかれ　非礼を視るなかれ
　非礼を聴くなかれ
儲けて盆も鉢もいっぱいになる
天空は全面ひらひらと赤

時間が沈殿する和解には順序がある
大金儲けの勢いが上がる山色を照り返す
平和で寛容
杉並木の参道
尋常ではない取引高を拡大する
朝日の光芒の相場は引ける

八　操盘尾瀬沼

八　尾瀬沼をトレーディング

燧岳火山爆发的熔岩
挡住水流
草木葱绿
季节总在雪线之上
基本面是高山湖泊与大片湿原

我用赏花行事吸收筹码
蕨菜的拉面很好
鹿肉下清酒很好
对岸的河流
拉出的三根阴线很爽
我的窃喜让花枝盛开增长的幅度
调控稻麦
用太阳的线条
绿色上涨的空间

燧岳の火山爆発の溶岩
水流をせき止める
草木の浅緑
季節はいつも雪線（万年雪の境界線）の上
相場の基調は高山湖と大湿原

私は花鑑賞の行事で切り札を吸収
わらびのラーメンはとてもいい
鹿肉で清酒もとてもいい
対岸の河流
引き出した三本の陰線がとてもさわやか
私の密かな喜びは花の枝を満開成長させる程度
稲麦をコントロール
太陽を使った太陽線
緑色　上昇余地のある空間

大呼过瘾的操盘手
派送山地增仓百年桧木
大举唱多山野菜
主力吹捧清新的空气板块
逼着白雪连续出逃
让地震反弹乏力
岁月的尾盘我仍做多
指数收复
半壁江山
沼泽地一片白鹭在我的手上乱飞

九 那须高原

朱唇榴齿的高原山
眼见泉声
耳里山色
流水稀释你的股权
我的心稀释
让你的股本单纯清晰

我在水中望月
中线走势强劲
云中探底挥竹
你顾盼生辉
夺人心怀与钱包
在九点开盘
风景涨跌互现

大声で気持ち良さそうなトレーダー
山地の倉に積まれた百年の檜を配当分配
皆集まって歌うたう山野菜
主力は清新な空気をさんざんよいしょする株式市場
白雪に連続的な逃げを無理強いする
地震の反騰力を弱くする
歳月の終盤で私はまだやる事がたくさんある
指数は回復して終える
国土（資産）の残り
沼沢地一面の白鷺が私の手の上で乱れ飛ぶ

九 那須塩原

紅い唇そろった歯のような高原の山
眼が泉の声を見る
耳の中に山の色
流水があなたの株式価値を薄める
私の心も薄まる
あなたの株式を単純明晰にさせる

私は水中で月を見ている
中線は勢いが強い
雲の中底値確認のために竹を振り回す
あなたは見るからに輝いている
人の心と財布を奪う
９時に寄り付き
場味の上げ下げが互いちがいに現れる

十　浅间山

十　浅間山

股指在心间上涨二千五百六十八点
桧木忽悠我一千五百点
频频换手
让我想到增发
岁月的新股
炒作你的预期
获利回吐出逃

我用自己加仓浅间神社
绿色的拨备覆盖率
天天上扬
毋庸置疑的弹升

集中你的筹码
素服花下
铺红叠翠
耳中是明月清风
花钿垂地无人收购
奇服旷世　骨相应图
被你深深套牢
不想解套

株式指数は心の中で２５６８ポイントに上がる
檜は1500ポイントと私にうまいことを言う
頻繁に手を換える
株式増資を思い立たせる
歳月の新株
あなたの予期を煽る
利食い売り逃げ

私は自分を使って浅間神社の信用建玉を増やす
緑色の引当金カバレッジレシオ
日日の上げ
疑う余地のない棒上げ

あなたの切り札を集中させる
素朴な衣装で花の下に立つ美女
紅の絨毯重なる緑
耳に明月の清風が聞こえる
花の螺鈿は地に垂れ誰も買収しない
世にもまれな美しい服　絵から出て来たようだ
あなたに深く深く捕われている
手仕舞いたいとは思わない

日本的心灵地图　日本の神性地図

十一　忍野八海

十一　忍野八海

水带来景气　斜抱云和
人气　财气
双鬟不息隔夜香红
亮丽的升值
你总用水波潋滟调整企稳

水が景気を持ってくる　雲和を斜めに抱える
人気　金運
双鬟は宵越しの香りを残さない
美しい価値の上げ
あなたはいつも水の滔々と流れるのを用いて
　　下げ戻りを調整する

用沉浮止跌

各色股东纷繁上升
你的裙托八幅风流之水
像你的步履轻盈
香衣舞风

你的利空被季节过分放大
权重山色湖光
让我的心宽幅震荡
岩鱼飞过
我的手指忍不住敲键下单
买回一个下午

人人刻意在做空
就是人在大自然要付出的代价
一次成交消解谁占有谁的荒谬

十二　关东临海

```
        扬   我
      上       冲
    势           高
  逆       心       回
我       在           落
                崩
                盘
              永不疲惫
              从不休止
            无尽活力的优雅
          改写新的游戏规则
```

浮沈を用いて下げ止める

色々な株主が頻繁に上昇する
あなたのスカートを大きく持ち上げる艶っぽい水
あなたがしなやかに歩くようだ
香しい衣装が風に舞う

あなたの売り材料が季節のせいで過度に大きくなる
山色湖光の価値判断をする
私の心を広く震わせる
岩魚が飛び過ぎる
私の指はキーを叩くに我慢できず注文を出す
午後中ずっと買い戻す

人々は必死に信用を張る
つまり人は大自然の中代価を支払っている
一度の約定は誰が保有しているか誰が嘘つきか
　を消し飛ばす

十二　関東臨海

```
        げ   私
      上       は
    で           高
  り           値
张       心       追って
逆       は           下
は               值     げ
私           崩
              れ
          永遠に疲れを知らない
          一度も休んだ事がない
          無尽蔵の活力の優雅さ
        新しいゲームのルールを書き改める
```

关西，华丽的脸
関西、華麗な顔

一 纪伊山地

一 紀伊山地

吉野山像你高高盘起的发髻
浓密清柔
亮的山涧
斜插太阳的钗头
气韵相连
昨夜的星群
用清香的空气洗肺
以轻松的行走涤心
雾霭隐约我的身影

是灵场也是参拜道
我看见一具具男女肉身
虔诚的匍行
像漂亮的陶器
盛满水的灵

山是另一个世界
多神的风土
连绵寂寥饱满的高岳信仰
挚诚祈祷神佛的合一
吸收跳动的松鼠
石头的暗示

吉野山はあなたの高く盛り上がったちょんまげだ
濃く柔らかい
輝く山渓
斜めに挿す太陽のかんざし
風格が釣り合う
昨夜の星群
清香な空気で肺を洗う
軽く歩いて心をあらう
霧と靄（もや）が私の影を隠す

霊場であり参拝道
私は一人一人の男女の肉体を見る
敬虔に這って進む
美しい陶器のようだ
水の精霊で満ちている

山は別世界
多神の風土
連綿と寂寥に満ち溢れた山岳信仰
真摯に神仏の合一を祈る
飛び跳ねる栗鼠を吸収
石の暗示

109

林中的咒语
辉映光驳

一山一宁
山体雅洁凛凛回声
处处精微　张开魂的毛孔
凡情脱落　风吹神佛的密旨
山色像神佛的脸庞　一半温情
　一半脉脉

二　伊势神宫

啊　啊　啊
我碰触了你的额头
发出感激
发出五音和七音相交错的大和言叶
满是泪流

我看到声音发出
从神宝中的文具　舞具　锦织具
从御帘遮神的那缕光
你一定听见
我也听见
人人都能听见
但是人人都看不见
声音开满花朵

二十年一迁宫　众神复活
我在箫笛太鼓中
完整交出自己纳奉
啊　啊　啊
神只有具义

林の中の呪文
照り映える光と影

一つ一つの山はそれぞれ静かだ
山は優雅でりんりんとこだまが返る
処処が精微　たましいの毛穴を開く
凡情が脱落する　風が神仏の秘密のご託宣を吹
　き流す
山色は神仏のほつぺた　半分がやさしさ半分は阿吽

二　伊勢神宮

ああ　ああ　ああ
私はあなたの額ずきにさわる
感激がほとばしる
五音と七音の交じる大和言葉を発する
涙がいつぱいに流れる

私は声が出るのを見た
神宝の文具　舞具　錦織具から
すだれで神を遮るあの一縷の光から
あなたは間違いなく聞こえる
私も聞こえる
人々は皆聞ける
だが人々は皆見えない
声は花を満開にする

二十年に一度の遷宮　衆神の復活
私は簫と太鼓の中
自分を完全に取り出し奉納する
ああ　ああ　ああ
神は大義を備えるのみ

三 志摩半岛

这是天边的晚霞
吹响夕阳
这是夕阳的大海
舞蹈神圣
这时的舞蹈
像风为你的心挥汗

冥想有无
禅定色空
找寻我的消失
看着我什么也做不了
收下我唯一为你的祈祷
金色的波光
游到你的身边

在夜晚
我是一只鲜红的伊势海老
被你的美刺身
被你的情鬼壳烧
被你的喜悦具足煮
看着你的下箸
嫣然一笑里
有连绵的清酒

四 琵琶湖

如同你的清澈的波
显隐先人们经历过的苦难　智慧

三　志摩半島

これは空の果ての夕焼け
夕日を吹き鳴らす
これは夕日の大海
神経を踊らせる
この時の舞踊
風があなたの心のために汗を拭う

瞑想有無
禅定色空
私の消失を探す
私が何も出来ない事を見ている
私のあなたのためだけの祈りを収めて
金色の波光
あなたの側に流れていく

夜更けに
私は一匹の鮮紅の伊勢海老
あなたの美のせいで刺身になる
あなたの情のせいで鬼殻焼きになる
あなたの喜びのせいで具足煮になる
あなたの箸をおろすのを見る
嫣然（えんぜん）と笑う中に
連綿とした清酒がある

四　琵琶湖

あなたの清冽なa波と同じよう
見え隠れする先人たちの経験した苦難　智慧

留存捕鱼　帆运的背影
如同你的广大联通
让四面八方
既不觉醒也不睡眠

我所在的地方
就是你的所在
我的水流
向着你的方位
在湖边的龙潭寺
拜过　祈祷过
任何我现在走过的地方
你也沉沉清亮的到来

从青山的功名中抽身
不要家　不要方向
只是流动
让我的人生什么都想要
但什么也不想占有
黎明我上岸
静谧的星光
照见我的来路和去路
我忘记了看神　忘记了名字
专门看路
为了我的错过
天空的毛巾紧紧包裹我的哆嗦
掬水月在手
弄满山的花香熏衣

五　吉野辰巳屋

三轮山风

魚取り　帆の後ろ影を残す
あなたが広く通じるよう
四面八方に
目覚めさせず眠らせもしない

私のいる場所
それはまさにあなたのいる場所
私の水流は
あなたの方向に流れる
湖畔の龍潭寺で
拝んだ　祈った
私が今行くあらゆる所
あなたもずっしりと透き通った到来

青山の功名の中から身を取り出す
家はいらない　方向もいらない
ただ流れるのみ
私の人生は何でもかんでも欲しがる
しかし何もつかみたがらない
あかつきの上陸
静謐とした星の光
私の来た道行く道を照見する
私は神を見るのを忘れた　名前を忘れた
道だけ見る
私の犯した過ちのために
天空の手ぬぐいは私のうだうだをしっかりと包んでいる
水をすくい　月は手の中
山じゅうの花を香らせる薫衣草（ラベンダー）

五　吉野辰巳屋

三輪の山風

刘
波
禅
诗
三
种

劉
波
禅
詩
集
三
作

红白花开烟雨

屋檐下挂满绳状的素面

我的嘴唇是粕渍早腌的黄瓜

清脆星星的喉咙

归去稳坐温泉

春花鱼腌制的柿叶寿司

清凉大和的口感

宛若远方木棒敲打梵钟

旅人的怀念与孤寂

像鲜红加白脂肪的松阪牛肉

在夜晚咕嘟咕嘟涮锅

什么也不想的安宁

洒落一地月光

六 京都的传下之物

那传下之物

像我的手札书写随意

在和纸上散发历史的体温

开着相同的俳句与花

我们走吧

一条条善于拐弯的古老街道

像走在陌生女人的胸膛上

手工制作和服

奔放自在

让一个一个女人伟大得什么也不是

用传不下之物

制作佛坛　屋瓦　御笔

蜡烛　数珠　堂帖

红白の花が開く霞み雨

軒下いっぱいに掛けられた縄状の素面

私の唇は粕漬け浅漬けの黄瓜

しんしんと歯切れいいのど

帰って静かに坐す温泉

春花に魚をつけて作った柿葉寿司

さわやかな大和の食感

まるで遠方の棒で叩いた梵鐘のようだ

旅人の郷愁と孤寂

鮮紅白脂の松坂牛肉のよう

夜更けにぐつぐつとしゃぶしゃぶ鍋

何も考えない安らかさ

ばらばらに地面に落ちる月光

六 京都に伝わる物

あの伝え残されたもの

私の手札に思いのまま書いたようだ

和紙の上に歴史の体温が散らばる

同じような俳句と花を開く

さあ行こう

一条一条の美しく曲がりくねる古街道

見知らぬ女性の胸の上を歩くようだ

手作りの和服

気ままに抛る

一人一人の女性をどうということもないくらい

偉大にさせる

伝え残されていかないものを使う

仏壇、屋根瓦、筆

蝋燭。数珠、堂帖

蝴蝶飞动扇子

轻摇碑文　拓片

千代纸包装心情

一闲张的漆器

盛满男女金光闪闪的私情

暧昧老去的时光

奥妙总是属于时间

分秒不差忠实那钟表

神佛是永恒

没有什么会彻底的消失

傍晚的寺庙回响诵经的嘹亮

照见远去的一切

　　依然活着

七　宝塚歌剧

花月雪星宙

我一次一次向你们致敬

像你们的谢幕合拢又拉开

美从来不需要鞠躬证明

台前幕后的优雅女人

会忘掉什么是完美

花露的姐妹

樱花般的女子

以男人为始为终

那天籁的声音

划彻人生

有你就够

你的自我完美自我重塑

给脸色苍白的时代充血

蝶の飛ぶ扇子

軽く揺れる碑文　拓片

千代紙に包まれた心

ひとそろいの漆器

満ち足りた男女の金色の光がさんさんと輝く　私情

曖昧にいつも去って行く時光

絶妙はいつも時間に属する

分秒もくるわない　あの忠実な時計

神仏は　永遠

完全に消え去るものはなにもない

夕暮れの寺院で響く読経の声

遠くに行ってしまったすべてはそのまま生きて
　いると　見切る

七　宝塚歌劇

花月雪星宙

私は一回ごとにあなた達に敬意を表す

あなた達のカーテンコールは閉じられ又開いた

美はもともとお辞儀をして証明する必要はない

舞台の前幕の後ろの優雅な女性

何が完璧な美かを忘れてしまいそう

花露の姉妹

桜のような女性

男で始まり男で終わる

あの天から降りて来た声

人生を切り出す

あなたがいれば十分

あなたの自己の完全美自己の再表現

顔面が蒼白の時代を充血させる

做女人就应该这样
欣喜音乐的水流过每一个部位
眼里有神
心里有灵
手指引渡安静
沮丧或躁动的爱人

女性としてそうすべきだ
音楽の水流が至る所に流れ込むのは喜び
眼に中に神がある
心の中に霊性がある
指が静かさへ導く
喪失或いは活動中の愛人

八 怀石料理

昨天我在寺庙坐禅
寒风星月灌顶
身边许多试图征服天下的英雄
改变成为征服自己的人
挤破长满烦恼与妄念的青疱
轻轻松松输给自己

温暖的石头抱在怀中取暖
课诵经文　静心精进
穿越朝代的三门

岁月的石器
三菜一汤简约坐席
从一方庭园展开无限
沉淀挂轴女人的画幅
找寻花瓶的空间之灵

如同你的到来
不以香气诱人
小菜八寸　强肴酒盗
风情万种
更以神思为净

八 懷石料理

昨日私は寺で坐禅を組んでいた
寒風星月が頂きに注ぐ
身の回りの多くの天下を征服せんと試みた英雄達
自分を征服するのに取って代わる
長くいっぱいの煩悩と妄想の青いまめ
いとも軽く自分に負ける

暖かい石を抱いて暖をとる
読経を課す　心を静め精進する
王朝を突き抜けた三門

歳月の石器
一汁三菜の簡単な坐席
一方の庭で無限を展開
掛け軸を沈殿　女の絵
花瓶の空間の精霊を探す

あなたの到来と同じように
香気で人を惑わさない
小皿八寸　強烈な魚料理酒盗
風情百様
今更に神の思いをきよしとする

九 能乐

刘波禅诗三种

劉波禅詩集三作

幽玄的你
以舞展开歌谣的伴奏
某一个叙事讲述能
对白狂言喜剧
让我回到六百年前
在六百年前买房置地　安家乐业

以静止的姿态舞动
我的心随着你的脚并行挪移
简化一切极点
笛子　小鼓　大鼓
悠扬时空节奏
倾耳你的腹语
以隐藏传达美感
毫无表情的面具
冷眼穿过世俗与生死
超越现在　梦　幻能
幽灵　恩爱　情仇
轮回得没有新意
让我们在台下呼啸叫绝

十 偶人净琉璃木偶戏

我是太天解说者
三弦的演奏者
顺应木偶者的身　语　意

九 能楽

幽玄なあなた
舞いを始め　歌謡の伴奏
ある一つの物語を能で示す
狂言の言い回し
私を六百年前に引き戻す
六百年前に家を買って　満足して生きる

静止の姿で舞いを舞う
私の心はあなたの足並びに従って行き　動かし　移る
すべてを簡素化の極致
笛　つづみ　太鼓
高く伸びやかな時空のリズム
あなたの腹の言葉に耳を傾ける
隠すことで美感を伝える
表情のみじんもない面具
冷たい眼は世俗と生死を突き抜ける
飛び越える　現在　夢　幻の能を
たましい　恩愛　愛憎を
新意のない輪廻
私達の舞台下はうなり喝采する

十 人形净瑠璃

私は究極の解説者
三味線の演奏者
人形の体　言葉　意になり切る

三业一体

呼吸贯通　指弄偶人

偶人让人表演淋漓尽致

突兀升起温情

这人神物的再次合一

在掌声中

十一　大阪

关东的男人挎刀持剑

整天晃来荡去

成为幕府的武士

杀来杀去的生死

让女人流泪

关西的男人挟裹皮包

时时奔来跑去

诞生世纪商人

买来卖去的箱子

让美人欢心

那箱子装满金枪鱼　工具　干货
　珠宝

背回一座天下的厨房

不害怕原则及权威

只要博美人一笑

眼睛和舌头试味

临海幸山的大阪

跑动神户牛弹跳铁板

吃掉汉字　英文　法语

料理天下

三業一体

呼吸は貫き　指で人形を操る

人形で人は余す所なく表現する

唐突に温情が高まり

この人と神の物が再度合一する

拍手喝采の中

十一　大阪

関東の男は太刀を佩き

一日中ゆらゆらと行き来

幕府の武士となり

殺し合いばかりの生死

女を泣かせる

関西の男は鞄を小脇にはさみ

いつもあちこちに走り回り

世紀の商人が誕生する

買ったり売ったりの箱

美人を喜ばせる

あの箱にはまぐろ　道具　干物　宝石がぎっし
　り入っている

天下の厨房をひとつ背負って戻る

原則と権威を怖がらない

美人が一笑してくれるなら

眼と舌で味わう

海の幸山の幸の大阪

神戸牛が鉄板の上で跳ねる

漢字　英語　フランス語を喰らう

天下を料理する

好吃又便宜
疲惫的身影
躲进煮热的海带汤
化身圆滑的乌冬面
狡猾日本的味道

十二 法隆寺建筑群

神佛的下榻地
我见证他们的到来与离去
神佛的气息像水声的潺潺
充满特定的单纯　平和

木造古老
心像东大寺佛堂最大
识像东寺五重塔最高
法像法隆寺最为古老
神官与和尚相养
所有的希望　祈祷　野心
围绕着神寺
你无意中路过
总是能找到身体与神佛震荡的频率

没有一件事情会忘记
只是想不起来而已
记住了神佛
忘记了一切
也就开始记住了一切

おいしくて安い
疲れている面影
熱く煮た昆布汁に身を寄せる
つるつると丸いうどんの面になる
ずるい日本の味

十二 法隆寺建築群

神仏の住まう地
私は彼らが到来し離れていくのを見た
神仏の息は水のさらさらという声のようだ
特定のシンプルさと平和で満ちあふれている

木造で古い
心は東大寺仏堂のように最大
識は東寺五重塔のように最高
法は法隆寺のように最も古い
神官と和尚は互いに養う
すべての希望　祈り　野心
神寺を囲い、纏いつく
あなたは何気なく通り過ぎる
いつも見つけ出せる　体と神仏が震える周波数を

どんな事でも忘れ去れる事はない
ただ思い出せないだけのこと
神仏を覚えた
すべてを忘れた
というかすべてを覚え始めたところ

东北，清寂的方式
東北　清寂の方式

一 田泽湖女神

狂扬的大雪迷眼
偶然的一瞥
婷婷的裙裾
是另一片净静的天空
邂逅湖神辰子姬御守的青春
清冷的风
是大藏观音的咒语
攒动你的名字和许愿
新明而美丽

世念轻柔如水
道念深沉这湖
夜晚天空的昏散于我何妨
你的沉默金光耀闪
如亢龙在天　潜入湖底
对境无心
我站成被雕塑过的雪人
在永恒的湖面氤氲

一　田沢湖の女神

狂ったように大雪が眼を惑わす
偶然の一瞥
しなやかなスカートの裾
これはもう一つの静かな天空
湖神辰子姫がお守りになられた青春に出会う
清冷とした風
これは大蔵観音の呪文
あなたの名前と願いを集める
新明と美麗

俗念は水のように軽く柔らかく
道念はこの湖のように深く重い
夜更けの天空の暗い広がりをどうやって妨げられるか
あなたの沈黙金光が閃く
高ぶる龍は天に在り　湖底に潜入する
対境無心
私は立って彫刻された雪だるまとなる
永遠の湖面は霧が立ちこめてうつうつ

二 仙台鲁迅旧居的留言

迅哥你好
藤野先生空呢奇哇
你们的解剖课上完了吗
梅子的饭团半生半熟
下咽你们亦师亦友也父也子的
　　时光
我捡到你们用过的解剖刀
剃去了仁丹八字胡
我知道解剖这活
　　不好干
永远也干不完
某年某月
在头颅的国家之间
我会是一个驼背的文化医生
在明暗之间
在迫切与遗忘之间
重新操你们解剖的刀

以下诚聘护士若干
温柔地帮活尸阖眼

三 秋保温泉

山谷之中散发物语的热气
钦明天皇那年开汤
治好了自己的痔疮

二 仙台鲁迅旧居の伝言

迅兄貴ニーハオ
藤野先生コンニチワ
あなた方の解剖の授業は終わりましたか
梅干しのにぎり飯は半生半熟
あなた方の師弟であり友であり父であり子であ
　　った時空を呑み下す
私はあなた方の使った解剖メスを拾う
仁丹八字ひげを剃った
私は知っている　解剖というやつはほんとに難
　　しい仕事だ
永遠にやり終わらない
某年某月
頭にある国家の間
私は一人の猫背の教養ある医者
明暗の中
切迫と忘却の中
あなたがたの解剖メスを改めて振るう

以下に心をこめて若干の看護師を募集
やさしく活きた屍の眼を閉じる作業を助けてく
　　れるような

三 秋保温泉

山谷の中で物語の熱気が発散する
欽明天皇があの日開湯
自分の痔疾を治した

刘波禅诗三种　刘波禅诗集三作

皇太后吉祥

弱食盐泉的汤花
像美人的眼神
异彩流光过往
闪烁岩石　菊花　草香

俯瞰吸收这热力
锦瑟的心张开赤裸
开满空谷的幽静
宛若夜晚灯光华亮的空气
温柔说着红叶的低语

四　松岛的气味

海苔牡蛎的气味
日出的气味
落日的气味
钟声的气味
蓝色的风吹过

容颜的气味
小岛的气味
女人的气味
欣喜的气味
我的手掌静静的聚合你们
交出你们
奉给神提炼香水

皇太后の吉祥

弱塩泉の湯の花
美人の眼の色のよう
異彩が過去に流れる
閃く岩石　菊花　草香

うつぶせにこの熱エネルギーを吸収する
錦の琴の心すべてをはだかに開く
空谷の静けさをいっぱいに広げる
あたかも夜更けの灯り華やかな空気のよう
柔らかに話す紅葉のささやき

四　松島の香り

海苔と牡蠣の香り
日の出の香り
落日の香り
鐘の音の香り
青色の風が吹き過ぎる

顔色の香り
小島の香り
女の香り
喜びの香り
私の手のひらを静かにあなたに合わせる
あなたたちを引き出す
神に捧げる醸し出した香水

五　弘前的苹果

我知道什么
苹果树的秘密
一个苹果张开嘴唇
在早晨我被苹果整个吃掉

新鲜的风雪摄取你的青红
滋润我一脸的菜色
溅湿海水的眼

六　陆奥湾的擎天石柱

一株老松孤立
映衬你寂寞的高度
你的无言站立
砭骨海水的夜晚
留下落日光芒的形状

我曾经祈求过一切
走到你面前全部遗忘
仅仅剩下你
我是一块可以确认的礁石
长在大海
不再会被人种植

五　弘前の林檎

私は何を知っているのか
林檎の秘密
一個の林檎が唇を開き
朝私は全部食べられてしまった

新鮮な風雪があなたの青紅を取り込む
私の顔中の菜の色をうるおす
海水の眼を濡らして散る

六　陸奥湾の天を支える石柱

一本の老い松がぽつんと立つ
あなたの寂しい高さが映える
あなたの無言の直立
海水の夜更けの骨身を刺す
落日光芒の形をとどめる

私はかつて一切を祈念した
あなたの前に来てすべてを忘れた
ただあなたが残るだけ
私は一塊の確認可能な暗礁
大海に育ち
人にはもう再び植えられないだろう

七 男鹿半岛的雪夜

那天空银白色的喧响
矗立成灯塔
让我吃力地辨认时光
我躬身的背影
是女人眼中美好的黑暗
像闪烁不定的无常
在黎明上岸

心已或隐或见
沉浮亮光
解脱生死的大海

八 青森湾

你的汹涌　我的雪
在我心之内
在我心之外

我的空寂　你的风
在你的动之中
在你的止之后

看见风吹雪
看见雪吹月
看见此土他邦
头头合辙　面面俱到
了然不生一切

七 男鹿半島の雪の夜

あの天空　銀白色の喧噪
そびえ立って灯台になる
私は苦労して時光がわかる
私のかがめた体の後ろ影
女の眼の中の美しい暗黒
閃く不定の無常のよう
夜明けに上陸する

心はすでに見え隠れする
輝く光が浮き沈み
生死の大海を解脱する

八 青森湾

あなたの怒濤　私の雪
私の心のなか
私の心のそと

私の空寂　あなたの風
あなたの動のなか
あなたの止のあと

風が雪を吹き飛ばすのを見る
雪が月を吹き飛ばすのを見る
この地かの地を見る
頭の道がつながれば　すべて整う
はっきりと一切を生まない

九 猪苗代湖

我的脸贴紧你的水
沧桑而又澄静
无常来去
倒映流淌我们的合一

轻轻吹拂掉落的星月
不染一尘
归还给那山

九 猪苗代湖

私の顔にあなたの水が張り付く
時の移り変わりそして澄みきった静けさ
無常に往来
私達の合一が流れ落ちるのを倒影する

軽々と星月を吹き払い　落とす
微塵も染まらない
あの山に戻す

十 奥入濑川

从山的大腿缝隙
疾徐流出闪亮
如此之快
不在任何地方停留
我听到大地喜悦的呻吟
我看到大海神秘的接纳
受　一片宁静

照亮本性
量子跳跃的奥入濑
深入存在的核心

前一刻你有红尘万丈
此时你在大海里归零

十 奥入瀬川

山の太ももの縫い目の間から
緩急と閃光が流れ出る
こんなに速い
どこにも留まらない
私は大地の喜びのうなりを聞く
私は大海の神秘を受け入れるを見る
受ける　一面の静寂

本性を照らす
量子が飛び出す奥入瀬
存在の核心に深く入る

前の一刻あなたには万丈の世俗
この時あなたは大海の中でゼロに帰する

刘波禅诗三种　　劉波禅詩集三作

十一　大间崎

那海站起来
迎面我的狂奔
起伏星月
走出自己
回到自己

一万种思念
不如思念你
一万盏灯火
只要眼中的那盏
以明传暗
一觑一觑
尽是通明

十二　津轻半岛

行走啊　坚定地行走
背后一场大风大雪
在背囊上停泊

不要光不要地图
行走在黑暗和未知的道路
行走啊　这坚定

心灵停止在头脑之下
眺望海那边的海
寻找山那边的山

十一　大間崎

あの海が立ち上がる
私の狂奔を迎える
星月が起伏する
自分が出て行く
自分が戻って来る

一万種の思い
あなたへの思いにはかなわない
一万個の灯り
欲しいのは　眼の中のあの灯りだけ
明るさで暗さに伝える
じっくりと見つめる
至る所があかあか

十二　津軽半島

歩こう　しっかりと歩こう
後ろは　一面の大風大雪
リュックの上に停泊する

光は要らない地図は要らない
暗黒と未知の道を歩く
歩こうよ　この確かさ

たましいは頭の下に停止する
海を　あの辺りの海を眺める
山を　あの辺りの山を捜す

十三 能代米代川

随着雪花起舞
像心内翻转乾坤
朝向你的神秘
尝到本性清澈的味道

我用手参与你从天而降的欢呼
身体舞蹈祝福　狂喜

那奥妙新颖的流动
在你柔情万种的滑光里
如此温情
我抓住了宇宙所有的开花

十四 岩手山

接近你的高度
我返求诸己
苍茫自己的内心
向你祈求自在常新

不垢不净
生灭由你
打开太阳的新酒瓶

十三 能代米代川

雪花が舞い始めると一緒に
心中　天地がひっくり返ったように
あなたの神秘に向かって
本性の清冽な味を味わう

私は手であなたが天から降りてきた歓呼に加わる
体が踊る　祝福　狂喜

あの絶妙な新しい生の流動
あなたの柔らかな万種のすべらかな光の中で
こんなにやさしい
私は宇宙のすべてが花開くのを捉えた

十四 岩手山

あなたの高さに近づく
私は自己の責を見つめる
見渡す限りの自らの内心
あなたに自在常新を祈念する

不垢不浄
生滅はあなた次第
太陽のあたらしい酒瓶を開ける

刘波禅诗三种

劉波禅詩集三作

十五　八甲田大岳

声色的石碓
磊满我的胸口
有灵狂欢作乐
起伏弯弯的山道
风转雪旋

我愿意和柔软的头发一起做梦
流亮山泉
悬挂大自在的大安逸
残雪褪落青山
何人在清晨听松　赏梅

十六　上毛无岱湿原

谁用雨水交换草地
雪山交换溪流
将我交换你
像一根木头的无语

天地尽是万物
我也尽是万物
天地无物
我也无物

一切永恒正来
无一法从他处安身
无一存在不是我的心

十五　八甲田大岳

声と顔色の石臼
さっぱりと私の胸に満ちる
たましいがあり狂ったように楽しむ
起伏のはげしい山道
風で雪が舞う

私は柔らかな髪と一緒に夢を見たい
清らかに流れる山の泉
大自在の大安逸につるす
残雪に青山は褪せる
だれが夜明けに松を聴き　梅を愛でるか

十六　上毛無岱湿原（かみけなしたいしつげん）

だれが雨水を草地に換えたか
雪山を渓流に換えたか
私をあなたに換えるだろうか
一本の木のように無言

天地は至る所万物
私も至る所万物
天地は無一物
私も無一物

一切は永遠にまさに来る
如何なる法もかの地から身を安んじることはない
如何なる存在も私の心が黙々と動いて出て来

日本的心灵地图　日本の神性地図

127

默运
这天大的玩笑由谁而开

ない物はない
この超特大の冗談はだれが言い放ったか

十七 福岛饭坂温泉

我是醒觉的观照者
看见你的活力洋溢升腾
看见自己跳进去
山在　云在　月在

不知一事　充满惊奇
不求一事　充满爱意
让思绪出汗
跳进冰池
不为任何思量　行动
用山谷包围自己
静静　有点冷

十八 鸣子温泉旅馆

我只是暂时的客人
不带一滴相似的日暮
所谓寻找的任何陌生温泉
于我不过是回到原来的起点

这不竭的温泉
流过身体抵达灵魂
从这里那里涌动
但总是不为人所知

十七　福島飯坂温泉

私は眼の覚めた観照者
あなたの活力があふれ昇っていくのが見える
自分自身が飛び込んでいくのが見える
山有り　雲有り　月有り

一事を知らないと　驚きに満ちる
一事を求めないと　愛に満ちる
思惟に汗をかかせよ
氷の池に飛び込ませよ
何の思いのためでもなく　行動する
山谷で自分自身を包囲する
静かだ　少し寒い

十八　鳴子温泉旅館

私はただの暫くの客人
全く何も残さぬような日暮れ
探し出す全くに見知らぬ温泉
私としてはただ元々の始まりに戻っただけ

この尽きない温泉
体を流れてたましいの到達する
ここからそこから涌き起こる
しかし人に知ってもらうためではない

刘波禅诗三种　　劉波禅詩集三作

十九 磐梯山

是外在也是内在之旅
听见绿色
走动空

爬上你的和寂
带着你打开的天
那夜的欢乐平和
你因为什么像飞鸟一样离去

二十 新庄

有时候的海像金刚咆哮怒目
天咆哮海
海怒目天
有时是天听海
有时是海听天

本来身是菩萨地
济世之念比天高似海深
有情无情
从风而糜

二十一 米泽

幻化月亮下雪

十九 磐梯山

これは外在そして内在の旅
緑色を聴く
空を動かす

あなたの和寂に這い上がる
あなたが開いた天を連れて
あの夜の喜びと平和
あなたは何のせいで飛鳥のように離れてしまったのか

二十 新庄

時々の海は金剛が吼え眼を怒らせているようだ
天は海を咆哮し
海は天を睨みつける
時々天は海に従い
時々海は天に従う

本来　身は菩薩
済度の念は天より高く海より深い
有情無情
風から砕ける

二十一 米沢

幻が月に化し　雪が降る

不受一扰
变祈求为给予
观山岳大海
明暗色空

我不知有
也不相信无
你的目光像阳光纯朴的笔直
洞然大千世界远去
无明的佛性
燃香已半个时辰

二十二 花卷温泉

潺动的温泉水
没有一丝杂念
没有身体的感受
没有头脑的感受

云是变化的表情
在你之外　慈悲一切
在你之内　不留痕迹

二十三 早池峰

无相　无作　空
这菩提之境
像你的有意无意
似有还无
贯穿我的头脚

邪魔はされない
与えるための祈りと変わる
山岳大海を観る
明暗　色空

私は有を知らない
無も信じない
あなたの眼光は純朴でまっすぐな陽光のようだ
明るく大千世界の遠くに行く
無明の仏性
焼香はすでに半刻が過ぎた

二十二 花卷温泉

ぐんぐん湧き出る温泉水
少しの雑念もない
体の感覚もない
頭の感覚もない

雲は変化の表情
あなたの外に　慈悲の一切
あなたの内に　跡形も残さない

二十三 早池峰（はやちね）

無相　無作　空
これが菩提の境地
あなたの有意無意のようだ
有のようでやはり無
私の頭から脚まで突き抜ける

让我面部削瘦
被雪洗过
流淌清涧

二十四 鱼沼米

越后山脉
抹雪花妖娆山
山间之地
云雾野水

此刻我是一个爱情的饭桶
散发桧木的热情
轻扬的米粒
如女人剥开的洁白欣喜
大盛

二十五 穿行清寂

清寂是新干线列车的呼啸
是无人的站台
黄昏的旗语
星辰的默祷

是漫天大雪
花藏树林
竹影摇曳
是悄无声息的海潮涌来

是心如明镜

私の顔を痩せそげさせる
雪に洗われ
渓流に流れ落ちる

二十四 魚沼米

越後山脈
雪花を拭い山が妖艶になる
山あいの地
雲霧野水

このとき私は愛情の飯びつ
檜の熱情を発散させる
軽く立った米粒
女の削いだ純白の喜びのようだ
大盛り

二十五 清寂を突き抜けて行く

清寂それは新幹線の列車の叫び
それは無人のプラットフォーム
たそがれの旗信号
星の黙祷

それは満天の大雪
花を林に隠し
竹の影はゆらゆらと動く
それは静かな声なき声のような海潮の沸き上がり

それは明鏡のような心

没有判断
是岁月悠悠
远见灵魂
那永恒的片刻
燃灯

二十六　回到东京

没有人不需要改变
没有人不会被改变
找寻那不变
我看见你的焦灼等待
东京的灯火已睡眠

判断はない
それははるかな歳月
遠くにたましいを見る
あの永遠の一刻
灯をともす

二十六　東京に戻る

変わる必要のない人は誰もいない
変わることができない人は誰もいない
その不変を捜す
私はあなたが焦燥の中で待つのを見る
東京の灯はすでに眠っている

奥之细道的二人转
奥の細道二人掛け合い芝居

一

公元1689年　俳圣芭蕉四十六岁
　　起身离开我们的流水会席
他踏上巡游澳州北陆的旅程
　　小伙计曽良跟班拎包
双玩意的秧歌　嘣嘣过口　风柳
　　双条边曲
哎哟妈呀　这雪下的老大啦
　　唢呐开台　锣鼓香满天

他原本叫宽永年间　幼名是金作
　　半七　忠右卫门
后来改名甚七郎　宗房　俳号芭蕉
鄙人无才　原来的小名叫狗蛋儿
　　狗剩子　扯犊子　二大爷
后来改名小兵　举人　发财
　　截至今天　网名gogo
得儿得儿乐　哎哟　喱当一听
　　乐开怀　天下愁事全化开

一

紀元1689年　俳聖芭蕉46歳　我々の流水会
　　席を起つ
彼は奥州北陸の旅に足を踏み出した
　　お供の曽良を鞄持ちとして
二人芝居のヤンコ踊り　バンバン口汚し
　　風柳　双条辺曲
おやまあ　この雪下のお兄さん　スオナ
　　（唐人笛）開始　ドラ太鼓が満天に響く

彼はもともと寛永年間　幼名は金作　半七
　　忠右衛門
その後改名し甚七郎　宗房　俳号芭蕉
小生は無才　もともとの名を田舎っぺ
　　捨て犬　ろくでなし　甲斐性なし
その後改名し小兵　科挙受験者　金持ち
　　で今に至る　ハンドルネームgogo
あほばかまぬけ　おやまあ　ガタンと聞こえて
　　嬉しくていい気分　天下の愁はすべて消えた

二

色涧温情　怜世幽深

花姑娘　嘟咯哩咯嘟　嘟咯哩咯咚

我美　我白

　　我浪浪浪浪浪浪浪浪

我在山形山寺的1015级参道　用电子

　　计算机计算自己的烦恼

佳能照相机定格我的苦笑　每爬上

　　一阶　离红尘就远一步

浮生历眼皆是过往　咨询　相公六

　　个月没有搞我　正常吗?

说啥呢　你个败家玩意儿

三

弥陀洞眺望仁王门　芭蕉的句碑

　　辉煌那风

芭蕉翁寂静整个山村　蝉鸣也

　　浸透岩石里

我的小样儿　在陡峭的宝珠山上

　　许愿结缘

整一壶儿热酒　翠花儿小女子的酸

　　菜还在蘑菇屯儿上飘香

他大哥呀　什么人出家一去没回来

　　哎呀呀

二

艶めくやさしさ　世の中に深い愛

美しいお嬢さん　ランガリカラン　ランガリカドン

美人でしょ　色白でしょ　私はランランランラン

　　ランランランラン

私は山形の山寺の1015段の参道で　電子計算機

　　で自分の煩悩を計算

日本のデジカメが私の苦笑をストップモーション

　　一段這い上がるごとに　世俗から一歩ずつ離れる

浮き世の暦もすべて過去　教えて　だんな様が六

　　ヶ月も私とやらないなんて　正常?

何言ってんだよ　この負け犬が

三

弥陀洞から仁王門を眺める　芭蕉の句碑燦然と輝

　　くあの風

芭蕉翁山村全部を静寂にし　蝉の鳴き声も岩に浸

　　透していく

私の駆け出し君　切り立った宝珠山の上で縁結び

　　の願掛けした

熱燗一本を全部　翡翠のきれいなかわいい娘のお

　　漬け物の香はきのこ村で漂う

あのね　にいちゃんね　出家したきり帰って来な

　　い人なんていないんだよ　あやや

四

风雪入骨怜浸芭蕉的行迹
他就这样一直走啊走啊
　　背影像一场俳句的豪雪
以爱你入骨之势扑向我
　　藏王连峰
哎哟妈呀　小样儿
　　滑雪倒挺自在
　　帅哥儿来自宝岛台湾

五

无比的大雪　无比的温暖　像奥秘的
　　波浪席卷你我
咋又饿了呢　山芋的锅咋还没吃够呢
　　再整一壶儿鱼骨酒
芭蕉在油灯下　灯光落满俳句
　　感伤神圣　可怜世人
我欲乘风归去　又恐你没有与你老板
　　整明白　忽忽悠悠就叫你歇菜

六

山形最上川　我看见芭蕉划船　聚集

四

風雪が骨に突き刺さり芭蕉の行く道が哀れに滲みる
彼はこんなにも一途に歩け　歩け　後ろ影が一
　　面の俳句の豪雪のよう
骨身に沁みるほどの愛であなたにまっしぐら
　　蔵王連峰
おやまあ　駆け出し君
　　スキーは中々お手のもの
　　宝島台湾から来たイケメンさん

五

比べらない大雪　比べられない温暖　神秘の波
　　があなたと私を席巻するよう
なんで又腹が減ったんだ　山芋鍋がなんで食べ足ら
　　ないんだよ　又もう一かめの魚骨酒をやっつける
芭蕉は油灯の下　灯りが俳句に満ち満ちる
　　神聖を感傷　世の人を哀れむ
私は風に乗り帰っていきたい　一方で又　あなたは
　　あなたのボスをわからせられないんじゃないかと心
　　配だ　ちゃらんぽらんにあなたにおしまいにさせる

六

山形最上川　私は芭蕉が船を漕ぐのを見る　五月

日本的心灵地图　　日本の神性地図

135

五月的雨　快上　快上　上川

我在肘折温泉乡　大雪开汤一千二百

　年的时空

哎哟妈呀　冷得我　哎哟妈呀

　热得我　这得瑟的风

の雨を集めて　はやく上へ　早く上へ　上流へ

私は肘折温泉郷で　大雪開湯1200年の時空

あれまあ　寒いよ　あれまあ　熱いよ　このでた

　らめな風

七

饮下北方涌出的泉水啊　俳句清冽冽

　灵气热腾腾

以火变鱼　国樽下酒　灯火的脸　端

　坐真实　真心

我快过行脚　好一个忍者　在白雪

　的山径奔走　布鞋湿透　真爽

小样儿　在干哈呢

　没看我正忙着呢

七

北方で湧き出る泉水を飲む　俳句は清冽

　霊気はあつあつ

火で魚に手を加える　国樽肴　灯りの顔

　畏まった真実　真心

私は行脚より速く　一人の忍者のよう

　白雪の山道を走る　布靴は湿る　気持ちいい

駆け出し君　何やってんの　私は今忙しいのを

　見てなかったの

八

走啊走啊　那忍者的步道　妄念纷飞

　被一场雪冻住

喧嚣远去　空寂无人　阳光折射湖

　水明媚如翡翠

好事近　不见几家人烟　不堪寒人

　罗衣春尚浅

哎哟妈呀　像虾尾的桦树被冰封　雪

　怪的身影　呼啸而来　吓死俺了

八

歩け歩け　あの忍者の道　妄念は飛び去る　一面

　の雪に凍り付く

喧噪は遠くへ去る　空寂で無人　陽光が湖水の翡

　翠のような美を屈折させる

いい事は近い　人家の煙はまだあまり見えて来な

　い　寒さに堪え難い　絹の衣装は春まだ浅い

おやまあ　海老のしっぽのような欅の木が氷に閉

　じ込められてる　雪男の影　叫んで寄って来た

おいらびっくりした

刘波禅诗三种　　劉波禅詩集三作

九

义经与芭蕉会合　谈点啥呢　整点啥呢
　　一段历史尘满哀弦的茶屋
斜阳照海　可曾看到那位美人正在灯
　　光下顾盼　我的忧愁比芭蕉只多不少
寄予这雾气迷蒙　大喘气　残花依然
　　花坞
按电脑程序搞一搞　是非经过人不知
　　操他二大爷的
我是一个大厨子　咋一不小心就被生
　　活的美味忽悠了呢　和生活搞一搞
　　看来要戴套

十

芭蕉寻访四寺回廊
我的御朱印章　记录松岛瑞巌寺
　　平泉中尊寺　毛越寺　山寺
连绵一即多的天台　我看见僧人发现
　　作并温泉　专递灵言的恐山
咋的了　上酒　那谁谁谁　和尚就是
　　上下两个陶罐，一个用来泡温泉一
　　个用来泡美人

九

義経と芭蕉の出会い　何を話すんだよ　何をとっ
　　ちめるんだよ　歴史の一こま　ほこりだらけ
　　の哀しい音色の茶屋
日が斜に差し海を照らす　間違いなくあの美人
　　が灯りの下で辺りを見回すのを見た　私の愁
　　いは芭蕉より多くはあれ少なくはない
この霧に託し模糊となればいい　おおきく息切
　　れ　花がまだ花園に残る
パソコンのプログラムを踏んでやる　是非は人
　　にはわからぬものを経る　ばかやろうが
私はコック長　ちょっと気をつけないと生活の美
　　味にうまく騙される　生活をやっちゃうには
　　どうやらサックが必要だ

十

芭蕉が四寺回廊を訪ねる
私の御朱印帳に　松島瑞巌寺　平泉中尊寺　毛
越寺　山寺
連綿と一即多の天台　私は僧侶が見つけた作並
温泉　霊言をもっぱら伝える恐山
どうしたの　酒もってこい　そこのだれのだれべ
い　和尚はつまりは上下二つの陶製の缶、一つ
は温泉に浸かるため一つは美人に浸かるため

日本的心灵地图　日本の神性地图

137

十一

你就像走动走动的云　藩主自己吃
　得个满脑肠肥　又打坐又忏悔啥的
用柳枝剔着你的俳句　转天带了村
　子里的寡妇去了江户
我的心在山形新干线转乘JR　雪月怀
　友想花　去了藏王温泉　姑娘小伙
　子们滑生命的雪
不好整这玩意儿　你说一朵花多少年
　还没开　说十八岁已经好几年了
我的皮箱里装满了芭蕉的俳句　小娘
　们儿　日元兑人民币的汇率多少
　是个头儿啊

十二

未成熟的桃子　白色的李子　芭蕉
　是低级武士的儿子
我当过老地主家的龟孙子　他在伊
　贺县忍者的故里当过侍卫　我在
　共产党的衙门里当过小干部
马蹄难驻　行脚流水　鹧鸪声住　杜
　鹃身切空山
女人的守望温暖炉火　酒热三遍　还
　没见人　全球通货膨胀了

十一

あなたは動いていく雲のよう　藩主自らただ喰っ
　ちゃ寝喰っちゃ寝　それでもって坐禅組んで懺
　悔して　何なんだ
楊枝であなたの俳句を削げ落として　日が変われ
　ば村の後家連れて江戸に戻る
私の心は山形新幹線からjrに乗り換え　雪月友を
　思い花を想う　蔵王温泉に行く　娘さんや若い
　奴らが命のスキーをしている
こいつはうまくやっつけられない　あなたは一つ
　の花が何年もまだ咲かないという　十八歳はも
　う何年も経ったと
私の皮の箱の中には芭蕉の俳句が詰まっている
　お嬢さん達　円と人民元の為替はどのくらい
　が高値かな

十二

熟していない桃　白いすもも　芭蕉は下級武士の子供
私は老地主の馬鹿孫になったことがある　かれは
　伊賀県忍者のふるさとで衛兵をしたことがある
　私は共産党のお役所の中で幹部になったことが
　ある
馬は止めにくい　行脚流水　鷓鴣（しゃこ）の声
　が鳴き　ほととぎすが空山を切る
女が守る温かな炉の火　熱燗三回　まだ誰もいな
　い　世界はインフレだ

十三

松岛啊　松岛啊　如之如之奈若何
　奈我何　奈你何　谁也奈不何
世界啊　世界啊　世界　我想如何
　又如何　如何就是你我的世界
仙台的牛舌很好吃　一品的豆腐穿肠
　过　小样儿　说你二敢不服　头型
中分　妥了

十四

芭蕉没有物欲　我是啥啥啥　向往干
　干净净毫无羁绊的生活
超越痛苦隐行　付清爱情的房租
　取暖费　浪漫的水电费
旅途罹病　荒原驰骋招魂　就借一宿
　整完就走　不好整这玩意儿　正月
里来正月正啊

十五

整啥呢　有啥玩意儿不能整进俳句
　整牵牛花开　整油菜花开　整苹
果花开　让青蛙跳水

十三

松島や　松島や　こんなにこんなにいかんせん
　私をいかんせん　あなたをいかんせん　誰も
　いかんともせん
世界や　世界や　世界　私がどう考えたからと
　いってどうなんだ　どうなんだとはつまりあ
　なたと私の世界
仙台の牛舌とてもおいしい　一品の豆腐が腸を
　突き抜ける　駆け出し君　あなたは従わない
　という　髪型は中分け　まあいいや

十四

芭蕉は物欲がない　私は何何何　きれいさっぱり
　束縛の全くない生活に向かって
苦しい隠行を越えて愛情の家賃　暖房費　ロマ
　ンの水電気代をきれいに払って
旅の途中で病に伏せ　荒れ地を駆けたましいを呼
　び　一宿を借り　整ったら直ぐ行く　こいつは
　なかなか整わない　正月が来た正月元旦よ

十五

なにを整えるの　どんなものでも俳句に入れ込
　む事はできないものはない　朝顔が咲いたと
　入れ込む　菜の花が咲いたと入れ込む　林檎

大红大绿的清酒一坛　埋着我让你永
　　远看不见的寂寞　臭不要脸的
　　俺明日就回了沈阳
那里的衣服是相当相当的贵　男人
　　不壮阳　女人要出墙　今日不开心
　　后果很严重

の花が咲いたと入れ込む　あおがえるが水に飛
び込ませる　喜ばしい清酒一かめ　私があなた
に永遠に見えないような寂寞を埋めて　恥知ら
ずが　おいら明日にゃ瀋陽に戻る
あそこの洋服はとってもとっても高い　男は精力
　　不足　女は家を出たがる　今日は頭にきてる
　　あとがこわいよ

十六

十六

行走就是为了见识更多的人和事儿
　　用大海奔腾　用银河高悬　用唐
　　诗宋词为你饯行
是人就想到去旅行　逃离蚂蚁堆砌的
城市　观风赏景　不觉韶华已逝
哥儿俩好啊　六个六啊　七匹马啊
　　号称老红军的郎中专司阳具
　　增大　无效退款

十六

歩くのはもっと多くの人と事を知るため　高ぶる
　　大海で　高く浮かぶ銀河で　唐詩宋詞であなた
　　に送別の宴をはる
人が旅行に行こうと思い始め　蟻が積み上げた街
　　から逃避し　風景を観賞し　美しい時代がもう
　　逝ってしまったと感じない
にい（二）ちゃん元気や　六の六や　七頭の馬や
　　紅軍の老軍人の漢方医専門家とかおっしゃる方
　　が陽物を大きくするといって　効果なく払い戻し

四国遍路
四国遍路

一　四国遍路

沿着大海　青山　绿水
沿着天然的期限与界线
沿着灵性的风吹
处处是水的清流　海的翻洄
濑户　平岛　明石　纵横斜拉的大桥
处处皆通
心超越海成为桥
桥把身体成为山谷　平原　通路

沿着缘　参拜神社　绕着佛
　　画生命的圆
沿着神　佛　人的消融与重塑
　　留下脚步
沿着轮回的成住坏空　清晨
　　黄昏　日复一日
处处是花的玄机　神迹　禅机
　　圆融通透
我的脚步是大海　也是树木的根
小机大用　大根大用

看见我失去了什么　一个人的真心
　　是什么

一　四国遍路

大海　青山　緑水に沿って
天然の期限と境界線に沿って
霊性の風が吹くのに沿って
至る所に水の清流　海の逆巻き
瀬戸　平島　明石　縦横斜めに引っ張られる大橋
処処皆通じる
心は海を越え橋となる
橋は身を山谷　平原　通路となす

縁に沿って　神社を参拝する
　　仏に纏いついて　生命の円を描く
神　仏　人の溶解と再彫塑に沿って
　　歩みを留める
輪廻の成住壊空に沿って　夜明け　黄昏れ
　　又一日の繰り返し
至る所に花の神秘の法則　神の跡　禅機
　　円融通透
私の歩みは大海　また樹木の根
小機大用　大根大用

私が何を失ったかを見る　一人の人の真心と
　　は何かを

重新找到了什么　追随并忠于那
　　真心的指引
山海和整体的世界知道全部的真相

改めて何を見つけたかを　追随しそしてその
　　真心の導きに忠実である
山海と全体の世界は全部の真相を知っている

二　眉山坐海

二　眉山坐海

淡路岛从你的眉心滑落
这奇绝的峨眉　感激皆歌
眼泪辉光纪伊的水道
像你的高宛　浓密
　　轻约飞花
满是湛蓝

淡路島はあなたの眉間から滑り落ちる
この絶妙な蛾眉　巡り会えた感激で皆の歌
涙が輝く紀伊水道
あなたのすらっとしなやかな　濃密な
　　スリムな飛花のよう
すべてが青を湛えている

我是天空与大海的链接
是土地与大海的拐点
是海鸥飞过的行距
爱情　生死　聚散的距离
太阳像老僧神神道道的入定
半掩明慧
喷薄与生俱来的光明
山石像念珠转化时节
我是这么蓝

私は天空と大海のくさりの接続
土地と大海の曲がり角
かもめのとんだ距離
愛情　生死　集散の距離
太陽は老僧の神秘的な入定のようだ
明慧の半分を隠す
吹きだす力と生の両方を備えた光明
山石は数珠が時節に化したようだ
私はこんなに青い

三　鸣门涡潮

三　鳴門うず潮

漩涡的直径仅次于我的人生
速度冲落
　　快过我的死亡　混沌
海风狂作　滔天波浪在身体上呼啸
看见灵魂在这漩涡的中心　这么宁静

うず潮の直径は私の人生の次に大きい
速度が突っ込み落ちていく
　　もうすぐ私の死亡　混沌を過ぎる
海風が荒れ狂う　天までとどく波は体のうなり
霊魂をこのうず潮の中心に見る　こんなに静か

刘波禅诗三种　　刘波禅诗集三作

从一个漩涡到另一个漩涡

回转我的旅程永恒

沉浮自己的本性

没有一个漩涡不像我的生命

抓住浮动　抓住自己的下沉

没有生死　只有超越

用海浪全新的觉知

本性开满海上花

一つの渦からもう一つの渦へ

回る私の旅は永遠

自分の本性を浮き沈みさせる

私の生命に似ていない渦は一つとしてない

浮き沈みををつかみ　自分の沈下をつかむ

生死はない　ただ超越があるだけ

波を用いて全新の覚知

本性は海上の花を満開にする

四　去道后

四　道後にいく

带着夏目漱石小说里的少爷

跳上大正年代的轻轨列车

像少爷一般成为少爷号驱动

和女人谈情

听男人说禅

夏目漱石の小説の坊ちゃんを連れて行く

大正時代の軽便鉄道に飛び乗る

坊ちゃんのように坊ちゃん号となり始動する

女と情けを語る

男が禅を説くのを聞く

风景一路很美

和服　短裙的女人很美

喜欢美的女人

透着那个时代的美

寂寞得干干净净

阿弥陀佛

好在定力还足

風景はずっととても美しい

和服　ミニスカートの女性は本当に美しい

美が好きな女性

あの時代の美が透けてくる

きれいさっぱりした寂しさ

阿弥陀仏

定力がまだ足りていて好かった

泡过道后温泉

人生就没有舍不得了

泡过道后温泉的美女

人生会充满迷恋

我的眼在梦里复制黏贴

午前十点

将自己成功发送给你

道後温泉に入った

人生は捨てがたいものなどではない

道後温泉に入った美女

人生は夢中になる事だらけ

私の眼は夢の中で複製し貼付けする

午前十時

自分の成功をあなたに送信する

五 泡着汉字的温泉

我喜欢在汉字里浸泡
看着汉字热气腾腾的冒烟
满足度　超绝境的露天风吕
极乐　名汤　名人　日帰
展望风吕　正是展望自己
一汤入魂　黄金风吕　大理石风吕
酒风吕　志楽　好评
海山　果报　勇气的混浴
满是汉字的咕嘟淅沥
赤条条的冲出冲进夜晚
我被温泉泡掉
穿过一句汉语的早晨

六 过濑户大桥

固定岁月　固定我的当下过海
那些智慧的手　寡言的手　感伤的手
专注的手　挑战极限　向身之外跨越
钢筋的组合　海天的组合
　你高悬如琴弦
舒云抚月　蜿蜒如歌的行板
编制日日夜夜的手
　太阳和月亮的手

以手抓住　以手失去
重重叠叠的手　合聚一切
成为所有的道路　荣耀　记忆

五 漢字の温泉に浸かる

私は漢字の中に浸るのが好き
漢字から熱気むんむんの煙が出るのを見る
満足度　超絶郷の露天風呂
極楽　名湯　名人　日帰り
展望風呂　正に自分を展望する
一湯入魂　黄金風呂　大理石風呂
酒風呂　志楽　好評
海山　果報　勇気の混浴
すべて漢字がごとごとと落ちて来た
すっぱだかになって温泉に入ったり出たりの夜更け
私は温泉に浸け尽くされてしまった
中国語の一句が突き抜ける早朝

六 瀬戸大橋を渡る

歳月を固定し　私の今を固定して海を渡る
あれらの智慧の手　寡黙の手　感傷の手
専心の手　挑戦極限　身の外に向けて跨いで越える
鉄筋の組み合わせ　海と天の組み合わせ
　あなたは琴の弦のように高く浮かぶ
伸びやかな雲が月を撫でる
　くねくねと歌のようなアンダンテ
日夜の手　太陽と月の手を編成する

手でつかむ　手で失う
重なり合う手　一切を合わせる
すべての道路　栄誉　記憶になる

刘波禅诗三种　　劉波禅詩集三作

在我走过之前　在你走过之后

私が行く前　あなたが行ったあとに

七　松山一瞥

七　松山をちょっと見

树林流淌河流　稻谷
回望你的笑容里有鱼
穿行美术的田野
耕作的农人挥手
散落峡谷

森林が流れて河流　稻の谷になる
あなたの笑顔の中に魚がいるのを回想する
美術の田野を突き抜けていく
野良仕事をするお百姓さんが手を振る
峡谷に散らばる

山林田间的斜顶木屋
午后的热风割草安静的背影
精致的劳作像风景不拖泥带水
空气畅快　甘之如饴

山林の田の合間に斜めの頂きの木小屋
午後の熱風が草を分け静かな背影
精緻な労作は風景のようにだらだらとしない
空気は爽快　とても心地よい

藩主的城邦
亡灵如感伤的湿润
佑护自己的子民
像一壶樱花发泡酒的物语
被山的嘴唇啜饮

藩主の城郭
感傷のしめりのような亡霊
自らの藩民を守る
一壷の桜を浸けた発泡酒の物語のように
山のくちびるにすすり飲まれた

八　冈山后乐园

八　岡山後楽園

给我一杯绿茶
江户时代暧昧生香
潋滟庭园青青的颜色

私に一杯の緑茶をください
江戸時代が曖昧に香りを出す
たゆたう庭園青々しい色

茶得好水而生
是女人因爱而美
身体的热度

茶はいい水で生まれる
女性は愛で美しくなる
体の熱

在我的品茗中顺流而上
荡漾模糊可感历史的清幽
我是这庭园的静物
在庭园里化开
梅开些许　白花茫茫
像鲤鱼游动神秘的恬静

私が聞き茶をするに従って上がっていく
模糊として波打つ様子に歴史の静かな美を感じる
私はこの庭園の静物
庭園の中で化す
少しの梅が咲いている　白い花かすか
鯉が泳ぐように神秘の静けさ

刘波禅诗三种

刘波禅诗集三作

九　赞岐乌冬面

我的脚轻踩那面团
唱着自己的歌
你醒来了
跳起自己的舞

揉着面也揉着自己
想起故乡　表姐　一起种麦子
太阳红润　皮肤红润
　日子红润
那个逝去的飘动的夏天

九　讃岐うどん

私の足は軽く麺の塊を踏む
自分の歌をうたいながら
あなたは目覚めました
自分の踊りを始める

麺を揉んでいる　自分も揉んでいる
思い出す　故郷を　お姉さんを　一緒に植えた麦を
太陽は紅くつややか　皮膚は紅くつややか
　日々は紅くつややか
あの逝ってしまったゆれる夏の日

十　德岛祖谷溪

藤蔓编织的吊桥
走进迷失　在山谷里
有一些另外的东西也迷失
与溪流合一　与树　石灰石
成为自然的一部分

我在时间里漂流
窄小的步道带着你的狂喜

十　德島祖谷渓

藤づるを編んだ吊り橋
歩いて道を見失う　山の谷間
別のものもいくつか見失う
渓流と合一　樹と　石灰岩と
自然の一部になる

私は時間の中を漂流する
狭い歩道にあなたの狂喜を連れて

不错过开始　也不错过结束

就是融合一起　停留在此时此地

就是要融合一起　没有自我

你也不再是你

　　别人也不再是别人

剑山的山坳　深源何处

你必须用走动超越

十一　香川金刀比罗宫

象头山腰

海上的守护神金比罗

用愿力疗疾

保佑船只水手的平安归来

消灾避祸四方

一缕神光包含大千世界

人们的目光虔诚

说过太多太多的话

口齿伶俐

越说越多的误解

越来越深的孤独

行走参拜的路径

照见自己的本性

那里有神灵

那里有我们永恒的生命

踢球的游戏祭神

静默那平原

始めを逃さない　終わりも逃さない

すなわち一つに融合し　この時この地に留まる

すなわち一つに融合し　自分はなくなる

あなたももうあなたではない

　　他の人ももう他の人ではない

剣山の山間の平地　深源はどこに

あなたは歩いて超越しなければならない

十一　香川金刀比羅宮

象頭山の中腹

海上の守護神金比羅

願力で病気を治す

船舶と水夫の安全な帰来を守る

四方の災難除け厄払い

一縷の神光が大千世界を包む

人々の眼の光は敬虔に満ち

とてもとてもたくさんの事を話した

とてもなめらかな口ぶり

喋れば喋るだけ多くなる誤解

ますます深まる孤独

参拝に行く道

自分の本能を照見する

その中にたましいがある

その中に私たちの永遠のいのちがある

ボールをける遊び　祭神

静かに黙るあの平原

十二　直岛

在落日里受孕
在朝日里张开欣喜的眼睛
自然的艺术
有水有酒
气定神闲晒着太阳
躺在莫奈的睡莲上
足够疯狂的爱情印象

喜悦　来不及的忧伤
用灵魂的涨潮作画
素描回忆
泼洒更多的血红　澄蓝
时间太快
像大海的脑筋急转弯

十三　高知足摺岬

我的心是圆弧的海平面
汹动太平洋的黑潮
一张行走的脸
充满悬崖绝壁的深度
横看成黑松林
侧看成为海啸

海啊　海
不生不死
你呀　你

十二　直島

落日の中で受胎する
朝日の中で喜びの眼を開く
自然の芸術
水有り酒有り
心が定まり太陽が照りつける
モネの睡蓮の上に横たわる
十分風狂な愛情の印象

喜び　間に合わない憂い
たましいの上げ潮で絵を作る
回想を素描する
もっと多くの血の赤　澄んだ青を飛び散らす
時間が速すぎる
大海の脳みそが急に回るように

十三　高知足摺岬

私の心は円弧の海平面
太平洋をごうごうと動かす黒潮
一つの歩く顔
断崖絶壁の深さを満たす
黒くなった森林を横に見て
そばで津波になるのを見る

海よ　海
不生不死
あなたよ　あなた

刘波禅诗三种

劉波禅詩集三作

天清 月明
可是啊　可是
可是仍然升起爱

十四　香川和扇博物馆

一个男孩长成一个男人
像一棵青色的竹子
从小恋母
拼命练习打野球
不怕活不怕死
斜劈竖削
被训练得全神贯注
在榻榻米上
完成了名为扇柄的制作

一个女孩变成一个美人
需要调教
从小和叫爸爸的
　男人泡澡
插花　抄写心经　读俳句
长大后按时睡觉
看着书本的克数做料理
风韵一幅迷人的扇面

一阴一阳
扇风点火
散发檀香　花的香
这把和扇送给记忆
看着你斜插腰肢
款款轻摇而去
那踏踏的木屐声远

空は晴れ　月は明るい
しかしだ　しかし
しかし依然として愛が沸き上がる

十四　香川うちわの港ミュージアム

一人の男の子が大きくなって男になる
青色の竹のようだ
小さいときから母を恋い
必死で野球の練習に打ち込み
生きる事も死ぬ事もこわくない
斜めに払い縦に振り下ろす
一心不乱に訓練する
たたみの上で
うちわの図柄製作で有名になる

一人の女の子が大きくなって美人になる
しつけが必要
小さいときからお父さんと呼ぶ男性とい
　っしょに風呂に入り
生け花　心経の写経　俳句を詠む
大きくなって時間通りに眠る
本に書いてあるグラム数を見ながら料理を作る
刺激的なうちわの図柄

一陽一陰
うちわの風で火をつける
檀の香　花の香りを発散させ
うちわを記憶に向けて送る
あなたが斜めに腰をくねらすのを見る
しゃなりと軽やかに揺らしながら行く
あのたったっと鳴る下駄の音遠く

十五 今治毛巾博物馆

柔软吸水的毛巾
吸收白云的清洁
吸收大海的丰富
吸收太阳和产地的活力
白　蓝　红
绽放灿烂的线团

万象皆入浮世绘
摊开东海道五十三次
毛巾上跳动山峦　海浪
美人一笑的流觞
轻擦历史的额头
包裹洁净
美妙的幸福或忧伤

十六 香川庵治町

一部电影的拍摄地
风光世界的眼睛
寻找你我的初恋
逝去的温馨
在世界的中心呼唤爱

那钓鱼的长堤
总是先钓上落日
那雨中的照相馆
有装不满的时光库存

刘波禅诗三种　　劉波禅詩集三作

十五 今治タオル博物館

柔らかく水を吸い取るタオル
白雲の清らかさを吸い取る
大海の豊富を吸い取る
太陽と産地の活力を吸い取る
白　青　赤
綻んでさんさんと輝く糸の塊

万象がすべて浮世絵の中に入る
東海道五十三次を並べる
タオルの上に山並み　海の波がおどる
美人一笑の曲水の宴
歴史の額を軽くさする
純潔を包む
絶妙な幸せ或いは憂い

十六 香川県庵治町（あじちょう）

ある映画の撮影地
すばらしい世界の眼
あなたと私の初恋を探す
逝ってしまったぬくもり
世界の中心で愛を叫ぶ

あの魚釣りの長い堤防
いつも入り日を先に釣り上げる
あの雨の中の写真館
収めきれない時光をとってある

鲷鱼游动灯火的茶屋
青春之岛　迎风飘逝
像我的青春永不再来
我用星空的光芒自燃
照亮你来去的路

鯛がゆうゆうと泳ぐ　火の灯る茶店
青春の島　風に向かって漂って逝く
私の青春が二度と戻らないように
私は星空の光芒で自ら燃える
あなたの行き来する道を明るく照らす

十七　朝圣之路

十七　参拝の道

金灿灿的橘子
挂在我生命的枝头
摇动清香供奉
像经幡的抖动

金色に光るみかん
私のいのちの枝に付く
さわやかな香りを揺らし奉納する
経幡（のぼり）がふるえるように

阿波舞是和服的体温
蜡染宁静
伯方的盐七轮烤鱼
火影忍者
灵山寺领取护身之符
沿四国朝圣
八十八种的朝拜之旅
烦恼厄运一并消除
神佛共生

阿波踊りは和服の体温
ろうけつ染めは安らか
伯方の塩七輪の焼き魚
火影の忍者（ナルト）
霊山寺で護身の符を受け取る
四国の詣での道
八十八種類のお参りの旅
煩悩厄運はすべて消える
神仏共生

放慢脚步
为了连接弘法大师走过的路
向外向内
情热的国度
在冷静与热情之间
开场人鬼神佛的嘉年华

そぞろに歩く
弘法大師の歩んだ道と繋げるため
向外向内
情熱の国
冷静と熱情の間で
人鬼神佛のカーニバルが始まる

十八　船屋旅馆

我听到梦中的声音
落日照海
星辰铺天盖地
音乐接吻的欢爱　卡拉永远OK
海浪告别群山
灯塔用沉默迎接渔船
温泉水流
拉面飞进嘴里
河流在血管里过夜
醉汉的憨笑
在胃里长出草地
女人优雅的光脚
走在木板的楼道
长发甩落泡汤的体香

声音从来不昭示含义
而在于声音本身
梦醒的声音闪动夜晚
啊　一切的奥秘

十九　唱题的老人

我听见你面向大海的唱题
远见你朗诵海水
光线与影子
唱到空
唱到你像一盏空空的酒杯
装满你是谁的答案

十八　船屋旅館

私は夢の中で音を聞く
落日海を照らす
星が天と地を覆い尽くす
音楽が口づける歓愛　カラ永遠オッケー
波が山の群れに別れを告げる
灯台は沈黙で漁船を迎える
温泉水流
ラーメンは口の中に飛んで入る
河流は血管の中で一夜を明かす
酔っぱらいの無邪気な笑い
胃袋に草地が育つ
女の優雅な素肌の足
木の廊下を歩く
長い髪が湯上がりの香りを振り落とす

音はもともと何の含蓄を明示しない
音そのものにある
夢から覚めた音が夜更けに閃く
ああ　一切の奥義

十九　お題目を唱える老人

私はあなたが大海に向かって唱題するのを聞く
あなたが海水を朗読するのを遠くに見る
光と影
空になるまで唱える
一杯の空っぽの杯のようなあなたまにで唱う
あなたは誰かへの答案をいっぱいにして

湿润的眼睛

充满无限的祝福

盛满欢乐　庆祝

在退潮时远去

留下我在的痕迹

濡れた瞳

無限の幸福に満ちている

よろこび　幸福でいっぱい

引き潮で遠くに行く

私の存在の痕跡を残して

二十 入海

我大叫着跳入大海

爬上黑潮的背脊

光亮柔滑

满是接纳

我不知应该坐着　躺着

　游着

还是喝了这杯月亮

兑满星星

此刻只有我

身体在海水的汤锅煮熟

连同我的绝望　疼痛　清醒

你想怎么席卷我　收拾我

快来吧　利索点

夜晚像波峰里跳出的一个女人

头发像粉丝软弱

女人啊

是仙还是鬼

是霝还是神

如此忧伤的看着我

看着我满身背负的刀光剑影

退还给大海

二十 海に入る

私は大声で叫んで海に入る

黒潮の背骨にまたがる

光は柔らか

すべて受け入れる

私はどう坐したらいいか　横たわったらいいか

　泳いだらいいかを知らない

やはりこの杯の月を飲んだ

星といっぱい交換する

この時は私だけ

体は海水の湯鍋で煮え切った

私の絶望　痛み　目覚めも一緒に

あなたはどうやって私を席巻するの　私を収拾するの

早くおいで　もう少しちゃんとして

夜更けは波がしらから飛び出した女のようだ

髪は春雨のように弱々しい

女よ

仙人なのか化け物なのか

霊なのか神なのか

こんなの憂いて私を見る

満身に刀の光と影を背負った私を見ている

大海にお返しする

行者的中国
行者の中国

刘波禅诗三种

劉波禅詩集三作

一 那年　这头

从中国到长安城里　太君们划船骑马　牵牛　热血沸腾了九九八十一天

哈腰敬呈国书　恭请皇上圣安　遣唐使免礼　和尚可好　娇娘子可好　笙歌艳舞的红男绿女

像艳阳高照　皇后　岭南的荔枝可好吃　望帝春心托杜鹃　贵国人妻的老公不在　就抱着老公公睡觉

民风纯朴　都是安分守己的良民朕头回听说　大和喜欢生吃鲸鱼这么个事

赐以胡人烤的全羊　汉人的油炸花生米　卤猪耳朵　下大唐本地的烧酒

吾皇万岁万岁万万岁　南无阿弥陀佛　太上老君腾云驾雾　长命百岁　柳树高低寒鸦

渭水河满是秀才们花里胡哨的唐诗抓一把长安城上的白云　给京都　近畿中国　整点儿捎去

琢磨下一个目标是将大和的中国IPO长安的护城河　CPI上涨　柳枝的西域

一 あの年 こちらで

中国から長安の街の中　太君たちが船を漕ぎ　馬に乗り　牛を引き　熱血が沸騰した　九九　八十一日腰を折り国書を上奏　皇帝陛下のご健康を祝します　遣唐使よ礼儀作法は不要である　和尚は本当にすばらしい　美少女は本当にすばらしい　笙歌　艶やかな着飾った男女
明るい太陽が照らすような　皇后様　嶺南の荔枝は本当においしい　皇帝陛下の春の心をほととぎすに託し　貴国の人妻の旦那はいない　だからじいさまを抱いて眠る

民風は純朴　みな分相応をわきまえた良民　朕は初めて聞いたが　大和では生の鯨を好んで食すというが本当か
胡人に進呈しよう　羊の丸焼きを　漢人の落花生の油揚げ　豚耳の塩煮を　大唐地元の焼酒を出そう
我が皇帝陛下万歳万歳万々歳　南無阿弥陀仏　老子様雲に乗り霧にまたがり　長命百歳　柳樹の高さに寒がらす
渭水の河は秀才たちが花の中で口ずさむ唐詩でいっぱい　長安の街の白雲を一津上にして　京都　近畿　中国に進ぜよう　適当にまとめて届けてくれよく考えて次の目標は大和の中国IPO　長安城のお堀　物価指数の上昇　楊枝の西域

从中国到中国　这年持商务签证　丫
买了六本木的大楼　遍扫了银座　坐新干
线包厢观光中国

山口组的老大来了没有　还是那么尊
荣相好　酷兮兮　咱只坐SEL600的大奔
黑西服的保镖时给十万

会握手的横路当上了议员　花子那小
妞在北京留学　爷没少关照　时隔三秋兮
当上了艺能人

目断冬雪落雁　醒来时月明空弦　我
等泡好温泉　穿上前朝的龙袍　上酒　在
榻榻米上登基

梓童　传旨　本朝女人不必减肥　珠
目玉润　肌若凝脂　床笫之事难免阴阳不
和　借用臣等的奏事

水旱为灾　地震火起　大哉乾元　神
不可测　陛下后庭功夫了得　其内也刚其
外也挺　樱花扫不了哥们的兴

我朝皇宫无人　南下江南狎妓　扫黄
打非打黑　花繁香珊　一路批示　皇后娇
滴滴的在歌剧院说　圣上你真坏

风萧萧草木偃折有声　到处莺歌燕舞
奴才早已肾虚　刚拆了坛子　四合院　梨
园　妓院　包子

话说奴婢卖艺不卖身　刚好是至宝三
鞭酒的代言人　因知皇上来日无多　好了
这个又好那个

如何是佛　哎　那即是　哎哟　哎
是什么　此即是　彼即是

中国から中国へ　この年ビジネスビザをとって　六
本木のビルを買い　銀座を無理矢理一掃し　新幹線
のコンパートメントで中国を観光しやがった　組の
親分は来たか　やっぱりなんと光栄でいい感じ　ク
ールやな　俺らはSEL600の外車に乗ろう　黒スー
ツのボティガードは時給10万

握手の横路さんは議員になった　あの小娘花子は北
京留学　じいさんはしっかり面倒見ている　三度の
秋が過ぎた　で芸能人になれた

眼を離さぬまま冬雪が雁を落とす　目覚めれば月は
明るく空弦（弦の月）私は温泉にしっかりと入るのを
待つ　前日朝の龍袍（ロンパオ）を着る　酒をとる
畳の上で王位継承する

妃よ　伝旨　本朝女人はダイエットをするに及ばぬ
瞳は濡れ　肌は白くつやがある　ねや事においては
陰陽の不和はありがちだ　臣等の陳述を借用

干ばつは災難　地震で火が起こり　大いなる哉乾の
元　神は測れぬ　陛下後宮の術は大変だ　その内も
強くその外も堅い　桜の花は皆さんを白けさせない

我が王朝の皇宮に人はいない　江南に南下娼婦を買
いにいく　猥褻偽物裏社会の取り締まり　花溢れ香
しい珊瑚　道すがらの指示　皇后可愛らしく歌劇院
で帝は本当に悪い人

風がしゅくしゅくと吹き草木がしなう音がする　至
る処鶯が歌い燕が舞う　手前も已に腎虚　かめを壊
したばかり　四号院　梨園　妓院　包子

話では奴婢は芸を売るが身は売らない　丁度至
宝三鞭酒のスポークスマン　皇帝の残りの日は長く
ないのを知っているので　これもいいあれもいい

どんなのが仏か　おい　あれがそれだ　おやまあ
おい　なんだ　これがそれだ　それもそれだ

二 中国

旅程就是我的归程
身体是行者的舟车
划过河流　翻山越岭

走在日本国的中国
中国长在街道上　熙熙攘攘
去中国银行取钱
读中国新闻
在自民党　民主党　共产党的中国
　　支部打酱油
拈花惹草河道两边
烤熟一条香鱼
游回宋朝的肠胃
身在海边
意在洛阳或开封
赏着牡丹把玩文物
故事说着说着
就要请皇帝吃饭
酒过三巡
就趴在城墙上做梦

新干线磁悬浮历史的速度
在中国的大地来回抽送
啊　啊　啊　中国
你的　我的
从中国到中国并没有多远
看着身外的风景
看着自己一生的春花秋月
在夜灯下苍茫中国
转瞬即逝

二 中国

旅は私の帰路
体は行者の船　車
河流を漕ぎ　山を越えた

日本国の中国を歩く
中国は街道の上に育つ　行き来がとてもにぎやか
中国銀行に行ってお金を下ろす
中国新聞を読む
自民党　民主党　共産党の中国支部関係ない
色仕掛けで誘惑をしかける花たちが河道の両
　　側に
一匹のあゆを焼き上げる
宋朝の胃腸に泳ぎ戻る
身は海辺
意は洛陽或いは開封
牡丹を愛で文物を楽しむ
物語を話すわ話すわ
皇帝を食事に招待したい
酒が三巡して
城垣の上に横になって夢を見る

新幹線が歴史の速度を磁気浮揚させる
中国の大地で行き来抽送
あ　あ　あ　中国
あなたの　私の
中国から中国へはそんなに遠くない
外の風景を見て
自分の一生の春の花秋の月を見て
夜の灯りの下見渡す限りの中国
振り返って一瞬で逝く

三 山口市街

　一切美妙如斯
　　左边是左派
　　保守的古老石街乐业
　　右边是右派
　　自由的反动灯火辉煌
　　风土淳朴　喜文字
　　老惦记着挥毫泼墨写诗

　行者语迟
　满眼皆是好人好事
　一些让他们变成海风
　一些化作舒展的白云
　艳遇传说　物语
　　准备打烊的居酒屋
　三步之内
　必有醉汉
　　必有芬芳的酡颜
　时光啊　时光
　想起时光
　我总是须眉皆白

四 三德山

　粘贴在悬崖绝壁上的寺庙
　像我的心被神秘莫测的建造
　供着你的虔诚与欣喜
　唯物与唯心

三 山口市街

　すべてこんなに美妙
　　左側は左派
　　保守の古い石の街楽しく生業を営む
　　右側は右派
　　自由の反動灯火が輝く
　　風土は純朴　喜文字
　　筆を持ち墨を垂らして詩作を気にしている

　行者は言葉が遅れる
　眼いっぱいに皆いい人たちいい事
　すこし彼らを海風に変える
　すこしさわやかに広がる白雲に化す
　艶遇伝説（出会い官能伝説）　物語
　　店じまい間近の居酒屋
　三歩歩くと
　必ず酔っぱらいに出くわす
　　必ず香りのいい赤ら顔に出くわす
　時光よ　時光
　時光を思い出すと
　私はいつでもひげも眉も皆白くなる

四 三徳山

　断崖絶壁に貼り付いた寺院
　私の心が理解不可能に建造されるように
　あなたの敬虔と喜びをお供えする
　唯物と唯心

许多陌生的树叶

在灿烂的阳光下构图

肥满鲜美又阔大

像思绪里长满怀想　空寂

你就好好供着我吧

好事不灵

坏事全应

一座山如阳具的坚挺

布满月亮的神经

看着你抱着他疲惫地昏睡着

满是月光　悄无声息

佛　菩萨　缘觉　声闻

天　人　阿修罗　地狱

饿鬼　畜生的轮回

每日每刻在十法界游走

心念时而地狱　时而天堂

五　倉敷

垂柳石灯的街道

像我的额头撑开喜悦

小桥流水

人走动花

白墙黑瓦的房子

纯净我的游思

我的女人

优美的从旧邮筒里站立

躲过一次又一次被分拣的生死

让我签收

たくさんの見知らぬ葉

さんさんと照る陽光の下の構図

肥満は美しくおおらか

思惟の中に一杯に育つノスタルジー　空寂

あなたはよく私をお供えしてください

いい事はうまく進まず

悪い事は全部応ずる

山は陽物の逞しさのようだ

満月の神経を張り巡らしている

あなたが彼を抱えて疲労困憊で昏睡しているのを見る

すべて月光　かすかな音もない

仏　菩薩　縁覚　声聞

天　人　阿修羅　地獄

餓鬼　畜生の輪廻

毎日毎刻十法界を歩き回る

思いは時として地獄　時として天国

五　倉敷

しだれ柳石灯籠の道

私の額に喜びが広がるようだ

小橋流水

人も花もうごめく

白壁黒瓦の家

私のくだらない思いを浄化にする

私の女

優美な旧い郵便ポストの中に立っている

一度又一度と分別された生死をよけて来た

私に受け取らせて

158

印下太阳的图章

另一些女人
则被没有地址的早晨寄走
许多男人抱着邮筒变老或者死去
如同红尘滚滚的死亡
喜悦与悲伤
我正是那旧旧的邮筒

我熟悉这里的每一块石头
用雨水和微笑
款待每一个路人
你的嘴唇一直醒着
包含花
一首诗的尽头会下雪

六 山阴海岸

我的灵魂行走在这片海
我的表情如海蚀地形
我的自我早已千疮百孔
布满海饰崖　洞窟石门
抹去太阳的光芒
等待一次台风的席卷吹尽
脱掉浪花的衣服
还给船　水手　海鸥
脱掉你　还给青春　激情

许多的日子潮起潮落
总是会让死亡重新再活一次
残忍而情不自禁
我唯有等待

太陽のデザインを押して

別の女たち
住所のない朝に郵送された
たくさんの男たちがポストを抱き　年を取り或
いは死んでしまった
俗世の垢にまみれたような死
喜びと悲傷
私は正にその旧い旧い郵便ポスト

私はここの一つ一つの石ころをよく知っている
雨水と微笑みで
一人一人の道ゆく人をもてなしている
あなたの唇はずっと醒めている
花を含んで
一つの詩のつきあたりには雪が降るだろう

六 山陰海岸

私の霊魂がこの辺りの海を歩む
私の表情は海蝕地形のようだ
私の自我はとっくの昔あざだらけ
たくさんの海蝕崖　洞窟石門を分布する
太陽の光芒を消す
一度の台風が席巻し吹き尽くすのを待つ
波しぶきの衣服を脱ぎ捨てる
船　水夫　かもめにかえす
あなたを脱ぎ捨て　青春　情熱を返す

たくさんの日々潮の満ち引き
いつも死をもう一度再生させることができる
残酷でそして我慢できない
私はただ待つのみ

日本的心灵地图　日本の神性地図

159

等待一个永远不可能的到来

海水在这湛蓝　深蓝　铁蓝

像我羞于启齿的鱼和人类

你准备好的容器在哪

大海的头脑

既是喧嚣也是宁静

一つの永遠に不可能な到来を待つ

海水はここで薄青色　深青色　藍鉄色

私が口に出すのを恥じる魚と人類のよう

あなたは容器がどこにあるか準備してください

大海の頭脳

喧噪で且つ又静か

七　鸟取沙丘

我的眼里从前容不下一粒沙

现在是金色的沙丘聚焦

十万年的火山灰饱经沧桑

像太阳的手指轻弹一下的烟灰

时刻不停的变化鬼斧神工

在我的脸上阅读水流的方向

海风吹动

太阳染着金色

记录风的来临

雨水的离去

绘制云　开满微波的风纹

沙的光芒会慢慢熄灭

好让你不会感到物的存在

就像你看不到我的存在

神的存在

七　鳥取砂丘

私の眼の中に前から堪えられない一粒の砂が入っている

今は金色の砂丘がフォーカス

十万年前の火山灰が十分に幾多の変遷を経た

太陽の指が軽くはじいた煙草の灰のようだ

時刻はずっと変化する神業

私の顔の上に水流の方向を読む

海風は吹く

太陽は金色に染まる

記録する　風の到来を

雨水の別れを

描く　雲を　細かい波で一杯の風紋を

砂の光芒がゆっくりと消滅する

全くあなたに物の存在を感じさせない

私の存在が見えないのと同じ

神の存在

八　花的回廊

鲜艳的融入　如一滴露水

你喜乐的形状　像那些花

八　鳥取花の回廊

あでやかに溶け込む　一滴の露のように

あなたが好きな形状　あの花のように

这音乐的形状　是那些花
女人的气息　灵的气息
陶醉又耀眼

我要栖身参天古树的画框
用自己把写真取而代之
你在哪里　用你的眼睛照摄我
根茎的手指直指我的心

风吹过花的回廊
而我静静的开满梦
满是绚丽的芬芳

九 二十世纪梨纪念馆

苹果是上帝揣在兜里的
是留给牛顿发现
　万有引力的
是被亚当和夏娃注定要
　偷吃受罚的
是让我们生来必定是要有罪的

梨是我这等凡夫俗子想要的
这时间的静物
滋润我想象的干涸
像诞生一切的形状
像卵巢倒挂喜悦与丰收
被我开耕播种幸福
我的河流满溢生命的能量
在你的枝头

一只梨的饱满

この音楽の形状　それはあの花だ
女の息　霊の息
陶酔とまぶしさ

私は高く聳える古樹の額縁に棲む
自己で写真をこれに取り替える
あなたはどこ　あなたの眼で私を撮影する
根茎の指は直接私の心を指す

風が吹きすぎる花の回廊
私は静かにいっぱいの夢を見始める
そこらじゅう華麗な芳香

九 二十世紀梨記念館

りんごは神様がポケットの中にしまったもの
ニュートンに万有引力の発見をさせるために残し
　ておいたもの
アダムとイブが盗み食いして罰を受ける定めと
　されたもの
私達を生まれた時から罪があると定めさせたもの

梨は私たちこれら凡夫が欲しかったもの
この時間の静物
私の想像の枯渇を潤す
誕生の一切の形状のようだ
卵巣が喜びと豊作を逆さまに吊るすようだ
私に耕され種をまかれる幸せ
私の河流は生命のエネルギーで満ちあふれている
あなたの枝に

一つの梨の豊満

连接灵魂和身体
来自肥沃的子宫
如同你的肉体
来自灵魂
如同我的空
充满你的热爱　想象
生命的雨打梨花
万万千千的吹拂

十　米子寿城

望山　望海　望人
这个下午坐在玻璃里
用日光泡制点心
慢饮一杯绿茶
饮尽你全部的柔软　清香
饮不尽你樱花树下的笑
说你好　道珍重
说再见　盼相逢

你的默默无语
拎走了我的头

十一　大山

看见你骑马进山
看见你像一匹落日与黑夜相杂的
　　母马
皮毛光滑如心如缎
飘扬的长发　颠簸的酥胸

霊魂と体をつなぐ
肥沃な子宮から来た
あなたの肉体と同じ
霊魂から来た
私の空と同じ
あなたの熱愛　想像が充満している
生命の雨が打つ梨の花
幾万幾千の払拭

十　米子　お菓子の壽城（ことぶきじょう）

山を望む　海を望む　人を望む
この午後ガラスの中に坐す
日光でふやかしたお菓子
一杯の緑茶をゆっくり飲む
あなたのすべての柔軟　清香を飲み尽くす
あなたの桜の樹の下の笑顔は飲み尽くせない
こんにちはと言う　道は大事だ
さようならと言う　逢うのが愉しみ

あなたは黙々と無言
私の頭を提げて持って行ってしまった

十一　大山

あなたが馬に乗り山に入るのを見た
一頭の落日と暗夜の混ざった母馬のようなあな
　　たを見た
肌は心のようにサテンのようにすべらかだ
たなびく長いたてがみ　上下にゆれる柔らかな胸

刘波禅诗三种

劉波禅詩集三作

扬在海拔千米　又白又长的腿

复活一个仙女

穿着白云的纱裙

登山也是登向自己

达成自己

山属于登山的人

登山成为祈祷

祈祷延伸山路

看见空气打开门

在一些注定要发生的事物面前

驻足　喘息

你往上　神往下

途中彼此交换马

十二　松江水城

1611年的天守阁

是武士热爱一生的家园

女人在盐见绳手街插花

黑道白道的生活

像女人静若处子的眼

充满家的温暖

一块块古老的碑石

它们的重量

凸出历史的大腹便便

风吹过充满水的

　清香发髻

满是桃花的眼泪

此刻我是桃太郎

看着你的美无动于衷

海抜千米に上る　白く長い足

一人の仙女が復活する

白雲のスカートを着けた

登山も自分を登ること

自分を達成すること

山は登山の人のもの

登山は祈りとなる

祈りは山道を伸ばす

空気が門を開けるのを見る

定めとして発生だろう事たちの前に

足を止める　息をつく

あなたは上に　神は下に

途中で互いに馬を交換する

十二　松江水城

1611年の天守閣

武士が一生熱愛する家

女は塩見縄手で生け花をする

裏社会表社会の生活

女は処女の眼のように静かだ

家の暖かさでいっぱいになる

一つ一つの古い碑石

それらの重さ

突出するでっぷりとした歴史の腹

風が水でいっぱいの清らかな香りのちょんまげを

　吹き過ぎて行く

桃の花の涙でいっぱい

この時私は桃太郎

あなたの美が少しも心を動かさないのを見る

说禅解缠
如来真吾
你是上升的湿热
明亮养阳的春夏

十三 山口萩

指月山下
春江花月夜
武将毛利辉元
一把剑挑开与菊花的距离
用藤蔓绕出一座藩城
城下町的历史小路
反光伊藤博文的背影

我行走江户屋街
伊势屋街　茶屋街
遥想武士与藩主定立的城山之盟
护城的武士
为了活着的理由
可以当场去死

保持坚守的姿势
在一张老照片的壁挂里
柔软成吴服
走在木屐的深处
唯一的故乡是死亡

夜晚的灯火
在我的嘴唇边轻轻转动
像花的独身守候
看见灵魂上天

禅を説きしがらみを解く
如来真の吾
あなたは上昇する湿熱
明るい太陽を養う春夏

十三 山口萩

月を指す山の下
春江花月の夜
武将毛利輝元
一振りの刀が菊の花との距離を引き出す
藤つるを巻きつけて作った藩城
城下町の歴史の小道
伊藤博文の背影が反射する

私は歩く　江戸屋町
伊勢屋町　茶屋町
武士と藩主の定めの城山の盟約を遥かに思う
城を守る武士
活きているための理由
その場で直ぐ死ねる

自分の姿勢を堅持する
一枚の古い写真を壁に掛け
柔軟に呉服になる
げたの深いところに歩く
唯一のふるさとは死

夜更けの灯火
私の唇のあたりを軽く動かす
花のように一人で守る
霊魂が天に昇るのを見る

再次回到土地

十四　锦带桥

五孔木制的桥
如我的醇厚翠香
不带一根钉子

因你而动
因你而应
放空重量
给予脚步的信任
紧握樱花的暗香
回响着我的走过
而我带着整个世界
巡回一条来路和去路

桥的鲜亮如烟无痕
铺满尘世
看见你的梦里
落满我的笑声

十五　岛根半岛的湖

我的想象全是半岛的水迹
半是海半是湖
半是明半是暗
半是白鱼　鲈鱼　鳗鱼
半是我的疾走　沉思　忧伤

そしてもう一度地に戻るのを

十四　錦帯橋

五つの穴の木製の橋
私の芳醇で青々しい香りのように
釘を一本も使わない

あなた故に動く
あなた故に応ずる
重量を空にする
歩みの信頼を与える
桜の花の仄かな香りを握りしめる
こだまさせている　私が歩んで来た
私が持って来たすべての世界を
一本の来た路と行く路を巡る

橋は煙の跡形もないように鮮やか
俗世にいっぱい敷きつめる
あなたに夢の中を見る
私の笑い声が満ちている

十五　島根半島の湖

私の想像はすべて半島の水あと
半分は海半分は湖
半分は明半分は暗
半分は白魚　すずき　鰻
半分は私の疾走　沈思　憂い

人静如水　悟到原形

虚空升白如镜子

五行风水有阴有阳

湖水的性格养我

自然　无为　成道

天　人　物　季节的合一

俯饮这湖水

洗尽沧桑　口含虚静

照见我形如槁木

心如死灰

孕育来年的所有种子

十六　梯田民家

白沙青松海岸的美景

一层一层的舒展你　接近你

　抱住你

我看到海上的阿尔卑斯山

男欢女爱

红尘万丈的生机

以平静迎来朝朝暮暮

月光似海

倾泻数不清的安静美人

新妇骑驴阿家牵

我被黑夜洗劫一空

人は水のように静か　原形まで悟る

虚空は昇る　鏡のように白く

五行風水　陰有り陽有り

湖水の性格が私を養う

自然　無為　成道

天　人　物　季節の合一

湖の水を伏して飲む

時の移り変わりを洗い尽くす　虚静を口に含む

照見する　私の形が枯れ木のようだと

心は死灰のようだと

来年のすべての種子をはぐくむ

十六　棚田の民家

白砂青松の海岸の美景

一段一段とあなたを拡げる　接近する

　抱きかかえる

私は海上のアルプス山を見た

男と女が愛し合う

万丈の俗世の生命力

静けさを朝な夕なに迎え入れる

月光は海のよう

数えきれない静かな美人が流れ落ちる

新婦は驢馬に乗り義母さんがそれを引く

私は暗夜に一つの空を洗い尽くす

十七 出云大社

我是神殿上的长木柱
你用稻草绳维系我
将我一生的寒冷裹住

我熟知所有温暖的程序
命运像初出的荞麦
被你的祈祷剥落
那是我发生的第一件事
也是最后一件事

昨天我的内心充满着我
今天的今天全都是神

十八 隐岐之岛

公子渡海远流之岛
拜会贵国流放此地的天皇
你在银座喝着咖啡
地大震　那年六月十七日戌时

此刻风平浪静
一掠而过的座座
　小岛
像我与导游的
　对烛饮
岁月有波有声如雷
酒杯起伏山的裂变

十七　出雲大社

私は神殿の上の長い木柱
あなたは藁の縄で私をつなぐ
私の一生の寒冷を包んでくれる

私はすべての暖かい手順を熟知している
運命は初めて出た蕎麦のよう
あなたの祈りに剥げ落ちる
それは私が発生した最初の事
そして最後の事

昨日私の内心が私で充満していた
今日は今日全部が神

十八　隠岐の島

王子が海を越え遠く流された島
貴国のこの地に流された天皇に謁見する
あなたは銀座でコーヒーを飲んでいた
地が大きく揺れた　あの年六月十七日戌の刻

この刻風は静か　波は穏やか
かすめたらすぐに過ぎてしまうような一つ
　一つの小島
私と旅行ガイドがろうそくの灯りでさしで飲
　むようだ
歳月には雷のように波があり音がある
酒杯が山の大変動を起伏させる

海水陷穴
汹涌风尘的忧伤

天地晦冥
我用月光轻抹大地
不说爱　仅有的赞颂
我们的船停下来
在甲板上静坐收心
如同一封信　一枝花
在美好的梦里长出皱纹
一种蓝让我温情
用身体一笔勾销大海的风流

亲爱的天空与波浪
如相爱的琴弦与音乐
是我与神　转生一切境界
无有止境

十九　严岛神社

仙山海上升起的都是同一轮明月
在我的眼睛里哀伤海水
爱是潮音
法身庄严
严岛的神社佑护大海
红色的鸟居恭迎神的下榻

不思议的心念
一滴海水三十种大千世界
如光似电
鱼群和花朵如期复活
猴子跳落弥山

海水の陥没穴
涌き起こる旅疲れの憂い

天地は真っ暗
私は月光で大地を軽く塗り付ける
愛とは言わない　ただ賞賛があるだけ
私たちの船が停まる
甲板の上で静かに坐し心を収める
一通の手紙　一枝の花のように
美しい夢の中で出来るしわ
一種の私をやさしくさせる青
からだで大海の風流を一切帳消しにする

親愛なる天空と波
相愛の琴の弦と音楽のようだ
私と神　一切の境地を転生する
無有の果て

十九　厳島神社

仙山が海上に昇るのはすべて同じ一輪の明月
私の眼の中で海の水を哀れむ
愛は潮騒
法身荘厳
厳島の神社は大海を守る
赤色の鳥居が神のお泊まりを恭しくお迎えする

不思議な思い
一滴の海水三十種の大千世界
光のごとく電に似る
魚群と花は約束通り復活する
猿が弥山に飛び降りる

生儿育女
欢天喜地的出让做爱的乐趣

我是如此觉知
因缘聚会又历历
神思中触摸神的本体
被圣灵充满
按照你惊涛骇浪的应许
说起外国的话来

二十 大山连峰

永恒的接受
那些天天拒绝的人
那些天天找寻真爱的人
最终找到了空

像山峰的样子
大海的样子
接受一切
从不要求更多

没有任何理由的狂喜
沐浴爱的山峰跳舞
我找寻了很久很久
这也是我找寻的一部分
在当下起风

小猿娘猿を育てる
天地を喜びまぐあいの楽しみを譲る

私はこのように覚知する
因縁は寄り合いまたはっきりとしている
神の思いの中神の本体に触る
精霊が充満する
あなたの逆巻く怒濤の承認の上
外国の話をし始める

二十 大山連峰

永遠の受け入れ
あれらは毎日人を拒絶する
あれらは毎日本当に愛する人を捜す
最後は空を探し出す

山の峰の様子のように
大海の様子のように
すべてを受け入れる
もっとたくさんを要求しないところから

何の理由もない狂喜
愛を浴びた山の峰が舞いおどる
私は長い間捜していた
これも私が捜していた一部分
この場で風が起こる

Live，东京
Live，東京

刘波禅诗三种　劉波禅詩集三作

Live，东京

地铁口是岁月受孕的子宫

胞衣被全世界最大的竞争压力

撑破，早产

羊水一窝窝涌出帽子，口罩，纱巾

领带形状的人群

从早到晚的接生不停息

Live，东京

涩谷女孩的长发或短裙

像窗帘整齐地被约会憧憬

随时撩开或关闭

心儿像朝天椒在寒风中翘起

没有祖国的滞在者

开心地与警察打着生活的游戏机

破产的行囊背负成群的咳嗽

晃动成群的妓女

成群的律师，金融家

和更加成群的政客

那些吸毒，谋杀，下注

耸动的肩膀和呆滞的眼睛

Live，东京

救护救火车的笛音是这座城市的

　　鼾声不醒

Live，東京

地下鉄の入り口は歳月の受胎の子宮

胞衣（えな）は全世界最大の競争圧力

はち切れる、早産

羊水は一群れ一群れと涌きだす帽子、マスク、ハンケチ

ネクタイ形状の人の群れ

早くから遅くまで取り上げて休みなし

Live，東京

渋谷の女の子の長い髪と短いスカート

窓のカーテンのようにきちんと会う約束あこがれ

いつでもまくり上げるか又は閉じる

心根は朝天椒のように寒風の中で反り返る

祖国の滞在者はいない

楽しく警察官と生活のゲーム機を遊んでいる

破産したリュック群がる咳を背負う

ゆらゆら揺れる群れをなす娼婦

群れをなす弁護士、金融家

それともっと群れをなす政客

それらの麻薬、殺人、賭け

肩をいからせ眼はうつろ

Live，東京

救急消防車のサイレンはこの街の醒めないいびき

还没有下过第一场雪的心
被时间一脚踹进圣诞节里
钱包被身体减肥
身体为欲望增磅
月亮的厨刀在天空切切切
灯下的人们在旮旯吃吃吃
到处飘流嘴唇的漩涡
银座的华灯当场喝净
抒情的恋人煮成拉面
这世界人人都是一盘菜
祈祷上帝的定食喔依西

まだ最初の雪の心が降っていない
時間がクリスマスの中に一足蹴り込む
財布が肉体でダイエットする
体は欲望で太る
月の包丁は天空を切る切る切る
灯りの下の人たちは端っこで食べる食べる食べる
到る処に唇の渦が漂う
銀座の華やかな灯りはその場ですぐにきれいに
飲み干される
叙情の恋人が煮て作ったラーメン
この世界の人々はすべて一品の料理
天に祈った定食オイシー

171

新宿御苑
新宿御苑

我的双腿从庭园返青
樱花树翻动热气腾腾的天书
碰巧我有一个小时阅读

一帮来自北京的哥们儿
他们目光毫无纪律
大呼小叫相互用镜头点射
若干年后
他们会与新老情人摊开相册
为双双患上关节痛的膝补钙
照见那时的行云流水
风调雨顺

春天总是眉清目秀
点着身体后院堆放的柴火
当下喜乐
熬一碗时光的黄粱美梦

活在青青草木的觉知里
看看笑声观光
滚落一地修改天堂
女人们用和服或
　旗袍拼图
法国香水英国小说
唐诗们在东瀛为天空涂脂抹粉

私の両足は庭園から青に返る
桜の樹は熱気むんむんの天書をめくる
うまい事に私には読む時間が一時間ある

一群の北京から来た兄ちゃんたち
彼らの眼の中にはいささかの規律もない
大声小声でわいわい騒いでレンズを向けて撮っている
何年かあとに
彼らは新旧の恋人と写真集を開くだろう
一対一対の関節痛を患った膝のためにカルシウムを補う
照見するあの時の行雲流水を
雨風の天候は順調

春はいつも見目麗しい
体の後宮に積んである柴に火をつける
直ぐその場でうれしくなる
一椀時光の黄梁の美夢を煮詰める

青々とした草木の覚知の中で活きる
笑い声と観光を見る
地に転げ落ちたらすぐ天国を改修する
女人たちは和服或いは旗袍（チーパオ）
　　でジグゾーパズル
フランスの香水イギリスの小説
唐詩たちは東方の国で天空のために粉を塗りたくる

我总在韶华的拐角迷路
走不出美人的耳朵
容颜渐老的故事
一模一样粉红风中的耳垂
我用清泉探路
迷途知返
淙淙流水打开87年的红酒
喜悦的感伤掷地有声

私はいつも美しい時代の曲がり角で道に迷う
美人の耳を出て行けない
容姿が徐々に老いる物語
全く同じピンクの風の中の耳たぶ
私は清泉でもって道を探る
道に迷ったら戻る事を知っている
とうとうと水が流れ８７年の赤ワインを開ける
喜びの感傷を地に投げて音がした

饮东京湾的灯火
東京湾の灯火を飲む

刘波禅诗三种　　劉波禅詩集三作

东京一湾灯火
倾倒夜晚的空酒杯
浮动早春
用颜色革命
溢彩流光

我的手指像船只抚摸这海
感触你的闪烁不定
又或是一条鱼
被某个热情过分的女人误捉
让穿着睡衣的天空
东一筷子西一叉子的
以灯光享用
在子时放生

彩虹桥整齐包含所有
像一排笑露的牙齿
漏出我的默祷悬风
月亮搭在我肩
两月坛城
明点直抵佛心

手牵烟火
在波光的缝隙漫步
头颅如一口青铜沉钟

東京一湾の灯火
夜更けの空の酒杯を傾ける
浮動する早春
顔色を使って革命する
彩りが溢れ光が流れる

私の指は船のようにただこの海をなぞるだけ
触るあなたのひらめきは定まらない
又或いは一匹の魚
あるいき過ぎた情熱の女に誤ってとらわれる
寝間着を着た天空に
東にお箸西にフォークと視点が定まらないで
灯りで楽しませる
子の刻に放生

レンボーブリッジはきちんと全部を含む
笑ってこぼれた一列に並んだ歯のようだ
私の黙祷が漏れて風が懸かる
月が私の肩に乗る
二つの月壇城（まんだら）
より明るくまっすぐに仏心に向かう

手花火
波光のすき間を縫ってそぞろに歩く
頭は一つの青銅の沈鐘に似ている

在浅草寺敲出大江户的温泉
水道划喇叭口顺流梵穴
两岸燃点人群的火焰
一切事情
都会让我宁静而快乐
息灾增益
游船在手臂到岸

浅草寺で大江戸温泉を叩きだす
水の道を喇叭口から順流で流れて梵穴輪へと図る
両岸で人の群れの炎を燃やす
一切の事情
すべて私を穏やかに楽しくさせる
息災増益
遊覧船は腕の辺りで岸に着く

日本的心灵地图　日本の神性地図

银座的看客
銀座の見物客

银座的白天很啤酒
用瓶装瘦身
银座的夜晚更啤酒
倒进节日的量杯发胖

鞋子们从中国开船
满载珠宝洋装
被金钱起个随便的外国名字
在灯光的橱窗上岸

女人个个是小鸟
沿岸啄食
脚步走动时尚的河流
银座的男人全是女人的左右手
用刷卡的时间比赛花开

滚动的大屏幕
以秒计时
都是我热爱的女人
代言专治男人们的脑残和心痛
疗效很好
我知唯一的副作用是呕吐和头晕
倒闭几间红酒专卖店

从许多张疲惫的脸

銀座の日中はとってもビール
びん状で細身
銀座の夜更けはもっとビール
祝日の量を流し込んで太る

靴たちは中国から船で来る
宝石洋装を満載にして
お金に適当の外国の名前を付けられ
灯りのつくキッチンの窓から上陸する

女は一人一人が小鳥
岸に沿ってついばむ
歩くとファッションの河流が動く
銀座の男はみんな女の右腕
カードを切る速さの競争で花が咲く

どんどん動く大スクリーン
秒刻みで時を計る
みんな私の熱愛する女
男たちの脳障害と心痛を代弁し専門的に治してくれる
治療効果抜群
私の知っている唯一の副作用は吐き気とめまい
何軒かワイン専門店がつぶれた

たくさんの疲れた顔から

找寻自己
我爱过太多的人事
什么也不能证明
因此我会更加相信
穿一双布鞋惊尘

自分を捜す
私の愛したあまりにも多い人の事
何も証明できない
だから私はもっと信じる
布靴を履いて土煙を上げる

日本的心灵地图　日本の神性地図

雨中的歌者
雨の中のシンガー

刘波禅诗三种

劉波禅詩集三作

整个世界都浸泡在雨水里
没有一滴让我想喝
你的声音敲打此刻
素面朝天
长发飘动黄昏的灯火

我想跳进你虔诚清澈的眼里
扛下你摊在地上的全部唱盘
负重游回故乡
在一个人的车站

你用歌声孵化彩蝶
停飞在我聆听的耳朵
蝴蝶是你不懂的庄子
也是站在你目光之外的沉默男人
让身体停电十分钟

你的笑在稀疏的掌声中
仿佛一瓶打开的酸奶
我的嘴唇张开吮吸
怀念铺成落花的阶梯
一口气让我冲回童年

歌声像金盏菊
拱落我头上的积雪
站立春天

世界全体が皆雨の中に浸かる
どの一滴も私は飲みたいとは思わない
あなたの声がこの時を打つ
そーめんが天を指す
長い髪がたそがれの灯りを漂わす

私はあなたの敬虔純情な瞳に飛び込みたい
あなたが地上に広げた全部のレコードを担ぐ
負担重く故郷に舞い戻る
一人ぼっちの駅で

あなたは歌声できれいな蝶を孵化させる
飛んで私の拝聴する耳に止まる
蝶々はあなたにはわからないゲームの元締め
そしてあなたの目線の外で沈黙している男でもある
体を十分間停電させる

あなたの笑いはまばらの拍手の中
一瓶開けたヨーグルトを彷彿とさせる
私の唇を開いて吸い取る
落ち花を敷きつめた階段を懐かしむ
一気に私の幼年期に戻る

歌声は金盞花のようだ
私の頭上の雪を振り落とす
春の日に立つ

尼泊尔的短笛手
ネパールの笛吹き

我爬过许多的高山
再高也高不过内心的宁静
雪的心跳
烧完冒烟的四季

只花一千日币交换到
属于你的快乐
结束我从前太多倒霉的交易

你的嘴唇像风的出口
手指定格飞翔的山鹰
你的肩胛如雪山
落满天空的蓝

笛声就是顿悟
了知神明的韵律
三托历显影我的冥想

在面色模糊的人群里
惊喜地看见碰巧路过的神

私はたくさんの高山に登った
どんなに高くても内心の静けさの高さには及ばない
雪の心が躍動する
煙をまく四季を焼き尽くす

たった１０００円のお金を使って
あなたに属する快楽に交換する
私の昔からのあまりにも多いひどい取引を終える

あなたの唇は風の出口のようだ
指は飛翔する山の鷹を定格する
あなたの肩甲骨は雪山のようだ
落ちていっぱいの天空の青

笛の音は即ち頓悟
神明のリズムを了知する
サントリーが私の瞑想に影をさす

顔色が模糊とした人の群れの中で
たまたま通りかかった神を見つけて驚喜する

海女
海女

刘波禅诗三种

劉波禅詩集三作

海女，我看见了你曾经的美
依然的那么美
被你骨节粗大的手
紧握住，你红肿的手
像我母亲的体温
在我的身上涨潮

我在梦中拍打过大海
在你的泪光中起伏梦
亲吻你的双手
搀你出海
祈祷海浪平和
稍减你的不安与劳作

你像琼阁长出的一棵人参
风浪从你的发丝登陆
披裹一片白云
颠倒世界在海底登山
分拣海参，鲍鱼，扇贝

鲣鱼穿透珊瑚
被你的坚定撞痛
更多的鱼群从你瘦弱的身体
飞翔
大海从此开始

海女、私はあなたが曾て美しかったのを見た
そして相変わらず美しい
あなたの骨太の大きな手で
しっかりと握られる、あなたの紅く腫れた手で
私の母の体温のようだ
私の体の上に潮が満ちる

私は夢の中で大海を叩いた
あなたの涙が光の中で夢を起伏する
あなたの両手に口づける
あなたを挽いて海に出る
波が平和であれと祈る
あなたの不安と苦労を少しだけ減らす

あなたは仙人の宮殿で育った一本の人参
風波はあなたの髪の毛から上陸する
一片の白雲を取り出す
世界をひっくり返す海底で登山
なまこ、あわび、扇貝を拾う

鰹が珊瑚を突き抜ける
あなたの堅定につかれて痛い
もっと多くの魚群があなたの痩せた体から
飛翔する
大海はここから始まる

那些颤动的阳光
掀动海浪
洋溢你的沉着平静
某一个浪谷间
你吹动口哨
呼丈夫的双手接应
像我的懂你
喘动大海的哀调悲鸣

波光总是让你的柔弱
更加坚定
身为女人就是海女
只有孤独
全部都是孤独
反而是没有孤独

无限的天空
永恒的大海
丰饶馈赠的感恩
尖叫本地的所有

あの震える陽光
ゆれ動く波
あなたの沈着と安らかさが溢れ出る
ある一つの谷間
あなたは口笛を吹き動かす
夫を呼ぶもろ手に応じる
私はあなたをわかっているようだ
大海の哀調と悲鳴をわななかせる

波の光はいつもあなたを弱くする
もっと堅定させる
身は女　まさに海女
孤独だけがある
全部孤独
それが却って孤独じゃない

無限の天空
永遠の大海
豊饒に贈り物を戴く謝恩
本地の所有であるとはっきり叫ぶ

日本的心灵地图　日本の神性地図

渔师
漁師

刘波禅诗三种

劉波禅詩集三作

我认识的渔师
都是爱上神的疯子
完全让神接管
他的灵魂开窍
眉心飞掀铺天的海浪

趴在大海的肚皮上求生
在梦中打鱼
古铜色的躯体
长满海藻
生命与死亡游动处处

眼耳与神倾诉
用不倦的劳作
从结网中升华
揣着去赴宴的心情

爱上神的疯子
有全部的警觉
饱经沧桑
驾驭所有的坚忍
穿越蹦极的太阳

渔师的眼
明亮大海的恩惠

私の知り合いの漁師は
みな神を愛する気違いだった
完全に神に管理されている
彼の魂は道理がわかっている
眉間に飛び揺れる天にも撒かれた海の波

大海の腹の皮の上に這いつくばり生を求める
夢の中で魚を捕る
赤銅色の肢体
長い海藻
生と死が至る処で動き回る

耳眼と神が語り尽くす
厭きない労作で
網を結うところから昇華
宴に行く心情を隠しつつ

神を愛する気違い
全部の警覚がある
様々な波乱を経て
あらゆる堅忍を乗りこなす
バンジージャンプを突き抜けた太陽

漁師の眼
明るい大海の恩恵

流动广阔
生生灭灭，无生无死
神秘而又神圣

夜晚我们上岸
再没有人们头脑的混乱
没有人能让他失态
喝酒，泡尽劫波
取笑相互的赤裸
勃动渔火

流れは広い
生生滅滅、無生無死
神秘で且つ又神聖

夜更けに私は上陸する
もうだれも頭が混乱していない
誰も彼を失態させない
酒を飲み、　劫波を洗い尽くす
お互いにはだかをからかう
漁り火を熾（おこ）す

日本的心灵地图

日本の神性地図

歌舞伎的脸
歌舞伎の顔

刘波禅诗三种

劉波禅詩集三作

我在江户时代好色
长成今天的模样
用华丽化妆魅与怀念
随意扭动肢体
打通生命的机关

暗恋的美女阿月
从出云大社婀娜巫女的念佛舞
跳动一座神社
今天我是一个倾奇者
化身音乐拨紫铜钲
舞蹈日本的钢刀

若众歌舞伎
男人装扮一回美人的心情
快速地转换那不变
狂言物语，能，更高雅
纷扬痴情的泪水
一曲弹出绝唱

豪爽和艳丽编织发丝
抖落立足的舞台
我不知应该站在岁月的哪一排
套上年代的倾
黑夜捉不住小鸟的心情
调我的思绪下酒

私は江戸時代に好色
それが、成長して今日のような模様になった
華麗な化粧で魑魅（ちみ）とノスタルジー
随意に体をくねらせる
生命の機関がつながる

片思いの美女阿国
出雲大社から出たしなやかな巫女の念仏踊り
一つの神社を飛び上がらせる
今日私は傾奇（かぶき）者
化身　音楽　紫の銅鉦（どうかね）を打つ
日本の太刀の舞い

若衆歌舞伎
男が美人の心情を一度扮してみる
急速にあの不変に転換する
狂言物語、能、もっと高雅だ
痴情の涙が入り乱れる
絶唱を一曲弾く

豪快と華麗が髪の毛を編み出す
立っている舞台が震えて落ちる
私は歳月のどの列に立てばいいのかがわからない
年代の傾（かぶ）きを被せる
暗夜は小鳥の心情を捉えられない
私の思いを酒の肴にする

匠人的手
匠の手

从大江户推过来的一袭刨木花
红柚长满我的头
镇定一室家具
让我的自宅风生水起

阴雨的天空
像主妇们心情一般时的抹布
摩挲博古架上的饰品
不小心就碰到木头的欣喜

怀念木匠，铁匠，漆匠
那个时代拿捏在你们手中
一把锤子敲出船
马车超载女人的饰物
男人持刀剑砍削让女人睡觉的床
爱情就是信仰

心造手工
空灵完美每一个细节
自由的手
如此魅力写实
暗藏冒险的狂喜

把使用者记得紧紧
用至诚打配钥匙

大江戸から押し出して来たひと揃いのおがくず
赤チークが私の頭いっぱいに育つ
一部屋の家具が鎮座する
私の自宅に風生水起

陰雨の天空
主婦たちの心情と同じようなふきんで
骨董品陳列棚の上の装飾品を拭く
気をつけないと木に当たる事も喜び

大工、鍛冶屋、漆匠が懐かしい
あの時代あなたたちの手の中
金づちひとつで船を作り出した
馬車には女性の飾り物が超過する位積まれた
男は刀を持って女の眠る寝台を削りだす
愛情は即ち信仰

心が手作り職人を造る
空霊は一つ一つの細部の完璧さを生む
自由の手
このように写実は魅了する
冒険の狂喜を内に秘めている

使用者をしっかりと記憶して
至誠で鍵をアレンジする

転動生命的意义
単手打开年代的大门

生命の意義を動かす
ひとり手で年代の大門を開ける

对天发誓
面神祈求
全部的秘密深流在手

天に対して誓う
神に向かって願う
全部の秘密はその手に深く流れる

今天我们的大脑缺水
大胸注水
全自动流水线
砍断了匠人的手
一个假肢的时代
人们天天打着呵欠
用电脑生产汽车飞机
戴同样的电子表与生活造爱

今日私たちの大脳は水に欠ける
大きな胸に水を注ぐ
全自動流れ作業ライン
職人の手を切断した
一つの義手の時代
人たちは毎日あくびをしながら
コンピューターを使って自動車と飛行機を生産する
同様の電子メーターで生活と性交する

快时代
默记匠人那手
情愿心疏志废
为黄昏的天空刮痧
扯出一片紫红
夕阳铸金箔和莳绘的佛龛

速さの時代
匠のあの手を心に刻む
出来れば心を粗末にし　志を捨ててしまいたい
たそがれの天空が刮痧（かっさ）する
一面の紫赤色を引き出す
夕日が金箔と蒔絵の厨子を鋳る

刘波禅诗三种　　劉波禅詩集三作

先斗町的艺伎
先斗町の舞妓（まいこ）

在你敷面的笑靥里
博士教授算什么
一堆头衔算什么
花花绿绿的名片失色脂胭
过目不忘
随时可忘

あなたの満面のえくぼに会っては
博士教授がどうした
塵と積もった肩書きがどうした
あらゆる名刺も紅（べに）の前では色を失う
一目でも忘られぬ
何時でも忘られる

喝许多酒算什么
喝酩酊算什么，满杯
艺伎是夜晚的肚脐
凝结离去与开始
所有的男人在你的圆娃娃脸前
不过是一帮西装革履的
　　小正太

お酒をたくさん飲んだがどうした
酒に酔っぱらったがどうした、いっぱいまで注いで
芸妓は夜中のおへそ
別れと始まりを凝結している
あらゆる男はあなたの丸いお人形の顔の前では
たかだかスーツと革靴を着けたショタコンの
　　対象物

没有那么多的哀怨
没有不合时宜
最多是一些男人的胡说八道
手忙脚乱
将某个见到女人就犯傻的醉鬼
精心柔情打包退回
　　沉睡

そんなに愛憎は多くはない
不都合もあるわけではない
一番多いのは男の人の口からでまかせの言葉
手も足も乱れ忙しい
某は女を見かけるとバカをやる酔っぱらいになる
心は細かく情けはやさしく　お持ち帰り返品そ
　　して熟睡

座敷总是一片欢腾
窗外飘漾古今一色的粉雾

座敷はいつも一面の喜びの大はしゃぎ
窓の外は古今同色のおしろいの霧が漂う

187

鸭川朦胧沉香细语
从腰带飘动魅韵
弹一曲三味线
长歌端呗
笑看能剩下几个男人
假装形骸放浪
友情与阴谋藏于密室

鴨川は朦朧とした深い香りとささやき
腰帯から魅惑のリズムが漂う
三味線を一曲弾く
長唄端唄
笑いながら何人の男が残れるかを見る
体は放浪したふりをする
友情と陰謀は密室に隠してある

刘波禅诗三种

劉波禅詩集三作

插花的女人
生け花の女

插花的女人背影垂旒
金绣银织的襦袢风韵
广袖大节甩落秀发流光
让我的河流在唐朝呆头呆脑地
　　清澈

天空倒映雪白的长颈
菩提树从她圆润的乳房开悟
不知应该打坐还是鞠躬
我在长安城吹落花里胡哨的诗句
捡几根枝条
交给提壶而饮的东瀛和尚
改用嘴唇加工菩提佛珠
乘一双木屐扬帆
满载鲜艳，张开看见

黄菊在她的皓齿中溢香
用哭泣和微笑掩面
五叶松，小粉菊失散多年
重新归纳并把生命抱紧
不思活看，庆贺幸存
穿插季节，流动灵魂的风情
手指像白色鸟飞来飞去
插花的女人，阖空灵的眼

生け花の女の背影に玉が垂れる
金銀で刺繍を施した襦袢の風格
広袖の祭り美しい髪を振り払い光が流れる
私の河流は唐朝で何が何だかわからないままに
　　澄みきる

天空が雪白の長いうなじを倒影する
菩提樹は彼女の豊満な乳房から悟りを開く
坐すべきかおじぎすべきかわからない
私は長安の街で咲き落ちる花の中で詩句を口ずさむ
枝を幾本か選ぶ
壷を持ち飲んだくれている東方の和尚に手渡す
唇を別に使って菩提仏珠を加工する
下駄一対に乗って帆を揚げる
満載された艶やかさ、眼を開いてみる

黄菊が彼女の白い歯の中で香りを溢れさせる
すすり泣きと微笑みが顔を覆う
五葉松、桃色の小菊で幾年か消失する
あらためて帰納させ生命をしっかりと抱く
活きていると思いもせず、生き残ってめでたい
季節を突き抜け挿して、霊魂の風情を動かす
指は白い鳥が飛んで往来するようだ
生け花の女、空霊の眼を閉じる

相扑大士在画圆
関取が円を描く

刘波禅诗三种

劉波禅詩集三作

相扑大士在画圆
一只脚从女人的乳房上长出
另一只伸进神社的支点
生命与敬畏
人生不过是4.5米的直径
不会再多

他用兜裆布附体大和的魂
束发梳箸
甩落武士的泪珠
踩在盐上
飞溅魍魉
冲上土俵就是打算见鬼
推出一个圆

服从那无形
用推，用摔，用提
以小打大，心怀敬畏
挑战一切有形
用拉，闪桉，使绊
以弱胜强，服从灵神
不仅仅是做一个强者
而是在决战中的成为
如樱花爆发的灿烂

関取が円を描く
一本の足は女の乳房から伸びて来た
もう一本は神社の支点から伸びる
生命と畏敬
人生は4.5米の直径に過ぎない
それ以上はない

彼はまわしを体に付けた大和の魂
髪を束ね　箸を梳く
武士の涙がふり落ちる
塩の上を踏む
魍魎が飛び跳ねる
土俵の上に飛び込むのは死ぬもくろみ
一つの円を押し出す

あの無形に服従する
押し、投げ、釣り
小が大を打つ、心には畏敬を抱きつつ
一切の有形に挑戦する
引き、はたき込み、けたぐり
弱が強に勝つ、霊神に従う
ただ単に一人の強者になるのではなく
そして決戦の中で
桜の花のように爆発のきらめきとなる

有司的扇子指向胜利
人会输赢
人在输赢
神在四季飘动旗

行司の軍配が勝利の方向を指す
人は勝ちも負けもする
人は勝ちと負けの中にある
神は四季のはためく旗にある

日本的心灵地图　　日本の神性地図

191

弃绝的剑道
棄絶の剣道

刘波禅诗三种

劉波禅詩集三作

一剑在手
心剑合一
蓄闪电的寒光

我历经次次死生
刚落地就脸刻风霜
搏杀是男人的祖传饭碗
劈刀，穿刺习气与宿命

从来如此
注定着中招，接着
反戈一击
剑气化虚还神
在浮云的深渊上
从枯树倒挂的悬崖边
一剑封喉
是我选择或死或生的秘密

北辰一道流
神道无念流
念记一切技巧
剑道即是见到
出手才是成道

一剑轻安

剣が手の中にある
心剣合一
ひらめきの寒光を秘める

私はすでに何度も生き死んだ
地に着いたばかりで顔に風霜を刻む
格闘は男の古来からの稼業
なぎなた、悪習と宿命を突く

ずっとこうだった
定められた決め手、それに続いて
反撃一振り
剣気は虚に化し神に戻す
浮き雲の深淵の上に
枯れ木が倒れ掛かる断崖のあたり
剣一突きで喉を封じる
私は死または生の秘密を選ぶ

北辰一刀流
神道無念流
すべての技巧をおぼえる
剣道はすなわち見極める事
手を出すことで道になる

一剣は軽く安らか

192

万物在心
尽弃敝履风华
赦免死亡
永远的感伤和喜悦

痴情永爱
狂心顿歇
震耳的弃绝划出一场海啸

万物は心にある
古い靴を棄て尽くす風采と才能
死は免れない
永遠の感傷と喜び

痴情永遠の愛
狂心は小休止
耳を振るわす棄絶が津波を紡ぎだす

无心的柔道
無心の柔道

用不着拳头去解释胜负
忘记刀剑
柔情复活倒下的身躯
自他共荣

立技写满尊严
借力打力
求生求胜
有时反而会是生命的真正敌人
轻松微笑
希望张开耳朵的人们听懂

无须分割划分对错
不是把花从树上摘下来
而是心灵与花融为一体
再残酷的搏斗，挡身技
也挥发至深的爱
神在其中

一袭风飘白衣长裤
裸足张开飞翔
不喜则弃
凡真就追
见假就抛
柔道家站在自己的中心

勝負を解釈するのに拳は要らない
刀を忘れろ
柔情が復活し身躯を倒す
自他共栄

立ち技は尊厳をいっぱいに表わす
力を借りて力を出す
生を求めて勝利を求める
時に却って生命の本当の敵になる
軽やかに微笑む
耳を開けている人たちによく聞いてわかってほしい

善し悪しを分けて分割してしまうべきではない
花を樹から摘んで来るのとは違う
神性と花が融合して一つになること
どんなに残酷な格闘、身を挺した技であっても
至上の愛を発揮する
神はその中にある

一袋の風が白い上着と下穿き（したばき）を漂わす
素足が開いて飛ぶ
好まなければ棄てる
凡そ真なれば追う
偽に会えば投げる
柔道家は自分の中心に立つ

不离半步

目光安详生死
不用怜悯
流淌慈悲

半步も離れない

眼光は安详生死
憐れむ事はない
慈悲が流れる

托钵僧日志
托鉢僧日誌

刘波禅诗三种

劉波禪詩集三作

停下来站住
就是我正在要走的长路

宁静是我的寺庙
许多人坐着喷气的灯光
特会珍重地离去
我的挥手叩成斗笠

身体是枯寂的石头
你用泪水雕刻我的无动于衷
右手念珠夜晚
我的左手托钵
拂面无常

完整的空钵接受星辰或冰雹
恩惠慈悲的布施
有时是你扬手的钢镚
全部在我的心中叮当风暴
不用再多
仅仅是离不开你的施予
摇动恩典的铃铛为你诵经

更多的影子飘过
无视可见呵欠的领带
吊满许多娇艳的

止まる立ちつくす
私が今ちょうど歩いている長い道で

静かさは私の寺
たくさんの人が坐っているジェットの灯り
とても大切に離れて行ける
私が手を振る　叩いて笠になる

体は枯寂の石
あなたは涙で私の無感動を彫刻する
右手には数珠夜更け
私の左手は托鉢
顔に無常が吹きかける

空の鉢全体で星或いは雹（ひょう）を受ける
恩恵慈悲のお布施
時にあなたの上げる手の硬貨
全部私の心の中でちゃりーんの嵐
それ以上は要らない
ただただあなたの施しを離れられない
恩典の鈴を揺らすあなたの読経ととらえる

もっと多くの影がよぎる
無視見え見えのあくびのネクタイ
たくさんのあでやかな面持ちにいっぱい締めら

面容
力不从心
浪笑转身成为迟暮
冷漠的表情听到下雪

我的祈福反转不停
掉落在他们皮鞋的前面
他们的某一次回头或擦肩而过
让我体验给予的狂喜
站立的树用荣枯的叶子修行
头上栖满夜鸟

れている
意あって力足らず
冗談めかして笑い　振り返ると夕暮れ
冷淡な表情雪が降るのが聞こえる

私の願いは反転して止まらない
彼らの革靴の前に落ちる
彼らのある一度振り返るか或いは肩を擦り合
　せて過ぎて行く
私は狂喜の体験をする
立っている樹は栄枯の葉でもって修行する
頭上にいっぱいに棲む夜の鳥

日本的心灵地图

日本の神性地图

德岛的女人跳阿波
徳島の女の阿波踊り

刘波禅诗三种　　劉波禅詩集三作

你锦绣的手指飞舞
三下五除地剥落我的拘谨
娉娉娜娜的白袜
脱尘入俗，轻蹑木屐
跳进我的梦境
荡我唐时明月一缕愁思

横笛欧呀太鼓丁冬
阳光像三味线
翻读和魂
神神道道佛佛佛
不是盂兰盆节也处处敬鬼

阿波踊
空海空
鲜美的身体布施
跳出肉欲
也跳过凡间
手姿是失去
也是赢得
像自由的风饱满胸膛
舒展街道

あなたの美しい指が舞う
てきぱきと私の堅苦しさを削ぎ落とす
しなやかな白足袋
俗世を離れ又舞い戻る、下駄を軽やかに忍ばせる
私の夢境に跳んで入る
私の唐朝の明月一縷の愁いをぶらつく

横笛はおーや一太鼓はどんどん
陽光は三味線に似ている
めくり直して読む和魂（にぎみたま）
不可思議不可思議佛佛佛
お盆ではないが至る処で魂を敬う

阿波踊り
空海空
あざやかで美しい体のお布施
跳び出す肉欲
世俗も跳び越える
手つきは失せる
それもまた勝ち得たもの
自由の風が胸の中にいっぱいになったようだ
通りに心地よく広がる

听到的，继续听到
忘却的，永远忘掉
看到的，依然是你
和你融入舞动
暧昧的大海敲响天空

聞こえるもの、続けて聞こえる
忘れたもの、永遠に忘れる
見えるもの、依然としてあなた
あなたと融合して舞う
暧昧な大海が叩いて天空を響かせる

一条爱情的金枪鱼
一匹の愛のまぐろ

刘波禅诗三种

劉波禅詩集三作

在你的大海里
游动前世今生
一见钟情的闪电
凝固成纺锤模样
曾经为你打糙糯米
又或帮你纺纱回忆

思念以每小时55海哩游沖
新月形的尾鳍
干脆就是农历初一的新月
专司幽默
在生死的大海耍宝笑话
轻扭屁股
就带你潜回400米的尖叫

我的心早已沧桑退化
因此必须不断游动
保持像个不合格的奴仆
诚惶诚恐
被你吆三喝四
东游西走

渴望爱情流过鳃获取氧气
随时像出膛的炮弹
被你的美丽射出

あなたの大海の中
前世現世と泳ぐ
一目惚れの稲光り
固まって紡ぎ棒の模様になる
曾てあなたのために糯米を玄米にした
またあなたを手伝って思い出を紡いだ

思いは毎時５５海里で泳いで進む
新月の形の尾ひれ
いっそ旧暦一日の新月
プロはユーモアがある
生死の大海で大切な冗談をかます
軽くお尻をひねる
あなたをつれて４００米に沈んで鋭く叫ぶ

私の心は已に移り変わり退化した
だから必ず泳ぎ続けなければならない
不合格の下僕らしさを保つ
平身低頭
あなたに怒鳴りつけられる
東泳西走

愛情に飢えてえらを通ってきた酸素を取る
いつでも腹から出る砲弾のように
あなたの美しさに射られる

搏一把海角天涯
体温95度

轮回流动宿命
想到转世投胎
我会游到你的嘴唇安乐死
吃我，切薄薄的片
剩下的全部那些
扛包做成油浸罐头
配岁月的三明治

一条爱情的金枪鱼消逝
在你早已衰竭的身体里
游出一个子宫

一発勝負天の果て
体温９５度

輪廻は宿命を流す
転世生まれ変わりを思い出す
私はあなたの唇まで泳いで行き安楽死する
私を食べて、薄く切って
残ったものはすべてあの
担いで持ち帰る油漬けの缶詰
歳月のサンドイッチにあてがわれる

一匹の愛情のまぐろは逝ってしまった
あなたはとっくの昔衰えた体の中
一つの子宮から泳ぎ出ている

日本的心灵地图　　日本の神性地図

201

泽庵的渍物
沢庵の漬け物

刘波禅诗三种　　刘波禅诗集三作

我梦中的和服女人
她正梦见我
时差不算太大
斯时我是被将军
从宋朝恭迎来的禅师
以狼豪在天空写经
富士山下教武士们坐禅
离言绝虑
临海而仙

梦见过我的和服女人
她的低头守候
暗香雪月
闲寂发育丰腴的白萝卜
寺庙的暮鼓晨钟抬着她
晒一路太阳
码在新木桶里就寝
在春天出嫁
含情脉脉
等我归来

我总有许多做不完的梦
望美人兮四季褪衣
将我堆积成一块大理石
泽庵和尚恭敬地停放我于木桶

私の夢に出てくる和服の女
彼女は今私を夢に見ている
時差はそんなに大きくない
このとき私は将軍に
宋朝から恭しく迎えられた禅師
鼬の毛の筆で天空に写経する
富士山の下武士たちに禅を教える
離言絶慮
海に臨みて仙なり

私を夢に見た和服の女
彼女は頭を低くして家を守る
秘めた香り雪月
静かに育つ豊満な白大根
寺の暮れの鐘朝の鐘で彼女を持ち上げる
ずっと太陽に晒し
新しい木桶のなかに並んで眠る
春には嫁ぐ
脈々と情けを含み
私の帰りを待つ

私はいつもたくさんの見終えない夢がある
美人や　四季衣装を脱ぐのを望む
私は堆積し一個の大理石になる
沢庵和尚は恭しく私を木桶に入れるのを止める

撒盐和糠腌制
风华正茂
燃灯千盏

被和服的女人梦见
一分钟就还俗
头上长出森林
稻作女人胸前收割大米
整个清晨煮成熟饭
亦妻亦母陪你熬成婆
茄子黄瓜芹菜们子孙满堂
配一碟渍物唤酒
新香回忆

塩を撒きぬかにつける
風花正茂
千の灯りがともる

和服の女に夢に見られる
一分間で還俗してしまう
頭上に森林が育つ
稲作女の胸の前で米を収穫する
朝中飯を炊き上げる
妻としてまた母としてあなたに連れ添って婆にな
　　るまで我慢する
茄子黄瓜芹たちの子孫一堂に会す
一皿の漬け物で酒をたのむ
新しい香りの思いで

日本的心灵地图　　日本の神性地図

鳗鱼搁浅在米饭上
鰻がご飯の上に乗り上げる

刘波禅诗三种

刘波禅诗集三作

风流的小鳗鱼
何处就是何处
以为是你的来处
其实是去处

到处流情
你是个自由的逃亡者
湖水里恋爱
大海中产卵

露水般滴落爱情
要死要活的相好
记爱不记恨
忘生忘死像只大鸟

急水如云
其身潺潺
唱着无词的歌
接收风流的宿命

被钉上木板
依然完全的洒脱
刷上酱油
用方形漆盒
亲切地收留你举殡

風流なかわいい鰻
どこといったらどこ
あなたの来た場所と思いきや
実は行く場所だったとは

至る処情が流れ
あなたは自由の逃亡者
湖の中で恋愛をし
大海の中で産卵する

露のように滴る愛情
生きるの死ぬのの愛
愛はおぼえている恨みはおぼえていない
生も死も忘れてただ大鳥のようだ

急水は雲のごとし
その身はさらさらと
歌詞のない歌を歌う
風流の宿命を受け入れる

まな板の上に打ち付けられ
依然と完全に洒脱
醤油を塗られ
方形の漆の器で
親切にあなたの残骸を収める

我听到了你的一声大笑

三片两片地在丑日
安详在无趣的米饭上
为天天头昏的人们
退烧一个苦夏

私はあなたの一声の大笑いを聞く

二片三片と丑の日に
趣きのないご飯の上に安詳する
毎日めまいする人たちのために
一つの苦しい夏の熱を冷ます

鎌倉坐禅
鎌倉坐禅

刘波禅诗三种

劉波禅詩集三作

用刀剑念经的武士
刺穿山
山也刺穿自己
禅心超度美人
被柔情的泪水切腹
彼此热爱，相互了断
像绿树，苔藓
这些沙粒，砾石
一场海啸的直指
不留痕迹

蘸狂雨在天空磨剑
我看见我的前世
用今生的土语长啸松林
甩落武士的短褐
清泉，山风，月亮
脸庞结满冰霜
不悲无喜

天天打扫
红叶晚吹的枯山水
洗许多和尚用过的碗
鲜花铺床，手指燃灯
听谁在黑夜用我的声音祈祷
不发一语

剣を使い念仏を唱える武士
山を刺し貫く
山も自分を刺し貫く
禅の心は美人を済度する
柔らかな涙に腹を切らせられる
互いの熱愛、互いの決意
緑樹、苔のよう
これらの砂粒、石ころ
一面の津波の直指
痕跡を残さない

暫くの狂雨は天空で剣を研ぐ
私は私の前世を見る
現世の方言で松林にうならせる
武士の短褐を振り落とす
清泉、山風、月
面差しいっぱいに氷霜を結ぶ
悲しまず喜びなし

日々清掃
紅葉夕暮れに吹いて枯山水となる
たくさんの和尚が使った碗を洗う
蘚花を床に敷きつめ、指で灯りをつける
誰が暗夜に私の声でいのりを捧げたか聞いたか
一語も発さず

香火点燃的焚呗
香の火がともす焚（たきび）歌

right随便捡一只贝壳
划去太平洋捕鱼
眼泪种在沧桑的脸孔
闪耀热风里打滚的稻子
奶牛在我六根未净的头上吃草
安详的鸟群采探我肚腹的原油
大腿汹涌潮
思绪与海平线拍打湛蓝

夜晚像熟悉的老友大呼小叫
我打开身体所有房间的灯
看着心破窗而出
幽会不施粉黛的月亮
完全休闲的样子
解除星星的十二个城管式阵列

竹子和梅
继续在菊兰的眼眶
又幸福又堕落
我无动于衷
端晃回忆的酒杯
不务正业，吊儿郎当
想念死去的亲人
一尘不染，总不见老
收读远方的短信

随意に貝殻を拾う
太平洋で魚とりをもくろみ
涙を移り変わりの顔に植える
ひらめき輝く熱風の中に稲を打ちつける
乳牛は私の六根未浄の頭上で草を食む
安詳の鳥たちは私の腹の中の原油を探索発掘
大脳に潮がほとばしる
思惟と水平線が淡青にぶつかる

夜更けに親しい旧友が叫んでいるように
私の体のすべての部屋の灯りをつける
心が窓を破り出て行くのが見える
密会も化粧した月には会えない
完全に休止の様子
星の十二の都市管理式陳列を解除する

竹と梅
引き続き菊蘭の眼の縁
幸福でありまた堕落でもある
私は無感動
きらめく思い出のグラスを置く
正業の務めをせず、ちゃらんぽらんに
亡くなった身内を思う
少しも世俗に染まらず、いつも老けてない
遠方からの短信を受信して読む

喉咙长满岩石，目无表情

手指张开寂静
像紫色夜的插座
帮神充电

喉いっぱいに岩石が大きくなり、眼は無表情

指が静寂を開く
紫色の夜のコンセントのよう
神を手伝い充電する

刘波禅诗三种

劉波禅詩集三作

蚂蚁的熊野参拜
蟻の熊野参拝

熊野的古道很灵很苗条
全世界在此刻缩水减肥
熊野的云海很神很阳光
蚂蚁的人群正喘气缺氧

熊野の古道はとても霊験があり細くつづく
全世界はこの時吸水ダイエット
熊野の雲海はとても絶妙でとても陽光だ
蟻の人々は今息を切らし酸欠

本宫，新宫，那智熊野的三山
从我的心中斜刺青色的妄念
铺石道上布满长苔
被焦虑的雨水浸泡
浮动朝圣道路的背影
晨曦悬挂瀑布
鸟飞僵硬的面容
处处见神
心海就是云海

本宫、新宫、那智熊野の三山
私の心中は青色の妄念を斜めに刺す
石道の上いっぱいに苔を敷きつめる
焦りの雨水が浸透する
ふらふら動くお参りの道の背影
曙光が滝に掛かる
鳥が飛ぶこわばった顔つき
至る処に神が見える
心海はつまり雲海

三十三度行者如蚁群聚
藤杖摸索祈祷的露水
每一片草叶化身为神
净与不净，善与恶
包含所有
隐约的寺庙
像神落在大自然的一声怜悯
神圣蚂蚁的外衣和发辫

三十三度の行者は蟻のように集まっている
藤の杖で祈りの露のしずくを探す
一枚ごとの草の葉が神と化す
浄と不浄、善と悪
すべてを含む
密約の寺
神が大自然に落とすひと声のよう憐れみ
神聖な蟻の外着と弁髪

牛马行者用霞光

牛馬行者は霞光で

翻动迷雾的佛经
道路成为心灵的按钮
打开它，沿途拂面惊喜
走向未知的无常与远方
杉树是暗喻，也是指示
一切都需独立的自己去完成
生不可喜，死不可悲
无人可帮忙
擦汗梦幻，饮死亡的清泉

寻路探路，正在正在
觅心见性
走出无尽的爱
洋溢生活的光
没有事情可以被打扰
风景定在眼前耳边
祝福飘舞内在
平静流淌喜悦的安详

刘波禅诗三种　　刘波禅诗集三作

霧で迷いの経典をめくる
道路が精霊の押しボタンになる
開けなさい、道に沿って顔を拭って驚喜
未知の無常と遠方に向かって歩む
杉の樹は隠喩、そしてまた指示
すべては独立した自分自身が完成させる必要がある
生喜ぶべからず、死悲しむべからず
誰も手伝ってくれない
夢幻の汗を拭く、死の清泉を飲む

道を探す、今正に
心を求めさがを見る
無尽の愛を出る
生活の光が溢れる
邪魔される事は何もない
風景は目前の耳元に定まる
祝福は内在にて舞を舞う
静かに流れる喜びの安詳

长在眼里的神社
眼の中に育った神社

我在扶桑的步道
每一处拐弯
眼里都会哈腰一座神社
恭恭敬敬用竹筒洗手
心饮一口泉眼
扔下嘣嘣作响的奉纳
击掌生命与神灵
任时间的风吹过

总是祈祷
嘴唇流淌稻米，清酒，笛吹
金比罗，领航各路神
许多伟大的醉汉至今神性
他们并不会打算真正听懂
就因为这个世界上太多的人
不是喜欢沉默
就是说得太多

神社的八尺空镜
在我的参拜聚光
照见神也是照见自己
鸟居的天字形
用乌鸦放飞我一大堆的
　　废话

私は扶桑の歩道で
毎回曲がりくねる
眼の中に腰を低めた一つの神社が
恭しく竹筒を使って手を洗う
心で泉の穴に流れる泉を飲む
ぼんぼんと響かせ奉納を投げる
生命と神霊に手を打つ
時間任せの風が吹き過ぎる

すべて祈り
唇から流れる稲、清酒、笛の音
金比羅、舟航と各道の神
たくさんの偉大な酔いどれは今の神性に至る
彼らはきちんと聞いてわかろうとは全くしていない
なぜならこの世界中に
沈黙が好きでなければ
喋りすぎの人が多すぎるからだ

神社の八尺の空の鏡
私の参拝で光を集める
神も自分を照見してると照見する
鳥居の天の字の形
からすを使って私の積み上げられたでたら
　　めを飛ばす

211

学会倾听
不发一语
永远等待
倾听我所不知
敞开心灵
一群白云驻足

耳を傾ける事を学ぶ
一語も発しない
永遠に待つ
私は何も知らないという事に耳を傾ける
神性を開け放つ
一群の白雲が足を止める

刘波禅诗三种

劉波禅詩集三作

晒种子岛的太阳
種子島の太陽に日焼けする

我的裸奔闪耀大海
礁石冲上来抱住我的腿
吊高的太阳慌乱
拉上季节的丝裤
那么多的鱼和
　海星趁机穿过

今天的血液反晒太阳
爱情用盐装死
祈祷正出汗
像午前的螃蟹在沙滩

对每一袭妩媚的风浪言听计从
拨弄阳光的琴弦自娱自乐
远见你破云而出
像没有理由的一场骤雨
高跟鞋走丢一只半
半只成了火山的御影石
只好用咒语修理

呆头呆脑的男人
今天一定要去打井或捕鱼
背影金光闪闪
给女人的耳垂穿洞
那一片阔叶林不许再跑

私のストリーキングで大海が閃く
座礁の石が突き出し　私の足を抱きかかえる
高く掲げられた太陽は慌て乱れる
季節の絹のパンツを上げる
あれだけたくさんの魚とひとでがこれを期
　につきぬける

今日の血液は日焼け止め
愛情は塩を使って死んだふり
祈りは今正に汗をかく
ビーチにいる午前の蟹のよう

一つ一つのあでやかな風と波の言いなりになる
陽光の琴の弦をつまんで自ら楽しむ
遠くにあなたが雲を破り出て来るのが見える
理由もなく降ってくるにわか雨のようだ
ハイヒールは歩いていて一足半をなくす
残る半足は火山の御影石になる
ただ呪文を唱えて修理すればいい

頭のぼけた男
今日は絶対井戸掘りか魚取りに行きたい
背影は金の光がさんさんときらめく
女の耳たぶに穴をあける
あの一面の広葉樹林もう二度と走ってはいけない

213

我不会看到你就想当木匠
打一张欲望的大床

黄昏，我与天空击掌成交
冬天是你的，春天归我
爱情和星星归她
花瓣归你
神归我

私はあなたが大工になりたかったとは知らなかった
欲望の大きなベッドを作り上げる

黄昏れ、私と天空が手をたたいて成約する
冬はあなたのもの、春は私がもらう
愛情と星たちは彼女に渡す
花びらはあなたに
神は私に

对多摩川的棒喝
多摩川に向かって喝を入れる

这一片桃树

被我的掌心紧握

溢出桃花满天的红

绿碧的川流不得忘形

内心澄明有路

携带几座青山

灵光照返

奔流的姿影手解冰冻

如猫捕鼠

我在你的胸口划船

幽深的沉静

活泼的鱼儿游动我心

那么多的柳枝和女人

都喜欢在岸上低头红脸

　走过

如许的妩媚盈盈在水

花开散乱

收摄我魂

水的清凉

心心相印

打成一片

不可懈怠的流动

この一面の桃の樹

私の手のひらでしっかりとつかむ

桃の花の天いっぱいの赤が溢れ出る

緑青の川の流れは有頂天にはならない

内心には澄みきって道がある

いくつかの青山を携帯

霊光が照り返す

奔流の姿　手で氷を溶かす

猫が鼠を捕まえるように

私はあなたの胸元で船を漕ぐ

深い静けさ

活発な魚が泳いで私の心を動かす

あれほどたくさんの柳の枝と女

みな好んで岸の上を頭を下げ顔を赤らめて通

　り過ぎる

こんなに愛くるしい水の中

花咲き乱れ散る

私の魂を収録する

水はすがしい

心と心が養い合う

一つになる

飽く事がない流動

215

一切都是我的想象
你就是那想象
猛着精彩，沉沉心切
行坐白云
不忍划春天的禅

すべては私の想像
あなたこそ私の想像
頑張ってかっこ良くしようと、心から深く
行坐白雲
春を区切るに忍びない禅

刘波禅诗三种

劉波禅詩集三作

216

富士山
富士山

这一次禅定我已超越千年
每天聚散的白云
是时光的絮语
皑皑的雪是我沉思的表情
我端坐熔岩的座底
超然的定力
招显奔涌凝固的火焰

你双手合十的观想
是我悲悯的化身
我开示风霜，逼人的枫叶
凄美的樱花，悲欢与离合
我用川流，用闪电，霜珠
用寺院的鼓钟一次次现身
让持咒的女巫
放飞成群的精灵

负剑的武士
横出雪亮的刀剑挑战千古
了断自己，到我的眼睛里取水
月色下匍伏的忍者
你们最后的呐喊
我用山的心回应
生命瞬间的永恒
化成空谷的绝音

この度の禅定　私は已に千年を越えた
毎日集散する白雲
それは時光の繰り言
真っ白の雪は私の沈思の表情
私は溶岩の底に畏まる
超然とした定力
涌き起こりほとばしり固まった炎

あなたは両手を合わせて観想する
私のあわれみの化身
私は苦節を公開する、人に強いる楓葉
哀しく美しい桜の花、悲喜と離合
私は川の流れで、いなびかりで、霜の珠で
寺の鐘で毎回毎回現身する
呪文を唱える巫女に
群をなす精霊を放たせる

剣を帯びた武士
雪のように美しい横に払い千古に挑戦する
自分自身を喝破し、自分の眼から水を汲む
月光の下に匍匐の忍者
あなたがたの最後の呐喊
私は山の心を持って応える
生命瞬間の永遠は
空谷の絶音に化する

217

像骤然而开的水仙

而你，被拯救者，被接引者
我看见你从2012年的船票中飘来
跑动的大地有火山迸发
那将是我的血液布施
倾万有之力的预言
为你摸顶

急に開いた水仙のようだ

そしてあなたは、救われた人、導かれた人
私はあなたを２０１２年の船の切符の中から
　漂って来たのを見た
躍動する大地には火山がほとばしり出る
あれは私の血のお布施だろう
万有引力の予言に傾倒する
あなたのために摸頂する

刘波禅诗三种

劉波禅詩集三作

山伏比睿
山伏比叡

嘴唇点燃太阳
额头在比睿山凿石头
汗珠滚落遍野的花开
为你垒一间房子

黎明时我上路
划露水的船
沿道向善男信女们合掌
揣满口袋隔夜残留的
　星星
打发拦路设卡的一座座山

前路依然迢遥
摸索晨雾拉纤
照不见你在何方
我闪光整齐宁静的空白
等着神的书写
好把我当成一米七八的长信
邮送给梦中的你

くちびるで太陽に火をつける
ぬかずきに比叡山の石をうがつ
汗の珠が落ち野原に花が咲く
あなたに一つの家を積み上げる

夜明けに私は道を行く
露の船を漕ぐ
沿道で善男信女たちに合掌する
ポケットいっぱいに夜通し残した星たちをし
　まい込んだ
道を塞いでカードチェックを実行する山々

前途は依然として遥か遠い
朝霧を探してひもで引く
あなたがどこにいるか照見できない
私のひらめききちんと静かな空白
神が本を書くのを待っている
うまく　私を1米78の長い手紙とみなして
夢の中のあなたに郵送する

白神山地摇风
白神山地は風を揺らす

刘波禅诗三种

劉波禅詩集三作

摇动的舞神在空色中
你的摇动
万树摇动我从没见过的
　　轻松
红叶的舞蹈
阳光柔软的线条摇动
每一道闪亮的泉眼
都是神的笑容

我不再是旁观者
脱掉思想的灵魂摇动
宁静的面孔
深刻的传奇如风
去进入你的摇动
成为此刻大自然的摇动
每一件事情变成那种摇动
并不是你的新摇动
那是"你"
你就是那个摇动
花成了整个存在
出神入化的大空
霞光如此深远
像我摇动着梦想和歌咏

揺れ動く舞神は空色（くうしき）の中
あなたは揺れる
幾万の樹は私が今まで見た事がないほどのリラ
　　ックスを揺り動かす
紅い葉の舞踏
陽光やわらかな線の揺れ
一つ一つの閃く泉
すべて神の笑顔

私はもう傍観者ではない
思想を脱ぎ捨てるたましいの揺れ
静かな面持ち
深い物語は風のごとし
あなたの揺れに入り込む
この時大自然の揺れと成る
一つ一つの事があの揺れに変わる
あなたのあたらしい揺れではない
それは「あなた」
あなたそのものがあの揺れ
使い切って存在全体となる
素晴らしい力の大空
霞光はこんなに深遠
私の夢想すること歌を詠むことを揺れ動かすようだ

走在风里
風の中を歩む

一　走在风里

走在风里
风在走我
我的路在风里
脚踩大地溅起风
身后落下一片大海
舞风，打开每一片金色
笑得如此轻轻的风
用意识走路
洞悉每一步的落地
灵光返照
相互一瞥
溪谷的竹林开花
用空无走路
步步清新的路径

二　高野山间

又是一轮满月
星星的花枝
扫落清亮的雨

一　風の中を歩む

風の中を歩む
風が私を歩んでいる
私の道は風の中
足は大地を踏み風が跳ね始める
体の後ろに一面の大海が落ちる
風が舞う、一面一面の金色が開ける
こんなに軽やかな風のように笑う
意識で道を歩む
一歩一歩の置き場所を知り尽くす
霊光は照り返す
互いに一瞥
渓谷の竹林の花が咲く
無空でもって歩む
一歩一歩さわやかな道

二　高野山の山あい

又一輪の満月
星たちの花の枝
清らかな雨をはき落とす

随处皆有，当下就是
端坐菩提树下
用真言轻诵一段一段的时光
世界很安静
像我的影子
古老地在树叶间婆娑
总有一个开悟的时刻
在觉知的脸庞燃灯
只需存在，如清风
光亮内心，喜乐萦绕我
不再是一个姿势
全部都发散
无念，无念
看见身体继续安眠
在夜晚，我坐成一汪泉眼
宁静的汩汩流动
你什么时候口渴

随所に皆ある、この場がそれ
菩提樹の下に正座する
真言を用いて一段一段の時光を軽く唱える
世界はとても静かだ
私の影のように
古い地は樹の葉の間の娑婆
いつも悟りが開く時間がある
覚知した面差しで灯をともす
存在だけが必要、清風のように
内心を光らせる、喜びが私を巡る
二度と一つの姿勢ではない
全部発散してしまった
忘れない、忘れない
からだが引き続き安らかに眠るを見る
夜更けに、私は坐し一つの涌きだす泉に成る
静かに滔々と流れる
あなたはいつ喉が渇くか

三　开光

我是意识的天空
山，红叶
是波浪，也是大海
是鱼，岛，珊瑚
互相是对方
融会自己
解脱自己
为我们的一生留下记号
慈悲浩瀚
落入酒杯，也落入宁静
记着我去过的地方
记着我的归来

三　開光

私は意識の天空
山、紅葉
それは波、大海でもある
それは魚、島、珊瑚
お互いに相手側
自分を融合し
自分を解脱する
私たちの一生に残した記号のために
慈悲は膨大
酒杯に落ち入る、静かさにも落ち入る
私が行った場所をおぼえている
私が来た事をおぼえている

和你

四 坐在夕阳上

看见自己的燃烧
看见自己变成岩石
看见自己去不知道的地方
看见自己在天边消失
不是这个
不是那个
山和宇宙一起跳动
温暖的存在
空无一人

五 哦

白云像耳朵的禅定
春深草长，卧固大地
遍照金刚
升起偌大的银色宁静
随时起飞无比的神秘
使用天空，海洋
教树起舞
爱它们，在它们里面狂欢
存在，喜乐，意识
变成大海
继续流向天空

あなたと

四 夕日の上に坐す

自分が燃焼するのを見る
自分が岩に変わるのを見る
自分が知らないところに行くのを見る
自分が天のはてで消えてしまうのを見る
これじゃない
あれじゃない
山と宇宙は一緒に躍動する
暖かい存在
無空一人

五 おお

白雲は耳の禅定に似ている
春は深く草は長い、伏せて大地を固める
遍照金剛
莫大な銀色の静かさが上がる
いつでも比べものにならぬ神秘が飛び立つ
天空、海洋を使う
樹に起って舞うことを教える
彼らを愛する、彼らの中で狂喜する
存在、喜び、意識
大海に変わる
続いて天空に向かって流れる

六 高野山奥之院

刘波禅诗三种

刘波禅诗集三作

拿好你的坐垫
拿住，坐下来
拿去不安
让我敲你的头
智慧带来沉默
像宽广的自由
记着为你的神性庆贺
即事而真
身语意三密加持
做普通的事
洗衣服，做饭
修理电脑
像一个佛一样做它
做好任何一件事
你是一个佛
全然的去做
静静的闪耀
开悟的风

六 高野山奥之院

あなたの座布団をちゃんと持つ
ちゃんと持ち、坐る
不安を持ち去る
私にあなたの頭をたたかせる
智慧がもたらす沈黙
広大な自由のよう
あなたの神性のために祝福するのをおぼえている
即事而真
身は三密加持を語る
普通の事をする
衣服を洗う、ご飯を作る
コンピューターを修理する
仏になりたいと思えばそれを同じくやればいい
どれでやり遂げられれば
あなたは仏
全くやりに行く
静かに閃く
悟りの風

富良野的春天像一只小狗
　　　富良野の春は子犬のようだ

我喜欢有事没事
抱你在怀中
手指花开万道
众鸟飞落
让他们看仔细

私はある事ない事なんでも好きだ
あなたの胸の中に抱いて
指は花開くすべての道
鳥の群れが飛んで降り立つ
彼らに仔細を見せる

一松手你就玩命的奔窜
撒野红白罂粟，大波斯菊
被紫色的薰衣草等
满世界地追你
跑化冰雪

手を緩めるとあなたは必死で走り逃げ回る
紅白の野ゲシ、大ペルシャ菊を
紫色のラベンダーなどをまき散らす
世界中あなたを追いかける
走って氷雪を溶かす

我在一条河流的对岸
帮许多桦树脱鞋
淌水你的欢快
听任你在我生命的
　　裤脚上
咬来撕去
少见多怪的天空吓出一道
　　彩虹

私は一本の河の対岸にいる
多くの白樺の樹を手伝うべく靴を脱ぐ
あなたの弾む気持ちを流す
あなたの言いなりになる　私の生命のズボンの
　　角に
嚙みつき吠えまわる
世間知らずにはめずらしいものだらけの天空に
　　飛び出す虹

春天，我的小狗乖乖
在你面前
涮爆我的语言
尽可能的支付

春、私の子犬はいい子だ
あなたの眼の前で
私の言葉を限度額超過する
出来る限りの支払い

225

我的白痴与弱智
抚摸你含情脉脉的灿烂
你红红的小舌头
电晕一片辉煌

整个世界都是你的家
你哪里都能飞去
没有金或银的链子
跑吧，自由的小狗
累了就趴在宿命上不动
直到有一天你被美女收留

我不会抱怨你的重色
沉思翻过那山
我就先做个美女的好邻居吧
在阳台上饮酒
远见美女蹓着春天
看着这个世界全在发情

私の皮膚病と知恵遅れ
あなたの脈々と情を含んだきらめきに触る
あなたの紅い小さな舌
一面の輝きに放電現象

全部の世界はすべてあなたの家
あなたはどこにいても飛んで行ける
金又は銀のくさりがない
さあ走れ、自由な子犬
疲れたら宿命の上に這って動かなければいい
ある日あなたが美女に預かってもらえるまで

私はあなたの重い色を恨んだりしない
沈思があの山をひっくり返す
私は先に美女のいいお隣さんになろう
バルコニーの上で酒を飲む
美女が春を散歩させるのを遠くから見る
この世界すべてが発情しているのを見ている

刘波禅诗三种

劉波禅詩集三作

菊花打开我的肚脐眼
菊の花が私のへその穴を開く

她们在我身体的直径
撒落香的影
斑驳古老的时间
在肚脐活化金色的花纹
因为灿烂
执意去死

你从我的眼里跳水
定点在我的肚皮上花样滑冰
没有一天找到过自己的落点
姿势非常奥运

脐下二寸是丹田之馆
室内泉眼奔突深渊
走过你不曾走过的大腿
冲动的粉丝狂喊你名
毛孔睁开一片森林
天天走过
天天迷路

许多的话留在心上造雪景
用不苟言笑的正经
经营我们活着的方式
屁股是面部的第二种表情
脚心第三

彼女たちは私の体の直径にある
香りの影が散る
古い時間を弁駁しない
へそで金色の花の紋が活性化
輝きのゆえ
意地を張って死ぬ

あなたは私の眼の中で飛び込みをする
定点は私の腹の皮の上のフィギアスケート
自分の着地点を探せた事は一日とてもない
恰好はとてもオリンピック

へそ下二寸は丹田の館
室内の泉の穴は深淵に突き進む
あなたが曽て歩んだ事がない太ももを歩む
興奮したファンがあなたの名前を叫び狂う
毛穴は一面の森を開く
毎日歩む
毎日道に迷う

たくさんの話は心に留めて雪景を造る
愛想笑いをしながら生真面目
私たちが活きている方式を経営する
尻は顔の部分の第二種の表情
足の裏は第三

227

其余都是暧昧

奔流的热血洗浴皮肤的黃
灵魂打开出汗的蒸汽
既不是头脑也不是身体
我认识这人

その他はすべて曖昧

ほとばしる熱血が皮膚の黄色を洗う
霊魂が汗の蒸気を開く
頭脳でも体でもない
私はこの人を知っている

明治神宫的菖蒲
明治神宫の菖蒲

明治天皇在庭园习剑
削飞一片菖蒲的剑叶造船
祛邪驱魔
运回一个欧洲

本朝大清皇太后
捏着皇帝的小鸡鸡遛鸟
踩看京剧饮颐和园的春晚
鸦片长成菖蒲

杜鹃鸟啄破岁月的皮肤
打鼓男人的节日
婉约动荡的大海
沉了无数该死

活蹦乱跳的鲤鱼
从龙门跳到大和
在神社前闹鬼

明治天皇が庭園で剣の稽古
菖蒲の剣の葉が削れ　飛んで船を造る
邪気を祓う
欧州を一周して戻る

本朝大清の皇太后
皇帝の小さなあそこをひねって鳥と散歩
京劇を見に行き頤和園の春の夜を飲む
阿片が伸びて菖蒲になった

ほととぎすが歳月の肌をつつく
叩く太鼓男の祝日
ゆったりと不安定な大海
無数の馬鹿野郎が沈む

活きて跳ね回る鯉
龍門から大和まで跳ねて来た
神社の前で悪さをする

居酒屋是黑夜正在营运中的寺庙
居酒屋は夜中に営業中のお寺

刘波禅诗三种

劉波禅詩集三作

那些大红灯笼
万种娇滴滴地腿软每一条街
为你掌灯
无处可去的男人
多得无法选择的男人
他们的身影很西装很领带
降落居酒屋的朝拜

夜晚是神的邀请
人人开始对自己的钱包有信心
炭烧鸡肉串点心香
吟酿敬对方也敬自己
当下是自己的神
烧酎冰释所有的不快

白天都很安静
夜晚则需快乐
超越憎爱
享受独处
顺口胡说
拉帮结伙

此刻我们都是空酒杯
不分彼此的神醉
记住了自己是谁

あの大きな赤提灯
いろんな可愛らしさでつい立ち止まる　すべての通り
あなたのために灯を掲げる
どこにも行くところがない男
多すぎて選択できない男
彼らの面影はとってもスーツでとってもネクタイ
居酒屋の朝の参拝に落ちつく

夜更けは神の招待
人々は自分の財布に自信を持ち始める
炭焼の焼き鳥串刺しが心に香を焚く
吟醸　相手を敬い自分を敬う
いまここで　自分が神
焼酎の氷割りがすべての不快を薄めてくれる

日中はすべて静か
夜更けは楽しくなくてはいけない
愛憎を超越し
一人を楽しむ
口からでまかせを述べる
仲間に引き入れる

この時あたしたちはみな空のグラス
前後不覚のほろ酔い
自分が誰かはわかった

一个深深的回忆
一处恍然的大悟

倾听夜晚用灯火呢喃的
　　祝词
伸手抚摸春天
风情如同小鸟
从女人们的丝袜中飞

庆祝，爱，敞开
在当下
神是一个传递的酒滴
陶醉你
清醒你
摇摇晃晃顺着神给的地址
剩一口气回家

一つの深い思い出
一度の恍惚とした悟り

夜更けに灯りをつけむにゃむにゃの祝詞
　　をじっと聞く
手を伸ばして春に触る
風情は小鳥のようだ
女たちの絹のストッキングの中から飛び立つ

祝福、愛、あけっぴろげ
いまここで
神は続けて伝わる酒のしずく
あなたを酔わせる
あなたを醒させる
ゆらゆらと神が与えた住所に沿って
最後の一息を残して家に戻る

日本的心灵地图　日本の神性地図

231

枯山水的庭园
枯山水の庭園

刘波禅诗三种

刘波禅诗集三作

浓缩风花雪月
枯寂喜悲
美人踏踏的木屐声远
轻掩岁月的门
雪茄轻亮哈瓦那的夏夜
暗香浮动海棠

白鹭飞雪
像我甩落的一幅水墨画
方丈之庭
蓬莱山水临仙
高崖悬瀑明亮记忆
石砂，山岩精致风尘
一粒沙空满世界的浩瀚
苔藓结理松风
静纯无限的银河

朝花夕落
我的禅定绽开一片天空
行者舒展海洋，山脉，大地
飞扬星月
不可分割的云
耙制沙砾
写银色的情思

風花雪月を濃縮する
枯寂悲喜
美人のこっこっという下駄の音は遠い
軽く歳月を覆う門
葉巻が軽やかハバナの夏の夜
かすかな香りが海棠を動かす

白鷺雪を飛ぶ
私のふり落ちた一幅の水墨画のようだ
方丈の庭
蓬莱山水　仙人に臨む
断崖に懸かる滝が明らかにする記憶
土砂、山岩精緻なる乱世
砂混じりの空が世界の広さを満たす
苔が松風と繋がる
純粋無限の銀河

朝花は夕に落ち
私の禅定は一面の天空に開く
行く者はのびやかに広げる　海洋を　山脈を　大地を
星月を飛揚させ
分けられぬ雲
砂礫をくわで耕す
銀色の情緒を記す

人在房间饮酒
就着灯花辨认世界
敲动黑白二子
神伫立庭园

人は部屋で酒を飲む
灯りの花をつけ世界を明らかにする
白黒の二つの石を指す
神は庭園にたたずむ

目光在盆景的枝条上吊
眼光は盆景の枝に吊り上がる

刘波禅诗三种

劉波禅詩集三作

瘦美的青绿让目光绝望
你来也无路
苍茫鲜嫩没谱
你去也无涯
花径幽寂通灵

无人可依
无迹可循
像我迷路的身体
找不到来去
在寸水尺松间
摸索草木山川的魂

你的身姿闪电
霹雳我沦陷的心
松杉榆柏
尽显传情高手的风韵
那一份定力横卧河谷大地
涌泪水的柔情

春华秋实
青山空尽
现身于盆钵
回向众生有情

細く美しい青緑が眼光を絶望させる
あなたが来たくても道はない
広遠でみずみずしいとは有り得ない
あなたが行きたくても果てはない
花の道は幽寂で精霊に通じる

誰にも頼れない
巡る跡もない
私の道に迷った肉体のようだ
行き来が探せない
寸水尺松の間に
草木山河の魂を模索する

あなたの姿はいなびかり
私の陥落した心を切り開く
松（まつ）杉（すぎ）楡（にれ）柏（かしわ）
告白の達人の風格が明らかになる
あの一つの定力が渓谷大地を横たわらせる
湧き出る涙のやさしさ

春華やか秋の実り
青山が空に尽きる
現身（うつしみ）が盆の鉢にて
衆生を回向する情けがある

神在何处光耀
你在向何处开花
何处才是何处
我在何处祈祷
目光在盆景的枝条上吊
结纤细精致的彩丝

谁在喝彩
谁为谁超度

神はどこで輝いている
あなたはどこに向かって花開く
どここそがどこ
私はどこで祈る
眼光は盆景の枝に吊り上がる
繊細精緻な色糸で結ばれる

誰が喝采する
誰が誰のために済度する

日本的心灵地图　　日本の神性地図

稲作的壁画写心经
稲作の壁画に心経を写す

刘波禅诗三种

刘波禅诗集三作

牛人们从田野走过
借满裤兜揣上的神的种子
摩挲色彩，生命与爱

甩手拐弯河流
将季节和寂静一笔带过
汗流浃背播种美学

全部的工作就是用秧苗
摆弄好姿势
用青山搏上位
太阳当一回泉眼

飞燕衔来谷雨与萌芽
喜悦的叶子
在田野挑逗山花
很大方
很随便的舒展迷人的骚姿
溢碧绿的幸福

武士在田野弛骋白马
菖蒲立正之余斜成茂盛的剑
侍从是一个巨大的青蛙
两只飞舞的蝴蝶
柔情不怕痒的奶牛

牛たち人たちが田野を歩む
ポケットいっぱいに隠した借り物の神の種
色彩をなでる、生命と愛を

手をふり河の流れを曲げる
季節と静寂を一緒に連れて
汗が背中をつたう種まきの美学

仕事はただただ田植え
姿勢をきちんと整えて
青山を用いて上の位置に向かって行く
太陽が泉に一度当たる

燕が谷の雨と芽吹きをくわえてくる
喜びの葉
田野で山の花をからかう
とても寛容
とても自在に人を惑わすふしだらな姿をひろげていく
緑が溢れる幸せ

武士は田野で白馬を乗りこなす
菖蒲立正の他に斜めに茂る剣
侍従は巨大な青がえる
二匹の飛び舞う胡蝶
やさしさはかゆみを恐れない乳牛

风的订单
紫色渗着金色
把整个季节买下
每一粒饱满的稻子
像热情的眼睛
满含开光
期待那一声亲吻

夜草伸开跃跃欲试的小手
捕捉萤虫
惊飞几缕星光的野鹅
月光静静漂洗大米的白
道路走开神
千只白鹤回荡美妙的羽音

風の注文伝票
紫色に金色が滲みる
季節全体を買い取る
一粒一粒の豊満な稲
熱情の眼のようだ
開光をいっぱいに含む
あの接吻の音に期待する

夜の草は伸びてわくわくと試したがっている小さ
な手
蛍を捕まえる
驚いていくつかの星光の野雁が飛び立つ
月光が静かに米の白を洗い流す
道路が神をどかす
千羽の白鶴が飛び回り　たてる美しい羽音

日本的心灵地图　日本の神性地図

窗台的樱盆景
バルコニーの桜盆景

刘波禅诗三种　　劉波禅詩集三作

我的心是一截樱树
化境造景
在不弃不离的日子
写意我的空窗
像美人的含苞一笑

宁静是更深的表达
爆发前充盈淡定
闲情约束阳光

露水照人
识到本性
默祷视物
那人之上有神

樱树长成中介
片断放送整体
安然于每个细节的完美
导致开花的必然

神思飞舞
人从花见中超越
逃离死亡
落入死亡
超度死亡

私の心は一本の桜の樹
境地を表し景を造る
棄てきれない日々に
私の空（くう）な窓の心を写す
美人のはにかむ笑顔と同じだ

しずけさは更に深い表現
爆発前に満ちる淡定
静けさが陽光を制約する

露水が人を照らす
本性を識るところになる
黙祷して物を視る
あの人の上に神がいる

桜の樹が仲介となる
全体の放送が中断する
安らかで一つ一つが完璧に美しい
開花の必然に導かれる

神の思い飛び舞う
人は花の中から超越を見つける
死から逃れ
死に落ち入り
死を超越する

櫻正企画人与神
两个无限之间的旅行
暗中的那个所是

身体与你契合
准时正点
你是一只摆渡的船
永远记住
为了归家　你必须尽可能走得更远

桜は正に人と神を企画する
両者の無限の間の旅行
暗中のあの所是

体とあなたは契りに結ばれる
ちょうど時間通りに
あなたは渡しの船
永遠におぼえておいて
家に帰るために　あなたは出来る限りもっと遠
　　くへ行かなければならない事を

日本的心灵地图　　日本の神性地図

静冈茶绽开我的身体发芽
静岡のお茶で私の体が芽吹く

刘波禅诗三种

劉波禅詩集三作

雨水像你的眼睛
睁得很圆
茶叶的睫毛
湿润丘陵的喧声
茶树轻蹲半坡
像我一样为美抹泪入心

你的新碧
染动我的呼吸
从河谷吹过
甘露的嗓音
深入醍醐的吟唱

记忆荣西揉搓茶叶的背影
生煎宋词和俳句
灵魂修枝一处聚下茶园
八十八夜茶有灵
与山野万物竞发

日常茶饭事
像我们的肌肤相摩
天地缘分重生万物的相依
隐然野香熏眼

我就是一株茶树

雨はあなたの眼のようだ
丸く見つめている
お茶の葉はまつげ
丘陵を湿らせる騒ぎ声
茶の樹が軽くつまづく半分坂
私と同じように美のため涙し心に入り込んだ

あなたの新緑
私の呼吸を染めて動く
峡谷から吹き過ぎる
甘露のにぎやかな音
醍醐の歌声に深く入る

栄西が茶の葉を揉みしだいく背影をおぼえている
宋詞と俳句を煎じる
霊魂が枝を整え一つの所に茶園を集めた
八十八夜の茶はてきめん
山野万物と先を争うように開く

日常茶飯事
私たちの肌が互いに擦れ合うようだ
天地の縁は万物の相依を再生する
隠然と野の香が眼をいぶす

私が一株の茶の樹だ

血流散成风
携裹大地山川的祷告
用6克茶叶的欣喜
为自己回归自然庆祝

茶农们在雨中抹茶
忙碌的那一份虔敬
起草对神的证词

血流が散って風になる
大地山河のお祈りを携える
６グラムのお茶の葉の喜びで
自分が自然に回帰することを祝う

お茶農家の人々は雨の中で茶をひく
忙しい敬虔さ
神に対する証言を起草する

日本的心灵地图　　日本の神性地図

吃茶去
喫茶去（きっさこ）

刘波禅诗三种

刘波禅诗集三作

那些不想读懂星星字母的人
吃茶去
那些不能坐下来什么也不做的人
吃茶去

我看见你只有一个欲望
想要爱
我聆听你只有一个抱怨
得不到
心灵伸出许多冒着青烟的手
像无助的和尚乞丐
满大街的人穿你同样的衣服
他们像你还是你更像
　　他们
吃茶去

收好被业力吹翻的雨伞
躬身结庵的草庐
一丝不苟放齐脱下的鞋
在茶树鞠躬的地方
跪坐，满怀敬意
安寂的眼睛扶正胎瓶
观照执着的自我从炭火里虚空
头脑的喧嚣像大雪沸腾宁寂
端觉知的茶碗

あれらの星たちの母音を理解したくない人
喫茶去
あれらの坐って何もしない人
喫茶去

私はあなたに欲望がひとつだけあるのが見える
愛が欲しい
私はあなたに怨みが一つだけあるのが聞こえる
得られない
神性が青い煙がたくさんわき出る手を伸ばす
助けようがない流行の乞食のよう
大通りにいっぱいの人があなたと同じ服を来ている
彼らはあなたのように或いはあなたはそれよりも
　　もっと彼らのよう
喫茶去

業の力で翻された雨傘をきれいに収める
身を屈めてすみかとした草の庵
一糸まとわず脱ぎ捨てた靴
茶の樹に身を屈める場所
ひざまずけ、いっぱいに敬意を抱け
安らかな眼で胎瓶を正す
執着する自分が炭火の中から虚空に観照する
頭脳の喧噪は大雪のように寧寂を沸騰させる
覚知の茶碗をはこぶ

我的黑白子世界
私の白黒の石の世界

一

我数落许多的白天与黑夜
既聪明又愚蠢
喜欢把玩掂量它们
反过来它们也一样耍我

满怀欣喜
窗前的大海
像我每天偷工减料画的油画
从来没有干过
敲响黑白二子
暂且天圆地方

一

私は多くの白中と暗夜を叱る
聡明でいて愚鈍
彼らを手に取りじっくり考えるのが好きだ
逆に彼らも私を同じように振り回す

喜びでいっぱいになる
窓の前の大海
私の毎日の手抜き工事の油絵のよう
最初からやった事がない
黒白二つの石を鳴らす
暫くは天は丸く地は方形

二

我的棋盘太小
装不下权欲功名
我的房间很大
你其实很难进入
总是亲见你手脚
　并用

二

私の碁盤は小さすぎる
権力功名の欲を収めきれない
私の部屋はとても大きい
その実あなたはとても入りにくい
いつもあなたの手足が両方使われるのをこの
　眼で見る

243

摸爬滚打不得要领的青苞

棋子的密码
黑白黑白地完整交给你
打开安静安心的门
窗帘拉开空灵
红尘煮肉
世界泡茶
上酒，开局

刘波禅诗三种

劉波禅詩集三作

三

有心就会有一片天地
无心宇宙在流
围棋像被激活的鱼
在方格里
游出雄心与欲念
敲来掷去
股掌玩弄天气预报
让冬天中暑
夏天下雪

相逢一笑
打谱羽化成仙的格局
有美人斟酒

四

智慧的男人有多么的空灵
天空的盘面就有多么广大

触る這う転がる打つ　要領を得ない青い苞葉

囲碁の秘義
黒白黒白と完全にあなたに渡すこと
安静で安心の門を開ける
カーテンが空霊を開ける
世俗が肉を煮る
世界の茶を沸かす
酒を取る、開局

三

有心であれば一片の天地があるだろう
無心があれば宇宙が流れる
囲碁は生き返らせた魚のよう
四角四方の中で
雄心と欲念を涌きださせる
打ったり投げたり
手足で天気予報をもてあそぶ
冬に暑気あたり
夏に雪を降らせる

互いに会って一笑
棋譜を習い打ちし　羽化後仙人になる一局
酒をついでくれる美人がいる

四

智慧の男は何と空霊か
天空の碁盤は何と広大か

渺小的嘴唇塞肉
体力能维持开局的输赢

棋枰从不逢迎掩饰
勉强透支的心力
手是能量的来源与聚变
敲动三，三之十
滑就滑了
哪给面子

矮小な唇肉詰め
体力が一局の勝ち負けを維持できる

碁局は迎合せず隠さず
無理して使いすぎの心力
手はエネルギーの源と融合
三つ動かして、三の十
取られても仕方ない
面子なんか考えてあげるものじゃない

五

心念敲咂棋枰星位
像你的优激溅那美
意在中腹
心满天穹
银河浩瀚那华丽

从精心中变化300手
归零
和盘托出
服从感觉的接管
像对你永恒的爱
哪有什么条件和原因

五

心に思う碁局の星の位置を叩く
あなたの優れ激しくほとばしるあの美のよう
意は中腹にある
心は天空に満つ
銀河はおびただしいその華麗さ

心を集中して３００手の変化
ゼロに帰す
すべてをさらけ出す
感覚に服従する受け入れ管理
あなたに対する永遠の愛のようだ
どこに何の条件とか原因とかが有るものか

六

我的人生
总是充满凄绝的格斗
祸福不躲

六

私の人生
いつも壮絶な格闘だらけ
禍福を構わず

向死求生
大块弃子
常常溃不成军

棋在喘息扼腕
辜负美人送我出门的
　顾盼
用尽招数
耗完心力
不惜自残了断

手笔意境山水
飞溅至诚

七

从容的从容
你的体香温浸过我
阳光泡定天空
像你牵手我的沉默
走活一条河流

该告别了
我的棋子伸成一柄长剑
缓慢从你的柔情抽出
回头是敌手自信的等待
嘿，说哈哈
直到他闪过一丝恐惧

死に向かい生を求め
大きく捨てて
しばしば完膚なく敗退

碁は息を切らし腕をつかむところにある
出かけるのを美人が送り出す時
　　期待通りには私が振り返れない
あらゆる手を尽くす
心力を使い果たす
自らを捨てるという決断も厭わない

筆を持ち芸意がわき山水になる
飛び散って誠に至る

七

従容の従容
あなたの香りは暖かく私に滲みる
陽光は天空をひたし定まる
あなたが私の沈黙の手を引くようだ
歩んで一本の河流が活きる

お別れしなければならない
私の碁は伸びて一振りの長剣になった
緩慢はあなたのやさしさから取り出す
振り向けば敵の自信満々の待ち
へい、はは（笑）と言え
彼に恐れが閃くまで

八

谁是黑
谁是白
缠斗中补活一手
换取短暂一生

终不让棋形萎缩
胜败的结果丑陋不堪
像岁月的惨不忍睹

不会求苟活
就这样了
坐定青山大海
宁死不走
在神的空镜前幡然

九

神者的攻击
接住
钝刀利刀
迎面
气合盲点
打开看暗藏的什么样的野心
掏心摘胆
看生命之美
玩什么样的花式

八

誰が黒
誰が白
乱戦中の起死回生の一手
しばらくの生を換わりに得る

最後まで碁勢を収縮させない
勝敗の結果はみにくい限り
歳月が惨めで見るに堪えないのと同じ

いい加減な生き方はしない
これで構わない
青山大海を坐定する
死んでも逃げない
神の空鏡の前できっぱり

九

神者の攻撃
受けて
鈍剣利剣
迎えて
気を盲点に合わせ
隠しているのはどんな野心かを開けて見る
魂胆を掴み出す
生命の美を見る
どんな手で遊ぼうか

端坐棋盘前
新定式冒出新布局
苍天在上
接通定力

きちんと碁盤の前に坐す
新しい定形が新しい局面を作る
青天は上に
定力につながる

十

我的盘面温度高达三千
是以化掉一切
狼狈逃窜
弃至中盘
所有的一角都是天下

私の盤面の温度は三千度にまで達する
すべてを溶かしてしまう
狼狽逃亡
棄てて中盤に至る
すべての一隅がすべて天下

扫一眼你的孤棋
意念拿走你的连环劫
大龙奔走
让死活未卜

あなたの浮き石をちらと見る
意念があなたの両劫を取って行く
大竜が奔走
死活をまだ定まらなくする

满盘炽热
见识自己的手
这一局终了
鞠躬谢罪
向你致意

全盤熾烈
自分の手だけを認識している
この一局が終われば
頭を下げて詫びる
あなたに敬意

挥杆，我的十九个洞
棒を叩く　私の十九のホール

第一个洞

一番ホール

我的前方生机勃动
目光扔出一片大海
未知的绿茵草地
用一号木旋舞自己的定位
神思融解

私の前方にチャンスが沸き上がる
眼光に一面の大海が投げ出る
未知の緑を敷きつめた草地
一番ウッドで自分の定位を旋舞する
神の思いと融合する

开球总有些躁动的汗珠
滚落兴奋
收心敛性
抨击球的音韵
纯美天空

始まりはいつもいらだちの汗の珠
転がり落ちる興奮
心を収めて
打ち出す球の音
天空が純に美しい

从此开始鸟的阅历
飞翔找寻草的歌吟
稳落二百八十码
距离很足
球路刚正

ここから始まる鳥の経歴
飛翔して草の歌を探す
静かに二百八十ヤードに落ちる
距離は十分
球筋はちょうどいい

第二个洞

我的三号铁杆
是我生命的一杆乐器
在某个弯道上
阳光试图弹奏
这同时包括我

生命注定是创造音乐
那仅有
你在远的树下倾听
领我找到灵机

第三个洞

击球，只进不退
行走释放了我身体的音乐
落满身后的风

第四个洞

我的冲动自信落在沙坑
求胜的意志
总是会用力过猛

挖起杆的生活
轻松好过紧张
静静的听风

二番ホール

私の三番アイアン
それは私の生命の一本の楽器
コースのカーブで
陽光が奏でようと試みる
これは同時に私を含む

生命が注定する音楽の創造
それはただ有る
あなたは遠くの樹の下で耳を傾けている
私が連れて絶好の機会を見つけさせる

三番ホール

球を打つ、進むのみ退かない
歩みが私の体の音楽を解き放つ
後ろの風が落ちていっぱいになる

四番ホール

私の衝動的自信はバンクに落ちる
勝ちたい意志
いつも力の入れすぎになる

ウェッジの生活
リラックスは緊張よりいい
静かに風を聞く

走出束缚
走出所有心的禁止
走出当下
一个阳光与远山的独特

束縛から出て行く
すべての心の禁止から出て行く
今ここから出て行く
一つの陽光と遠い山の独特

第五个洞

我从来没有敌手
不存此念
自己才是被挑战者
用小赌怡情

耐心纠正每一次出手
看着别人的过失
满怀关切
回光返照自己

五番ホール

私には過去敵がいなかった
そんな気持ちを持ち合わせていなかった
自分自身こそが挑戦を受ける側
小さな賭けで気持ちを楽しく

我慢して毎回のスウィングを正す
他の人の失敗を見る
思いやりでいっぱいになる
反射光は自分自身に照り返る

第六个洞

一静一动的生涯
构成太极的黑白
从球道画图
照顾脚下

心动还是球动
走过去是虚也是实
前路依然是幻
握杆
旗飘动云

六番ホール

一静一動の生涯
太極の黒白を構成する
球筋で図を描く
照顧脚下

心が動くのか球が動くのか
歩き去るのは虚か実か
前路は依然として幻
クラブを握る
旗が揺れ雲が動く

第七个洞

杆和球从我手里
长出树和小鸟
它们是我身体
另外的一些器官
同时跳飞

我的脚走进地下的根茎
让树摇天空
抓了一只鹰

第八个洞

球手的身姿转动
草响虫鸣
我是原野的好兄弟

野趣熏人
每一次击球
感官而身体

享受肉体的全部可能
明亮的意识看球
全然的一击
一杆进洞

刘波禅诗三种　　刘波禅诗集三作

七番ホール

クラブとボールは私の手の中にある
樹と小鳥が生まれてくる
彼らは私の体
別のいくつかの器官
同時に飛び立つ

私の脚は地下の根茎に入り込む
樹で天空を揺らす
鷹を捕まえた

八番ホール

プレイヤーの体が回る
草が響き虫が鳴く
私は原野の仲良し兄弟

野趣は人を酔わす
毎回ショットを打つ
五感と体

肉体のすべての可能性を享受する
明らかな意識を持ってボールを見る
思いっきりの一打
ホールインワン

第九个洞

我的心寻常
不以七十杆为喜
忘记一百二十杆需要愤怒
杆杆不在话下

打球就是在打球
人生就是一个话字
心也是球场
快乐之洞也在其间
自找活该

第十个洞

世事纷争总像是画圆
天下真小
在事中行走
脚步安详喜悦

照到内心柔软纯真
挥杆
不用抬头
懒得发力
眼睛系于球上
过了那风景的桥

九番ホール

私の心は平常
スコア70でよしとしない
120たたいて憤怒しなければならないことを忘れた
スコアは取るに足らない

ショットはただただショット
人生は一つのお話
心もゴルフコース
快楽のホールもその中
自分で蒔いたこのざま

十番ホール

世事紛争はいつも円を描くのと同じ
世の中は本当に小さい
事をやりながら歩む
脚步安詳喜び

内心の柔軟純真を照らし出す
クラブを振る
頭を上げない
ゆっくり力を入れる
眼は球を追う
あの風景になっている橋を過ぎた

第十一个洞

刘波禅诗三种　　劉波禪詩集三作

不要一切多余的
多余的心念
多余的动作
交给天上的云

一场自己的内战开打
记住P杆创出
　　能量
球在何处落下芬芳
就在哪里庆祝
洞照灵魂的暗夜
轻松见球飞过河流
像目光高直
换杆

第十二个洞

心态为大
幸福就会是全部的幸福
沮丧悲伤愤怒也是

球一定是去它该去的地方
一切皆由你
你是原因和结果两者
甩脱那份执著
一声击球很脆

十一番ホール

余計なものはすべて要らない
余計な思い
余計な動作
天の上の雲にわたそう

自分自身の内戦を始める
ピッチングウェッジが作り出すエネルギーを覚
　　えておけ
ボールがいい香りを落とした場所
その場所でお祝いをする
ホールは霊魂の暗夜を照らす
軽やかにボールを見る河の流れを飛んで越える
眼光は高くまっすぐのようだ
クラブを換える

十二番ホール

心が大きくなる
幸福は全部の幸福となりうる
消沈悲傷憤怒もそれに同じ

ボールは必ずそれの行くべき所に行く
すべてはあなたに依る
あなたは原因と結果の両者
あの執着を振り落とす
ショットの音は澄んでいる

第十三个洞

我的行走
运行生命的寂寥
呼吸太阳
每一次挥杆
不是输赢
击中命运

仿若远方的召唤
击中那冥冥
来不及感受

长长的球道
寸草芳心
生成所有

第十四个洞

我不是隐世的球手
借一方脱俗的风水宝地
走行世俗

没有一次球击
可以预测得失
趋吉避凶的去进攻
沙坑与水
谁说每一次都要直攻旗杆见

十三番ホール

私の歩み
生命の寂寥を行く
太陽を呼吸する
毎回クラブを振る
勝ち負けではない
運命に命中する

遠方の呼び声のようだ
あのおぼろげに命中する
感じているひまがない

長い長い球筋
可憐な草に芳しい心
すべてを生成する

十四番ホール

私は隠遁のプレイヤーじゃない
超俗した風水のいい宝の地を借り
世俗のことをやる

一度もボールを打てない
損得は予測できる
チャンスに乗じて進攻する
バンカーとウォーター?ハザード
毎回ピンの棹を狙って攻めて行けと誰が言った

日本的心灵地图　日本の神性地図

推推就好
自我生击呼的一生
心怀笃诚

押せ押せで行けばいい
自我が弾バンバンの一生を生んだ
誠実さを心に

第十五个洞

刘波禅诗三种　　刘波禅诗集三作

我的自我退落身后
追赶我的修行
心念一注
不记要领
弯腰找球

十五番ホール

私の自我が体の後ろに退いた
私の修行を追いかける
心を注ぎ
要領は覚えず
腰を屈めてボールを探す

第十六个洞

我打出球的外在
也照见了自己的内在
我是球，就走
球是我，我是
静气地一击

内心重复我是
我就是
慢慢地
深深地
伴随巨大的清晰警觉
因为我知我是
迎面撞弯山下的河流

十六番ホール

私が打ったボールは外在
自己の内在も照見する
私はボール、すぐに行く
ボールは私、私がそれだ
静かにショット

内心で私がそれだと繰り返す
私こそがそれだ
ゆっくりと
深く
巨大なはっきりとした警戒心を伴う
私はそれが私と知っているので
正面衝突し山の下の河の流れを曲げる

第十七个洞

这一杆出小错
将球打到左侧的长草区
因小失大
处处乱心

原以为功力永固
饱读经书
掠不过小小的白球
轻轻的任性

面色黑红
处处在形势之外
喝自己一声倒彩
罚十杆

第十八个洞

风力很大
小鸟飞上果岭
不喜不急
推杆空明
推出爱情般的小心呵护
嗨，进了

十七番ホール

この一打で小さなミスを犯す
ボールを左サイドのラフに打ち込んだ
小のせいで大を失う
処処に心が乱れる

もともとパワーが永続すると思っていた
本は読み飽きた
本の小さな球をつかみきれない
軽いわがまま

顔色は黒赤
至る処が形勢の論外
自分にやじを一声入れる
ペナルティ10

十八番ホール

風がとても強い
小鳥は果樹の山に飛んで行く
喜ばない慌てない
クラブを押し出す　空でかつ明
愛情のように用心し守るこころで押し出す
おおっ、入った

日本的心灵地图　日本の神性地図

第十九个洞

我射下一头老鹰
杆上的手
在天空书写自己的一场行走

这是下一回的开始
落日闪耀并挥发所有

挥杆自己的心
飞落身体的第十九个洞

刘波禅诗三种　　刘波禅诗集三作

十九番ホール

私は一羽の鷹を射た
クラブを握る手
天空に自分のプレイを書写する

これは次の一回の始まり
落日がまぶしくすべてを揮発する

クラブを振って自分の心を打つ
体の第十九ホールに落ちる

饮时光的新酒
時の新酒を飲む

啜饮一口时光
你的清香撒落姿溢
拂落衣领上颠沛流离的船
鞠躬替风雨饯行

神正安眠
葡萄就势从1840年的夏天饱满
如女人光辉晶莹的乳房
被季节，橡木榨汁
醉倒男人的一生

酿放松的天空
谛听你的血液收割喧嚣
原野上用背影读诗的女人
今天你们全都是我一厢情愿的恋人

爱意盈怀
眼里流淌金色的慈悲
一只小鸟扑打足音
生命像大海明亮清寂
顺着阳光爬升
攥住你跑回心的家
根枝向地心狂喜
缠绵绚丽的耳语
挂满我的手臂

時光を一口すすり飲む
あなたの清香はまき散らされ溢れる
衣服の上に落ちぶれ流された船を払い落とす
お辞儀をし風雨に替わって送別の宴を開く

神は正に安らかに眠っている
葡萄はそのまま１８４０年の夏から豊満
女の光り輝く乳房のようだ
季節、ゴムの樹の汁に
酔いつぶされた男の人生

リラックスした天空を醸す
あなたの血が喧噪をかりとるのを諦聴する
原野の上で背を向けて詩を読む女
今日はあなたがた全部が皆私の一面の情念の恋人

愛意が心に溢れる
眼に金色の慈悲が流れる
一羽の小鳥がそっとならす足音
生命は大海のように明らかで清寂
陽光が昇っていくに合わせ
あなたの心が駆け戻っていく家をしっかりと握りしめる
根や枝は地に向かって　心は狂喜する
あでやかな綿々と続くささやき
私の腕いっぱいにぶら下がる

跋 一
後序一

後藤順一

刘波禅诗三种　劉波禪詩集三作

　　我认识刘波先生已经十多年。他从来是有神秘气氛的文化人。他七年前开始有缘住在我的祖国日本，度过异土他乡的生活，他在思想上精神上已经超脱原来的他了。他参观了日本很多的角落，深入了日本的文化。他用他独特高迈的感觉，找到了日本和日本民族的真面目，并借他的神笔写成诗文。他写的不是他作为外国人介绍日本的境界，他使作为日本人的我感觉他告诉我真正的日本是什么。"啊，日本是这样！"我从来没有碰到过这么深奥地教我日本的本质的诗词。

　　今初めて劉波氏と知り合ってから、すでに十余年の時が過ぎた。お会いした最初から、彼はビジネスマンではなく、神秘的な雰囲気を漂わせた文化人であった。彼は、七年前に縁あって私の祖国日本に住むことになり、異国での生活を経、思想面、精神面で、従来のご自身を遙かに越えられたと思う。また、日本の各地を訪れ、隅々まで見て回られ、深く日本文化を理解された。そしてその独特で高邁な感性で日本と日本民族の本来の姿を探り、カミの様にそれを詩文にした。劉波氏の書かれた詩は、外国人が日本を紹介するというものではなく、むしろ日本人の私に、本当の日本とはどういうものかを語るものであると、私は感じている。「ああ、日本ってこうだったんだ！」と。これほど深く日本の本質を教えてくれる詩文に、私はこれまで巡り合ったことはない。

跋二　冬日暖阳

这是一个冬日里难得的艳阳天，我们正在一个朋友郊外的房里喝茶。朋友的太太兴致极好，为我们抚琴一首。古琴滞涩的弦音把阳光都拨响了，周围的池水竟然泛出一丝丝金光。藉此，我们谈到了那篇依稀的古谱，那桩闻名邈迩的公案，我们谈到了《广陵散》。

正当要穿云缀雾的时候，电话响了。

刘波消失多年的声音和这本诗集一起如此突然地闯入这个下午，和这个下午的情绪莫名暗合。

开始读刘波的诗，不知身在何处。江户时代，奈良时代，明治时代……不自觉就被裹挟了进去。曾经在日本作家和诗人那里读到的那个暧昧的日本又一次不轻不重地出现在我面前。我又一次被日本文化中的各种意象和气质所打动，但我在阅读过程中必须随时提醒自己，不要被裹挟进去，不能被裹挟进去，因为我清晰地知道我这是在读谁的诗。这不是一个日本人心中的日本，也不仅仅是一个中国诗人旅居日本十年的随性之作。这个诗人是我曾经以为熟悉却也不尽然熟悉的那个人，是一个以这样的句子叙述自己人生经历的那个人，"我的人生＼总是充满凄绝的格斗＼祸福不躲＼向死求生＼大块弃子＼常常溃不成军"。

求胜的意志如此强悍，以至于最后远走他乡。10 年以后，他以孤寂与沉思，性情与超度的诗歌再次出现在我们面前。

说我熟悉他，是因为我们曾多次在一起喝酒聊天，天南海北，并知晓和见证了他当年的无限风光和纵横捭阖；说我不熟悉他，是在此以前我并没有读过他年轻时候写的诗作，据此我也一直相信，我并不太了解他真正的心思襟抱。但是当连续几天把这本诗集所有的作品都读完了以后，我想，我现在是更清晰地识得了一个人。我应该感谢那个有暖阳的冬日的下午，感谢那首古琴曲，让曾经的一种缘分得以在这样一种气场中得到某种意义的延续和圆满。

以刘波的好学博学和才情智慧，如同他对中华文化的理解和体悟，他对日本文化的感受和体察也一定会入木三分。但他哪里只是在写日本，他也是在写他的祖国，写他自己。他这是在修双身，"双双开悟＼自我两望"。从那些或锋利或浑厚的句子中，我看见的是一个身影依稀的朋友，从繁华歌舞中逃离，在刀光剑影中转身，几案青灯，一柱烟波。在这些诗作中，我看见了一个清醒的人对自我的自省和观照，看见一个沦陷了的肉身和一个飞翔的灵魂的相互问答，看见泡成菊花茶一般的清淡的液体上漂浮着的一朵莲花，看见了安详喜悦的微笑，看见了和风在阳光和远山中的自在。华丽的生活，富贵的世俗，隐逸和流亡共襄盛举。

从来，我都不认为自己是一个有慧根的人，自然就无法体悟禅的精妙。然而中国古代的诗人们，以及日本古代的诗人们，却总是与禅结缘，禅既是他们诗作的意境，也是他们的意象，比喻和文字的精神资源。刘波负笈东瀛十年，游走修行于那个对我来说依旧神秘的国度，诗与禅幻化成了他笔下的这些耐读的文字。禅即诗，诗蕴禅，在这个神秘而又神圣的领域，中日两国是何其相似！这两个国家的人们或许还会在尘世里继续怀疑、争吵甚至对立，但刘波的诗句却已经铸就了一座隐喻和象征之桥，在这个冬日暖和的阳光里，横跨东海：

朝花夕落

我的禅定绽开一片天空

行者舒展海洋，山脉，大地

飞扬星月

不可分割的云

2012年3月3日于成都九眼桥

後序二　冬日暖陽

易　丹

これはある冬の日のこと。めったにお目にかかれない小春日和に、私達は郊外にある友人宅で、お茶を楽しんでいた。友人の奥方が非常に風情があり、私達に琴を一曲奏でてくれた。古琴のおぼろげな弦の音色が日ざしすらも響かせ、近くの池から、一筋一筋と金の光があふれ出て来た。そのことから、私達は、うろ覚えの古譜やら、世に聞こえた事件やらを語らいながら、丁度、広陵散（東漢時代の民間楽曲）の事を話しているときだった。

まさに話が佳境に入ったその時、電話が鳴った。

劉波の聞かなくなって何年にもなった声とこの詩集が突如その午後に、乱入して来た。それがまた、その午後の情緒と、えも言われず、符合した。

劉波の詩を読み始めた時、自分は一体どこにいるんだろうかと思った。江戸時代、奈良時代、明治時代……知らぬ内にそこに引き込まれて行く。かつて日本の作家や詩人がそこで詠んだような、あの曖昧な日本が、ありのままに、又再び私の目の前に現れた。私は又ひとたび日本文化の様々な情趣や気質に打ち動かされた、がしかし、私は詩を読みながらの間、引き込まれては行けない、引き込まれることはできない、自分はこれが誰の書いた詩かはっきりわかっているんだからと、事あれば自分で自分に言い聞かせた。これは日本人の心中の日本じゃないし、単に中国の詩人が日本に旅し十年停留してそぞろに作った作でもない。この詩人は私がかつて気心がよく知れていると思っていたが、実は全く知らなかったかも知れないあの人、「私の人生は／いつも壮絶な格闘だらけ／禍福を構わず／死に向かい生を求め／大きく捨てて／しばしば完膚なく敗退」、こういう詩句で己の人生を表わす、あの人なんだと。

勝ちたいという意志がここまで強靭で、彼は最後には異国に渡ってしまった。そして十年後、彼は孤独と沈思、こころと済度の詩歌で再び私の目の前に現れた。

私は、彼と気心がよく知れていると言ったのは、かつて何度も一緒に酒を飲み、話し、至る所で、彼の当時の無限の光景と合従連衡、集散離合を知り、見証したからだが、又、彼を全く知らないと言ったのは、これまで彼の若いころの詩作を読んだこともなく、それだから、私はずっと、彼の本当の心の中、胸の内をわかっているわけではないと信じて来たからだ。しかし、何日かこの詩集のすべての作品を読み終えて、私は、より明瞭に、今、一人の人間を知ったと思った。私はあ

日本的心灵地图　日本の神性地図

263

の小春日和の冬の日の午後に、あの古琴の曲に感謝しなければいけない、かつてあった一つの縁がその風情の中で、ある種の意義の連続性と円満さを与えてくれて。

　劉波は、自前の好学博学、感性才知で、中華文化の理解し体得したように、日本文化に対せば、その感受と洞察は必ず深く鋭いに違いない。しかし、　彼はそのどこが日本のことだけを書いているというのか、否、彼は祖国のこと、自分自身のことを書いているのである。これは自らの双身を修養し、「双々開悟／自我両望（二者とも開悟する／自らそれを眺める）」ということである。その或いは鋭利な或いは素朴な言葉の中から、私に見えるものは、おぼろげな友の姿、華やかな歌舞から逃れ、戦いの中で身を転じた友、机と灯、一本のけむりの柱だ。これらの詩作の中で、私は一人の眼の覚めた人間の自分自身に対する自省と観照を見た。そして、一つの陥落した肉体と一つの飛翔する霊魂の相互問答を、菊花茶のようなさわやかな液体の上に浮かぶ蓮の花を、穏やかな喜びの微笑を、風と共に陽光と遥かな山の中での自在を、見た。華麗な生活、裕福な世俗、隠遁と流浪が一緒になって大きく高まっていくのを、見た。

　ずっとの間、私は全く地の素質があるとは思えず、だから、自ずと禅の妙義を体感するのは無理だと思って来た。しかし、中国の古代の詩人たち、日本の古代の詩人たちは、何かしら禅とゆかりがあり、禅こそは、彼らの詩作の境地、そして又、彼らの情趣、比喩さらには文字の精神の源であった。劉波は、笈（おい）を負い、日本で十年が過ぎ、私にとっては依然と神秘である国に旅をし、修行を積んだ。詩と禅が彼の筆を通してこの読み下しづらい文字に化している。禅は即ち詩であり、詩は禅を内に秘める、この神秘で又且つ神聖の領域で、中日両国は何と似ていることか！ この二つの国の人々は、おそらく、俗世の中では、疑い、言い争い、対立し続けてもいるにもかかわらず、劉波の詩句は、とっくに、隠喩と象徴の橋を作り上げ、この冬日の小春日和の日ざしの中で、東海を渡らせているのだ。

　　　朝花は夕に落ち
　　　私の禅定は一面の天空に開く
　　　行く者はのびやかに広げる　海洋を　山脈を　大地を
　　　星月を飛揚させ
　　　分けられぬ雲

　　　　　　　　　　　　　　　　　　2012-3-3　於成都九眼橋

刘波

男，1964 年出生于湖南，曾任教师、共青团干部、政府体制改革办公室工作人员。1987 年出任《新闻图片报》副总编辑；1989 年出任海南省保健科学技术研究所所长；1991 年创办诚成集团，组织国内有关专家三千七百余人，历时七年，完成了中国当代最大的一次古籍整理工程，命名为《传世藏书》，同时投资《中国国家历史地图集》等多项国家级大型文化项目。

1996 年师从季羡林先生研习东方哲学，获北京大学博士学位，旋应聘任湖南大学管理工程学教授、博士生导师。2002 年成为中国佛教协会会长一诚大和尚唯一的入室弟子。2003 年赴日养病，潜修禅宗。

十四岁开始发表诗歌。参加过诗刊社主办的"青春诗会"。曾就读于武汉大学作家班。自 1984 年起，先后出版《二十岁人》（文化艺术出版社）、《我们都有一个梦》（湖南文艺出版社）等诗集 7 部。出版的学术著作有《第三种文明》（作家出版社，2001）等。

劉波

男、1964 年　湖南省にて出生。曾て教師、共青団幹部、政府体制改革弁公室職員を勤める。1987 年「新聞図片報」副編集長、1989 年海南省保健科学研究所所長を経て、1991 年誠成集団創設。中国各方面の学術専門家 3700 人を招集し、7 年の歳月をかけ、当代最大の中国古典の再整理、編集を行ない、「伝世蔵書」と命名する。同時に、「中国国家歴史地図集」等多数の国家級の大型文化プロジェクトに投資。

1996 年　季羨林教授に師事し東洋哲学を学び、北京大学にて博士号取得、湖南大学管理工程学教授、博士生導師になる。2002 年　中国仏教協会会長一誠大上人唯一の入室弟子となる。2003 年　病気療養の目的で来日し、そのかたわら、禅宗の修養に勤める。

14 歳で詩作の発表を始め、詩刊社主宰の「青春詩会」に参画。武漢大学作家班にて学ぶ。作品には1984 年から「二十歳人」（文化芸術出版社）、「僕らには皆一つの夢がある」（湖南文芸出版社）等の詩集 7 部作、学術書には思想書「第三種文明」（作家出版社、2001 年）等がある。

作者简介
作者紹介

译者简介
訳者紹介

后藤顺一

1954 年出生于日本冈山县。

1978 年—1999 年　日本东京大学经济系毕业。同年加入日本野村证券株式会社。

1999 年—2001 年　日本软库投资。

2001 年—现在香港启程东方投资管理有限公司（Go-To-Asia Investment）代表。

曾在香港，北京，美国费城留学，并在日本东京等，英国伦敦，香港从事投资银行业务，基金管理业务。

1981 年以来，多次以主讲人参与有关中国金融主题演讲。80 年代初期曾参与组织，协调与培训中国政府部门来日野村证券研修生 500 余人。2003 年著《中国商道有光明》于日出版。

後藤順一

1954 年日本国岡山県に生まれる。

1978 年—1999 年　東京大学経済学部卒業後、同年野村証券株式会社入社。

1999 年—2001 年　日本ソフトバンクインベストメント。

2001 年—現在　啓程東方投資管理有限公司（ゴートゥーアジア　インベストメント）代表。

香港、中国北京、米国フィラデルフィアに留学し、日本、英国ロンドン、香港で、投資銀行、ファンド管理等の業務を行なう。

1981 年以来、中国金融をテーマとした講演を数多く行う。80 年代初期、中国政府部門 500 余名の野村証券における研修を組織し、行なう。

2003 年　日本にて「中国商道に光明有り」著。

图书在版编目（CIP）数据

日本的心灵地图/刘波著；【日】后藤顺一译. – 北京：作家
出版社，2012.3
　（刘波禅诗三种）
　ISBN 978 – 7 – 5063 – 6333 – 4

Ⅰ.①日… Ⅱ.①刘…②后 … Ⅲ.①诗集 – 中国 – 当代
Ⅳ.①I227

中国版本图书馆 CIP 数据核字（2012）第 045418 号

日本的心灵地图

作　　者：刘　波
译　　者：【日】后藤顺一
责任编辑：贺　平　江小燕
装帧设计：曹全弘
出版发行：作家出版社
社址：北京农展馆南里 10 号　　　邮编：100125
电话传真：86 – 10 – 65930756（出版发行部）
　　　　　86 – 10 – 65004079（总编室）
　　　　　86 – 10 – 65015116（邮购部）
E – mail：zuojia@ zuojia. net. cn
http：//www. haozuojia. com（作家在线）
印刷：三河市华业印装厂
成品尺寸：170 ×240
印张：17. 25
版次：2012 年 3 月第 1 版
印次：2012 年 3 月第 1 次印刷
ISBN　978 – 7 – 5063 – 6333 – 4
总定价：129. 00 元（全三册）

本丛书由田香子女士提供资助